国家社会科学基金项目最终成果(编号:11BZW124)

现代“革命文学”的价值结构

方维保 ◯ 著

中国出版集团
東方出版中心

图书在版编目（CIP）数据

现代“革命文学”的价值结构 / 方维保著. —上海：东方出版中心, 2020.2
ISBN 978-7-5473-1102-8

Ⅰ. ①现… Ⅱ. ①方… Ⅲ. ①中国文学 - 现代文学 - 革命文学 - 文学研究 Ⅳ. ①I206.6

中国版本图书馆CIP数据核字（2019）第242391号

国家社会科学基金项目最终成果（编号：11BZW124）

现代“革命文学”的价值结构

著　　者　方维保
策　　划　张爱民
责任编辑　陈嘉梦
封面设计　孙永清

出版发行　东方出版中心
地　　址　上海市仙霞路345号
邮政编码　200336
电　　话　021- 62417400
印 刷 者　上海万卷印刷股份有限公司

开　　本　710mm × 1000mm　1/16
印　　张　20
字　　数　296千字
版　　次　2020年2月第1版
印　　次　2020年2月第1次印刷
定　　价　88.00元

目　录

绪论

一　从泛称到特指："革命"与"革命文学"的历史定位

（一）现代中国语境中"革命"的语义蜕变和修辞指向的固化

"革命"的一切意义源自人类对于天文现象的观察和总结。上古经典《易》说："天地革而四时成。"[1]陆德明在解释"革"时，引用马融、郑玄的话说："革，马、郑云：'改也。'"[2]《杂卦传》对此则曰："革，去故也。"主要指的是自然界的天地变换，属于天文学的范畴。"革命"的欧洲语义与中国非常地相似。在西语中，"革命"，也就是"revolution"。意大利语"rivoluzini"在工程学中指循环运动的一个单位，指的是运行的行星在到达某个交接处时发生的突然变化，也属于天文学的范畴。根据阿伦特的考证："'革命'一词本是一个天文学术语，由于哥白尼的《天体运行论》而在自然科学中日益受到重视。在这种科学用法中，这个词保留了它精确的拉丁文意思，是指有规律的天体旋转运动。"[3]由于"这并非人力影响所能及，故而是不可抗拒的，它肯定不以新，也不以暴力为特征。相反，这个词明确表示了一种循环往复的周期运动。"[4]

基于人类童年时期对于自然界的循环论，以及天人一体、天人感应的认知，"革命"一词在中国上古时代就已经由天文学术语而演变为描述生命运行规律的政治学术语。《易》说："天地革而四时成，汤武革命，顺乎天而应乎人。革之时，大矣哉。"[5]其实，《易》已经将它解释得很清晰了，就是天地运行四季变化，就人类来说则是天意人意之下的改朝换代。英国政治学家彼得·卡尔佛特(Peter Calvert)也认为："由于还是一个迷信占星术的时代，命运是每个希

---

〔1〕〔5〕《易·革·象》。

〔2〕陆德明：《经典释文》。

〔3〕〔4〕【美】汉娜·阿伦特：《论革命》，陈周旺译，南京：译林出版社，2007年版，第31页。

望成为政治领袖的人都需要考虑的。所以天体运行就与现实政治变化联系了起来。”于是，“革命”也就从一个天文学术语演变为政治学术语，指政治方向的突然变动。由于“革命”一词的“周而复始”的含义，因此，革命也被理解为“复辟”。因此，“革命”的本意就是基于循环往复层面上的恢复某种事实的行为发生，也就是说：“‘革命’一词的原义就是复辟。”[1]托克维尔说：“人们终将相信，即将到来的革命，目的不是推翻旧政权，而是旧政权的复辟。”[2]于是，在复辟的意义上，“出于创新的目的而不是恢复旧政权的目的时，‘革命’就成了‘反革命’”。[3]

而现代意义的“革命”恰恰在于“打破这种循环秩序，并试图创构新的线性演变秩序”。[4] 真正现代意义上的颠覆性“革命”的使用，是西方文艺复兴以后的事情。根据卡尔佛特的考察，这个词在政治学中的使用始于15世纪的意大利。“直到1688年所谓的‘光荣革命’——一系列被其反对者和支持者都称之为‘革命’的事件的时候，这个词还是一个含义很广泛的词。”[5]现代西方政治学在论述革命的时候，总结出两个模式：1688年的英国“光荣革命”和1789年的法国革命——前者是“和平渐进”式，后者是“激烈颠覆”。这所谓的两种革命的模型，都涉及两个方面：一是革命的状态和方式，是和平演变还是暴力变革？二是革命的思想伦理，是天赋人权还是追求自由和进步？[6]

法国大革命中涌现出的革命家们，把革命看作是自由权利的天然构成，因此，他们毫不犹豫地将其写进了“大宪章”。著名的《人权宣言》列述了各项受保障的人权，其中之一就是“对压迫的反抗”。这就是革命，即洛克说的“革命的人权”。[7] 既然革命乃基本人权之一，就意味着它是天然合理的。“人民主权”理论其实说的也就是这个意思。[8]在1789年法国革命之后，“革命这个词扩展为指涉政治动乱和社会剧变之后恢复政府秩序、参与政府的概念，以及变为向一个更文明的社会进步的意义上的术语”。[9] 大卫·罗伯特森（David

---

〔1〕【美】汉娜·阿伦特：《论革命》，陈周旺译，南京：译林出版社，2007年版，第32页。

〔2〕〔3〕 同上书，第31页。

〔4〕 方维保：《20世纪“革命文学”观念的主体性阐释》，南京师范大学博士论文，2009年，第5页。

〔5〕【英】彼得·卡尔佛特：《革命与反革命》，张长东等译，长春：吉林人民出版社，2005年版，第3页。

〔6〕〔8〕参见林贤治：《给李慎之先生的信——也谈五四、鲁迅与胡适》，《书屋》2001年Z1期。

〔7〕 参见洛克《自由与人权》，高适编译，武汉：华中科技大学出版社，2012年版。

〔9〕【英】彼得·卡尔佛特：《革命与反革命》，张长东等译，长春：吉林人民出版社，2005年版，第3—4页。

Robertson)在《企鹅政治学辞典》中给了一个非常狭义的定义:“我们所谓的革命,严格意义上说,是政治系统的一场全面的暴力变革,不仅仅改变了社会的权力分布,还导致了整个社会结构的重大改变。……在政治科学里,其主要的含义是:有所准备的、有所意图的,而且经常是暴力性的,由一个新的统治阶级领导动员起民众反对现存体系、推翻旧统治阶级。”〔1〕彼得·卡尔佛特归纳了有关“革命”的要义,即:“所有观察者们会一致同意的一点是,‘革命’是一个指一种大规模社会转型过程的术语。”〔2〕在“革命模型”一章中,作者进一步给出了更为具体的定义:“首先,革命是突发的。”“其次,革命是暴力性质的。”“第三,革命是政治演替。”“第四,革命是变革。”“可见,革命是一个复杂的术语,至少包含四个方面。首先,它指一个过程:一些重要的集团不再留恋既有的政权,并转向反对这一政权的过程。其次,它指一个事件,一个政府被武力或威胁使用武力而推翻的事件。再次,它指一个计划,新成立的政府试图改变它所要负责的社会的各个方面的计划。最后一个但并非最终一个方面,它指一个政治神话,讨论的更多的是应该是什么而非实际上是什么。”〔3〕除了这些,“革命”还有“创新承诺”。革命意味着“一种全新的局面、一种鲜为人知或闻所未闻的情况即将呈现出来”。正如阿伦特所指出的,十七世纪以来,所有革命的概念,都包含“创新性、开端与暴力”〔4〕三个基本维度。俄罗斯革命很好地诠释了阿伦特所谓的“革命”的现代含义。

西方现代政治学对于“革命”的定义,确定了革命的四个方面的内涵:一、创新内涵;二、“革命”是一个过程;三、“革命”的主要方式是暴力;四、“革命”有着对未来的线性的进步期许。〔5〕

当“革命”一词经由明治维新以后的日本再次进入中国并成为政治学常用词的时候,它已经与西方现代政治学的语义实现了沟通,就如同西方现代政治剔除了革命的“循环”“复辟”之义一样,中国现代政治学也将“革命”阐释为一种具有现代性的暴力创新形式。

对于中国近现代社会而言,“革命”一词既是祖传的又是引进的。刘禾曾提出一个“回归书写形式外来词”的现象:“这样一个古代汉语复合词,他们被

〔1〕 转引自【英】彼得·卡尔佛特:《革命与反革命》,张长东等译,长春:吉林人民出版社,2005年版。
〔2〕 同上书,第6页。
〔3〕〔5〕 同上书,第19—20、22页。
〔4〕 【美】汉娜·阿伦特:《论革命》,陈周旺译,南京:译林出版社,2007年版,第35页。

日语用来翻译欧洲的现代词语，又被重新引入现代汉语。”[1]“革命”一词也是如此，中国的古代汉语在日语中表示尊王改革，是维新，它是西方和平渐进革命的移植。也有人认为，汉语的“革命”与“revolution”可以说分别界定了“革命”的两个不同方面：“它的过程（打破和超越现状），与终极目的（回到基本的社会生活）。”[2]其实，这两种解释都不完全正确，中国近现代革命，打破现实的冲动是真实的，但它的指向却并不是要“回到”或者“维新”，而是要实现新的建构。西方进化论的历史哲学和近现代暴力革命实践（尤其是俄罗斯“十月革命”），为中国近现代革命提供了线性的价值趋向。

在中国现代文化史上，清朝末年统治者口中的“革命党”之“革命”显然与“叛乱”“叛逆”同意；而孙中山等人口中的“革命党”之“革命”又有着种族革命和时代变革的含义。不管“革命”出自谁人之口，革命都无一例外地指向了“暴力”，指向为实现非皇权统治的社会政治的价值目标，以及相应的所必须采取的极端化的手段。在文化本质上，中国近现代革命普遍地采取了激进主义的暴力革命的形式。革命与激进主义、无政府主义有着深刻的渊源关系。[3] 近现代史内部存在一个激进主义压倒保守主义的倾向。“从清末到民国初年，我们发现政治的现实是没有一个值得维持的现状。所以保守主义很难说话。”于是，“基本上中国近几百年来是以‘变’：变革、变动、革命作为基本价值的”。[4] 这依然是中国近现代革命的表象，尽管有的时候“革命”以及与其相伴随的暴力也可能在某个时期成为“基本价值”，但那是革命的迷失，孙中山的国民革命和共产党的共产主义革命，其实都有着明确的价值指向，前者是要建立民国而后者则在于建立社会主义制度。无政府主义是革命过程的必然产物，但却不是革命的终极指向。

中国的共产革命继承了俄罗斯共产革命的价值观念和革命方式。俄罗斯革命的主要方式是激烈颠覆的暴力革命，它结合社会进化理论，将“革命”定义为社会进化期许下的通过暴力途径获得的历史和文明的“进步”。其后的“中

---

〔1〕【美】刘禾：《跨语际实践：文学，民族文化与被译介的现代性（中国，1900—1937）》，宋伟杰等译，北京：生活·读书·新知三联书店，2002年版，第404页。

〔2〕祝东力：《精神之旅：新时期以来的美学与知识分子》，北京：中国广播电视出版社，1998年版，第25页。

〔3〕参见王元化：《九十年代反思录》，上海：上海古籍出版社，2000年版，第8、147—148页。

〔4〕李世涛主编：《知识分子立场：激进与保守之间的动荡》，长春：时代文艺出版社，2000年版，第9页。

国革命也紧步俄罗斯革命的后尘，以疾风暴雨的革命为主要方式，暴力革命成为中国社会和历史新陈代谢的公认可行的方式，改良主义被认为是无济于事的修修补补”。[1] 而“马克思主义的学说深入人心之后，阶级斗争成为激进主义选择的表现形式——阶级斗争是埋葬剥削体制的唯一手段”。[2] 依照马克思主义的解释，革命是通过剧烈的社会运动达到历史本质的质的飞跃，是马克思主义所谓的不同历史阶段（如奴隶社会向封建社会、资本主义社会向社会主义社会）实现转换的手段，通常是指称一个阶级推翻另一个阶级的斗争。在中国现代文学家鲁迅那里，“革命”同样是文明的进步。他说过：“‘革命’是并不稀奇的，惟其有了它，社会才会改革，人类才会进步，能从原虫到人类，从野蛮到文明，就因为没有一刻不在革命。”[3] 而且，革命必须在“大炮”支持之下才能成功。中国革命最常见的革命方式是暴力革命，就是毛泽东所说的：“革命是暴动，是一个阶级推翻一个阶级的暴烈的行动。”[4] 中国共产革命对于暴力革命的推崇和强调，可能给人其以暴力为基本价值的假象，但其实它依然是以建构社会主义制度为现实目标以建设共产主义为终极目标。中国共产革命虽然基于俄罗斯共产革命，但更多的还是对法国大革命所建构的现代性精神遗产的继承。

而从话语修辞上来考察，“革命”显然是一个“泛指”。[5] 在近现代文化语境中，所有的企图通过暴力形式推翻皇权制度、建构现代民主人权制度的社会政治运动都是“革命”。法国大革命是“革命”，俄罗斯十月革命是“革命”，中国辛亥革命是“革命”，中国共产党的革命同样是“革命”。具体就中国而言，“革命”的泛指特性也很明显：如辛亥革命、国民革命、土地革命等。所以，国民党的政治词汇中有“革命”，共产党的政治词汇中也有“革命”。早年的中国共产党人就认定，国民革命也是“革命”，并给予了热情的颂扬。在中国共产党人的早期社会学著作中，以及在茅盾的早期小说（如《蚀》三部曲）中可以很清晰地看到这种关于革命描述的模糊性和泛指性。在国共分离之后，在国民党的政治话语中，国民党就是“革命”，而共产党就是“反革命”。而在红色知识分子的政治话语中，共产党则是“革命的”，而国民党就成了“反革命的”。“革命”在色

---

〔1〕〔2〕 南帆：《四重奏：文学、革命、知识分子与大众》，《社会观察》2003年第S1期。
〔3〕 鲁迅：《革命时代的文学》，《鲁迅全集》第三卷，北京：人民文学出版社，1981年版，第418页。
〔4〕 毛泽东：《湖南农民运动考察报告》，《毛泽东选集》第一卷，北京：人民出版社，1991年版，第17页。
〔5〕 参见马怀强、方维保：《别一种意义上的启蒙修辞——现代“革命文学”的一种观照》，《学术界》2011年第3期。

彩上本来是一个中性的政治学术语，但在两个不同的政治集团的话语之中，革命于是具有了鲜明的政治伦理色彩。“革命”具有道义的正义性和历史的合法性，相应的，“反革命”则被置于非正义和非法的被告的位置上。

但是，在中国现代尤其是当代的文化语境中，由于现代中国左翼知识分子的功劳，中国共产党的政治文化价值观一直处于主流的地位，无论是1920、20世纪30年代，还是1949年之后，中国共产党对话语权的掌控，形成了集团意识和集团话语的泛化，因此，“革命”的含义，它的所指逐渐由复杂走向单纯，从包含了“民族革命”“国民革命”“共产主义革命”等多种内涵逐渐指向单纯的“共产主义革命”“社会主义革命”“无产阶级革命”；而在话语修辞上，它则由泛指的“民族革命”“国民革命”“共产革命”等，而逐渐指向“共产主义革命”“无产阶级革命”“社会主义革命”和“中国共产党革命”，并成为它们的“简称”。并且这样的简称由于在政治话语和文学艺术话语的长期使用，从而固化为一种习惯性特指。同样，也由于习惯性特指的语言魔力，“革命”的含义也固化为“阶级的暴力”和“社会主义思想”的符号。

（二）现代中国语境下“革命文学”的语义蜕变和修辞指向的固化

从语言修辞上来说，“革命文学”，就如同“革命”的原初泛指性一样，它也是泛指的。在法国大革命时期，站在大革命的立场上赞颂罗伯斯庇尔和马拉的文学是“革命文学”；而在俄罗斯十月革命时期，站在布尔什维克立场上赞颂列宁和托洛茨基的文学也是“革命文学”。中国近现代的“革命文学”也同样具有泛指性。

中国“革命文学”是中国近现代“革命”现实的产物。

“革命”与“文学”的结缘，源于中国文化的政治文化情结。这种政治情结在中国社会进入近现代以后，在新的历史背景之下得到了强化。新文化的“平民主义”思想出现在“五四”时期。作为一场政治文化运动的“五四”，将中国传统的“民本”思想与法国的平民思想、俄罗斯的工人阶级思想进行了结合，形成了混合形态的“五四”新文化的“平民主义”。新文化的先驱大多是文化学者和文学家，中国传统的文学与政治的连体关系，导致了这些先驱们从政治的立场看文学，用文学的方式思考政治问题和文化问题。所以梁启超才会写出《论小说与群治之关系》这样的政治文学理论文章。“五四”的先驱们也基本延续这样的思维理路，来建构他们的文学和政治关系构架。

“五四”新文化运动的“革命”主要在文学（文化）领域，是为“文学革命”。

但是,新文化运动从来都是"文学革命"与"社会革命"并行的社会文化运动。但"五四"运动将"文学革命"推向了新的十字路口,剧烈的社会运动使得文学走出书斋,流向社会;要求文学继承新文化的"革"中国古代文化之命的传统,在新的时代里担负起广泛的社会的责任,从对文学自身的关注转向了对社会的热烈拥抱。因此,"革命文学"口号同时也是中国知识界摆脱"五四"困境的产物。进入 20 世纪 20 年代,中国文学的运动开始由"五四"时代的"文学革命"转向"革命文学",在这样的背景下,以郭沫若、蒋光慈、成仿吾等创造社和太阳社的作家和理论家开始着手批判传统写实主义——"五四"新文学,而提倡类似于苏联唯物辩证法创作的"新写实主义"。成仿吾在 1923 年 11 月写出《从文学革命到革命文学》一文,提出"革命文学"的口号以替代"五四"的"文学革命"的口号,激进的革命理论家在进化的历史链条中论述了革命文学的法理基础。〔1〕

"革命文学"口号的提出,始于 20 年代初的"五四"新文化运动前后。1920 年底,北京大学哲学系、社会学系师生编辑出版了新文化杂志《评论之评论》。其成员费觉天批评"五四"新文化运动,过于重视理论的宣传,"所持的是盲目的信仰,情感的冲动,而非理智",〔2〕"在今日的中国,能担当改造的大任,能够使革命成功的,不是什么社会运动家,而是革命的文学家"。〔3〕他认为,在社会革命中,文学较之于理论更加有效。随后郑振铎于 1921 年 7 月 30 日发表《文学与革命》一文,认为,文学"叙述旧的黑暗,如士兵之残杀,牢狱之残状,工人农人之痛苦,乡绅之横暴等情形的作品绝无仅有",提出"把现在中国青年的革命之火燃着,正是现在中国文学最重要最伟大的责任"。〔4〕在得到文学研究会郑振铎、瞿世英等人的热情支持后,费觉天在《评论之评论》上开辟"革命的文学讨论"专栏。《评论之评论》第 1 卷第 4 期发表费觉天、瞿世英、周长宪讨论"革命的文学"的文章,转载了郑振铎《文学与革命》一文,刊发胡适、周长宪、郑振铎创作的"革命诗歌"。〔5〕就在这些带有左翼倾向的知识分子的表述中,描述文学思潮的术语逐渐从"文学革命"转向了"革命文学"。

---

〔1〕成仿吾:《从文学革命到革命文学》,《创造月刊》1928 年第 1 卷第 9 期。
〔2〕编者:《本志宣言》,《评论之评论》1920 年第 1 期。
〔3〕郑振铎:《文学与革命》,《时事新报·文学旬刊》1921 年第 9 期。
〔4〕西谛(郑振铎):《血和泪的文学》,《时事新报·文学旬刊》1921 年第 6 期。
〔5〕参见王烨:《文学研究会与初期革命文学的倡导》,《厦门大学学报》2006 年第 3 期。

文学与革命的关系到底如何？鲁迅在黄埔军校做过一回讲演《革命时代的文学》，将其分为三个阶段：一、“大革命之前，所有的文学，大抵是对于种种社会状态，觉得不平，觉得痛苦，就叫苦，鸣不平。”这类叫苦鸣不平的文学不是革命文学。二、“到了大革命时代，文学没有了，没有声音了，因为大家受革命的激荡，大家由呼喊而转入行动，大家忙着革命，没有空闲谈文学了，还有一层，是那时的民生凋敝，一心寻面包吃尚且不及，哪有心思谈文学呢?”三、“等到大革命成功了，社会状态缓和了，大家的生活有余裕了。”这时候的文学分两种，赞扬新制度的“讴歌文学”和怀念旧时代的“挽歌文学”。〔1〕鲁迅在演讲中提及了“革命文学”的众多因素，唯独没有提到“共产革命”和“无产阶级革命”，也许他是有所期待吧。但通过鲁迅的文章我们可以看到，“革命文学”已经成为激进文学家和思想家笔下反复使用的文学术语了。

就如同“革命”的意义一样，当时的“革命文学”也带有泛指意义。当国民革命到来之后，它更多的是指向了“国民革命”的文学。就如同茅盾等人将“国民革命”与“共产革命”视同一体一样，早期的革命文学，有茅盾的“国民革命”的“革命文学”，也有巴金的安那其主义的“革命文学”，有红色共产革命的“革命文学”，当然也有国民党的“革命文学”。1927年北伐前后在广州成立的所谓“革命文学社”，出版《这样做》旬刊，第二期刊登的《革命文学社章程》中就有“本社集合纯粹中国国民党党员，提倡革命文学……从事本党的革命运动”等语。〔2〕因此，早期的“革命文学”是具有泛指意义的，它是对表现社会革命的文学形式的总称。但是，需要指出的是，由于“五四”新文化就受到苏俄革命的影响，就是早期的所指模糊的“革命文学”就已经把共产革命纳入了表现的对象，这为20年代后期这一概念顺利导向“无产阶级革命文学”的特指创造了有利的条件。

“革命文学”成为“共产革命文学”的专有名词，始于苏俄影响下的中国红色共产革命。

中国红色革命文学的发端，可以追溯到“五四”。周作人的《平民文学》和李大钊的《布尔什维主义的胜利》都可看作早期的革命文学思潮的开山之作。胡适的《沁园春·新俄万岁》、刘大白的《红色的新年》与《劳动节歌》《田主来》

〔1〕鲁迅：《革命时代的文学》，《鲁迅全集》第三卷，北京：人民文学出版社，2005年版，第438—440页。

〔2〕参见鲁迅《革命文学》的注释6，《鲁迅全集》第三卷，北京：人民文学出版社，2005年版，第569页。

等稍嫌浮泛，却也歌颂了新的时代潮流。但早年的“五四”先驱所从事的大多是理论的倡导，其精神的本质更多的是民本意识。他们所书写的只是与共产革命相关，而显然缺乏后来“革命文学”所必须具备的红色政党意识，其所表达的社会主义理想也显得模糊和浅尝辄止。换句话说，它是早期泛指意义上的社会革命文学的一部分。

瞿秋白是红色革命文学的真正的拓荒人。1920 年 10 月，瞿秋白以《晨报》记者身份赴苏联，《饿乡纪程》（亦名《新俄国游记》）和《赤都心史》即为旅苏期间所写的两部散文集（有些篇章曾在《晨报》上发表）。作者怀着对社会主义制度的向往，最早向祖国的人民“拨开”国内外反动派所散布的“重障”，真实报道了“俄罗斯红光烛天，赤潮澎湃”[1]的现实以及苏俄“无产阶级创业的艰辛”。苏维埃政权建立初期新与旧、革命与反革命之间那种复杂、尖锐而曲折的斗争，都在作品中得到了反映。许多篇章记述了劳动人民在列宁和布尔什维克党领导下战胜敌人、排除困难的英勇业绩，表现了“第一个社会主义共和国”当时生气勃发的革命气象。在《列宁》《赤色十月》等篇中，作者热情地描绘了列宁的形象，显示出人民对共产党、对领袖的无限爱戴和信赖。这一时期对苏联无产阶级革命的书写，虽具有信仰的性质，但这样的书写仍然只是对异域文化状况的“转述”。但，瞿秋白并没有明确地将他对苏联的“描述”命名为“革命文学”。

1921 年中国共产党成立，促成了“红色革命文学”的真正诞生，当然也是它的革命理想和实践促成了“革命文学”书写信仰的本土化历程。

1922 年 1 月，中共领导下的社会主义青年团机关刊物《先驱》开辟了“革命文学”专栏，发表了富有“革命”精神的诗作。1923 年 3 月，中共党的理论刊物《新青年》季刊在《新宣言》中提出，中国的文学运动“非劳动阶级之指导，不能成就”。1923 年 5 月 27 日，郭沫若在《创造周报》第三期上发表《我们的文学新运动》，提出：“要把一切的腐败的存在扫荡尽，烧葬尽”，要“反抗资本主义的毒龙”，要“在文学之中爆发出无产阶级的精神”。在同一期上，郁达夫发表了《文学上的阶级斗争》，说：“世界上受苦的无产阶级者，在文学上社会上被压迫的同志，凡对有权有产阶级的走狗对敌的文人，我们大家不可不团结起来，结成一个世界共同的阶级，百折不挠的来实现我们的理想，我确信‘未来是我们的

---

〔1〕 瞿秋白：《“什么！”》，《赤都心史》，桂林：广西师范大学出版社，2004 年版，第 104 页。

所有'。"同年12月22日，邓中夏在《中国青年》上发表《贡献于新诗人之前》，主张以文学为工具，新诗人要从事于革命的实际活动，做革命的诗歌。1924年5月17日，恽代英在《中国青年》第三十一期上，再发表了《文学与革命(通讯)》，提出"革命文学"的口号，激励一般文学青年能够做脚踏实地的革命家，第一件事是要投身于革命事业，培养革命的感情，创作出"革命文学"来。1924年11月6日，沈泽民在上海《民国日报》附刊《觉悟》上发表《文学与革命的文学》，更明确地提出了时代对于革命文学的需要。他呼吁："起来，为了民众的缘故，为了文艺的缘故，走到无产阶级里面去！"郁达夫在1927年3月指出，我们现在所要求的革命文学，当然是无产阶级的文学。茅盾在1925年发表了《论无产阶级艺术》(《文学周报》172、173、175和196期)、《告有志研究文学者》(7月5日出版的《学生杂志》第12卷7号)、《文学者的新使命》(9月13日出版的《文学周报》第190期)。《论无产阶级艺术》和《告有志研究文学者》阐述了苏联无产阶级艺术的产生条件、艺术特点，和旧世界艺术的区别，还谈到了无产阶级文学运动中存在的问题及其解决的办法。[1]

通过这样的考察，我们可以发现，提出"革命文学"口号的最主要的是共产党知识分子。但正如"革命"在现代政治学词典中的含义一样，"革命文学"的口号虽然是中共知识分子提出的，但他们对它的向共产革命文学的定向，是逐渐完成的。茅盾的小说《蚀》三部曲中的《幻灭》和《动摇》显然都是关于"国民革命"的文学。"革命"的含义指向"共产革命"是在国民党"分共"之后，革命文学完全定位于"共产革命文学"也是在同一时代。由共产党作家和理论家所发动的"革命文学"论争，对于"革命文学"由泛指走向特指，并且固化在对于表现红色革命、暴力革命这一点上起到了决定性的作用。

(三) 红色革命语境中"革命文学"的涵盖性

"革命文学"最初的别称为"普罗文学"。在20世纪二三十年代的"革命文学"论争中，为了使"革命文学"这一概念更明确，就提出"普罗文学"的口号。李初梨说："革命文学，不是谁的主张，更不是谁的独断，由历史的内在的发展——连络，它应当而且必然地是无产阶级文学。"[2]此时，所谓的"革命文学"也就成为"无产阶级革命文学"的简称。

---

〔1〕 方维保：《普罗文学的建构焦虑与创作主体的再造》，《中国现代文学研究丛刊》2009年第5期。
〔2〕 李初梨：《怎样地建设革命文学》，《文学运动史料选》第二册，上海：上海教育出版社，1979年版，第39页。

左联时期出现了“左翼文学”的命名。“左翼文学”是一个文学史概念，它是文学史家历史追述下的命名。中国传统文学中有“左翼”却没有“左翼文学”的概念；“左翼”的现代政治含义显然是新文化运动的西洋舶来品，而“左翼文学”也正是随着它而在中国出现的。早在1926年，冯雪峰所译日本升曙梦著《新俄文学的曙光期》中就有《新俄文坛的左翼和右翼》。这可能是“左翼文学”这一概念进入中国的最早记录。真正的中国“左翼文学”很可能是随着左翼作家联盟1930年的成立而出现的。鲁迅在《对于左翼作家联盟的意见》的讲演中、在《中国无产阶级革命文学和前驱的血》等文章中多次提到“左翼作家”，直到1931年4月、5月间，鲁迅应美国记者史沫特莱的邀请为美国《新群众》杂志所作的《黑暗中国的文艺界的现状》中才明确提出了“左翼文艺”的概念。〔1〕在鲁迅等左联理论家和作家的话语中，左翼文学就是“无产阶级革命文学”。“左翼文学”或“左翼文艺”被提及的频次是较低的，而“无产阶级革命文学”被提及的频次却非常的高。后来的文学史家，如唐弢等主编的《中国现代文学史》(1964年编写，1979年出版)中，明确提出“左翼文学运动”，并将其定义为中国左翼作家联盟1930年成立到1936年解散这一阶段的无产阶级革命文学创作和文化活动。这一阶段的左翼文学活动具有显著的“革命性”或者共产主义意识形态特性。大多数文学史习惯把“左联文学”称为“左翼文学”。

“左翼文学”的主体是左联文学，而左联文学的主体又是共产革命文学，虽然说左联的文学作品并不总是表现共产革命，但它与共产革命的民族理想和阶级革命理想是保持步调的同一性的。因此，“左翼文学”可以看作是“革命文学”的一个特殊阶段，或者在特殊历史语境中的别称。蒋光慈们叱咤风云的30年代，共产党作家称自己的创作为“左翼文学”，既有统一战线的考量，当然也是国民党高压下的特殊的语言策略。

中国红色革命的延安时期出现了“工农兵文学”的命名。延安时期的政治语境有别于二三十年代的上海。红色革命话语悄然将早年“笼统”的“无产阶级”具体化为“工农兵”。而“革命文学”也被给予了另一个命名——“工农兵文学”。“工农兵文学”可以看作是“革命文学”表现对象的具体化。左翼时期的“革命文学”，从理论上来说，“无产阶级”主要指向“工人阶级”，而在实际的文

---

〔1〕 鲁迅：《黑暗中国的文艺界的现状》，《鲁迅全集》第四卷，北京：人民文学出版社，1981年版，第285页。

学创作中，其实并不缺乏革命的农民形象。同时，由于士兵主要出身于农民，因此，“工农兵文学”的概念并没有扩大“无产阶级革命文学”的表现对象。还应提及的是，延安时期的“工农兵文学”和“无产阶级革命文学”这两个概念往往同时并存，这也说明了它们的文化同质性。尽管“工农兵文学”的提出在其时有着其所要强调的侧重点。

“十七年时期”还出现了“人民文学”的概念。从中国现代革命文学的发展历史来看，虽然“人民”更具有抽象性和模糊性，在不同的历史阶段所指并不完全一致，但大体内涵还是始终如一的，那就是“无产阶级”或者工人农民。因此，“十七年时期”文学主要以工人农民为表现对象，并表现他们在中国革命新的历史阶段——社会主义革命时期的生活和精神面貌，我们站在“革命”文学立场上来考察，那正是早年“革命文学”的梦想。同时，与“普罗文学”“工农兵文学”“人民文学”与“无产阶级革命文学”也都是同场使用的概念术语。这也说明了它们在语义内涵上的同质性，尽管“人民文学”在这一时期的提出也有其所要强调的侧重点。

虽然本文主要讨论现代时期的“革命文学”，但一个不容忽视的现实是，当红色革命延展至几乎整个 20 世纪的时候，“革命文学”也是随之延展的。因此，“革命文学”应该是整个 20 世纪的红色文学。它包括 20 年代的发生期、左翼作家联盟成立前后的左联时期、共产党人延安时期的发展期、50—60 年代的鼎盛期、“文革”时期的病态繁荣期、“文革”后的后发展时期。〔1〕 相应的，20 世纪中国“革命文学”在不同的历史阶段有不同的名称，诸如“革命文学”“左翼文学”“工农兵文学”和“文革文学”等。

当然，中国“革命文学”的现代时期和当代时期，在文化上存在着巨大的语境差异：现代时期的“革命文学”由于它的受压迫和在野地位，从而使它的革命性具有道义上的正义性质；这一时期的革命作家的创作对革命理念的接受和表达具有混杂性，文本表现上色彩斑斓，甚至带有自由主义的特征；而当代时期的“革命文学”则具有制度特征和权力特性。尽管如此，无论现代时期还是当代时期，“革命文学”对于革命的信仰理念的表达都具有延续性。进入“当代”以后，作为右翼消失后的文学现象，它与 20—30 年代的“革命文学”和后来的延安文学具有一脉相承的本质，因此，我们仍然可以称之为“革命文学”。首

〔1〕 参见方维保：《当代文学思潮史论》，武汉：长江文艺出版社，2006 年版。

先，中国现代与红色政治相关的文学最初就是以“革命文学”的面目出现；更为重要的是，无论是在文化上还是在文学上“革命文学”都更具有涵盖性。[1]

1976—1989年是20世纪中国红色革命的特殊阶段。在政治意识形态上，它与中国现代、当代的红色意识形态具有一脉相承的延续性，但是这又是一个全新的时代，政治、经济和文化都发生了巨大的变革。因此，可以称之为“后革命时代”。而这一时代的文学，习惯上被称为“新时期文学”。命名的变换，标志着文学的意识形态的新变，但新时期文学在信仰层面(包括政治信仰和文学信仰)又有着历史的痕迹。这主要得益于中国共产党的始终的执政地位和这一时期主流知识分子的思想认同。所以，我把这一时代看作是“革命文学的后革命时代”。作为20世纪革命文学的一个“新”的阶段，它将进入我的论述视野，以说明革命文学发展的完整性；但显然不是主体，而只是“尾声”，因为它无法体现“现代”时期革命文学的本质形态。

总之，“革命”与“革命文学”对于中国共产主义政治运动和文学思潮的特指，是一种历史的定位。作为一种话语修辞，它们形成于现代红色革命运动和文学思潮的历史进程之中，是红色政治话语和文学话语长期聚集性表达的产物；同时，其价值内涵又是在现代红色政治运动和文学思潮中确立的，正是现代红色政治实践和文学实践才使之获得了相对稳定的也很特殊的意义指向和价值构成。

二　文学的价值结构和现代“革命文学”的价值结构

任何一种文学现象与文学思潮都有其独特的价值追求，也都有其独特的价值结构。要解读中国现代“革命文学”的价值结构，首先需要了解价值与价值结构的一般含义，了解艺术和文学的价值与价值结构，只有在此两者基础之上才能阐释中国现代“革命文学”独特的价值追求和结构形态。

(一) 文学的价值和价值结构

对于价值，马克思是这样解释的：“‘价值’这个普遍的概念是从人们对待满足他们需要的外界物的关系中产生的。”[2]也就是说，价值在哲学上首先是

---

〔1〕 参见方维保：《20世纪中国“革命文学”观念的主体性阐释》，南京师范大学博士论文，2009年，第8页。

〔2〕 马克思、恩格斯：《马克思恩格斯全集》第十卷，北京：人民出版社，1962年版，第406页。

一个关系范畴，其所表达的是一种人与客观外物之间的需要与满足的对应关系。[1] 一般认为，马克思主义强调了价值的功利性，因为马克思更多的是从社会组织和经济生活的角度来考察价值的。但马克思主义也强调人在“必然王国”中对于“自由王国”的追寻。存在主义价值哲学认为：“价值是人所构造的一种评价性标准。”“关键在于主体的认可，有了意识和自我意识也没有价值，必须由主体来做一个决断。这个自由是先于价值的，可以说原初的自由不是价值，一旦主体将自由设定为价值，才是价值。”[2]价值的存在，是相对于人的需要而言的。价值的核心是主体（人）的需要。价值作为一种意义存在，它是主体与客体遇合的介质。它具有其“价值相关性”（wertbezogenheit）的文化事实。[3] 价值在于它的有效性（geltung），而不在于它的实际的事实性（tatsaechlichkeit）。但是，价值是与现实联系着的：“首先，价值能够附着于对象之上，并由此使对象变为财富；其次，价值能够与主体的活动相联系，并由此使主体的活动变成评价。”[4]

价值既然根源于主体的需要，因此，价值也是有其层次和结构的，因为人的需要也是有其层次和结构的。人本主义心理学家马斯洛在20世纪50年代将人的需要划分为五个层次：生理需要、安全需要、爱的需要、尊重的需要和自我实现的需要。[5] 与此相对应，价值则分为五个方面，即生理价值、安全价值、爱的价值、自我实现的价值等。这种结构是一种层次结构，其最底层的价值是生理价值，最高层的价值是自我实现的价值。但在许多时候，人的需要有可能是呈现为平面结构，也即诸多方面的价值不是呈现为由下到上的层次而是呈现为并列平行又相互联系的关系。

文学艺术的价值是文化价值的一个方面，属于文化价值的一个门类。从文化的角度来说，价值是一个社会构成，靠永不停止的社会表意活动来构筑自己。关于艺术的价值（包括文学的价值）古今中外都有很多的研究，而且大多是从系统结构的方面讲述的。

---

〔1〕《马克思主义基本原理概论》，北京：高等教育出版社，2010年版，第79页。

〔2〕唐逸：《关于自由价值》，《幽谷的风》之《文化批评》，杭州：浙江大学出版社，2008年1月版，第263—264页。

〔3〕【德】考夫曼：《古斯塔夫·拉德布鲁赫传——法律思想家、哲学家和社会民主主义者》，舒国滢译，北京：法律出版社，2004年1月版，第123页。

〔4〕【德】李凯尔特：《文化科学和自然科学》，涂纪亮译，北京：商务印书馆，2000年1月版，第78页。

〔5〕参见车文博：《人本主义心理学》，杭州：浙江教育出版社，2003年版，第116页。

中国古代文化往往将文学艺术的价值表述为“功能”，一种价值的系统。《尚书·尧典》指出艺术的陶染可以使人“直而温，宽而栗，刚而无虐，简而无傲”，这是从人格方面来讨论艺术的价值，以及艺术在人格影响上的几个方面。总体上，它认为艺术具有使人达到人格完美的功能。春秋时代，孔子更为具体地提出了“兴、观、群、怨”说。在《论语·阳货》中，孔子说：“小子何莫学夫《诗》！《诗》可以兴、可以观、可以群、可以怨，迩之事父，远之事君。”在《论语·子路》中还说：“诵《诗》三百，授之以政，使于四方，不能专对；虽多，亦奚以为。”孔子对诗的价值的认识主要着眼于其社会功用，如认识功能、社会组织功能、交际功能等，但是也涉及审美，如“兴”；也涉及伦理，如“事父”“事君”，甚至涉及诸如政治、外交等实际工作能力的培养。这说明孔子对于艺术的价值的认识是比较系统的。清代文学理论家王夫之更从结构系统的内在关系出发阐发了他的“四情”——“兴、观、群、怨”说。他认为，《诗经》的主旨在于“道情”：“出于四情之外，以生起四情，游于四情之中，情无所窒。”（《薑斋诗话》卷一）他所论述的是诗的情感表达价值。

古希腊人在其神话中为艺术之神缪斯安排的位置是：上帝的第九个女儿，最年轻最有活力。亚里士多德也提出了“卡塔西斯”说，他强调了艺术的情绪宣泄、精神陶染和净化功能。中国现代美学家宗白华在《略谈艺术的“价值结构”》一文中不但论述了艺术的价值，还论述了其价值结构，他说：“艺术至少是三种主要‘价值’的结合体：（一）形式的价值，就主观的感受言，即‘美的价值’。（二）抽象的价值，就客观言，为‘真的价值’，就主观感受言，为‘生命的价值’（生命意趣之丰富与扩大）。（三）启示的价值，启示宇宙人生之最深的意义与境界，就主观感受言，为‘心灵的价值’，心灵深度的感动，有异于生命的刺激。”〔1〕宗白华所谈论的艺术的价值结构，实际就是“真”“善”“美”的结合体，它涉及艺术的形式的美、生命的真、道德的善三个方面。而郁达夫则认为：“小说在艺术上的价值，可以以真和美的两个条件来决定。”“真正的艺术品，既具备了美、真两条件，它的结果也必会影响到善上去。”〔2〕在郁达夫所论述的艺术价值的真善美结构中，他倾向于真和美。

中国当代美学与艺术研究领域对于文学的艺术价值结构进行了探讨。刘

---

〔1〕 宗白华：《美学与意境》，北京：人民出版社，1987年版，第124页。
〔2〕 郁达夫：《小说论》，《郁达夫全集》第十卷，杭州：浙江大学出版社，2007年11月版，第145页。

艳芬在《艺术价值结构新探》一文中对艺术价值进行了静态分析，她认为艺术价值是审美价值带动的综合价值系统，艺术价值具有超越生活关注审美的精神性特点：艺术除了审美价值之外，“同时具有认识价值、教育价值、娱乐价值、宣泄价值、净化价值等”。她认为，在艺术的价值系统中，是以审美为基础的。她通过对艺术价值的动态分析认为，从空间角度看，艺术价值是个体价值与社会价值的统一，艺术价值具有由艺术创作主体的个性风格与社会责任感凝结的特点；从时间角度看，艺术价值是时代价值与永久价值的结合，艺术创作关注时代价值的同时，应努力创造具有永久魅力的精品。〔1〕刘氏对于艺术动态价值结构的论述，由于引入时间维度，她的探讨主要从抽象永恒和具体功用两个方面对艺术的价值结构进行了细化。翟振明在《论艺术的价值结构》一文中通过对于艺术价值之“有用”与“无用”的辨析，区分了艺术的外在价值与内在价值、工具价值和终极价值。他认为艺术具有无用的“内在价值”，或称“自为的价值”，是一开始就超越“有没有用”问题的终极价值。终极价值是内在的、自为的价值，是使工具价值获得工具性的价值。如果没有不可见的精神价值，其他很多东西的可见的实用价值就荡然无存了。通过对于艺术创造、艺术欣赏及两者之间的过程中介，论述了各自的价值结构内涵及其人文性。〔2〕翟氏的文章从艺术价值的形成论述了艺术价值的人文性及其两个层次，将中国传统艺术理论的“器用之辩”引入到了价值结构的考量之中。刘士林在《论艺术作品的价值结构》中认为，艺术作品的价值结构主要可区分为三种层次，即艺术的认识价值、艺术的伦理价值与艺术的审美价值。艺术的认识价值，是以主体的认识能力为基础而产生的一种具有客观性质的艺术价值属性。它的意义在于可以通过艺术帮助人们去认识自然与社会的本质内涵。艺术的伦理价值，是以主体的意志能力为基础而产生的一种具有强烈主观色彩的艺术价值属性。它的意义在于可以帮助人们充分体验到人类伦理主体的伟大与崇高。艺术的审美价值是以主体的想象力为根源而产生的一种属于艺术自身的价值属性。它的意义在于通过艺术作品所展示的精神境界，可以帮助人们充分体验到人类艺术创造的精神魅力。这三种价值属性是人类生命活动方式的必然表现形态。〔3〕

---

〔1〕 刘艳芬：《艺术价值结构新探》，《济南大学学报(社会科学版)》2005年第6期。
〔2〕 翟振明：《论艺术的价值结构》，《哲学研究》2006年第1期。
〔3〕 刘士林：《论艺术作品的价值结构》，《淮阴师范学院学报(哲学社会科学版)》2009年第5期。

这些研究看上去似有不同，其实他们都是从某几个层面讨论了艺术的价值，有的可能偏重于艺术本体，从而主要揭示了艺术的本体价值的几个方面；也有的可能将艺术本体与艺术的存在语境相结合，而揭示了艺术价值的几个方面。这些研究无疑具有启发性，主要是：一、无论中国古代还是西方，都对于艺术价值的存在有着一致的肯定性认同；二、他们对艺术价值的系统性有着一致性的认同，越是到当代这种系统性的认识越明确；三、他们对于艺术价值的系统性认识中包含着结构性认识，但是并不是所有理论家都对艺术价值系统的内部“结构关系”有着自觉。

传统的价值理论，往往从艺术本体的角度来认识文艺的价值，那么，文艺的价值主体就落在了文本本身和它的直接的创作者身上。从主体论来探讨，则价值主体就是形象主体和创作主体。这都是典型的文本中心主义和作者中心主义。这种从文本和作者来考察文艺价值的方式，并没有完全错误，在传统的审美中心论之下，它是正确的。但是，若用价值论来衡量，它又是不全面的，甚至是偏颇的。所有的价值都是在满足人们的需要中实现的。文艺的价值，既满足了艺术之作为艺术自足的需要，也满足了创作主体自身情感宣泄的需要，但是，那都是文艺的内部需要的满足。它真正的价值，在文艺文本和作者之外，只有读者(接受主体)需要的满足，才是最后的价值实现。因此，现代的价值理论从价值产生的机制，尤其在接受美学兴起之后，则主要地从价值主体的角度来考察文学艺术的价值问题的。因此，敏泽、党圣元认为：“大多数的创作也都是要面对自己以外的读者，接受主体的兴趣爱好就很重要。”“尤其是放在价值论的背景之下，接受主体的地位尤其重要，因为他的评价决定了文学的价值。因此，我们说，文学的主体可能是文学家，而文学的价值主体却不是文学家，而是给予他提供评价的主体。这个主体可能是一个人，也可能是一群人(读者群体)。”〔1〕也就是说，价值既然是来自于需要的评价，那么，文艺的价值就不在于它自身，而在于外在于它的读者(接受者)，它自身只是价值客体，而读者才是价值主体。

但是，假如将文艺的价值完全落足于接受主体身上，也会造成偏颇。价值来自价值主体的评价。这种将价值主体的身份，完全赋予接受者的做法，显然会造成价值的不确定性。因为一部满足了一部分人需要的作品，其价值就会

〔1〕 敏泽、党圣元：《文学价值论》，北京：社会科学文献出版社，1997年1月版，第186页。

被高估;而另外一部分人,因为这部作品无法满足他们的需要,就会对价值进行低估。如此,那么文艺的价值就失去了基本的稳定的规定性,它也就无法存在下去。实际上,文艺的价值,是文本审美、作者情怀和读者感受、社会反响的综合评价的结果。正如敏泽、党圣元所认为的:"文学的价值,是对于文学的总体评价的结果;其中涉及多方面的主体,如作者主体、形象主体以及接受主体等,可以说是这三方面主体的综合妥协和努力的结果。"[1]因此,虽然价值论赋予价值主体以对于价值的生成权力,但是,任何一种价值都有着它的客体基础,没有客体基础的价值是虚无的。因此,我认为,文学艺术的价值,是文本的自身价值与价值主体精神遇合的产物。

结合已有的研究成果,我认为文学艺术的价值内涵主要在四个方面:

文学艺术的价值首先在于审美价值。审美,也就是"aesthetics"。这个被我们译成"美学"的词,本来的意思是"直感学"。文学艺术是直感的外化,具有康德所说的"无目的的合目的性",也即超越现实功用直抵生命真谛的永恒价值。这种带有神秘主义倾向的美学观念,其实是将文学艺术的价值指向人的精神的自由。从生命的历史发展来看,它涉及终极的关怀。同时,文学审美价值还包含着宗白华所说的"形式的价值"。审美的精神价值的实现,是通过"语言"这一介质实现的。这是文学不同于其他艺术门类的最为重要的方面。因此,在文学审美价值中,既包括狭义的语言的修饰,也包括艺术形式的诸种方面,诸如结构、修辞等等。但是,在文学的审美价值中,创作者当然可以通过语言形式表达情感,但其价值还主要在于阅读主体通过语言的阅读获得情感的净化和愉悦。"审美"之"审",来自读者,而不是来自文本;一部美的作品,是读者审视的结果。文学的审美价值在现实的层面上来说它是"无用的",但却是"永恒的"。宗白华所说的"真"的价值,或者所谓的"启示"价值之所在,也包含着审美的终极的关怀。但前者着眼于艺术本体,而后者则着眼于接受者。正是通过审美价值,文学艺术直达人的精神,并具有跨越时间的生命力。

文学艺术的审美价值是其价值结构中的本体部分,这是由艺术的规定性所决定的,也就是由人类的文化共识决定的。

文学艺术的价值其次在于认识价值。文学的主要价值不在于知识,也不在于对于世界的认知,而在于审美。但是,文学是作者对于人类社会认知感受

---

〔1〕 敏泽、党圣元:《文学价值论》,北京:社会科学文献出版社,1997年1月版,第186页。

的一种特殊的表达形式,其中有着作者的知识积累和对于世界的认知和理性的判断,同时也有着人类社会认知经验的积累。这种认知和判断虽然是通过感性形式表达的,但是理性仍然深蕴其中。文学艺术是一种经验载体,作品实际上在传播着一种经验,这种经验作为知识而为读者所接受,并影响着他们对于世界的认识和观照。读者可以通过作品所传达的经验,去认识世界,观察世界。因此,它具有认识价值。习惯上所说的文学艺术的教育功能,也包含着一部分的认识价值。这也就是中国古人所说的"观"的价值。其实宗白华所说的"真"的价值也包含着认识论的部分,即对于生命真谛的探索和认识,当然也包含对于现实的经验认识。

文学艺术的价值再次在于伦理价值。文学是人学。它表现了人与人、人与自然的关系。这就是一种伦理关系。文学艺术是以人的伦理关系内容为表现内容的,其中包含着伦理的价值观。而且,文学艺术在叙述中,还涉及诸如情节的安排、人物的关注度、创作主体介入的程度,以及语言修辞的运用等。在安排和选择中,也有着伦理的倾向。文学艺术的伦理价值也论述着作者、作品与读者(观众)之间的伦理关系。通过语言文字形式,通过文学形象,文学艺术对于读者(观众)形成价值观念的熏陶,从而起到"教育"作用。文学也因此具有教育价值。文学的教育价值,既是包含着认识的功能,也包含着伦理的功能。但是,这是一种审美教育。审美教育所表达的就是文学艺术与接受主体之间的伦理关系和伦理经验。文学伦理价值的实现既在创作过程中,更在接受过程中。在创作过程中,它调节了创作主体与想象世界之间的关系,也调节着创作主体与他的话语之间的关系;在接受过程中,它调节了象征域与接受主体之间的关系。这三者是人类在从事文学艺术活动中所应该展现的第一层次的形态。这种伦理价值既存在于文学艺术价值的本体之中,又延伸其外,将文学艺术置于人类社会的语境之中。对于文学艺术的伦理价值的认识,不是内或外的问题,而是从整体作品的语境中来考察的。所谓的"审美"或"审丑"也都是关于文学艺术伦理价值的一种界定。

文学艺术的价值还在于社会文化价值。文学由于其表达的社会性以及传播的社会性,无论其审美价值,还是认识价值和伦理价值,都生成于特定的语境之中,因此,它还存在着社会文化的价值。同时,由于文学是个体创造物,因此,文学的价值结构还包含着个体价值;也由于文学的创造者是作为社会关系中的个体,它所表现的对象实为社会人群,因此,它也具有社会价值。而无论是个体价值还是社会价值都是语境中的价值实现，因此，个体价值和社会价值也都可以纳入社会文化价值的范畴之内。文学艺术的社会文化价值还在于它以生活作为表现内容，无论文学艺术在具体的表现中有着怎样的幻想性，但经验性的社会生活永远是它的想象的起点；作为一种社会文化语境中的文化行为，它所展现的社会生活情状，具有文化人类学的价值。而所谓的文学艺术“娱乐游戏”价值，也是将其作为一种生活来对待的。艺术化的生活是人类的日常生活的向善的存在形态。尤其是对于那些具有文化特性的创作，其社会文化价值就更加明显。比如神话创作，比如日常化的创作等等，其价值的重心更在文化的意义而不在于一般性的审美的意义。

文学艺术的价值不仅存在着诸多的维度，而且存在着“系统性”和“结构性”。对于文学艺术价值结构的研究大多着眼于价值内涵的认识，误把“价值结构”解释为“从人的本体需要出发的对于价值内涵的功能性的区分”。从逻辑上来说，区分价值内涵的功能性，只是一般的说明各个价值维度之间的平行关系，并不能真正揭示它们在整个价值系统的位置和彼此之间的关系。我认为，文学艺术的这四个方面的价值，所呈现的是一种“结构形态”，它们彼此之间不是独立的，而是形成一种“关系”，并构成一个“系统结构”。

在文学艺术价值的这一结构形态中，各个价值维度形成了一个相互联系、彼此相挽相存的系统关系。没有审美价值，认识价值、伦理价值和社会文化价值也就无从寄托；同样，认识价值、伦理价值以及社会文化价值也天然地存在于文学艺术的审美价值之中。文学艺术的审美是以理性的认知为前提的，而文学艺术在表现人及其生活和生命状态之时，天然地具有伦理的调节作用和审美的熏陶作用；文学艺术只要创作了出来，存在于历史文化的长河之中，就不可避免地具有了书写人类社会史、生命史的社会文化价值。但是，在文学艺术的价值结构中，依然存在着角色地位的高低问题。文学艺术的审美价值在艺术自觉的时代，一般都将其作为核心价值。因为，审美价值是文学艺术存在的前提，审美是其最高的追求。而认识价值、伦理价值和社会文化价值等在文学艺术的范畴之内，都处于次要的地位，甚至可以说是审美价值的衍生物。

但是，在文学艺术的价值结构中，各个价值维度的角色地位并不是一成不变的。文学艺术的社会文化价值，在原始艺术时代是第一位的，艺术在那个时代主要在于游戏和娱乐；当然也包含着认识价值，有很多没有多少审美性的原始符号实际上就是生活事件的一个记录。在中国的封建文化时代，以“文以载道”作为文学艺术的理想，那么，文学艺术的工具价值，如认知价值、教育价值甚至伦理价值的地位就会上升，而审美价值的地位则下降。不过，审美价值作为文学艺术价值结构中最为核心的价值维度，虽然其地位可以下降，但是其地位不会无限下降，它总会保持相当高的水平。文学艺术可以不具备认知价值，也可以没有教育意义，但是却不能完全没有审美价值。当文学艺术的审美价值趋近于零的时候，文学艺术也就不存在了，其价值意义当然也就无法实现了。

文学艺术的价值结构，是其文化价值的内部逻辑。其结构形态的形成，是其各个价值元素商兑的结果。当它一旦形成，就成为了具有稳定的结构形态的文艺形式。

（二）“革命文学”的价值和价值结构

中国现代革命文学，属于一种特殊的文学现象，其价值结构既与一般意义的文学艺术的价值结构相似，但很显然又具有特殊性。正如有的学者所认识到的：“无产阶级革命文学是一种外向型的创作，它是为无产阶级服务的，为人民服务的，在这样的前提下，这个文学要服务的对象，就成为价值的主体，而文学家作为价值主体却是不重要的了。”〔1〕也就是说，在革命文学的价值结构中，接受者主体的评价也更加重要。

革命文学作为绵延20世纪大部分时间并与中国现当代红色革命关系密切的历史现象和文学思潮，其价值追求和价值结构与一般文学思潮又有所不同。从其发生的20世纪20年代起，“革命文学”理论家如瞿秋白、胡风、周扬等就曾涉及革命文学的信仰价值、政治文化价值、审美价值和伦理价值等多个方面，并对诸种价值元素之间的关系进行了理论言说，他们通过对于“文学与政治关系”“文学家与政治的关系”的言说，论证了文学审美与革命信仰、革命政治之间的相互作用，并论证了革命意识形态的价值核心地位。同时，革命文学理论家和批评家还运用马克思主义的价值论，对当时的革命文学创作和形形色色的文学想象进行了细致的价值分析和批评。进入当代以后，现代文学研究界，特别注意到了左翼“革命文学”的政治文化价值，〔2〕注意到了马克思主义价值观在左翼文学形成中的作用；〔3〕在历次的人道主义与文学关系的讨

〔1〕 敏泽、党圣元：《文学价值论》，北京：社会科学文献出版社，1997年版，第186页。
〔2〕 朱晓进：《政治文化语境与三十年代左翼文学批评》，《江苏社会科学》2006年第1期。
〔3〕 杨洪承：《意识形态与“左联”的信仰系统构成论》，《福建论坛（人文社会科学版）》2006年第4期。

论中，研究者还从宏观的哲学的角度研究了左翼革命文学运动的人文价值；[1]但更多的学者所着眼的则是左翼革命文学价值观和价值取向，和中国马克思主义意识形态对革命文学价值观的建构作用。同时，从价值判断方面来考察，很多研究者都注意到对于革命文学的历史和文学功过的评价，无论是肯定还是否定，都关涉到一个价值判断的基准问题：是把革命文学作为“文学”还是把它作为“政治”？在价值结构内部关系方面，主要是着眼于“文学与政治”之间关系的争论。

上述的这些研究，可以说涉及了现代革命文学价值系统的各个方面，甚至也涉及这些价值系统内部的关系问题。这些研究是有意义和启发性的。但我认为，将革命文学的价值概述为“人文价值”、使用“人文价值”这一概念，显然过于宽泛。所谓人文价值只能是一个总体价值判断，而不能够形成对于革命文学这一文学现象内在价值结构的认知；这种论述显然只是看到了“革命文学”的一个方面，而没有注意到其复杂性和丰富性。

在上述的研究中，革命文学研究界，充分注意到了革命文学的价值观念和价值结构的特殊性。但是，从理论上来说，价值、价值观和价值结构是相互关联又差别很大的三个概念。上述的有关研究，大多涉及左翼革命文学的价值、价值取向或价值观念。左翼革命文学研究的价值意识是强烈的，但整体的价值结构论证意识在大多数的场合却是非自觉的，缺乏明晰的“整体”意义上的结构意识；缺乏从理论到创作的总体的价值结构的研究。同时，结合文艺理论界对于文学艺术价值和价值结构的研究，我认为，这些研究具有普遍意义，但结合具体的也是特殊的文学艺术现象，如革命文学现象，还需要具体对待。对于革命文学这一特殊的文学艺术现象，必须破除传统的审美中心主义，必须采用开放性的姿态来认知其价值内涵和价值结构。中国现代革命文学有一个外向型的价值结构体系。

基于这样的学术积累，对于“革命文学”的价值，我认为应该着眼于这一特殊文学现象，来判断其价值内涵。根据我对于中国现代革命文学的研究，我认为：现代革命文学作为一种特殊的价值整体，其存在着一个“四维”的价值结构：

1　“革命文学”的价值结构的信仰维度

中国革命文学是在马克思主义社会及文学理论中国化的过程中形成的，

---

〔1〕 宋剑华：《论左翼文学运动的人文价值观》，《福建论坛》2006年第1期。

它是一种政治文学。作为一种政治文学，其价值的核心显然不在审美而在于政治信仰的表达和无产者价值主体对于信仰的接受和满足。

马克思主义作为一种社会（政治）文化信仰，首先体现在中国“革命文学”的“普罗文学”的概念上。作为一种政治信仰叙事，“普罗”是革命文学的叙述主体，也是其信仰主体，它可以表述为“工人阶级”“工农兵”或“人民”等。革命文学以“普罗的社会革命”为表现内容，并具有马克思主义的价值立场；它的艺术趣味和精神指向主要在于马克思主义立场的价值判断。

有人认为，革命文学具有极强的工具性，因而它的价值内涵主要就在于其政治意识形态价值，这种意识形态价值的重要内容是其“教育”和“鼓动”的社会功利性。我认为，革命文学的工具性，主要是源于其极为强烈的政治信仰表达冲动。革命文学在其发端的最初阶段，它就不是作为“文学”而是作为“革命信仰”的载体。后来虽然有审美的觉醒，但是，信仰叙事依然作为一种元叙事而存在。这种信仰价值，对于文学来说，它不是主导性的；但是正如存在主义价值论所论述的，它的价值“关键在于主体的认可”，主体的决断。“革命文学”中的信仰最初在文学中它可能“不是价值”，但是一旦主体将信仰“设定为价值，才是价值”。〔1〕

其次，在一般性的文学艺术的价值系统中，认识价值是其重要的一个方面。但是，“革命文学”对于历史发展的描述是想象性的而不是记录性的，它的信仰主体——无产阶级工农大众，在某种程度上是想象的共同体。它对于历史和生活的认知，也主要是基于这种想象性。当然，“革命文学”作为一种特殊的文学想象，并不能说其完全没有认识功能，它也对中国近现代历史有着认识论上的“反映”。但是，这个反映不是镜子式的，而是充满着“主观能动性”的。所以，有人称之为“革命浪漫主义文学”。革命文学通过浪漫主义的想象，围绕着信仰的建构，依照着信仰建构的一般逻辑和叙事传统，建构起了一整套的信仰叙述符码。这样的叙述符码，演绎着革命政治信仰的一般内涵，也仪式化地演绎着信仰中信徒和圣徒以及领袖之间的位格，演绎着信仰获得的皈依程序，以及“成长”的过程。在“革命文学”看似单调的叙述中，重复着古今中外所有信仰之路的一般路径。

---

〔1〕 唐逸：《关于自由价值》，《幽谷的风》之《文化批评》，杭州：浙江大学出版社，2008 年 1 月版，第 263—264 页。

2　“革命文学”价值结构的艺术审美维度

凡是文学就必须有审美价值，“革命文学”也是如此，不然也就不在我们的讨论范围内了。审美价值是革命文学价值结构中重要的维度之一。革命文学对于文学审美价值的认识有一个过程，即：从“宣传至上”到两者兼顾。正是“革命现实主义”命题的提出，实现了革命意识形态与文学创作方法的结合，并使得“革命文学”具有了审美的价值。革命现实主义的“真实性”“典型性”原则将信仰价值和审美价值进行了既紧张而又有机的结合。“革命文学”特殊的审美价值往往动摇在信仰表达和艺术审美之间，并形成理论的张力和具有悖论性的政治文学的审美风貌。革命文学是一种政治美学，同时也是一种社会美学；革命文学是一种具有本质主义倾向的历史总体论美学；当然，革命文学的美学还是一种世俗的启蒙美学。革命文学的艺术审美价值在于，它不但承续了“五四”的乃至中国儒家文化的精神传统，融会了马克思主义的美学精神，更主要的还在于它开创了中国政治文化美学的新世界。

艺术审美维度在“革命文学”价值结构中具有独特的地位。革命现实主义作为创作方法论，它是艺术审美价值的自觉；特殊的艺术与政治的关系，又使其面对审美理想主义的诘问。但是，革命文学作为一种文学，它必须满足欣赏主体的艺术审美期待，才能使读者（观众）在文学的意义上阅读它，它才能在文学的意义上实现它的价值。不管它具有怎样的开放的价值结构。

“革命文学”被称为“工具文学”，这样的评价有其正确的一方面，但并不能概括革命文学的全部。由于我所说的“革命文学”覆盖的历史很长，而且革命文学自身也有相当一部分作品有着相当的艺术性；而且“革命文学”作为文学，文学性虽弱，但也并不能说其没有文学性。特别是“革命文学”的创作主体，其身份首先是作家，其次才是革命家。作为作家，他们的创作有着对于艺术追求的本能的冲动。只不过，革命文学的审美性，呈现出一种特殊的形态。文学与政治之间并不天然地存在对立关系，革命文学也是如此。那些只有政治信仰的表达，而没有文学审美性的作品是大量存在的，但是它并不是文学艺术作品，它可能有着政治信仰的价值，却没有审美的价值。讨论“革命文学”的审美价值，必须保持“宣传品”和“艺术品”的界限，这是20世纪30年代鲁迅和茅盾等人所反复主张的。文学与宣传之间的逻辑关系是不可逆的。

3　“革命文学”价值结构的道德伦理维度

文学是人学。而人总是处于一种伦理关系之中。在传统意义上，文学的伦理价值,往往表现在对于其道德教化价值的确认。文学创作的特殊性,即文学创作一般都具有个体的特征,以及"五四"后对于文学独立性的肯定,其伦理内涵往往在于其所张扬的个性(个体)的价值。但是,革命文学所张扬的却是一种集体的价值,具有集体主义价值的"人民"和"人民性"经过阶级论语境下的重新阐释,成为价值表现的天然核心。"革命文学"的"人民"观念确立了无产阶级与其他社会阶层之间的伦理关系和伦理序位;"人民性"观念确立了文学想象中处于不同伦理序位中的社会各个阶层所应享受的伦理地位、情感待遇,确立了创作主体及其文学叙述的价值目标和道德情感立场。同时,"人民性"也确立了艺术的选择伦理,将文学表现内容和表现形式伦理化,并建构自己的道德叙事模型。在革命文学价值结构的不同价值维度之间,它确立了信仰价值与文学审美价值的伦理秩序,并建构相应的情感立场、价值判断与道德倾向。这包括三个方面,一是革命文学所传达出的革命信仰的伦理内涵,以及中国社会文化的伦理内涵;二是革命文学叙述的个体价值观与集体价值观的处理问题,以及这种处理中所体现出的个体与集体的伦理安排问题;三是革命文学叙述在历史发展中建构起了阶级与民族双核伦理结构;四是革命文学叙述者在艺术处理方面所体现出的伦理倾向,以及文学叙述各种题材、体裁、方法方面所体现的搭配伦理,这其中既有创作主体的伦理倾向,也有艺术形式(诸如新与旧)处理方面的伦理趣味。

4 "革命文学"价值结构的社会文化维度

在传统美学语境中,文学的价值往往在于其本体的审美性,以及审美意义上的价值的满足。但是,由于革命文学的价值结构更倾向于语境而不是本体,因此,在现代文化价值论的意义上,其价值目标在于社会文化幻想的实现。读者(观众),更要求在欣赏中获得社会文化上的满足感。革命文学的社会价值,主要在于它对社会现实的反映或表现,尤其是对于世俗生活的反映期待。接受者往往对于它所提出的社会问题,以及批判的态度充满了期待。而在文化方面,革命文学的社会文化价值,不仅在于其作为一种社会文化遗存的价值,更为重要的是它将社会文化作为本体的价值存在。革命的价值结构是开放性的,而不是锁闭的,它朝向整个社会文化领域。它与马克思主义美学是一致的。革命文学不仅是一种文学现象,更是一种文化现象。它只是将文学作为起点,试图突破文学的范畴而进入文化的领域。面对"五四"落潮期的价值危机和文学审美的困境,革命文学提出了"大众化"和"大众文艺"的解决方案。革命文学立足无产阶级的价值立场，对文学实现了三重扩张：广义语言的扩张，从雅语走向俗语；从书面文字走向民间综合艺术；从文本语境走向社会文化运动。大众化是一个从核心价值出发的有关文艺的综合性的解决策略和方案。大众文艺的文化价值在于：围绕革命信仰的文学和文艺的改造，目标在于建构无产阶级的文化；在审美价值方面，它要建构的是民间化的艺术形式；在伦理情感维度上，它既包含着阶级的、民粹的人民情怀，也包含着民族主义的自豪感。革命文学“反映”着也“想象”着革命文化广阔而丰富的面相。它所构筑的无产阶级的文化生活情景，极大地满足了也唤醒了无产阶级大众关于自己生活样式的幻想。

在革命文学价值结构中，不同的价值维度之间，如同所有的文学艺术的价值系统一样，也存在着有机的运作机制：普罗的政治信仰始终是其核心维度，决定着革命创作的理性思维和价值选择的主导方向；革命现实主义是普罗政治理想的保障机制和形式基础。革命文学运用革命现实主义这一命题，试图建构一个两全的机制。审美价值在革命文化话语中其地位与一般意义上的文学艺术的价值结构中审美价值的地位是不可同日而语的。人民性的伦理道德情感从主体方面为政治信仰提供道德情感机制的支援，其主要的价值体现在政治伦理的阐发。而文艺大众化则保证着革命理想能够从文学扩展到文化领域。

（三）“革命文学”价值结构研究的理论意义

对于革命文学价值结构的研究，并不自今日始，但至少是缺乏系统性的，在过往的研究中，由于特殊的时代背景的影响，现代文学研究界尤其是革命文学研究界往往纠于一端，而缺乏系统性和结构性的考察。而且，由于革命文学本身价值结构系统的复杂性，有些研究缺少整体的结构考察的眼光，或者缺少从纷繁的价值维度中抽象和提炼的能力，因而，从革命文学纷杂的价值取向中能提炼出具有本质性的价值维度并合理地论证它们之间的关系也是有着相当的难度。因此，在现代文学学术史上，第一次全面考察革命文学的价值结构，并建构其四维体系，在研究的方法论上必定具有披荆斩棘的创新意义。

其次，革命文学价值结构的构成及其内部机制的揭示，从一个新的角度彰显了“革命文学”的本质。对于革命文学的本质，历来聚讼纷纭纠于一端的思维和缺乏整体观照的单面考察，都使得对于革命文学本质的认知和理解显得支离破碎。本研究对于革命文学价值系统的四维结构的揭示，展现了其结构状态及其文化构成状态。实用主义哲学家舒斯特曼认为：结构不仅仅意味着它所包含的事物的隔离性的屏障，结构还意味着更为清晰的聚焦于它所关注的客体、行动或情感，从而使它们变得更尖锐，更突出与更具有生命力。[1] 对于革命文学价值结构的拟定和认识，也必然地要对革命文学进行从价值论出发的聚焦，从而能够更为有力地认识革命文学及其价值。

第三，革命文学价值结构的揭示，必然涉及对其进行价值的判断。在现代性的观照之下，革命文学的价值系统既有现代性的一面，又有其时代局限性。革命文学的价值结构作为一种历史性存在，我们同样需要对其进行价值判断。面对革命文学特殊的价值结构，学术界须对它进行"设身处地"的价值判断。价值和价值结构都必须经历时间的考验，革命文学作为一个价值实体，其价值具有时代性，我们今天来研究它，同样需要将其放到当时的历史文化语境中去评价它的历史价值和文学价值甚至意识形态价值；同时，更要将革命文学的价值结构置于现代性的视野中进行观照，并相应地进行价值判断。当革命文学处于其生长语境的时候，其核心价值观——马克思主义的信仰，包括其对于未来社会的梦想和对于当时社会的反抗，体现了中华民族在那个时代的正义追求。在评价其价值的时候，必须将其放到那个历史语境中给予充分的肯定。但是，其文学审美性的羸弱，也使得其作为文学现象来说有着先天的不足。当革命文学脱离其生长语境的时候，尤其当文学审美主义也就是文本本位立场成为主流理论的时候，对于其价值的判断就会出现大的动荡。因此，我们不但要运用现代价值观理论和文艺社会学理论，对现代革命文学进行价值结构的考察，以呈现其结构形态；还要运用现代性眼光，对于各个价值维度及其整体结构进行价值判断。既要理清其在特殊历史语境中的现代性内涵，又要用新的眼光进行分析和反思。

研究革命文学的价值结构具有显著的当代意义。也就是说，必须将对于革命文学的价值判断，置于历史传承的"当代"中来考察。对革命文学价值结构的现代性观照，必须实现对于其具有当代立场的总体性评价，并力图寻找革命文学价值系统对于当代社会主义核心价值观的意义，为当代"先进"文学和文化的发展提供价值理念和文学经验的借鉴。作为马克思主义中国化实践的产物，革命文学的价值结构为当代文学领域的社会主义核心价值观的建构提供了经验。

---

〔1〕 Richard Shusterman. *Surface and Depth: Dialectics of Criticism and Culture*, New York Cornell university press, 2002, p.236.

第一章
“革命文学”价值结构的政治信仰维度

信仰，就是对于某种存在的执信、虔诚和崇拜。信仰，是一种精神现象。它可能源自人类对于某种神秘自然现象的无法把握和恐惧，也可能来源于人类对于自己未来的某种想象。它对某种存在的信奉，并不涉及有无，而是一种人对于某种存在的发自内心的执着的认同。

如果说“灵魂就是生命的本原”，[1]那么，信仰就是灵魂的皈依。从价值功能上来说，由于人都存在着生命的有限性尴尬和无限性向往，因此，信仰可以使人获得人生的某种目标感，获得某种归宿感。信仰的价值，不仅在于使人获得现实的经验层面的方向感，更为重要的是它使人获得超越经验层面的终极的关怀。信仰使得悖论存在中的人，被赋予了价值和意义，并构筑了人类的心灵秩序。

人类最初的信仰，肯定是自然神的宗教。后来又衍生出各种一神教的宗教，诸如犹太教、基督教、伊斯兰教等。信仰，大多数的时候指向宗教信仰。因此，有人认为，宗教之外无信仰。但是，唯物主义从来就不这么看，他们认为，信仰其实还有很多的层次，除了宗教信仰之外，还有政治信仰。政治信仰，“是对既定的政治形态的价值认同，是对政治的终极关怀，它反映了一种政治理性，也反映了一种政治安慰。它是特定政治形态的心理基础。”[2]政治信仰，一般认为它只是一种现实层面的对政治形态的价值认同，其实，政治信仰如宗教信仰一样，也包含着对人的终极关怀。政治信仰赋予政治行为以意义和价

---

〔1〕【希腊】亚里士多德：《亚里士多德全集》第三卷，北京：中国人民大学出版社，1994年版，第3页。
〔2〕张荣明：《权力的谎言：中国传统的政治宗教》，杭州：浙江人民出版社，2000年版，第16页。

值，也为政治的合法性的建构提供了基础。政治信仰如同所有的信仰形式一样，它强调的是信奉者的毋庸置疑的真诚的信服和执念。政治信仰又与宗教信仰不同，宗教信仰强调对神的信奉，而政治信仰强调的是对政治理论体系及其制度形态的信奉；宗教信仰的信奉者是它的信徒，而政治信仰的信奉者则是社会公众。

现代社会的政治信仰，往往建构于系统的政治理论体系之上，建构在对于这种理论体系的价值的认同之上。其往往有着理性的社会理论的设计，和对于人文主义的价值观的自觉认同。无论是资本主义的价值观，还是社会主义的价值观，都不但有着系统的理论，也有着精密的价值体系的蓝图。它构筑了关涉政治的公共心灵秩序。

政治信仰，与宗教密切相关，古老的政治信仰，往往与神秘主义密切相关，如中国传统社会对于“君权神授”的信仰，就带有原始神秘主义的成分，这种政治信仰与原始宗教信仰合二为一。政治信仰作为一种人类的内在心理机制，总是无法截然斩断与原始神秘信仰的关系。这是由人类的文化心理机制决定的。政治信仰的价值与宗教信仰具有同样的价值效用。里德在《基督教的人生观》中写道：“只有上帝的目的才可以给予我们的人生以内在的统一、幸福和满足，这种人生内在的统一、幸福和满足可以使我们的工作获得永恒的价值而不是短暂的价值，从而可以使我们的人生日臻完善，达到充实。只有在终极目的中，人才能为自己的心灵找到一个宁静的安顿处。”〔1〕政治信仰其实也是如此。它更多地立足于世俗的经验层面，但它同样具有宗教性的内质和宗教性的价值功能。政治信仰，在现代民族国家的语境下，它又往往与民族信仰重合；同样，政治信仰，在道德伦理语境中，又与道德信仰重合。政治信仰叙事，既是一种宗教性叙事，又是一种民族性叙事，当然也是一种道德性叙事。

第一节 中国现代社会主流政治信仰的形成

中国传统社会的信仰体系，是非常杂乱的。它既包括鬼神道化等原始信

---

〔1〕【英】詹姆士·里德：《基督教的人生观》，蒋庆译，北京：生活·读书·新知三联书店，1989年版，第13页。

仰形式，也包括政治与天命合一的世俗政治信仰。在所有的官方和民间的信仰形式中，儒道释占据主流。而儒家信仰又是主流中的主流。儒家哲学是整个社会的信仰体系之根本，是为大多数封建王朝所信奉的官方意识形态。

儒家哲学包含了现实的天人感应的生命观念、君权神授的国家观念和宗族伦理本位的基层社群观念。中国知识分子的价值理想基本围绕着这三个方面运行。所谓的“齐家治国平天下”的最高体现，就是对封建的皇权体制的尊崇和信仰。当然，传统的信仰体系中，还包含着儒释道互补的精神结构，以及主流的儒家哲学之下的各民族的原始宗教信仰。中国传统的信仰体系，其基本的特点是：一元独大，多元互补，多元共存。这种信仰体系具有超稳定性，它运行了数千年。

但是，清朝末年，在西洋人的坚船利炮和国内革命烽火的双重夹击下，天朝上国的帝国体制走向了崩溃。中国传统的文化信仰——儒家哲学及其人格精神受到空前的质疑，西方的价值体系和信仰体系也借机如潮水般涌入中国。在民族自强的民族主义的内在要求中，儒家哲学受到了空前的批判，中国的历史和文化都陷入了重构价值体系和信仰体系的转型冲动之中。

而向什么方向转型，在肇始于晚清的新文化运动之中是有争论的。是保守传统的信仰，还是构建新的或者说复制西方的信仰体系，还是中西合璧？尽管这样的论争持久而激烈，但基本的方向又是明确的，那就是重建以“科学”与“民主”为核心的价值体系。科学与民主的价值体系，是西方启蒙思潮之后形成的，它虽然有着基督教文化的背景，但是它又是世俗化的，是科学主义的。这种信仰体系，以非宗教性、世俗性以及强烈的家国忧患意识和政治属性，为中国相当一部分具有传统情怀的知识分子所激赏。这种本体的重构愿望尽管并没有得到知识分子群体完全同意，不过，却也并不影响基本共识和主流共识的达成。但是，作为一种民族价值共识，仅有知识分子群体的基本共识是不够的，为广大的人民群体的确认似乎更为重要。

但是，晚清至民初的思想价值体系相对于简单化的“东”“西”定位要复杂得多。从宗教的层面，有中国传统的道教以及各种民间原始信仰；也有各种外来的宗教，如基督教、伊斯兰教等等。而在社会文化层面，有儒家的道统，也有新兴的启蒙主义；既有国家主义，也有无政府主义；既有集体主义，也有个人主义；既有世界（人类）主义，也有民族主义；既有马克思列宁主义，也有孙中山的三民主义。尤其是政治信仰层面的国家主义、无政府主义、三民主义和马克思主义等，既相互竞争又彼此驳诘而存在。在这些思想体系中，政治思想体系最为引人注目。这些政治思想体系，看上去中西泾渭分明，但其实传统性与现代性兼具；各种信仰体系，由于历史和文化的原因，又相互交叉对流，如新兴的启蒙主义又与儒家知识分子的“治国平天下”的思想相融合，相互批判又相互融合。社会的主流政治信仰，基本都统摄于启蒙主义和科学民主思想的大旗之下。种类众多的信仰，对当时的知识分子造成了思想上的冲击。正如茅盾在他的小说里所讲述的那样，诸如托尔斯泰主义，易卜生主义，“个人主义，人道主义，社会主义，无政府主义，各色各样互相冲突的思想，往往同见于一本杂志里，同样地被热心鼓吹。梅女士也是毫无歧视地一体接受。抨击传统思想的文字，给她以快感，主张个人权利的文字也使她兴奋，而描写未来社会幸福的预约券又使她十分陶醉”。[1] 但是，中国知识分子面对着五彩缤纷的价值体系的“陶醉”中也包含了无所依傍的“迷茫”。

建构同一的具有凝聚力的民族国家信仰，在清末民初的中国社会中一直是普遍的焦虑。

在传统的儒家信仰系统的废墟上，新文化运动的先驱试图建构一种基于西方人文主义的信仰系统，这就是启蒙主义。启蒙主义将中国本土的传统文化，既包括儒释道等正宗官方文化，也包括民间的鬼神信仰，以及各种旧式的语言文化和艺术形式，一概归结为“蒙昧”，并作为启蒙的对象。而其中受攻击最为严厉的当然是儒家哲学，陈独秀、吴虞等人的“打倒孔家店”和消灭“前后七子和桐城派十八妖魔”的口号，几乎置儒家学说和儒教伦理于死地。

启蒙主义以科学主义相标榜，它以西方近代实验科学为知识背景，强调物质理性，反对宗教的神秘主义。鲁迅说：“苟欲……导中国人群以进行，必自科学小说始。”[2]胡适也指出：“这三十年来，有一个名词在国内几乎做到了无上尊严的地位，无论懂与不懂的人，无论守旧与维新的人，都不敢公然对他表示轻视或戏侮的态度。那个‘名词’就是‘科学’。这样几乎全国一致的崇信，究竟有无价值，那是另一个问题。我们至少可以说，自从中国讲变法维新以来，没有一个自命为新人物的人敢公然毁谤‘科学’的。”[3]清末以来，“传统信仰体系逐渐式微，急需一种新的信仰体系来填补人们精神的真空，作为一种意识

〔1〕 茅盾：《虹》，《茅盾全集》第二卷，北京：人民文学出版社，1984 年版，第 53 页。
〔2〕 鲁迅：《月界旅行·辨言》，《译文序跋集》，北京：人民文学出版社，2006 年版，第 2 页。
〔3〕 胡适：《科学与人生观·序》，《科学与人生观》，上海：亚东图书馆，1923 年版，第 2 页。

形态的科学主义遂应运而生，它以科学的名义‘仲裁’所有的思想论争”。[1]

在科学启蒙的旗帜下，启蒙主义主要包含了这样三个方面的内涵：一是建构“科学的人生观”。胡适、张东荪等人为此进行了长久的讨论。二是张扬个人(个性)主义，认同个人自由的价值，张扬世俗的、个人的、自由意志，反对封建的家族主义和天地人体系中的对于个人(个性)的束缚和压制；信仰个体的价值，崇尚周作人所说的“人间本位主义”，企图拯救个人于封建专制皇权的家国体系。三是建构现代政治信仰。从梁启超的新民说开始，启蒙主义就在政治上着眼于“民”的集体主义建构；到鲁迅等人那里，则试图先建构独立意志的个人，然后再由具有独立意志的个人，组成一个“民”的集体。这实际上是要在民族的意义上，重构民族的思想意识和人格精神。一般认为，启蒙主义只有个性解放，其实这是不完全正确的。启蒙主义运用科学意识形态，解构传统的家国观念，将个人和个人意志解放出来，而后在此基础上再构建全新的“人国”——现代民族国家。代儒家而起的科学启蒙主义所标榜的虽然是以“人”为中心的现代理性精神，以尊重人权，尤其是尊重个体权利、发挥个性为主要的价值目标，但是，现代中国民族危机激发出来的国家(民族)意识还是以迅雷不及掩耳之势浸入了其价值体系，并与传统的儒家家国意识融合，形成了具有中国特色的理性精神。中国现代个人主义的信仰体系是否存在？我认为还是存在的；但它主要存在于文学的想象中，部分存在于哲学和社会学的想象，而在现代政治学说中，其存在却是微末的。原因在于，现代政治学说主要还是着眼于建构集体主义的民族国家信仰体系。

信仰，无论是宗教信仰，还是宗族信仰，它都具有一个终极想象，以解决“人从哪里来？到哪里去?”的问题，也就是要给人一个终极的关怀，终极的归宿地。启蒙主义是一种以科学知识为背景的世俗理性，它从反神学神秘主义起家，因此它并不提供终极的想象。启蒙主义到达中土，它“一方面以进化论打破了中国传统哲学的世俗皇权终极性，另一方面又没有建立起终极性的想象”。[2] 鲁迅等人就认识到科学主义并不一定能解决问题，宗教有宗教的价值。他在《摩罗诗力说》等篇章中对此进行了分析。也就是说，启蒙主义的中国依然缺乏一个具有凝聚性和终极性的群体信仰。而一个民族是需要凝聚众多个体的价值共识

---

〔1〕 吴炜、张静：《科学主义：中国现代思想中的“科学意识形态”》，《自然辩证法研究》2009 年第 11 期。

〔2〕 卜召林、董燕：《论胡风文艺思想的二元论态势》，《齐鲁学刊》2002 年第 6 期。

的，需要一个同一的有终极关怀的信仰体系。从晚清到民初乃至20世纪20年代的民族的内忧外患以及破碎的民族精神状况，都强烈地呼吁着中国民族重建“统一”的价值信仰。所以，“迅速融合中西文化的精华，重建全民族的共同信仰，已成为许多知识分子的强烈心愿和努力方向”。[1]

那么，这种能够提供终极关怀的价值信仰从哪里来呢？回归传统是一个选项。但是，众所周知，中国传统的信仰虽然众多，但也没有一神教的绝对霸权式的信仰；而且，独尊的儒术尽管经历了几千年，但它自始至终都是一种世俗性的信仰，它的终极性止于皇权。而且，这种儒家信仰体系，已经在近现代的民族危机中被击打得千疮百孔，在启蒙个人主义的背景下，更是早已失却了凝聚全民族的能力。西方的宗教信仰，也可以作为一个选项。但是，西方的基督教信仰，虽然在晚清至民国拥有了为数不少的信奉人群，但相对于中国社会的庞大人群来说，依然是九牛一毛；而且，它作为一种一神教的信仰体系，还必须面对信奉儒家世俗信仰的庞大人群的排异反应，同时也与启蒙主义的科学理性精神相违背。

能够契合中国传统世俗信仰的民族心理结构，并能够为中国民众所接受的信仰体系，似乎只有现代政治哲学体系了。

在现代政治哲学的诸种体系中，孙中山的三民主义显然是一个选项。孙氏的三民主义作为一种近代的国家和社会理论体系，它承续儒家传统的民本意识，也继承了启蒙主义的民权意识，甚至回应了现代民族危机中所急切建构的民族意识。孙氏的三民主义，作为一种国家学说，它在国家政体与人民权利两个方面，试图达成一种平衡和机制。但是，孙氏的三民主义，兴起于“民族革命”之中，当民族革命之后它也随之失效。此外，它依然是一种世俗的政治学说。也就是说，它所缺乏的是有关终极性的想象。而这恰恰是一种信仰——无论是宗教信仰还是政治信仰——所必备的元素。

当时出现的政治学说中，还有处于对立两极的无政府主义和国家主义。无政府主义，作为一种政治思想学说，它的目标在于信奉绝对的个人主义，强调个人的自由，并废除政府当局与所有的政府管理机构。这种无政府主义虽然对于专制社会具有极大的批判性，但是它又是极端的。它对于政府管理的绝对排斥和敌视，显然不利于人类的群居生活。人类聚群而为社会，而凡是群

---

〔1〕 卜召林、董燕：《论胡风文艺思想的二元论态势》，《齐鲁学刊》2002年第6期。

居就需要秩序。因此，绝对的反秩序，也是违反人性的。因此，无政府主义不但在西方无法生存，在中国这样具有悠久的国家主义传统的社会中，更是毫无立足之地，也无群众基础。而“国家主义，是近代兴起的关于国家主权、国家利益和国家安全问题的学说”。国家主义“以国家利益为神圣本位，倡导所有国民在国家至上的信念引导下，抑制和放弃私我，共同为国家的独立、主权、繁荣和强盛而努力”。〔1〕〔2〕 国家主义，作为一种政治学说，它对于国家意志的强调，总是让人产生与中国传统专制王朝的统治有关的联想，因此，国家主义经常被作为一种为国家暴政辩护的学说。尤其是在近现代历史背景下，国家主义常常为恶贯满盈的统治集团所信奉，它几乎必然地为强调个人权利张扬个性的新文化知识分子所厌恶和批判。同时，它也是一种世俗的政治学说，也缺乏终极性的关怀。

周扬说：“‘五四’新文化运动给我们带来了科学和民主，也带来了社会主义的新思潮。那时我们急迫地吸取一切从外国来的新知识，一时分不清无政府主义和社会主义、个人主义和集体主义的界线。尼采、克鲁泡特金和马克思在当时几乎是同样吸引我们的。到后来我们才认识了马克思列宁主义是解放人类的唯一真理和武器。”〔3〕在晚清至民初的众多的思想体系中，为什么马克思主义会在众多的价值理论中脱颖而出，而又为中国知识分子所接受并成为主流的思想？

首先，马克思主义的现实批判精神、社会忧患意识和无产者关怀思想与中国知识分子的批判精神、忧患意识和民本思想相契合。

马克思主义诞生于对资本主义现实的批判，它具有非常强烈的社会忧患意识和批判的精神，有着强烈的对于底层无产者的关怀精神。这种社会忧患意识和批判精神，与中国传统的儒家的忧患天下的精神，与中国儒家的世俗性的现实批判精神有着惊人的契合。“马克思主义具有强烈的现实批判精神，它对西方资本主义的批判，很容易被中国流淌着儒家血脉的知识分子拿来作为工具批判当时中国军阀混战民不聊生的现实。”同时，马克思主义对于底层无产者的苦难处境的关怀，也极易使得中国知识分子将它同儒家的民本思想沟通，并在沟通上产生认同。而且，马克思主义不仅如资产阶级人道主义和传统

---

〔1〕 史娜：《从国家主义到以人为本》，《前沿》2010年第2期。
〔2〕 参见【俄】迈克尔·巴枯宁：《国家主义与无政府》，北京：中国政法大学出版社，2003年版。
〔3〕 周扬：《文艺战线上的一场大辩论》，《人民日报》1958年2月28日。

民本思想那样有着同情和关怀底层人民的精神，更为重要的是，它的人民主权思想更是特别容易引发和唤醒底层人民的权利意识；并提供了一条通过底层人民的自我的有组织的阶级斗争改变自身处境的有效途径。"马克思主义主张打倒现实国家体系重建人民国家的理想，无疑更符合新民族的梦想。"[1]

其次，马克思主义在俄国的胜利，为处于民族危机中的中国提供了民族自立自强的范例和一个强有力的支援的后方。

马克思主义的共产主义和科学社会主义，在本质上都是世界(人类)主义的，它具有跨民族和跨文化的特征。所以，"无产阶级没有祖国"，"全世界劳动者，联合起来!"[2]但是，当马克思主义在俄国胜利后，却建构了一个独立的现代民族国家。也因此，马克思主义也纳入了现代民族国家的内涵，并被作为拯救殖民地和半殖民地民族于水火的利器。马克思主义的现代民族国家观念，也引起了同样处于民族危机中的中国知识分子的强烈共鸣。"中国儒家的国家观念一直是知识分子信仰中最为重要的内容，近代的民族危机极大地激发了他们的'爱国主义'情怀。与西方资本主义里马克思主义的社会主义思想产生于资本社会的阶级对立的不同，中国马克思主义诞生的前提是民族危机。"[3]伊格尔顿曾认为，如同在西方资本主义世界一样，中国的马克思主义诞生"在那个工厂林立、到处充满饥饿暴动的世界里，那个以数量众多的工人阶级为标志的世界里，那个到处都是痛苦和不幸的世界里"。[4] 他的判断其实并不完全准确，中国的马克思主义信仰，其实诞生于中国传统儒家伦理崩坍的废墟之中，是"中国的精英知识分子在民族危机中将马克思主义带进了罢工的工人之中"和暴动的农民之中。更为重要的是，"无政府主义以及国家主义也并没有在西方获得成功；而只有马克思主义在俄罗斯建立了苏维埃。马克思主义在俄罗斯的成功，无疑为中国的民族自强提供了范例，也提供了说服中国知识分子的最有力的例证"。[5]

再次，马克思主义为人类提供了终极理想——共产主义。

---

[1] 傅莹：《在文学本体与政治意识形态之间——二十世纪中国典型理论影响研究》，《文艺理论研究》1999 年第 2 期。

[2] 在恩格斯 1888 年亲自审定的《共产党宣言》权威英译本的结束语时，将原来德文版的"全世界无产者，联合起来!"改为了"全世界劳动者，联合起来!"

[3][5] 傅莹：《在文学本体与政治意识形态之间——二十世纪中国典型理论影响研究》，《文艺理论研究》1999 年第 2 期。

[4] 【英】特里·伊格尔顿：《马克思为什么是对的》，李杨、任文科、郑义译，北京：新星出版社，2011 年版，第 2 页。

所有的信仰都提供终极关怀，没有终极关怀也就没有信仰。共产主义，作为一个人类未来社会的想象，虽然它建基于唯物主义之上，但是，它却是人类的物质和精神都得到极大满足的“天堂”和“乐园”；它虽是世俗的，但又是超越现实的；它虽然是现在无法实现的，但却为人类提供了一个目标明确的终极的归宿；同时，共产主义理想作为一种未来想象，它远离现实，反而引发了信奉者关于它的丰富的想象和神秘的体验。终极关怀是所有的宗教的特征，但却不是所有的政治信仰的特征，马克思主义的共产主义理想，虽然是一种现实的政治学说，但是它却有着与所有的政治学说不同的质素，那就是提供了共产主义的想象，关于人类终极关怀的想象。而这种终极想象，过去是，未来依然是信仰的必要质素。这种终极想象，无论是三民主义，还是无政府主义，还是国家主义，都不具备。正如蒋庆在《政治儒学》中指出的：“吾人须知，政治不同于经济、法律、教育等领域可以相对独立，政治最直接地关涉到人的宗教信仰、价值理念、道德意识和文化认同，即直接关系到人类文化的深层价值。”[1]显然，不关终极的政治信仰是浅薄的，也是无法长久信奉的。

正是基于以上几个方面，中国的知识分子才会在为数众多的社会哲学和宗教信仰中，选择了马克思主义及其阶级斗争理论和共产主义理想作为自己的理论武器，并将之确立为自己的精神支柱和价值信仰。马克思主义自从它在上个世纪初叶被引入中国，立刻引起李大钊等先进知识分子的热烈欢呼，以后迅速地壮大，时至 20 世纪 30 年代，已经为很多知识分子所接受和信奉，并成为当时为数众多的社会政治学说中的主流哲学。

当中国社会尤其是知识分子选择马克思主义作为中国社会的主流信仰的时候，中国现代红色革命文学也就应运而生了。

中国现代新文学在新文化运动中，信奉个人主义，有着不同于传统文学的精神品格，但是，新文学的个人主义精神是脆弱的。尤其到了“五四”落潮期，“满纸荒唐言”“一把辛酸泪”的精神危机的症候尤其明显。

正是在这样的知识分子精神危机和文学想象危机中，马克思主义的社会和文学理论播入中国，并在中国文学的土壤中生根发芽，在 20 世纪 20 年代中后期造就红色革命文学。马克思主义的社会革命理想和文学艺术理想都深切

---

〔1〕 蒋庆：《政治儒学——当代儒学的转向、特质与发展》，北京：生活·读书·新知三联书店，2003 年版，第 2 页。

地影响了中国的普罗革命文学，并成为它的政治文化信仰和想象的价值基点。中国红色革命文学是整个20世纪中国红色革命的一部分。

当马克思主义被确立为中国文学的价值信仰的时候，新文学也就走过了“五四”落潮期的彷徨和苦闷，而焕发出昂扬的斗志和改天换地的精神力量。

第二节 信仰叙事：“革命文学”的阶级共同体想象

在中国，马克思主义的发生发展得益于俄罗斯“十月革命”的成功及其影响。正如毛泽东所说：“十月革命一声炮响，给我们送来了马克思列宁主义。”[1]当十月革命的春风吹拂中国的时候，中国马克思主义的先驱李大钊，感受着时代的强劲律动和中国社会革命的急切需要，连续在《新青年》等刊物发表了《法俄革命之比较观》《庶民的胜利》《布尔什维主义的胜利》和《新纪元》《我的马克思主义观》[2]等文章，热情地讴歌和传播了俄国“十月革命”，系统阐述了马克思主义的三大组成部分——唯物史观、政治经济学和科学社会主义，揭开了中国马克思主义理论传播的第一页。陈望道翻译了《共产党宣言》，这标志着马克思主义在中国进入比较系统的传播阶段。经过后来的陈独秀、陈望道、瞿秋白、毛泽东等一大批共产党人的工作，马克思主义在中国广泛传播，并成为中国共产党人的思想核心。

中国革命政治家、理论家和文学家将马克思主义作为信仰的本体，通过大量的革命实践、革命理论著述和文学艺术创作，塑造了一个想象的共同体。

在中国马克思主义的政治信仰叙事中，其核心的价值是无产阶级利益、劳动者利益，它要为无产阶级提供一个现实解放的途径——阶级解放，和走向未来的方案——共产主义社会。也就是说，马克思主义的社会革命思想，都是围绕着无产阶级展开的，无产阶级是其价值的着眼点。无产阶级的福利，是马克思主义的出发点和落足点。马克思主义有着强烈的阶级性。这是一种无产阶级的阶级哲学。马克思主义的目标是建立“无产阶级和贫农的专政”。它强调

---

〔1〕 毛泽东：《论人民民主专政》，《毛泽东选集》第四卷，北京：人民出版社，1991年6月第2版，第1471页。

〔2〕 李大钊：《我的马克思主义观》，《新青年》第六卷第五期“马克思主义专号”，1919年5月。

阶级斗争，认为社会革命是通达这个社会的手段和工具。李大钊说：“我承认用革命的手段建设劳动阶级（即生产阶级）的国家，创造那禁止对内对外一切掠夺的政治、法律，为现代社会第一需要。”[1]阶级斗争依然是推动社会改革进程的一个有力因素。“20世纪资本主义生产关系的两个最重要变化，即社会生产过程中的资本与劳动之间的关系变化，以及国家作为一种形式上超越具体的阶级的力量对生产以及社会关系的调控，都直接或间接是受阶级斗争的形势驱动的。如果撇开了阶级斗争的因素，人们很难解释推动20世纪资本主义生产组织、政治民主和社会关系的一系列变化因素。”[2]陈独秀在他起草的《我们的政治意见书》中说，中国第三次革命的胜利必须建立“无产阶级和贫农的专政”。[3]

因此，无产阶级及其形象在革命政治的信仰叙事中至关重要。但是，为什么说无产阶级是一个想象的共同体呢？

在毛泽东和茅盾笔下的“民族资产阶级”，都不是世界性的阶级，而是有着民族主义的本质的。这个民族资产阶级的形象，是世界性的马克思主义阶级论落脚中国以后，在中国红色革命家的民族主义观念的处理之下，形成的一种概念和一个想象的共同体。同样，红色理论家和文学家，他们更创造了一个无产阶级的意象，一个包含了历史和文化的意象。他们试图让这个“想象”出来的文化意象，进入中国底层社会的血脉之中，“活在每一个成员的心中”，[4]试图构建一个叫作无产阶级的“民族”。正如安德森所指出的：“民族性（nationness）以及民族主义是一种特殊类型的文化人造物（cultural artefacts）。”[5]无产阶级其实也是一种特殊类型的文化人造物。在中国二三十年代，无产阶级假如指称工业阶级的话，无产阶级是一种实体性的存在；但是，工人阶级作为无产阶级，主要存在于极少数的大城市之中，其所占全国的人口规模是极其有限的。因为中国没有标准的资本主义，其社会性质被定义为“半殖民地半封建社会”，因此，其无产阶级的数量非常有限。毛泽东于1925年发表的文章中对

---

〔1〕 李大钊：《谈政治》，原载1920年9月1日《新青年》第8卷第1期。

〔2〕 林德山：《从马克思的“社会革命”观看20世纪资本主义的社会变革》，《中国特色社会主义》2007年第5期。

〔3〕 王凡西：《双山回忆录》，北京：东方出版社，2004年版，第140页。

〔4〕 【美】本尼迪克特·安德森：《想象的共同体：民族主义的起源与散布》，吴叡人译，上海人民出版社，2008年版，第6页。

〔5〕 同上书，第3—4页。

中国社会的无产阶级进行了估算。他说:“无产阶级。现代工业无产阶级约二百万。中国因经济落后,故现代工业无产阶级人数不多。二百万左右的产业工人中,主要为铁路、矿山、海运、纺织、造船五种产业的工人,而其中很大一个数量是在外国资产业的奴役下。”〔1〕在马克思的话语中,产业工人无疑是最为标准的无产阶级。但是,中国马克思主义者毛泽东的聪明之处在于,他同时又把城市中的苦力算了进去,——“都市苦力工人的力量也可注意。以码头搬运夫和人力车夫占多数,粪夫清道夫等亦属于这一类。”而且,他还把农村中的雇农也算了进去,称之为“无产阶级”,他说:“所谓农村无产阶级,是指长工、月工、零工等雇农而言的。”毛泽东努力在文章中使用“阶级分析”的方法,把自耕农称为“小资产阶级”,“小资产阶级。如自耕农,手工业主,小知识阶层——学生界、中小学教员、小员司、小事务员、小律师,小商人等都属于这一类。”〔2〕其实,将雇农等社会阶层拉入无产阶级队伍的不仅仅只有毛泽东,还有瞿秋白。瞿秋白在谈到法捷耶夫的小说《毁灭》“表现革命战斗的英雄”时说:“这种新人,克服一切的社会给他的遗传。自己和自己的奋斗,严厉地肃清各种各色的颓废,消沉,留恋,自私,虚荣,麻木……谁领导着这种奋斗?是矿工,是雇农,尤其是大工业的工厂工人。是的,劳动民众在无产阶级的领导下,去改造世界,去消灭敌人,这种巨大的战斗之中,他们同时改造着自己。”〔3〕在中国无产阶级经典理论家和经典作家的笔下,无产阶级经常被描述为一个庞大的群体;而且它的外延所及,不仅包含了人口数量有限的城市中的产业工人,当然也包含了乡村中的底层农民和城市中的小资产阶级知识分子这些不那么正式的无产阶级人群。“无产阶级”这些词在经典的马克思主义的著作中,“一般来说这些词只可用在‘资本主义社会’里,而中国还只是‘封建主义社会’”。当时苏联在中国的顾问沃林(M.Volin)在《广州》杂志上“发表了一篇措辞尖锐的批判文章,指责毛混淆两种社会性质:‘一眼就可以看到一个明显的错误:按毛的说法,中国社会已经过渡到了高一级的资本主义阶段。”“毛的文章‘不科学’‘含糊不清’,还‘简单化得要命’。”〔4〕他所认为毛泽东的“不科学”,恰恰反映了中

〔1〕〔2〕 毛泽东:《中国社会各阶级的分析》(1925年12月1日),《毛泽东选集》第一卷,北京:人民出版社,1991年版,第7—8页。

〔3〕 瞿秋白:《满洲的“毁灭”》(1931年12月17日),《瞿秋白文集(文学编)》第一卷,北京:人民文学出版社,1998年版,第439—440页。

〔4〕 【英】张戎、乔·哈利戴:《毛泽东:鲜为人知的故事》(4 国民党内的大起大落),香港:开放出版社,2006年9月版。

国当时标准的产业无产阶级数量的捉襟见肘，更反映了马克思主义话语在中国传播并中国化有着特殊的民族语境。在中国民族语境中，无产阶级，它是与资产阶级相对而提出的。所谓的“普罗（普洛）”就是“无产阶级”，也就是“工人阶级”，主要指的是城市中的产业工人；中国革命进入延安时期以后，虽然农民成为了革命的主体，但仍然以“无产阶级”称之，或者合称为“工人农民”；也可以概称为“人民”。

再者，当无产阶级的政党政治和理论阐述在革命遭遇低潮、受到压制的时候，文学充当了它的阐述者。文学艺术天然的想象特性，使得有关无产阶级政治信仰的阐述，自然带有了想象的特点。理论必须借助于逻辑和社会生活材料，而文学在很多时候，则可以跳过逻辑的演绎，甚至可以通过对生活资料进行剪辑处理，而达到对于生活的超越。因此，文学艺术所想象的无产阶级及其革命当然就具有了想象性。

正是基于同样的语境，在中国普罗文学作家的叙事中，从来都是将产业工人、小资产阶级知识分子、底层农民等各个社会群体放在一起来塑造他们的性格和形象的。当然，这种无产阶级叙事，在“革命文学”的上海时期，主要以小资产阶级知识分子和工人阶级为叙述主体，所涉及的有关农民革命，如蒋光慈的《田野的风》《短裤党》，叶紫的《电网外》等，也大体以“无产阶级革命”称之，这一时期的理论叙述也是如此；而到了“革命文学”的延安时期以后，则主要以农民阶级为叙述主体。前者主要以茅盾、蒋光慈等人的创作为代表，而后者则以赵树理的创作为分水岭。

革命文学的阶级主体就是文学中呈现的无产阶级的阶级形象，而无产阶级到底是一种什么样的形象？这取决于他们所发展出的自己“特有的传统、符号和历史经验”。“革命文学”是一种阶级的“集体主义”的文学，也就是表现“群众的力量”，暗示“集体主义的倾向”，[1]它所要呈现的是一个以财产尺度所划分出来的无产阶级的整体的形象。

阶级论价值观强调了价值的集体性和社会性。人类的集体性，也就是一种社会群性，从文化人类学来说，它起源于人类的群性本能，是人类在生存中所培养起来的相互协作的精神。在早期的宗法社会中，它是宗族的“命运共同

---

〔1〕 蒋光慈：《关于革命文学》，《文学运动史料选》第二册，上海：上海教育出版社，1979 年版，第 28 页。

体”。这样的命运共同体在文化、习俗、语言、地域、血统等方面具有共同性，则成为“民族”。无论是宗族共同体还是民族共同体，都具有历史延续的传统性，是一种纵向的历史追认；而马克思主义则以财产为尺度，跨越民族、宗族，从横向上划分出“阶级”。无论是宗族还是民族都具有血缘地域的连接性，而阶级则没有，财产尺度也并不能使之形成一个类似于“民族”“宗族”的恒久的粘连，因此，要建构一个类似于民族一样的“阶级”就必须依靠文化想象，设计出其作为共同体的若干素质。无产阶级集体的存在也必须依靠文化，“革命文学”的阶级主体性就是这样的“对身为一个命运共同体”的集体想象。文艺想象具有具体性和形象性，在中国“革命文学”想象中的无产阶级具象，主要体现在以下几个方面：

一 想象的“群众”共同体

在革命的文学和理论想象中，经常会出现“群众”的形象。早期启蒙文学中的群众就是蒙昧的“看客”，只是没有灵魂的数量众多的客体而已。但是，革命文学想象中的“群众”，却是一个令人肃然起敬的，怀有深情的，数量庞大而又充满力量的整体，它经常与“人民”放在一起合称为“人民群众”。正如法捷耶夫所说，“社会不是个人，而是团体”，“不是一个人，而是阶级”。[1] 它是知识分子在文化中所想象出来的一个社会共同体。无论是启蒙主义的公民意义上的“人民”，还是民粹派意义上的资产阶级人道主义意义上的“人民”，还是俄罗斯布尔什维克和中国共产革命中的“人民”，都带有想象共同体的特征。在《咆哮了的土地》中，“革命群众”不但具有“群”的整体意识，而且具有无产阶级的“阶级意识”。无产阶级作为一个整体，在革命文学想象中，不但具有“众”的力量感，而且具有“群”的自豪感。庞大的群体，说明了价值认同的广泛性，也具有磅礴的气势，和摧毁一切反对者的力量和自信。

革命文学在文学中倡导无产阶级的“整体”斗争，表现革命者为无产阶级的解放所做的奋斗和牺牲，表现无产阶级集体的力量。蒋光慈的《短裤党》，丁玲的《水》，以及夏衍的话剧《上海屋檐下》都成功塑造了无产阶级的集体形象；在文学的叙述人称上，“革命文学”（尤其是诗歌，如殷夫）开始普

---

〔1〕【苏联】法捷耶夫：《创作方法论》，冯雪峰译，《北斗》1930 年第 2 期。

遍由“五四”的“我”转向“我们”的叙述，由“我”只代表“我自己”，而转换成“我们”（或“我”）代表“我们”。蒋光慈的小说《短裤党》就书写了无产阶级集体起义，呈现无产阶级作为集体的形象和作为。而建国初期的文学艺术中，则以大规模的工人游行队伍和农民方阵，或战争叙述中的军队的排山倒海的集体气势，来表现无产阶级的群体形象和力量。文学叙述中的人物，也大多是代表无产阶级阶级利益的战士，他们不再为自己的权利去战斗，而是为了无产阶级的整体利益去奋斗；他们的信仰已经超越了个体功利的目的，而变成群体、民族共同认可的价值。无论是二三十年代的“无产阶级文学”，还是延安时期的“工农兵文学”，还是五六十年代的“人民文学”，都在强调无产阶级这一群体的数目的庞大和整体力量。“革命文学”的信仰是一种集体主义的话语体系。

二　想象的“组织”共同体

革命文学中的无产阶级形象是“人民”“大众”，但“大众”不是盲动的群众，不是“乌合之众”，而是“有组织”的群体。在马克思主义的政治经济学中，当无产阶级出场的时候，就被阐释为已经在现代化大生产中养成了组织性和纪律性的整体。在文学的想象中，这种组织性往往被表现为两个方面，一是组织（机构）的活动；一个是面对集体所形成的自律。在巴金早期的作品中，无政府主义的青年，也有一个名义上的“组织”，这个组织在革命家个体之间起到了一种联合作用，使他们由个体成为集体；但是，在巴金的想象中，无政府主义热血青年的组织性却是没有的。在“革命文学”的想象中，无产阶级不但是有组织的，而且具有组织性和纪律性。小说《短裤党》所表现的就是工人阶级的集体起义，而且是有组织的起义；小说《咆哮了的土地》不但表现了农民阶级的集体暴动，而且农民的起义也是经过领袖的组织活动得以实现的。这种组织性是反对个人主义的，对脱离组织的个性行动是禁止的，对于个人英雄主义是反对的，《青春之歌》中的林道静，因为她的个人英雄主义而备受责难。在“革命文学”叙事中，小资产阶级个人主义是受到批判的。样板戏《杜鹃山》和《洪湖赤卫队》中的游击队长都曾试图游离于组织之外，但最后在血的教训面前，终于认识到了组织性的重要。而且，在这样的想象中，无产阶级被想象为一个具有整体性的阶级；个体对集体的服从，是一种义务，也是一种道德责任。在许多作品中，革命领袖往往是“登高一呼，应者云集”。而革命者个体无论身处哪里都会感受到组织的存在,它给他/她以组织的约束,它给他/她组织的关怀。这个组织就是无产阶级的先锋队——革命政党。

组织性的想象,同样体现在文化行动和文学创作之中。革命文艺家在创作中,是以组织的名义进行的,例如组织一种同一主题的创作,或统一进行某个主题的批评活动。文学和文化活动是革命文艺的重要组成部分,当革命文艺家以集体的(或某个组织的,如“左联”)面貌亮相的时候,它就不再是作家个人,而是显示集团的意志。这种集体创作在革命文学的肇始期是稀少的,越到后来越多,后来成为一种机制和体制。当它作为一个阶级进入文化的时候,就如殷夫的诗作(如《别了哥哥》)一样,不再是以“我”,而是以“我们”来发出同一的声音,共同陈述和被陈述。这一切都从总体上显示了无产阶级及其革命文艺的集体精神。对有组织的无产阶级群体行为和意志的叙述,赋予了革命文学以步调一致的价值优势和坚不可摧的刚性。

三 想象的“革命”共同体

无产阶级和人民大众被想象为受苦受难的群体,“同是受苦人”是他们走向共同体的阶级基础和情感原因,也是其先天性“革命的动力”的来源。他们天然地以行动说话,一切都付诸“革命的行动”。正如我在前文所述及的那样,“革命”在很大的方面,被解读为反抗性和暴力性行动。“革命不是请客吃饭”,而是“一个阶级反抗另外一个阶级的暴烈的行动”。[1] 马克思主义的劳动阶级至上的价值观,提供给基本人权被统治者暴力剥夺的劳动阶级、受到奉行弱肉强食的丛林规则的帝国主义武装侵略和掠夺的落后民族,为争取合法尊严和权利采取暴力手段反抗武装侵略和专制统治的道义根据。革命者都是实际的行动者、义无反顾的革命者,是具有行动能力的人。而且,他们的行动都被它赋予了信仰的意义。无产阶级因为具有极强的行动能力,而受到那些窝在书斋里的知识分子的崇拜和敬仰。

不过,革命文学想象中的革命的无产阶级又有“自发”的革命者和“自觉”的革命者之分。革命文学在叙述革命者的反抗的时候,都有一个先觉的革命者动员和引导自发的革命者的叙述过程。在革命文学叙述中,“哪里有压迫,

---

〔1〕 毛泽东:《湖南农民运动考察报告》,《毛泽东选集》第一卷,北京:人民出版社,1991 年版,第 17 页。

哪里就有反抗”。作为一种想象性建构，无产阶级在革命文学场域中，它必然地就会因为压迫和受难而走向反抗，而且是坚定不移的反抗。所以，“苦难的现实”作为叙述的序幕，最终一定会导向必然反抗的逻辑演绎。显然，如果没有无产阶级的反抗，革命政党也就无法进行社会革命，最终也就无法为无产阶级谋取阶级利益。所以，在革命文学的想象中，“诉苦”之后革命者的热烈“斗争”是一个水到渠成的情节演变。小说《暴风骤雨》《太阳照在桑干河上》《红旗谱》等中的农民，正是在叙述了地主的压迫、农民的苦难之后，经由“工作队”对农民的启发和动员，使农民认识到自己的苦难的根源，最后义无反顾地走向了革命，实现了自己的当家作主人的阶级目标；《青春之歌》等中的知识分子，也都是在革命者的引导之下，从书斋走向了现实的革命运动。

四　想象的“历史”共同体

马克思主义的无产阶级价值观建构在对于历史的充分自信上。马克思主义对于无产阶级的历史地位，是通过对历史进化链条的设计实现的——奴隶社会是奴隶主的社会，封建社会是地主阶级的社会，资本主义社会属于资产阶级，而未来的社会主义社会则是无产阶级的社会。在历史进化的链条中，无产阶级拥有了“未来社会”。这种以“必然规律”呈现的历史假设，提供了无产阶级的未来性。无产阶级文化和文学，需要对这一假设进行想象。所以，在大量的“革命文学”中，展现历史发展的趋势，都是封建主义和资本主义必然灭亡，而社会主义和共产主义必然胜利的历史图景。革命现实主义和传统现实主义的巨大的区别就在于，旧现实主义只有批判而没有向往，没有提供未来的走向；而社会主义现实主义在批判现实的同时，提供了一个美好新世界的图景。高尔基说，社会主义现实主义必须在“过去的现实”“现在的现实”之外写出“未来的现实”：“如果没有它我们就不会理解社会主义现实主义方法是什么。”〔1〕所谓“未来的现实”，其实就是社会主义意识形态的“未来”，也就是已经被确定了被作为历史未来发展目标和终极点的共产主义。中国社会主义现实主义理论家周扬所谓的“夸张性”，〔2〕也就是依照假想性原则来对无产阶级进行想象的。

---

〔1〕【俄】高尔基：《我国文学是世界上影响最大的文学——1935年3月7日在苏联作家协会理事会第二次全体会议上的讲话》，《论文学(续集)》，北京：人民文学出版社，1979年版，第508页。

〔2〕周扬：《文学的真实性》，《周扬文集》第一卷，北京：人民文学出版社，1984年版，第64—65页。

马克思主义的劳动阶级至上的价值观的历史合理性的根据，并不在于为被压迫劳动阶级争取特殊的权利，而在于争取为被压迫劳动阶级本应拥有却被压迫阶级剥夺的基本权利。他们有着共同的受压迫的过去，也拥有一个共同的美好未来。他们是在历史的发展中的命运共同体。无产阶级的未来理想——共产主义，是一个平等的、尊严的、富足的社会；是一个“人的解放”的社会。无产阶级就是一个拥有历史未来的阶级。鲁迅说：“由于事实的教训，以为惟新兴的无产者才有将来，却是的确的。”〔1〕正如有的学者所看到的，在左翼人士的知识体系中，“无产阶级”是一个理想中的社会阶层，它“承载着人们对未来社会形态和道德水平的美好想象”。普罗文学的合法性也相应地“建立在这一历史和道德的想象之上。因此，判断一部作品是否普罗文学，主要看它能否汇入这一对未来历史的集体想象和虚构当中，能否唤起读者对‘无产阶级’这一理想群体的认同”。〔2〕

五 想象的“语言/文化”共同体

在革命文学的信仰叙事中，语言是有阶级性的，既然资产阶级和封建阶级都有着自己的语言，那么，底层的无产大众也有自己的共同语，这就是“大众语”。

瞿秋白就试图通过对下层社会语言的整合，以建构阶级共同语。这种共同语不仅是为了打破剥削阶级对于文化的垄断，更是为了表达自己的思想意志和建构自己的文化。这种思想很显然脱胎于“语言民族主义”。其基本信念是：每一个阶级都有其特殊的语言与文学，共同呈现这个阶级的历史性及其阶级性。无产阶级的共同语是直白的、通俗的、质朴的，来自无产大众的语言形式，是无产阶级的共同交际和表意工具。与这种阶级共同语相应的是“阶级共同的文学”，这就是“无产阶级革命文学”“无产阶级革命文艺”和“无产阶级革命文化”。在文学的范畴之内，把语言共同体视作是无产阶级的阶级共同体存在的家园。茅盾明确指出，在阶级社会里，艺术是带有阶级性的。无产阶级艺术是为了“助成无产阶级达到终极的理想”的一种工具，是“以无产阶级精神

---

〔1〕 鲁迅：《〈二心集〉序言》，《鲁迅全集》第四卷，北京：人民文学出版社，2005年版，第195页。

〔2〕 曹清华：《身份想象——1930年代“文艺大众化”的讨论》，香港《二十一世纪》双月刊第89期，2005年6月。

为中心而创造一种适应于新世界的艺术（就是无产阶级居于统治地位的世界）”。[1] 这正契合了海德格尔的“语言是存在的家园”的学说。

正因为看到了文艺想象对于塑造无产阶级形象的重要性，文学艺术一直是革命文化中最受重视的领域。因为散乱于不同民族和地域中的工农阶级，它的阶级属性除了“无产”之外，在文化、习俗、语言等方面都有着太多的差异。因此，只有通过想象，才能在不同之中构筑起其“共同性”。而且作为“沉默的大多数”，它只能充当被表述主体，即作为“形象”出现在文化话语中。这种想象是动用了传统文化资源的，包括民族、民俗文化资源。由于文艺和文学的想象性特征，这种共同性通过文艺想象的方式形成更为有利。

在革命的历史想象中，人类自从告别原始社会就进入了阶级社会，在奴隶社会中有奴隶阶级，在封建社会里有农民阶级，在资本主义社会里有无产阶级。而奴隶阶级、农民阶级，都是无产阶级的前辈，他们从古到今，构建了无产阶级的阶级演变史。没有历史便没有文化，没有文化也就没有存在。无产阶级之所以是真实的历史存在，就是因为它是有历史也是有文化的。无产阶级革命理论和文学创作，通过理论想象和文学想象，在历史和文化的维度上，建构了一个共同体。

六　想象的“世界”共同体

在革命文学的叙事中，“阶级”是跨越于宗族、民族之上的实体建构。作为一个世界性的想象共同体，它打破了民族界限，打破了地域界限，打破了宗族界限。革命者韩英，是一位中国游击队的领导人，但同时也在“为普天下劳动人民得解放”（《洪湖赤卫队》韩英的唱词）而战斗流血；加拿大的诺尔曼·白求恩（毛泽东《纪念白求恩》）的形象更是一个超越民族的、阶级的，世界性的象征体。作为一个世界性的共同体，它是跨越家族的。《红旗谱》中的朱老忠，最初只是想到为家族复仇，但最后还是意识到了家族是一己的，因此，最后把家族的仇恨纳入阶级的解放之中。所谓的“世界性”还应该是跨个体的，即利他的和克己的。为了他人、人民、劳动者而不惜牺牲自己的生命。在中国革命作家蒋光慈想象和叙述中国革命者的革命行动的时候，他或她总是想到全人类，

---

〔1〕 茅盾：《论无产阶级艺术》，《文学周报》第172、173、175和196期（1925年5月2日、17日、31日和10月24日）。

“对于一二恶徒的怜悯，就是对于全人类的背叛”；菊芬本来家世富庶，但她“为着被压迫的人们，为着全人类”。[1] 这个“无产阶级”，既是一个受压迫者，又是一个解放者的形象；它不仅存在于一个民族，而且存在于每一个民族。也就是说，它如同上帝一样，具有一个普世的形象，也有着一个普世的存在。但是想象的共同体，并不是“虚构的共同体”，而是“一种与历史文化相关，根植于人类深层意识”的心理建构。[2]

七 想象的“人格”共同体

中国革命文学一开始就试图表现无产阶级的集体人格，如蒋光慈的《短裤党》。但是，中国革命文学并不像日本无产阶级文学，如小林多喜二的小说《蟹工船》在人物描写上为了追求“群体化”导致小说中几乎没有一位有姓名的主人公，而是把无产阶级的人格寄予英雄身上，通过英雄人格或领袖人格的塑造，以体现无产阶级的集体人格。作为一个具有共同人格的形象，它是勤劳的，朴素的，勇敢的，智慧的，忠诚的。它有着如《红岩》中的江姐一样的对信仰的忠诚，如《闪闪的红星》中的潘冬子一样的勇敢，如《创业史》中的梁生宝一样的节俭，如《地雷战》中的中国农民一样的智慧，如《南京路上好八连》中的解放军战士一样的朴素，如穆青《为了六十一个阶级兄弟》中的革命者一样的对待“兄弟”满怀着阶级的关爱。

鲁迅在《中国小说史略》中说：“神话大抵以一‘神格’为中枢，又推演为叙说，而于所叙说之神，又从而信仰敬畏之，于是歌颂其威灵，致美于坛庙。”[3] 中国革命文学中，存在着卡里斯玛现象，而这种现象在文学的叙述中，体现为一种具有信仰特征的人格形象——英雄和领袖；而从信仰叙事的角度，它恰恰是中国传统信仰中的偶像崇拜与现代革命理念交合的产物。当然，从文学形象发展的脉络中，我们还可以看到现代“文学是人学”这一概念被理解为人格神的中国式误读。读者对于革命文学中的卡里斯玛的崇拜，与现实生活中的对于偶像的信仰具有同样的意义。

“无产阶级”这一阶级共同体，作为一种价值的感性形象，具有丰富的文化

---

〔1〕 蒋光慈：《蒋光慈文集》第一卷，上海：上海文艺出版社，1982 年版，第 279、419 页。

〔2〕 吴叡人：《认同的重量：〈想象的共同体〉导读》，载【美】本尼迪克特·安德森：《想象的共同体——民族主义的起源与散布》，吴叡人译，上海：上海人民出版社，2005 年版，第 9 页。

〔3〕 鲁迅：《中国小说史略》，《鲁迅全集》第九卷，北京：人民文学出版社，2005 年版，第 19 页。

功能。它是工农主体,是革命政党主体声言要服务的对象,解放的对象;是知识主体想象中的救赎的"上帝",崇拜的对象。因为它的高大形象和高贵品质,郭沫若告诫知识分子"不要妄想当别人的导师,须时时检查自己作学生的诚意够不够"。[1] 它同时又是知识主体的恩主,因了它的救赎,使知识主体摆脱了自身的痛苦;它还是知识主体内心痛苦的聆听者。"它确实是一股奇异而强大的力量,触及人类灵魂深处对于归属感的热切渴望。"[2]

八　想象的"主权"共同体

就如同安德森给"民族"所作的界定一样,阶级也"是一种想象的政治共同体——并且,它是被想象为本质上有限的,同时也享有主权的共同体"。[3]之所以说是"有限的",是因为,它在伦理上具有排他性界限,凭借着对无产阶级阶级性的想象,可以确定哪些人是或哪些人不是,并从容地对资产阶级和封建阶级进行排斥。而无产阶级也是"有主权的",它不是作为个体享有主权,而是作为阶级享有主权;因为,无产阶级革命运动诞生于现代民权运动之中,这个阶级的革命就是为底层阶级争取权力。所以,瞿秋白说,无产阶级的文艺运动就是"劳动民众的民权主义"。[4]

总之,"无产阶级"是一种政治理论想象,同时也是一种文化和文学想象。作为一个想象共同体,它的存在不能说与现实没有关系,而是说它主要是以想象的形式呈现的,也只有在想象中才能形成共同体,并具有共同性。它是在"必然性"的理论下所设计的"可能性"形象,具有理想性特征;它是知识分子,尤其是革命政党依照自己的想象而设计出来的形象;而且这样的形象需要通过文学想象和文化想象来加以展现。这种阶级、阶级属性与集体主义是一种"特殊的文化的人造物",是情感与文化想象下的属性。正如安德森将"民族"看作是一种现代的"文化的人造物"一样,"阶级"也是"人造物",但却不是"虚假意识"的产物。想象的共同体,"不是虚构的共同体","而是一种与历史文化

---

〔1〕 郭沫若:《向人民大众学习》(《文哨》1945年5月第1卷第1期),《郭沫若全集(文学编)》第十九卷,北京:人民文学出版社,1989—1992年版,第536页。

〔2〕〔3〕 【美】本尼迪克特·安德森:《想象的共同体——民族主义的起源与散布》,吴叡人译,上海人民出版社,2005年版,第7页。

〔4〕 史铁儿(瞿秋白):《普洛大众文艺的现实问题》,《瞿秋白文集(文学编)》第一卷,北京:人民文学出版社,1998年版,第476页。

变迁相关，根植于人类深层意识的心理的建构”。[1]

阶级(class)，作为一种政治想象，自有其文化史和社会史的意义；而作为一种文化想象和文学想象，作为一种集体形象，也有其审美意义。这一想象对于革命信仰的构成具有至关重要的作用，它“剔除‘大众’的日常形态和世俗面貌，把它塑造和建构成一个崇高的社会群体意象，并赋予其诸如‘革命的主力军’‘历史前进方向’甚至‘世界工农大众’的多重意义”。[2] 因此，无产阶级作为一个想象的共同体，即一种特殊类型的文化造物，这一幻影的基本功能就在于提供一个信仰的“实体”，或者说是提供一个信仰的形象，其存在的形态有点类似于“上帝”的形象。它既“在”而又“不在”，既“不在”而又“在”。如此对无产阶级和共产主义的价值信仰也就“从纯粹为了个人追求的层面上升到社会利益的层面，从物质的、有形的层面上升到精神的、抽象的层面，从个体生命的有限性上升到人类社会与宇宙的无限性”。[3]

在现代革命信仰叙事中，左翼文学(尤其是小说)，对阶级共同体的塑造，有着特殊的意义。左翼“革命文学”的重现功能，以及想象的无产阶级同志的预设，在建构无产阶级共同体中，具有近乎宗教叙述般的弥合族群缝隙的功能和将其凝聚为整体的力量。

第三节 信仰叙事:“革命文学”的符号系统

政治信仰如同历史上所有的信仰方式一样，都有一套符号系统。中国革命文学所传达的中国共产主义信仰更是有着一套具有中国文化特色的符号系统。

一 革命文学的“历史未来”叙事

任何信仰叙事中，都存在着一个有关“末日”和“未来”的符号设计。“末

〔1〕【美】本尼迪克特·安德森:《想象的共同体——民族主义的起源与散布》，上海：上海人民出版社，2005年版，第4页。

〔2〕曹清华:《身份想象——1930年代的“文艺大众化”想象》，香港《二十一世纪》第89期(2005年6月)。

〔3〕刘澎:《中国崛起的软肋——信仰》，《领导者》2009年6月。

日”宣判“旧”的死亡，“未来”预言着救赎和新生。这两个相对又相互依存的符合，是人类有关生命存在价值的想象成果。

革命文学的政治信仰叙事，在进化的意义上，判定了“旧时代”的死亡，并通过文学的想象，展现了一幅让人触目惊心的旧时代的“末日”图景。这个时代，是进化历史中的“落后”社会，是恶贯满盈的丑恶社会，是社会主义到来前的“旧”社会；在这个社会中，地主、资产阶级和一切反动派压迫着人民，人民正遭受着无尽的困厄和苦难。在这个社会中，地主冯兰池霸占了百姓的土地，朱老忠一族受到迫害而无处申冤（《红旗谱》）；深山中，人民正遭受着土匪的劫掠，小常宝和她的父亲，一直生活在水深火热的黑暗中（《林海雪原》）；地主用驴打滚的高利贷盘剥百姓，而百姓只能卖儿鬻女，农民的女儿喜儿，父亲被逼死，自己被迫卖身为奴（《白毛女》）；王贵受到地主崔二爷的剥削压榨，甚至要被抢走未婚妻（《王贵与李香香》）；人民漂泊无依，资产阶级任意挥霍，民不聊生，特务横行，贫穷善良的人们只能忍受欺凌，王仲义、常四爷等人，最后不得不投缳自尽，人民就如同生活在地狱里一般（《茶馆》）；在这样的社会里，郁闷压抑，上海屋檐下的五户人家，或因为儿子战死而疯狂，或因为家庭贫穷而卖身，或因为投身革命而坐牢，或因为报国无门而满腹牢骚（《上海屋檐下》）；这样的社会，革命知识分子投身革命而遭受屠杀和追缉（《菊芬》《电网外》）。这样的社会，暗无天日，疯狂暴虐，充满了末日社会的堕落和颟顸，人民痛苦不堪，魔鬼舞翩跹；这是个由撒旦主宰的社会，这是个枯死的时间，也是救世主诞生之前的暗夜；正如郭沫若在《凤凰涅槃》中所唱的，“黑暗如漆”“腥秽如血”；这是毛泽东诗中所唱的“百年魔怪舞翩跹”的地狱社会。

在埋葬一个“末日”世界的同时，革命文学的信仰叙事同时为无产阶级开启了一扇通达“未来”的美好新世界大门。那是一个与黑暗和混乱相反的、具有正面价值意义的光辉灿烂的共产主义图景。革命现实主义所要求的不是客观的现实性而是现实的未来性。正是这样的未来图景，才引导着无产阶级和工农为之付诸革命行动，不惜抛头颅洒热血。

革命文学虔信未来的社会就是马克思主义所描述的“共产主义”，那是人类社会平等、和平和富足的未来存在形态。“五四”前后的中国知识分子在西方马克思主义和俄罗斯革命的影响之下，试图建立一个无产阶级的国度，一个普罗大众的理想国，共产主义和社会主义的社会。李大钊说，十月革命是“立于社会主义上之革命”，俄国布尔什维克党的“主义”就是革命的社会主义。

“俄罗斯之革命，非独俄罗斯人心变动之显兆，实二十世纪全世界人类普遍心理变动之显兆”，这一胜利“是世界革命的新纪元，是人类觉醒的新纪元”。[1]而对于他所说的未来的社会主义和共产主义社会形态，他从全人类的角度认为是“自由的”和“人道的”。“吾人对于俄罗斯今日之事变，惟有翘首以迎其世界的新文明之曙光，倾耳以迎其建于自由、人道上之新俄罗斯之消息，而求所以适应此世界的新潮流，勿徒以其目前一时之乱象遂遽为之抱悲观也。”[2]在这个未来的社会中，没有皇帝、贵族、军阀、官僚，也没有军国主义、资本主义的压迫。“到处所闻的，都是 Bolshevism 的凯歌的声。人道的警钟响了！自由的曙光现了！”[3]马克思主义的社会革命理想，就是打倒导致人类异化、充满了阶级压迫和民族压迫的资本主义社会，从而建立更符合人性、能够给无产阶级及一切受压迫阶级和受压迫民族以自由和尊严的社会主义社会和共产主义社会。用《共产党宣言》的话语来说，就是建立一个“人的解放”的社会。“无产者”是“鲁迅理解/想象未来历史的关键字”，它不仅是鲁迅所想象的未来理想社会的主体性力量，[4]而且在于现实的俄罗斯革命“将‘宗教，家庭，财产，祖国，礼教……一切神圣不可侵犯’的东西，都像粪一般抛掉，而一个簇新的，真正空前的社会制度从地狱底里涌现而出，几万万的群众自己做了支配自己命运的人”。[5] 在“革命文学”的信仰叙事中，共产主义社会就是未来的天堂，在那里，无产阶级获得平等的人权，获得了自由，获得了富足。这是他们抛头颅洒热血为之牺牲的终极价值所在，也是他们在受伤受苦受难时精神的抚慰。

二 “圣徒”事迹叙事

所有的宗教信仰，都会构筑圣人和圣地崇拜。革命的政治信仰，虽然是政治的，世俗的，它同样需要通过对圣徒、圣地等的叙述来构建，以达到对于人民的引导、凝聚和组织。

圣徒—英雄。革命文学叙事中的“圣徒”信仰，存在着一个由英雄崇拜到领袖崇拜的过程，革命英雄和革命领袖的形象有着一个脉络清晰的谱系。革

---

〔1〕〔2〕 李大钊：《法俄革命之比较观》，《李大钊文集》（上），北京：人民出版社，1984 年版，第 573—575 页。

〔3〕 李大钊：《布尔什维主义的胜利》，《新青年》第 5 卷第 5 号，1918 年 11 月 15 日。

〔4〕 曹清华：《论 1927 年以后鲁迅的思路》，《深圳大学学报》2007 年第 2 期。

〔5〕 鲁迅：《林克多〈苏联见闻录〉序》，《鲁迅全集》第四卷，北京：人民文学出版社，2005 年版，第 436 页。

命文学初期叙述中的“圣徒”大多为英雄形象。小说《咆哮了的土地》中的工人革命家张进德、知识分子革命家李杰，叶紫小说《电网外》中的云普叔，茅盾的小说《子夜》中的王阿新等都可以说是革命的圣徒；甚至《短裤党》中的杨直夫、史兆炎等虽然隐喻了早期的共产革命领袖，但是他们的质素依然有革命英雄的特征。这种革命英雄的形象，在40年代革命领袖出现了以后，依然活跃于革命文学的叙述之中。小说《太阳照在桑干河上》中的李裕民，《暴风骤雨》中的白玉山，以及小说《红旗谱》中的朱老忠，《青春之歌》中的林道静、江华、卢嘉川，《红岩》中江竹筠、成刚，《林海雪原》中的少剑波，乃至“样板戏”中的阿庆嫂、李玉和，等等。这些革命英雄，有知识分子，有革命工人，有革命农民，早期主要是革命的小资产阶级知识分子，后来则主要是革命的工人，尤其是革命的农民。这些革命英雄他们自身不生产理论，但他们是革命领袖理论的传播者和践行者，践行着革命领袖的意志和共产主义的理想。他们都有着为了信仰而献身的精神，都有着引导人民走出苦难的能力；他们大公无私，有着革命精神，也有着行动的勇气，他们以自身的行动践行着革命的理论，抛头颅洒热血，引导着人民向着共产主义目标前进。这些英雄的事迹，就如同摩西的事迹一样，具有圣迹的特点。这些圣人式的英雄，它建构于真实与虚幻之间，它们共同构成了革命文学的圣徒谱系。

圣徒—领袖。革命文学中的圣徒最为重要的还是革命领袖的形象。革命文学早期作品中的革命领袖，主要是国际共产主义运动的倡导者，如马克思、恩格斯以及列宁。这些都是通过郭沫若和蒋光慈的诗歌作品来表现的。只有《短裤党》中出现了当时中国革命领袖瞿秋白、赵世炎等的形象，但是，由于他们在中国革命中的威望，以及他们自身理论的复制性，都还没有达到领袖的水准，因此，他们更多的还是英雄。而中国革命领袖的文艺形象，主要出现在延安时期及其后来共和国时期的文艺创作中。民歌《东方红》的出现，可以说是这一领袖形象出现的标志。“他”往往都是真理（理论）的发出者，更是大海航行中的舵手，是春风雨露。“他”往往是圣人中的圣人，“他”如太阳一样提供光明，提供能量，提供生命的信念；“他”发出的一切言语，都是理论，并提供理论的阐释。“他”在有关人民革命的叙述中，在有关英雄的叙述中，经常并不直接出场，但却从未离场，时刻以“他”的理论或著作，给所有共产主义的信奉者提供精神支持。人民在苦难中呼唤着“他”的名字——毛主席。八路军或解放军的将领在战争的间隙学习他的著作——《论持久战》《论人民民主专政》和《纪念白求恩》。“他”给苦难中的人民以温暖,“他”给挫折中的战士以信念。人民战士高呼着“他”的语录,打败了日本侵略者,推翻了“三座大山”,解放了全中国;人民高呼着“他”的语录,战天斗地,建设社会主义新中国。“他”是中国革命的领袖,“他”也是中国革命领袖群体的代表。人民跳着舞蹈赞颂着“他”,人民把“他”的画像绣在金匾上,人民唱着赞颂“他”的歌曲。

圣徒的驻地或事迹发生之地,则谓之“圣地”。很多饱受贫穷和不公的中国人,把“苏维埃”想象成公平、正义和强大的共产主义的代名词。这些革命圣地大都是共产革命中央的所在地,最初是江西瑞金,后来是延安,再后来是北京。它是革命领袖的驻节地,是革命命令的发出地,是全中国革命的神经中枢。它“光芒照四方”,也是所有的革命者向往的地方,千辛万苦奔赴的地方。它理所当然成了作为革命文学新阶段的共和国初期文学的信仰话语。早期革命文学中的圣地,是社会主义的俄罗斯,或者俄罗斯的首都莫斯科。所以,胡也频的小说《到莫斯科去》,就让主人公最终走向了莫斯科。而共产主义的中国版,最初是陕北的延安。延安被描述为革命的圣地,革命的青年心向往之,不辞千辛万苦奔向那里。与延安革命有关的风物和故事,如延河、宝塔山、枣园的灯光、南泥湾等,也都成为诗歌、秧歌等歌唱的内容。1949 年以后,欧阳山的长篇系列小说《一代风流》的第三部就被命名为《圣地》,贺敬之的诗作《回延安》等也都是歌颂革命圣地——延安。儿歌《我爱北京天安门》《在北京的金山上》等都表达了对革命圣地——北京的向往。无产阶级一直把“圣地”想象成精神家园,他们怀抱着特定历史时期人们对公平正义的朴素追求,去到那里寻找方向,寻求真理,寻觅希望,在革命胜利后回到那里缅怀历史,重拾信仰的宗旨,获得启示和力量。

三 “布道”叙事

革命文学家从一开始就将自己视作是革命信仰的传布者,宣讲者。他们虽然不是宗教信徒,但是利用了类似布道的形式,传布了革命信仰,并动员人民信奉共产主义。

革命文学作为一种政治信仰叙事,它承载着并宣示着马克思主义的社会革命理念。早期的革命文学,如蒋光慈的诗歌、郭沫若的诗歌,以及殷夫的诗歌,后来,如新时期的电影《血,总是热的》等,都在叙述中用演讲的方式，作直接的革命理念的陈述，把革命的教条搬入文学叙述之中。还有就是对于革命理论的故事性演绎。它用隐喻的方式，通过讲述故事的方式，表达阶级斗争的观念和马克思主义的社会科学观念。在小说《子夜》中，茅盾依照马克思主义的社会分析理论，将中国社会的各阶级划分为金融资产阶级（大资产阶级）、民族资产阶级、小资产阶级知识分子、农民阶级、工人阶级等；并依照马克思主义的社会学原理，对中国当时社会的性质进行了确定，认为中国当时社会是一个“半殖民地半封建的社会”；他还对当时中国社会各阶级的革命性进行了评估：工人阶级是革命的阶级，农民阶级也是，而民族资产阶级则是具有两面性——革命性与反革命性。这种马克思主义的经济理论的阶级划分和社会定性，与毛泽东的《中国社会各阶级分析》非常的相似。茅盾通过民族资产阶级的商业失败，说明了中国社会的半封建半殖民地性质。当共产党进行土地改革的时候，赵树理、周立波、丁玲等就创作了表现土地改革的《李家庄的变迁》《暴风骤雨》《太阳照在桑干河上》；当共产党颁布了婚姻法的时候，赵树理就创作了《登记》，直接对于共产党在各个历史时期的政治政策进行了直接回应和表达。

布道在于引导信徒对于信仰的皈依。革命文学宣传马克思主义的目标，在于启发人民大众对于共产主义的理解、接受、信仰和跟随，因此，革命文学同时又是一种引导叙事。它通过圣徒皈依过程的讲述来展示神圣的指引。小说《到莫斯科去》中，在素裳的面前有两种人生，一种是小资产阶级妇女的奢靡而无意义的生活，一种是革命者施洵白所提供的有意义的革命生活。小说通过革命者的启发和引导，新女性素裳选择了革命爱人所提供的革命的道路。小说《光明在我们的前面》则提供了两种信仰——无政府主义和共产主义，主人公白华最终在共产主义者李希坚的引导之下，放弃了无政府主义而选择了共产主义。信仰就意味着对错误的放弃和对正确的选择，和选择之后的坚定的执信。无论是在素裳还是在白华的选择中，革命者施洵白和李希坚作为传道者，都充当了引导者和启发者的作用。这种引导叙事，在延安时期以后，经常表现为共产党对于革命知识分子、革命农民等社会阶层的引导，如《青春之歌》就表现了共产党对于小资产阶级知识分子林道静的引导，《红旗谱》就表现了党对于革命农民朱老忠的引导。革命文学的故事，通过人物的选择和皈依，启发和指引着读者在现实生活中的抉择和行动。同样，当共产党进行社会主义三大改造的时候，李准、赵树理、柳青等所创作的《不能走那条路》《三里湾》《创业史》;当共产党力行改革开放的时候,蒋子龙等所创作的《乔厂长上任记》等改革小说,也都展示了两条道路、两种信仰困惑中的主人公,在共产党的工作者的引导和启发下,选择共产主义信仰的过程。

在启发和引导的过程中,故事性的情景是必不可少的。在小说《到莫斯科去》《光明在我们的前面》中主要通过施洵白、刘希坚在与素裳、白华恋爱中的倾心交流,并在现实的血的教训下,促使女主人公作出了信仰的抉择。而在《青春之歌》《闪闪的红星》中,则通过革命者对于知识青年林道静、群众潘冬子,讲述"革命理论"的场面,促使他们最终走上了革命的道路。显然,革命文学就是一种宣道叙事。革命的信仰如所有的信仰形式一样,它具有对人民生活的定向选择的功能,鼓励人民为实现目标而不懈奋斗的动员功能,更具有社会力量的凝聚化合的功能。

四 "忠诚"叙事

宗教信仰的建构需要依赖二元对立结构,以彰显自己的排他性和唯一性。近现代红色革命信仰起源于欧洲,虽然它是唯物主义和无神论的,但是,"革命"的政治信仰同样借助了基督教的二元对立的叙事,来凸显革命意识形态的排他性和唯一性。在异端的对立中,才能彰显正统的正确和伟大;在"敌人"存在的背景下,才能凝聚"我们"的人心;在"反革命"的危机中,才能组织起"革命"的队伍;在激烈的阶级斗争中,才能召唤起无产阶级的力量。

革命文学叙事,从20年代末期开始,就在激烈对抗的政治大背景下建构起了二元对立的阶级斗争叙事模式。正如有的学者看到的:"'十七年'的话剧历史剧……作为一种在泛政治化语境下生成的独特的历史叙事,其结构形态具有这样一些特征:史剧家们努力建构与阶级斗争理论相对应的史剧冲突结构。"[1]革命文学的二元对立的阶级叙事模式,一方面当然是通过文学叙事揭示敌人和黑暗的存在,但更为主要的还在于通过这个对立面所给予的磨难,宣示革命者对信仰的忠诚。革命文学在本质上来说是有关信仰的忠诚叙事。

信仰需要经历苦难的考验,才能昭示它的忠诚。革命文学书写了革命者

〔1〕 温潘亚:《十七年历史剧创作结构形态论》,《中国现代文学论丛》(南京大学)2012年第2期。

对于革命信仰至死不渝的忠诚。《红岩》中的地下工作者江姐、成刚、许云峰,《青春之歌》中的林红、林道静,《洪湖赤卫队》中的韩英,《红灯记》中的李玉和,《红色娘子军》中的洪常青,都在被敌人逮捕后,遭受极其残酷的严刑拷打。但是,敌人的烙铁加身、竹签钉手指、捆绑吊打,直至死亡威胁,他们凭借革命的意志,怒斥敌人,没有背叛革命出卖同志。受难是革命者成长为圣徒、昭示忠诚的成人礼。敌人的严刑淬炼了他们的意志,彰显了他们对革命的赤胆忠心。那是一种对万事万物存在唯一性真理的坚信不疑的笃定。所有的革命者,都在人生的最初阶段,因为各种机缘而选择了马克思主义,持有了这种人生观、价值观、世界观。革命文学通过革命者为了信仰而牺牲的典型“案例”,赋予了革命者虽短暂但永恒的意义,所谓“在烈火中永生”。生命有生而面对死的悖论,但是革命文学通过永生的故事,化解了生与死的悖论。革命文学通过文学叙述奖励和表彰了那些勇敢无畏的革命者,为后来者树立榜样;同时,如《红岩》《新儿女英雄传》《杜鹃山》等小说和戏剧中,还通过对向敌人投降的变节者的有效惩戒的叙述,形成了一个忠诚有报而叛变没有好下场的叙述伦理。“革命文学”通过文学想象展示了信仰的淬炼意志的力量,展示了革命者通亮的光辉人格。

革命者的忠诚,还体现在革命信仰者面对敌人所表现出的立场鲜明的仇恨。《短裤党》中的李阿四面对着被捕的直鲁联军上海防守司令部大刀队队长及其随从,毫不犹豫地将其砍杀了;《咆哮了的土地》中的李杰,为了表达自己对革命的忠诚,即使是自己的父母和妹妹被革命者烧死了,也绝不动摇自己的立场;郭小川的《秋歌》《团泊洼的秋天》也在对敌人的刻骨仇恨中表达了对革命信仰的忠诚。在杀死敌人的过程中,他们有的时候会有怜悯、犹豫,以及被命名为“小资产阶级”或“农民阶级”的人道主义和廉价的同情,但是,革命叙事随即就会发生革命者的自我反思和集体检讨,来驱除其内心的动摇、幻灭和立场暧昧、行为失范等“杂质”,来加强忠诚的程度。革命文学通过“钢铁是怎样炼成的”这样的过程,将自身思想意识和行为中的非忠诚素质“淬”出去,从而使自己变成一个忠诚的革命战士。林道静、朱老忠以及大多数的革命者都经历了这样的一个过程。革命文学中的成长故事,基本都属于这样的忠诚叙述。

“敌人”所制造的苦难和仇恨,其作用还不仅仅在于对革命者忠诚的磨炼和升华,还在于它为受难中的人民制造了一个走向信仰的机缘,以及忠诚于信仰的感恩机制。

在革命文学叙事中,它的前叙事基本都是人民陷入苦难的绝境。而当他们对光明与拯救翘首以盼的时候,革命的曙光照入叙事,使他们获得拯救,并真诚信仰红色革命的力量和红色革命所承诺的未来新世界。当鲁中平原上的冯家正在被汉奸地主王唯一压迫的时候,共产党党组织到来了,它组织人民举行暴动,将苦难的人民从苦难中解救了出来(冯德英《苦菜花》);当夹皮沟中的李勇奇、小常宝一家,遭受土匪的欺凌的时候,解放军小分队来到了深山剿匪,就如同阳光照进了黑暗,于是“深山出太阳”了,“劳动人民得解放了”(曲波《林海雪原》);当冀中平原锁井镇的朱家、严家等贫苦农民正在遭受恶霸地主冯家欺压而复仇无门的时候,共产党到了冀中平原,发动学生运动,发动“反割头税”运动,打倒地主冯兰池(梁斌《红旗谱》);当铁锁在李家庄遭受李如珍家族迫害,而无力自救的时候,共产党牺盟会到了,领导人民斗倒了李如珍家族,人民翻了身(赵树理《李家庄的变迁》);当王贵和未婚妻李香香受到地主崔二爷的迫害,眼看就要堕入苦海的时候,八路军、赤卫队打进了死羊湾,解救了王贵,李香香和王贵顺利结婚了(李季《王贵与李香香》);当李有才受到迫害的时候,党的工作者老杨到来了,于是村霸家族被斗倒了,李有才等贫苦的农民又获得了自由(赵树理《李有才板话》);当知识女青年林道静陷入前途和爱情迷茫的时候,地下党员卢嘉川到来了,他给她指明了革命的方向(《青春之歌》);当杨白劳、喜儿一家受到地主黄世仁的迫害,被迫逃亡深山陷入绝境的时候,八路军打回了杨各庄,将喜儿从“鬼”变成了“人”(贺敬之等《白毛女》)。

苦难中的人民期待着拯救,而拯救者从天而降,完成人民复仇的愿望,完成人民脱离苦海的愿望。拯救的奇迹,让人民相信信仰的力量,并让人民追随它、信服它。拯救者无论是八路军、赤卫队、剿匪小分队,还是严江涛、老杨,都是党的使者。他们所带来的就是党的拯救,党的阳光。通过拯救,革命文学建构起了人民与党和领袖之间牢不可破的信服结构。

五 神圣的“红色”意象

在革命文学的信仰符号系统中,“红色”是一种总体的意象。它既联系着中国人的原始崇拜也宣喻着现实的共产革命实践。红色,中国共产党党旗的颜色,它是烈士的鲜血染成的,那既是血与火的斗争的形象展现,也是革命者历经磨难获得真理和信仰的直观显现，它还展现了一个革命者受难的历史，以及其引导人民的神圣位格。“红色”的意象，可以幻化为“向日葵”、“窑洞的灯光”、“北斗星”、“太阳”(《东方红》《长江三日》《日出》)、“火把”(艾青《火把》《向太阳》)、“黎明”(艾青《黎明的通知》)，以及“宝塔山”(贺敬之《回延安》)、“天安门”(《我爱北京天安门》)等具有光明属性和引导属性的意象序列。在抒情主人公的热情洋溢的歌唱中，那些苦难中的人民将党和领袖比作驱散黑暗、催生万物的红太阳；把自己比作“向日葵”，通过向日葵和太阳的自然关系，喻示着人民与党和领袖之间的引导、启示和感恩的信仰关系。在艾青的诗作《黎明的通知》中，当黎明的曙光照耀大地的时候，受苦受难的人民，沐浴在神圣的光辉中，生命得到了洗礼，心中充满了无限的感戴、喜悦和幸福，信仰革命的人民在神圣的红色意象中，寻求到了终极关怀。

六　“见证”叙事

革命文学，有着所有信仰叙事共同的特征——见证叙事。如同几乎所有的宗教一样，革命文学家在讲述革命故事的时候，是以历史的亲历者和见证者出场的，他/她所讲述的故事，就是一种“见证”。传教士往往通过见证叙事的现身说法，获得教徒的认同和皈依。革命文学的见证叙事，也是传播革命信仰和招纳革命者建构共同理想的有力途径。

革命文学尤其是五六十年代的革命历史文学，基本都是通过回溯的方式追忆种种的革命事迹。如《青春之歌》《林海雪原》《红旗谱》等更是以“回忆录”的方式展现了革命历程中的种种英雄事迹。作为一种信仰叙事，“革命文学”对“革命”进行了历史谱系式的建构。无论是在30年代的上海，还是江西的革命根据地创建，还是延安时期，还是在延安以后，大量的革命历史创作，不但记录着革命经验的现实，也叙述着革命的漫长而艰辛的过程。尤其到五六十年代，《红岩》《林海雪原》《三家巷》等更是全景式地展示了中国的共产主义革命的历史情状；在革命文学的叙述中，我们几乎可以看到一个完整的历史必然性演进的图景，看到一个完整的革命信仰传播的过程，看到一个革命信仰被信奉的过程，以及革命的未来走向。

革命文学“见证着”旧世界的“末日”情景，也“见证着”“未来”新世界的光辉；它“见证着”一个个信徒的成圣，也“见证着”一个个叛徒的受到惩罚；它“见证着”革命者的受难，也“见证着”革命者的忠诚；它“见证着”人民的苦难，也“见证着”人民的得救；它“见证着”英雄的可歌可泣的事迹，也“见证着”领袖的引导和照耀；它“见证着”深山老林的黑暗，也“见证着”阳光普照的光明。

见证叙事提供了成功的也是鲜活的事迹，为信仰者提供了反复演示的直观的场景，也启示他们把自己“代入”其中，获得直接的体验，获得灵魂净化和皈依的快乐，以及现实中接受召唤的动力。

革命文学通过一系列的具有象征和仪式性的叙述符码的编排，建构起了革命者对于信仰的忠诚，对于共产主义理念、无产阶级、革命政党及其领袖的执着信念，以及对于革命政策（特定时期的革命理念的体现）的坚定不移的执行。

第四节 “革命文学”的革命信仰建构价值

革命文学家在革命文学发端之初，就对革命文学叙事在革命信仰建构中的作用和价值，深信不疑。“在今日的中国，能够担当改造的大任，能够使革命成功的，不是什么社会运动家，而是革命的文学家”；〔1〕“文学是大有功于革命，而革命家必得借助于文学”。〔2〕“革命文学”叙事毫无疑问的是一种政治信仰叙事，它与历史上出现的所有政治信仰叙事没有什么两样。但是，中国语境下的革命信仰叙事，其价值功能却只能在中国化的马克思主义的范畴之内才能厘定。

一 革命文学信仰叙事：马克思主义信仰的本体建构

信仰在一个社会中，“靠永不停止的社会表意活动构筑自己”。〔3〕这一过程首先是想象，想象主要在两个方面，一个是理论的，一个是文学艺术的。理论也是一种想象的逻辑，或者说逻辑的想象；而文学艺术，更具有叙事性、形象

〔1〕 郑振铎：《革命与文学》，原载《时事新报·文学旬刊》第9期（1921年7月30日），《郑振铎文集》第四卷，北京：人民文学出版社，1985年版，第334页。
〔2〕 费觉天：《答吾友郑西谛先生》，《评论之评论》第4期（1921年12月25日）。
〔3〕 赵毅衡：《身份与文本身份，自我与符号自我》，《外国文学评论》2010年第2期。

性。理论和文艺可以赋予信仰以观念、价值和说理的逻辑规则；文学想象则为信仰提供了形象、历史、故事，也提供了牺牲的事迹，奠定了信仰的情感和感性基础。

革命文学所传达的革命政治信仰，是一种剧情化的理论。它的形象性、感染力，使得革命信仰从抽象理论走向经验实在，这正是革命文学对信仰建构的价值所在。革命文学通过文学的叙事，将马克思主义信仰故事化，历史化，现实化，中国化。它既讲述马克思主义的革命故事，更讲述了一个落实在中国土壤中的中国革命故事。革命文学使得马克思主义的政治的信仰、抽象的观念，具有了叙事性；并通过长时段的情节化的讲述，赋予其历史感，通过故事的形式，讲述了革命的起源、发展，以及它即将实现的无产阶级社会的前景；又因为其所讲述的人生故事都是发生在中国人身上，因此，它很好地实现了将马克思主义中国化。

革命文学对于革命信仰的建构功能体现在，一方面它是革命信仰的载体，另一方面它也是革命信仰的本体。“现代神话学的经典性表述：神话就是真实性、神圣性的信仰叙事。”〔1〕叙事，不是信仰；但是，叙事却具有对信仰的构成作用。而且，当叙事被重复的时候，它就凝聚为仪式，也就成为了信仰本身。假如以《圣经》来比附的话，革命的政治理论，就是《新约》，它是信仰中的教条；而“革命文学”的想象，则是《旧约》，它是信仰中的故事。对于信仰来说，教条是重要的，没有教条就无法构成信仰的抽象的观念；同样，故事更重要，没有故事，则无法形成一个历史。信仰，更多的时候是由故事的想象所造就的。革命文学的信仰叙事，就是一种现代神话。有学者认为：“‘现代神话’这个命题仍然可以包含多种可能的规定，至少包括：其一，神话作为传统的信仰—叙事行为现象，经过功能的转换（仍然作为现象）而存在于人们的现代生活语境当中；其二，神话信仰—叙事是人的本原的存在形式或实践方式，不受历史时间、社会—文化空间形式的生活语境的条件限定，但构成了任何时代的生活语境下神话现象的先天基础，而‘现代神话’正是作为人的本原性存在的神话在特定时代的生活语境中的显象。”〔2〕文学（文艺）的形象性和故事性，使得其较之于一般的革命宣传品有着更为强悍的信

〔1〕〔2〕 吕微：《神话信仰——叙事是人的本原的存在（代序）》，载杨利慧：《现代口承神话的民族志研究——以四个汉族社区为个案》，西安：陕西师范大学出版社，2012 年版，第 3 页。

仰传播力。

二 革命文学信仰叙事：社会信仰的示范性建构

革命文学的故事演绎和理论展开，是仪式性的。不论是宏大叙事的历史逻辑展开，还是细节铺陈，都带有仪式的性质。如狱中“入党”（《红岩》《红色娘子军》），解放区的“斗地主”（《李家庄的变迁》），对牺牲者的祭奠（《菊芬》《英雄女儿》）、胜利誓师大会（《南征北战》）等，更是典型的仪式规程的示范。后来的革命者或者奔向革命的人，都在这样的想象性的仪式的演述中，确立对革命信仰的认同和忠诚，完成对革命信仰的皈依。“一方面，革命文学通过对‘转换’模式的反复书写，借助神圣与世俗的二元对立这一宗教形式来凸显革命信仰拯救灵魂的神奇力量；另一方面，通过对革命仪式的精心描摹或仪式化场景的刻意营构，为获得了革命信仰进而成长为革命英雄的个体提供神圣性的确认，展现出在集体暴力作用下个体社会地位的‘逆转’。在庆典仪式营造的‘狂欢’中，革命信仰得以广泛渗透于处在狂热状态下的个体灵魂内部。”〔1〕

正是透过革命文学的阅读，很多追求进步的文学青年获得了自己对于革命最初的知识，形成了自己对于革命者的印象，形成了自己革命的人生观和世界观，并最终选择了走向革命，成为坚定的革命者。显然，革命文学巨大的传播力，为马克思主义信仰在中国被中国共产党人接受、被广大的人民群众接受，都起到了巨大的作用。所以说，革命文学家充当了革命信仰的传道者，革命文学的经典文本就是革命信仰的“圣经”。

革命文学的信仰叙述，通过信仰的心理机制，模糊了历史与现实的距离，也模糊了想象与真实的界限。革命文学在叙事中将革命信仰根植于个体灵魂，再造了历史主体。

三 革命文学信仰叙事的现实历史关怀

革命文学是一种信仰叙事，当然也是一种“神圣”叙事，它具有宗教性。在革命信仰叙事中，马克思主义是一种政治信仰。这种革命信仰，它信奉无

〔1〕 李跃力：《精神秩序的整一化与革命历史主体的诞生——论革命文学对革命信仰的书写与强化》，《文史哲》2011年第4期。

神论；它是唯物主义的，它是反神学的，并且认为一切的原始信仰和宗教信仰都是唯心主义的，而唯心主义信仰是反科学的。也就是说，马克思主义是一种世俗性信仰系统。它有着现代西方科学主义的一般精神，又非常契合中国儒家哲学的现世观念。它既与“五四”的个人启蒙主义不同，又与启蒙主义的世俗性关怀一脉相承。马克思主义的“信”与宗教是不同的。有神论“相信宇宙中的一切是神所创造，对未来充满希望，相信因果循环，靠内心的善恶道德法庭约束自己，相信‘头顶三尺有神明’”。而马克思主义无神论“相信人的主观能动性，相信科学，相信眼见为实，相信进化论，相信生死是必然的”。〔1〕

但马克思主义如所有的宗教信仰一样是有关怀的，有神论的信仰是神对于人的关怀，而马克思主义信仰则是一种世俗性的历史关怀。在一般的生活层面上，马克思主义信仰的关怀对象主要指向无产阶级。它要求改善无产阶级的政治地位、生活境遇；它对于现实的社会——政治和经济制度，对于资产阶级对无产阶级的残酷压迫，对于资本对人性的异化，都给予激烈的批判。“马克思主义理论是一个在大的历史尺度上来关注、关怀人类发展的理论。它的核心是对人类命运的关切，对人类自由和全面发展的追求，想消除一切束缚人的自由和全面发展的不合理的东西。”而且也给人类社会提供美好的未来世界图景——共产主义，它是人类社会奋斗的最终目标；在那里“它把对人的自由、全面发展和人类解放的这种追求与价值关怀，同它所揭示的社会历史发展的一般规律紧密结合起来”。〔2〕

马克思主义信仰是非宗教的，但它如同所有的信仰一样也是具有宗教性的。李大钊就曾从宗教的角度肯定过马克思主义，他说：“Belshveism 在今日的俄国，有一种宗教的权威，成为一种圈占的运动，岂但今日的俄国，二十世纪的世界，恐怕也不免为这种宗教的权威所支配，为这种群众的运动所风靡。”〔3〕而且，它还是被预制为科学的信仰。陈独秀说：“马克思社会主义所以称为科学，不是空想的，正因为它能以唯物主义的见解，说明资本主义的生产方法和资本主义的制度所以成立所以发达所以崩坏，都是经济发展之自然结果，是能够在客观上说明必须的结果，不是在主观上主张的当然的理

〔1〕〔2〕 衣俊卿：《马克思主义中国化的源头活水——百年经典著作编译事业的历史贡献》，《中国社会科学报》2011 年 6 月 30 日。
〔3〕 李大钊：《Belshveism 的胜利》，《李大钊选集》，北京：人民出版社，1959 年版，第 116 页。

想，这是马克思主义和别家空想社会主义不同之要点。”[1]学者哈迎飞深刻地阐释了科学信仰的宗教性。她认为：“科学追求的是‘真’，强调的是‘疑’；而宗教追求的是‘善’，强调的是‘信’。主张‘因信得救’。从本质上，科学和宗教是无法相互替代的。”因此，“当陈独秀主张‘以科学代宗教’的时候，实际上是把科学当成了宗教的替代品”。[2] 但是，在陈独秀那里，科学是具有普遍适用性的观察世界的角度和方法，因此科学就成为一种信仰，并且成为了“主义”；同样，马克思主义也是一种科学方法论，是超越于具体知识的“无一逃于科学的法则”，[3]他的马克思主义论述也便具有信仰论证的特征。正因为如此，陈独秀后来没有变为基督教徒，而是成为一个马克思主义者，而打动陈独秀的正是马克思主义同时具有科学性和弥赛亚精神的双重特质。正是在这个意义上，罗素认为马克思主义是一种无神的宗教。[4]

革命的政治信仰，由于与西方文化、基督教文化有着千丝万缕的联系，使得“革命文学”叙事者，将其与中国儒家知识分子的历史使命沟通，将自己塑造为一群自觉自愿地背起十字架的人，这个十字架就是对受难的中国人民、对全人类的类宗教关怀，这就是俄罗斯人所信仰的弥赛亚精神。

四 革命文学信仰叙事的终极关怀

马克思主义信仰为未来所设计的这样一个类似天堂的存在，它不是现实的，它是未来的，但又是存在的，它是必须经过信众的奋斗修行才能达到的。

信仰，关涉着人类的生命悖论——即生的有限性和自然的无限性。信仰，就是为了解决这种悖论而生发出的意识形态。信仰，是人对于无限、永恒、生命的终极价值与意义的追求。革命文学信仰，虽然是世俗的、现实的，但是，就如同所有的信仰一样有着作为信众的精神归宿的功能。因此，革命的信仰价值还在于，革命信仰作为一种意识形态，它为信众提供了一种安

---

〔1〕 陈独秀：《马克思学说》，《陈独秀著作选》第二卷，上海：上海人民出版社，1993 年版，第 355 页。

〔2〕 哈迎飞：《“以科学代宗教”和“科学的被宗教化”——陈独秀的准宗教心态及其写作策略》，《南京师大学报(哲学社会科学版)》2011 年第 2 期。

〔3〕 陈独秀：《随感录 科学与神圣》，《陈独秀著作选》第一卷，上海：上海人民出版社，1993 年版，第 389 页。

〔4〕 参见【美】罗素：《西方哲学史》(上)，上海：上海三联书店，1999 年版，第 244 页。

全感和归宿感。虽然文学叙述的信仰只是幻象，但这些“‘个人’生活在意识形态当中，也就是生活在对于世界的确定的（宗教的、伦理的，等等）表述当中”。[1]

柳青在讲述梁生宝“事迹”的时候，就体现了信仰的力量：“度过了讨饭的童年，在财东马房里睡觉的少年，青年时代又在秦岭荒山里混日子，他不知道世界上有什么可以叫做‘困难’，他觉得：照党的指示给群众办事，受苦就是享乐。”（《创业史》）在梁生宝“失父”之后，处于深重苦难之中的时候，党给予了他父亲般的关怀；也只有在经历了苦难的磨砺之后，才可能产生对于父亲般关怀的需要。信仰所带来的关怀，以及获得信仰的引导，使他获得“快乐”。所以，正是有了信仰的引导，他“给群众办事”，他才获得了“快乐”，他才成为一个“英雄人物”。

在革命文学的这些卡里斯马形象身上，不但寄托了革命信仰的理念和价值，也发挥着为广大革命群众提供精神归宿的作用。“一个民族、一个国家或者一个共同体、一群人，他们要能在一起生存，总有一些内在的东西在精神层面支撑着大家，凝聚着人心。我们都需要‘家’为我们提供熟悉感、自信感和温暖。”[2]而共产主义信仰就是那个能够提供熟悉感、自信感和温暖的“家”。正如刘小枫所说：“叙事改变了人的存在时间和空间的感觉，当人们感觉自己的生命若有若无时，当一个人觉得自己的生活破碎不堪时，当我们的生活想象遭到挫伤时，叙事让人重新找回自己的生命感觉，重返自己的生活想象空间，甚至重新拾回被生活中的无常抹去的自我。”[3]

五　革命文学信仰叙事：凝聚个体与秩序化群体的功能

信仰是一种文化的凝聚力，人类信仰是人类社会生存不可或缺的一种精神驱动力，它能够将不同的个体拉向同一的核心，也能够将不同的个体凝聚在一起。对于信仰分散的中国底层社会而言，无产阶级的共产主义信仰，提供了具有亲和性的价值认同；对于处于分崩离析中的各个民族，共产主义信仰，起到了凝聚社会个体成为一个有力量的整体的作用，也起到了凝聚各

---

[1] 【德】阿尔都塞：《意识形态与意识形态国家机器》，陈越编：《哲学与政治：阿尔都塞读本》，长春：吉林人民出版社，2003年版，第357页。

[2] 衣俊卿：《家园好像永远征途漫漫》，《光明日报》2011年4月18日。

[3] 刘小枫：《沉重的肉身——现代性伦理的叙事纬语》，上海：上海人民出版社，1999年版，第3页。

个民族成为一个现代民族国家的作用；尤其是对于“乌合之众”的群众，共产主义信仰其实就是“西门汀”(水泥)，不但使得他们能够凝聚，而且具有了坚不可摧的力量。共产主义信仰对于渴求着改变羸弱现状的中国民族走向独立和自强，更是起着至关重要的作用。信仰使得散乱的思想获得内在的精神秩序，使得鲁迅所说的“砂聚之邦”的个人和群体获得意志和力量。“文学叙事与审美的力量，缝合文学想象与社会现实之间的距离，并通过文学想象来改变个体的人生观与价值观，重塑个体的认知与思维方式，实现精神秩序的整一化，从而干预社会实践，实现再造社会现实与革命历史主体的宏大目标。”〔1〕这就是革命文学初期革命文学家所谓的革命文学的“组织化”功能。

总之，革命文学叙事，其主要的价值即在于承载马克思主义的无产阶级革命思想，同时，也在“五四”已经否定中国传统价值意义的废墟上，再次否定“五四”的个人主义价值意义，在这双重否定的废墟之上，重建中国人的信仰和价值意义，这就是无产阶级的共产主义价值体系。

附　录　“右派”作家伤痕小说的“忠诚格式塔”

伤痕文学是新时期文学的最初一波文学思潮。其中以王蒙、张贤亮和从维熙等为代表的“右派”作家群体，是这一波文学思潮最为重要的一部分。他们大多都有着曾经被打成“右派”和新时期“复出”的经历。他们的创作及其所表现出来的精神内涵，与伤痕文学中的其他群体，如知青作家等，都有着诸多的差异，这使得他们的创作在新时期伤痕反思文学潮流中显得非常“另类”。

“右派”伤痕文学的发生，现在一般认为，一、从当时的社会政治文化来说，它当然基于主流政治批判“极左”路线的需要；二、从创作心理来说，它是宣泄情感、获得心理平衡的需要。从上述的两种发生动因来看，“右派”伤痕文

〔1〕 李跃力：《精神秩序的整一化与革命历史主体的诞生——论革命文学对革命信仰的书写与强化》，《文史哲》2011年第4期。

学似乎与其他的伤痕反思文学没有什么两样。但是,仔细阅读这部分创作,以及这部分作家,我们会发现,在“右派”伤痕文学家的苦难的历史经验展示和对于自身经历和宏大历史的政治反思意识之外,还有着一种心理连接“中断”人生的本能;同时,从其连接中断人生的具体方式来看,他们的创作又总是受到他们“复出”之后社会文化语境和自身利益的牵系和影响,其连接中断的方式有着独特的社会文化利益的促动。因此,我们有必要结合这部分作家自身的人生经历来考量:现实处境是怎样影响了他们的历史反思?以及这种现实考量又怎样影响了他们的文学叙事?

一 “完形”的本能冲动

人本主义心理学中,有一种格式塔(Gestalt)理论,也称为“完形”(configuration)理论。上个世纪初,奥地利及德国的心理学家创立了格式塔理论,它强调经验和行为的整体性,反对当时流行的构造主义元素学说和行为主义“刺激—反应”公式,认为整体不等于部分之和,意识不等于感觉元素的集合,行为不等于反射弧的循环。其创始人是韦特墨、考夫卡和苛勒。格式塔这个术语起始于视觉领域的研究,但它又不限于视觉领域,甚至不限于整个感觉领域,其应用范围远远超过感觉经验的限度。格式塔派认为,人的心理意识活动都是先验的“完形”,即“具有内在规律的完整的历程”,是先于人的经验而存在的,是人的经验的先决条件。人所知觉的外界事物和运动都是完形的作用。人和动物的智慧行为是一种新“完形”的突然出现,叫作“顿悟”。如两条在同一水平面上的直线,如“— —”,当人的视觉触及的时候,就会本能地将其中中断的部分“连接”起来,将其看作是一条直线。这就是“完形”。〔1〕

“右派”伤痕反思文学作家的人生具有“三段”的特点:

辉煌的“前段”:五六十年代。当新中国建立以后,那些在之前即已功成名就的老一代作家,在那黄金的岁月中曾满怀信心地要为新的社会贡献自己的力量;那些在这段岁月中崭露头角的年轻的诗人们,沐浴着“明媚的阳光”,雄心勃勃地要为时代做出贡献,他们的人生也处于辉煌的时刻。而他们也确实为那时的中国文学做出了自己的贡献。老一辈的作家,如郭沫若、

〔1〕 参见【德】库尔特·考夫卡:《格式塔心理学原理》,李维译,北京:北京大学出版社,2010年版。

巴金、艾青、曹禺等，都写作了数量众多的讴歌中国革命和世界革命的优秀诗篇。当年的中年作家，如赵树理、丁玲、梁斌、周立波、郭小川、贺敬之等作家诗人，更是创作了许多史诗性的小说和诗歌作品。而当时最为年轻的作家，如王蒙、陆文夫、张贤亮等人，二十出头，风华正茂，在文坛上崭露头角。王蒙的《组织部新来的年轻人》，陆文夫等为主要成员的“探索者”学生文学社发表的《小巷深处》等小说，蜚声文坛。那正是高唱“青春万岁”的美妙年华。

五六十年代的生活，五六十年代的教育，五六十年代他们正处于生命的黄金年华，那个时代铸就了他们特定的生命时空和人生的价值观。五六十年代的美好时光，永远镶嵌进中国民族的集体记忆，将永远无法抹去，特别是在若干年后历经劫难之后，这段时光就更加珍贵。50 年代已经成为一段注定要被反复叙述的情结。

归来的“后段”：七八十年代。70 年代末期，当年被打倒、流放的人，当年被关进牛棚的人，都回来了。他们重新拿起了笔，讴歌当时的改革开放的时代。这些或进入老年，或人到中年的作家和诗人们，重新过上了正常的人的生活，重新开始了文学创作和文学生活，很多人无论是在政治上还是在文学上，其地位都有所上升。他们创作了大量的文学作品，并成为那个时代的政治中坚和文学中坚。当年的中年作家，已然到了老年，但是依然精神焕发，丁玲创作了《牛棚日记》，杨绛创作了《干校六记》，巴金创作了散文系列《随想录》；而当年的青年作家已然人到中年，王蒙创作了《蝴蝶》《风筝飘带》，张贤亮创作了《绿化树》《男人的一半是女人》，古华创作了《芙蓉镇》，刘心武创作了《班主任》等等。这些经历过“文革”十年的人，这些劫难余生的作家和诗人，成为新时期最初创作的最重要的力量。

黑暗的“中段”：“文革”十年。那些在五六十年代创作盛年中的作家和诗人，在五六十年代的历次政治运动中，尤其是在十年“文革”中，一批一批地从政治上被“打倒”。新中国初年的一系列意识形态运动，和反胡风运动、“反右”运动、“文化大革命”，把一大批或成名于解放前或成名于解放初期的文化人打入“地狱”：有的被划为“右派”，送入牢狱，发配边陲；有的被遣至“五七干校”，“学习”和“改造”，进行杨绛所称的“洗澡”。他们曾经熟悉的生活方式被打断，曾经的社会地位被取消，连他们最为看重的读书和写作也被禁止。

政治新时期的到来，命中注定安排了“右派”作家群体的归来，在新的历史条件下，必然产生“完形冲动”，通过“中断的连接”以完整人生及其价值。

在“右派”伤痕文学作家群的人生历程的三段之中，前后两段都是正常的生活状态和生命状态。但是，“中断”时期却处于黑暗。换句话说，他们正常的生活和生命状态，包括写作状态，都被“文革”或类似的政治运动而中断。虽然他们在1976年后，侥幸度过了劫难，重新拿起了笔，但是，个人的生活和生命已经不是一个“连续体”，或者说已经被政治迫害分割为两段。正如评论家孟悦曾经看到的：“除了那些正确与错误的理性思潮，除了铁窗和皮肉之苦，历史留给个人的唯一‘生命体验’只是中断：原有的生活方式的中断，后继的生活方式的中断，工作和事业的中断，读书习惯的中断，前途和生活道路的中断，乃至婚姻爱情友谊的中断，而且中断了不止一次，中断到个人的岁月和年华的意义已所剩无几，中断到几乎与毁灭无异。”〔1〕

“中断”是真实的，假如没有后来的“归来”，“中断”也许永远成为一种记忆的黑暗，而不会被叙述。关键是新时期政治安排了他们的“归来”，而这“归来”不但反衬了“中断”的存在，而且促成了“连接中断”的欲望。“这份真实的、恐怖的‘中断’又使人分外想要接续，想从中断的地方找到未断的东西，想有个与‘现在’相关的‘历史’或‘过去’”。〔2〕

格式塔心理学认为，对于不连贯的图式，人的意识会本能地加以连合。“右派”伤痕文学家的创作，我们可以假设，其一开始就陷入了“格式塔”，就是生命的完形冲动。

在我的理解中，人的生命如若被强行中断，即有过间隔，他将被一种本能驱使去寻找失去的记忆。于是，当群体——不论是知识分子群体还是民族群体——的生命在“拨乱反正”开始“延续”的一刻，“右派”作家群也开始力图在自己的作品中，把已被历史切得一片片、一段段的个人经历进行“完形”，拼成一个能够给人连续感的整体，以便实现表现“故国三千里，风云三十年”（王蒙语）的中国历史的雄心大计。这种“连接”的冲动在王蒙的创作中最具有典型性。他在新时期的第一件事就是整理和发表了他作于五十年代末的长篇小说《青春万岁》。小说以纯洁的语言、稚子的热情，编织了一曲由幸福的璎珞缀连着的青春之歌。这是关于五十年代的记忆，重新出版就是一种生命意义的连

〔1〕〔2〕　孟悦：《历史与叙述》，西安：陕西教育出版社，1991年版，第80页。

接。他的《湖光》中六十七岁的李振中经常神往于十九岁的韶华青春和三十岁时的活蹦乱跳。他们在文学的想象域中，跨越黑暗的中段，连接前后两段，用具有亲历性的追述去连接。

这是“右派”伤痕作家群创作的一种文化的也是群体生命的本能。1976年前后为什么“右派”伤痕文学家出现了创作的高峰期？是他们的连接“中断”的本能促使他们不能不创作；是生命的格式塔，促使他们接续五十年代的梦想。

二 “完形”冲动的文化机制

任何对“中断”的连接都是有条件的，面对着“中断”部分价值的鸿沟，创作主体必须获得文化机制上的支援才能实现。换句话说，任何一种“完形”的发生和完成，都有着深厚的文化背景。考察“右派”伤痕文学作家群的完形冲动，我们会发现其中还存在非常微妙的文化心理的肌理。

“中断”“右派”作家人生历程的是受难的“文革”，他们的生命的中段在价值上为负值，或者是一种负价值。

那些曾经被流放的“右派”作家，在“五七干校”和监狱中，他们几乎被剥夺了所有做人的权利，一切做人的基本欲望都受到压抑。在张贤亮的《绿化树》和《男人的一半是女人》等小说中，知识分子章永麟，在监狱中遭受饥饿，如狗一样向一个农妇乞食；他被人殴打，但却无力或不敢还击，只能依靠农妇马缨花的保护；他没有了亲人和妻子，他在性饥饿中，从马缨花和黄香久那儿乞求安慰，甚至由于精神的压抑而导致生理上的委顿。从维熙的《大墙下的红玉兰》《雪落黄河静无声》等小说中，知识分子身份的主人公葛翎也同样遭受殴打，也同样是妻离子散。鲁彦周的《天云山传奇》中，受难的罗群只能眼看自己的妻子投入敌人的怀抱。对于这些受难者而言，苦难是同质的，也是累积的。在王蒙的《蝴蝶》中也有这样的一段有关苦难的记忆：“他经常回忆，这一天是怎么到来的。……他仍然觉得突然，觉得不可思议。觉得是另一个张思远被揪了出来，被辱骂，被啐唾沫，被说成是走资派，叛徒，三反分子……一个弯腰缩颈，低头认罪，未老先衰，面目可憎的张思远，一个任由别人辱骂，殴打，诬陷，折磨却不能还手，不能畅快地呼吸的张思远，一个没有人同情，不能休息和回家（现在他多么想回家歇歇啊！），不能洗发和洗澡，不能穿料子服装，不能吸两毛钱以上一包的香烟的罪犯、贱民张思远，一个被人民抛弃，一个被社会所抛弃的丧家之犬……”[1]

马斯洛心理学认为，人的欲望是构成本体的基本内涵，它包括五个方面的需要：生理需要、安全需要、归属和爱的需要、尊重的需要、自我实现的需要。而所有的这些人本需要对于政治流放者们来说都是天方夜谭，人身被囚禁，遭受游斗和批判，遭受酷刑的折磨；没有爱人的陪伴，与异性隔离；远离亲人朋友，政治斗争造成了尔虞我诈，离间了最纯朴的友谊与爱情；一切政治上的权利都被取消，人的信仰遭受极度的摧残和蹂躏，人生没有光亮，更谈不上什么前途和出路。这种政治迫害不但剥夺了流放者的精神需要，也剥夺了他们的肉体生存权利，损害了他们的健康，造成了他们双重的痛苦。

这些苦难对于受难者来说，都是痛苦的记忆。身处苦难中的人，没有尊严，当然也没有对于尊严的争取，和对于黑暗的反抗。那些身在苦难中的人，人格卑微，没有拯救也没有救赎。尤其是对于中国知识分子而言，他们没有宗教精神的支持，所以一旦被政治信仰所抛弃，特别易于跌入卑微的深渊。这些经验，对于受难者来说是不堪回首的，是令他们自己尴尬的。这些苦难，无论是对于他们自己（个体）还是对于国家民族（集体）都是无意义的，是价值的负值。

对于“右派”伤痕作家群来说，他们曾经经历的苦难是意义的负值，它横亘在他们人生两段的中间。连接“中断”的最有效的方式是将那段无价值的生命重新定义，并将其转化为有意义，也就是说要对过往价值进行追认，或干脆对已被否认的价值进行重新确认，将苦难进行价值（意义）转换，才能跨越负价值的“中段”。

“右派”小说家的文学作品以知识分子的“文革体验”和“反右体验”作为主导的生活资源。因此，这些作品中充满了对苦难的叙述。在这里，过去的苦难被重现、渲染，以至催人泪下。但在归来者的“歌”中，它只是个铺垫。“右派”伤痕文学书写了苦难，但是苦难书写并不是他们的目的。他们书写苦难，是要实现对于两段人生的连接。苦难本身，只能提供实在的“中段”，而不能给他们提供连接的价值桥梁。他们要实现连接，则只能以两端的价值为水平线，改写

---

[1] 王蒙：《蝴蝶》，《中国新文艺大系 · 中篇小说集 1977—1982》上卷，北京：中国文联出版公司，1985 年版，第 335—336 页。

苦难经验，将无意义的自我苦难转换为意义的正值，让苦难转变为一次光荣的旅程。传统的思维经验之下，使他们能够轻车熟路地将苦难进行“创造性”的转化。

方式之一，将受难者改写为献祭的圣人。

在“右派”归来者的文学叙述中，自始至终存在着一幅奇妙的图景：章永麟（张贤亮《唯物论者启示录》）虽然为了获得食物而“拜倒”在农妇马缨花的脚边，充当了儿子的角色；甚至因遭受政治迫害而导致了他的肉体“阳痿”，但是，他依然在用马克思主义唯物论在思考，并且自始至终手握着《资本论》这一标示着他的身份和尊严的武器。知识分子钟亦诚（王蒙《布礼》）对共产主义的“忠”和“诚”，虽历经磨难而矢志不渝；歌颂了忠诚不变的友谊与爱情。葛翎（从维熙《大墙下的红玉兰》）在监狱中仍然有着对党和真理的坚定信念；他虽然后来被打死，但他手中的红玉兰，说明他是为自由而死，为信仰而死。范汉儒（从维熙《雪落黄河静无声》）宁可割弃爱情而维护信仰的纯洁。罗群（鲁彦周《天云山传奇》）虽身陷险恶，仍心怀美好的向往。就是巴金的《随想录》中，我们也随处可见正义与光明的精神在文本中闪烁。

“右派”伤痕文学作家群将屈辱和苟且偷生书写为一种奋斗者和圣者的受难，并在叙述中将懵懂的屈辱改写为对于未来有着先知先觉的历程，就如同受难的圣人一般。这些囚徒在苦难中坚守着自己的信仰，于是，那些行尸走肉的囚徒都幻化成了政治的使徒；被塑造成一个献祭者，一个牺牲者。

方式之二，苦难有偿。

以现实说明历史，用现实价值确认历史价值，这也是将负价值的苦难转换为有意义的正价值的常用的方式。这就是孟子的“天将降大任于斯人也”的转换方式：“天将降大任于斯人也，必先苦其心志，劳其筋骨，饿其体肤，空乏其身，行拂乱其所为，所谓动心忍性，增益其所不能。”在“右派”作家的小说中，一般都有相似的叙述模式：主人公受到迫害，被关进监狱或牛棚，受尽了政治的歧视和生活的磨难，当新时期到来以后，他们在政治上受到重用，地位上升。革命干部张思远（王蒙《蝴蝶》）在“文革”爆发前是某城市的市委书记，运动之后升为地委副书记；知识分子章永麟五十年代因写诗而成了“右派”，灾难以后神采飞扬地脚踏“人民大会堂的红地毯”。作品的结尾的“幸福的结局”，使得主人公虽然吃尽苦中苦、受尽难中难，但最终获得了报偿。在这样的叙述之中，或者说在这样的一种“成长”中，“右派”伤痕作家将苦难化为了“考验”和

"锻炼"。受难者在受难中的人生经验是无意义的，是负价值；但是，通过对于未来收益的展望，而化解苦难的无意义困局，将无意义转换为有意义，将负值转换为正值。这就是所谓的"失败是成功之母"的表述模式。当失败和苦难被表述为成功之母，于是，失败和苦难就获得了价值和意义；作家将无意义的"苦难人生"转换成了有意义的"人生价值"。在这种光明的未来预设中，归来者也减轻了苦难的悲剧色彩，并且用苦难与未来做了一笔交易，他实际是将苦难作为成长的"途径"和桥梁。

这种受难模式或曰成长模式，尽管是符合历史现实的，但其文本很显然没有脱离传统的大团圆的俗套，也即因果报应模式。鲁迅曾说："凡是历史上不团圆的，在小说里往往给他团圆；没有报应的，给他报应，互相瞒骗——这实在是关于国民性的问题。"〔1〕大团圆在于弘扬正义与善，所以善有善报，恶有恶报。但善恶有报又使人陷入天命罗网中不能自拔。剧烈的冲突在惩恶扬善的伦理批判中变得不那么重要了，善恶有报的大团圆终于将一个个悲惨的故事变成了作者在道德上的满足和安慰。

方式之三，将苦难伦理化。

"右派"作家所叙述的苦难，大多源于政治的迫害，张思远、葛翎、罗群们也大多因为无端的政治罪名而被抄家，被逮捕，被殴打，被抛入监狱。但是，面对着公共的政治迫害，"右派"作家群在处理的时候，大多喜欢将革命风暴中的苦难重新叙述为父母对于子女的惩戒。公共事务家庭化，公共政治伦理家庭伦理化，这是一种典型的中国封建时代的伦理特色。他们在文学书写中对于苦难的表述及其原因的归结只限于写作当下的主流政治话语允许的范围之内。所以，评论家吴炫在分析王蒙现象时，指责它是一种饱经动乱和折磨以后的中国知识分子的"封建愚忠"，是对"文革"以后全民性的信仰危机的主观性挑战，表示的是一种恋母情结，即不管母亲有什么错，儿子不应过多地责怪母亲，而是否称职这个问题被永远归咎于儿子。〔2〕导致苦难被简单地转换为父母对于子女的出于善意的"考验"。

"右派"归来者表达苦难的最初目的是宣泄压抑情绪，在于批判和反思，在于连接中断的人生；但至此苦难的表达的本义却被置换为一种值得

〔1〕鲁迅：《中国小说的历史变迁》，《鲁迅全集》第九卷，北京：人民文学出版社，1995 年版，第 326 页。

〔2〕吴炫：《作为文化现象的王蒙》，《当代作家评论》1989 年第 2 期。

肯定的价值。正是如此，苦难成为值得感恩的人生阅历和价值存在。于是，在许多作品中，我们都可以见到受难之后重获重任的归来者重返故地去“感谢苦难”，这样，苦难意识也就蜕变为旧传奇中的封建士大夫的受难模式。而这种对于无意义的人生进行意义化的提升，都有着明确的政治特色。

三 面向现实功利的叙述智慧

归来的“右派”作家群，他们归来之后与自己前段人生的对接的点在哪儿？与新时代主流政治实现对接的“点”又在哪儿？对于他们自己的人生来说，五六十年代的成长经历，铸就了他们基本的价值，归来的人生依然延续着五六十年代的价值，而只有将被中断的无意义的人生进行同质化，他才能将自己的人生连接上。同样，新时期的主流政治，其基本价值取向，也是五六十年代的，作为有着强烈政治冲动的一代人，步入主流政治是他们的毕生追求，因此，“右派”作家群只有将自己的价值观念与他们同构化，才能融入，才能参与，并在其中获得地位。而这个能够连接自我的两段人生，并能够与主流价值实现对接的价值理念就是被命名为“忠诚”的政治信仰。

新时期初期，以“四人帮”“林彪集团”的垮台而告终。新的权力政治，是已经倒台的权力政治的对立面。因此，归来者需要将自己塑造成与新的权力政治具有相同价值观的群体，也即是将黑暗的“中段”的无意义转换成基于政治信仰的正值，只有这样他们才能融入新时期初期的政治主流。审视“右派”作家的创作，我们可以看到，他们的叙述所表现的价值内涵虽然芜杂，诸如爱国主义精神，如范汉儒；中国共产党和社会主义、共产主义的信仰，如钟亦诚；对未来中国的坚定信念，如《春之声》中归来的岳之峰；对美好情感和自我价值的执着，如《绿化树》中的章永麟和《灵与肉》中的许灵均，等等，多数都可以归结为共产主义的政治信仰，并由这种政治信仰统领着发挥作用。正如王蒙在《我在寻找什么》一文中所说的那样：“对青春，对爱情，对生活的信念、革命的原则和理想，我们仍然忠诚，一往情深。”[1]在“右派”归来者那里，受难者所坚守的是对政治信仰的“忠诚”。受难而仍坚守“革命”的信仰，这就是一种忠诚的表达；这种忠诚，或者说是一种信仰，是受难者在“中断”后与主流意识形态对接

---

〔1〕 王蒙：《漫话小说创作》，《钟山》1982年第1期。

的精神向度，它是在追溯传统，或建构一种传统，以获得对自己人生价值的论证。

正因为这种忠诚精神对于作品的灌注，使得"归来者的歌"具有宏大政治的悲剧感和崇高情怀。正因为葛翎是为真理和信仰而死，所以得到了升华，而不同于一般逃犯；钟亦诚的布尔什维克之礼正因与祖国和与之相关的共产主义相联系，才尤其显得庄重；而正是在忠诚的体验中，这些归来者才把他们几十年的炼狱生活的无意义性由空洞而转为实实在在的意义实体，才在今天和过去之间架起了一座通达的桥梁。正是通过对这一生命价值的回顾与确认，归来的"右派"诗人们在现实生活中才找到了类似于五十年代的自我生存语境，这使他们能够在新时期之初融入与他们有相似经历的政治人物阐释厘定的主流政治话语，从而成为改革开放的支持者和拥护者。

显然，我们不能苛求他们，毕竟这些归来者必须依据这种政治文化范式才能确定自己的存在，无论是苦难还是荣耀都是它给予归来者的自我内涵的界定。归来者假如失却革命忠诚，也就无法确定自我，也就无法实现对"中断"的连接。一句话，归来者是这种精神文化熏陶下的产物，他们只能在其中发现自己。

这种忠诚对于归来者也许是真实的，是出于灵腑深处的。然而，这种忠诚在本质上是认同五十年代延续至今的中国政治文化范式，而且，归来者还试图将其作为自己的价值道统，并以此作为自己与新时期主流政治联络的价值暗号，和确立自己在新时期政治中的地位的谈判筹码。洪子诚说："恢复形象曾受歪曲知识分子们的本来面目，也为了博取人们的同情。对于知识分子本人来说，这种自怜自爱，则是对饱受折磨的心理得到抚慰、获得平衡的一种方式。"[1]其实，在我看来，美化苦难，就是为了与主流意识形态一致，以谋求在主流话语权力结构中获得一份权力；把自己打扮成一个信仰坚定的受难者、献祭者，当然也就是把自己塑造成一个信仰坚定的革命者，也是为了获得进入新权力体制的资格。

正是从这里，我们看到了"右派"伤痕作家群的"崇高精神追求"的政治特性。这些伤痕反思文学既为这些归来者抚平痛苦的记忆，恢复自尊、信心，在

---

〔1〕 洪子诚：《作家姿态与自我意识》，北京：北京大学出版社，2010年1月版，第86页。

新的生活中重新确定自己做人的位置提供了机遇;也为他们在现实政治和当代历史中确立自己的政治价值和历史地位,提供了基本的价值逻辑。这也使得伤痕文学在精神向度上缺少更多的价值。

第二章
“革命文学”价值结构的艺术审美维度

凡是文学就必须有审美价值，革命文学也是如此。文学艺术的审美价值体现在其艺术修辞和想象力上，革命文学的审美价值也体现在其独特的革命文化的艺术修辞和对于无产阶级革命和共产主义信仰的想象力上。

审美价值是革命文学价值结构中重要的维度之一。革命文学对于文学审美价值的认识，经历了一个从“宣传至上”到“两者兼顾”的过程。革命文学作为一种中国化的政治文学，它具有独特的审美价值。革命文学在文学的社会历史责任和自身审美价值的两者之冲突中，选择了对于二者的整合之路，形成了一种具有独特风貌的政治审美价值。

革命文学的审美价值，集中体现在它所归纳和总结出来的“创作方法”这一概念上。革命文学的创作方法，既是艺术家（主体）观照世界的立场和方式，也是其表现世界的具体的艺术手段。革命现实主义，是文学主体的阶级化，不仅要建构革命文学对世界和现实的总体的观照态度，而且要建构其艺术的表现思维，甚至叙述方式。革命现实主义的艺术审美凝聚在“真实性”“典型性”等原则概念上，它对于信仰价值和审美价值的结合，确立艺术审美维度在革命文学价值结构中的地位，以及造就信仰表达和艺术审美之间的理论张力，文学思潮的塑造都具有至关重要的作用。

第一节　“革命文学”的文学审美价值认知

革命文学作为一种政治信仰叙事，从一开始就以传导革命的政治信仰为基本旨归。在经历了最初的简单强调宣传作用之后,很快就意识到了文学审美性在有效传达革命政治信仰中的作用,从而最终形成了一个二者兼顾的政治审美观念。

革命文学审美意识的建构是从批判“五四”的审美感伤主义和精英主义开始的。20世纪20年代末期,“五四”新文学已经陷入主体危机——创作主体的精神危机和文学话语的危机。伴随着主体危机的,是个人主义及其文学话语的价值危机。革命文学应时而起,对“五四”新文学进行了“清算”,其实就是对于“五四”个人主义话语的价值否定。钱杏邨直接宣称,鲁迅的“阿Q时代”已经死去。〔1〕这就是宣布了以鲁迅为代表的“五四”现实主义的终结。郭沫若也在《桌子的跳舞》中激烈攻击“感伤主义”,〔2〕这就是宣布了以郁达夫为代表的“五四”感伤浪漫主义的死亡。而瞿秋白则指责“五四”新文学是“欧化文艺”,使用的是“非驴非马”的白话,形式体裁“神奇古怪”的“摩登主义”,以及“感情主义”“个人主义”,〔3〕是“猫样”的声色犬马的“唯美主义”。〔4〕冯乃超明确反对“失望于现实”“而在空虚的神秘的王国中寻找理想”的象征主义文学。〔5〕郭沫若也主张“包括帝王将相宗教思想的古典主义、主张个人主义自由主义的浪漫主义,都已过去了”。〔6〕他在《革命与文学》中说:“浪漫主义的文学早已成为反革命的文学。”〔7〕

“革命文学”对“五四”新文学文学精神的颠覆,在对其知识分子价值进行批判的同时,也对与其相关的创作方法的价值进行了否定。它运用革命进化论的方法,将“五四”的现实主义、浪漫主义和审美主义等都归入“旧”的现实主义、浪漫主义和审美主义的范畴之中。为取代“五四”旧现实主义,中国革命文学从苏联引进了“唯物辩证法创作方法”,以建设“无产阶级的五四”——“新兴的无产阶级文艺”,以确立一种新的文学创作的价值准绳。

---

〔1〕钱杏邨:《死去了的阿Q时代》,《文学运动史料选》第二册,上海:上海教育出版社,1979年版,第46页。
〔2〕麦克昂(郭沫若):《桌子的跳舞》,《文学运动史料选》第二册,上海:上海教育出版社,1979年版,第107页。
〔3〕史铁儿(瞿秋白):《普洛大众文艺的现实问题》,《瞿秋白文集(文学编)》第一卷,北京:人民文学出版社,1998年版,第463、466、470、477页。
〔4〕瞿秋白:《猫样的诗人》,《瞿秋白文集》第一卷,北京:人民文学出版社,1998年版,第373页。
〔5〕冯乃超:《艺术与生活》,《文学运动史料选》第二册,上海:上海教育出版社,1979年版,第6页。
〔6〕郭沫若:《文艺家的觉悟》,《洪水》1926年3月2日。
〔7〕郭沫若:《革命与文学》,《文学运动史料选》第一册,上海:上海教育出版社,1979年版,第443页。

“创作方法”或“艺术方法”是由俄罗斯无产阶级作家协会(“拉普”)的成员,于1929—1931年从哲学的“方法”一词移用到文学理论中来的。[1] 它是随着法捷耶夫的《创作方法论》一书被冯雪峰翻译而进入中国,并为中国革命文学理论界所接受的。“创作方法”是革命文学艺术的普遍原则。依照经典的革命文学理论的阐释,“创作方法”也就是作家“艺术地认识和表现生活的方法”,[2]也是“创作时所遵循的表现现实、处理创作与现实关系的基本原则”。[3] 革命文学最初对于“创作方法”的引进,还是基于改变“五四”旧现实主义文学现状的,也就是其价值基点还是有着文学审美考量的。

中国革命文学从苏联所引进的创作方法,就是“唯物辩证法创作方法”,“社会主义现实主义”,它的日本名称是“新写实主义”“新兴文艺”。中国左翼革命文学理论家实际复制了苏俄文学理论家日丹诺夫的理论。日丹诺夫说:“社会主义现实主义是苏联文学创作和文学批评的基本方法,这是以下面一点为前提的:革命的浪漫主义应当作为一个组成部分列入文学创造里去,因为我们党的全部生活、工人阶级的全部生活及斗争,就在于把最严肃的、最冷静的实际工作跟最伟大的英雄气概和雄伟远景结合起来。”[4]中国革命文学家又结合苏联的“唯物辩证法创作方法”和“新写实主义”,进行了带有某种程度的中国化的理解。在周扬对社会主义现实主义的阐释中,他认为,创作方法既是现实主义的又是浪漫主义的,是“革命现实主义和革命浪漫主义的结合”。[5] 革命文学领袖茅盾也明确地说:“社会主义现实主义包含着革命的浪漫主义。”“社会主义现实主义创作方法体现着理想与现实的结合,也体现着革命浪漫主义和现实主义的结合。”[6]但“两结合”的命名却归功于革命领袖毛泽东。毛泽东在1938年提出了“两结合”的创作方法。他在给延安鲁迅艺术学院的题词中曾将现实主义与浪漫主义相提并论——“抗日的现实主义,革命的浪漫主义”。1958年,“两结合”的提法正式提出。这年3月,毛泽东在一个

---

〔1〕 陈顺馨:《社会主义现实主义理论在中国的接受与转化》,合肥:安徽教育出版社,2000年版,第33页。

〔2〕【俄】法捷耶夫:《创作方法论》,何丹仁译,《北斗》第1卷第3期。

〔3〕 蔡仪:《文学概论》,北京:人民文学出版社,1983年版,第238页。

〔4〕【苏联】日丹诺夫:《在第一次全苏作家代表大会上的演讲》,《日丹诺夫论文学与艺术》,北京:人民文学出版社,1959年版。

〔5〕 周起应:《关于“社会主义的现实主义与革命的浪漫主义”——唯物辩证法的创作方法之否定》,《文学运动史料选(第二册)》,上海教育出版社,1979年版,第314页。

〔6〕 茅盾:《夜读偶记》,《文艺报》1958年第10期。1979年5月《夜读偶记》人民文学社单行本第3版删除该句。

党内的会议上提议收集民歌的同时，倡导革命的现实主义和革命的浪漫主义相结合的创作方法。周扬在1958年《红旗》杂志创刊号上发表《新民歌开拓了诗歌的新道路》，又对“两结合”进行了具体阐释。无论是“社会主义现实主义”还是“两结合”，在本质内涵上依然是一致的。不同的提法，只是与时代中民族的、政治意识形态的变化有关。[1] 20世纪60年代，革命文学界又提出了“根本任务论”“三突出”，号召“要努力塑造工农兵的英雄人物，这是社会主义文艺的根本任务”。[2]

革命文学的创作方法，从总体上来说，就是将革命的政治信仰、政策和具体的创作方法，进行符合革命价值观的理想主义的美妙结合。这种结合，造成了文学的审美价值和工具价值之间的关系的紧张。文学是具有审美价值的，文学同时也具有载体的功能，也就是具有工具价值。在一般的美学上，文学对于社会意识形态和文化知识的传达，是在自然状态下实现的。但革命文学的唯物辩证法创作方法显然更急切地要实现文学的工具价值。于是，由于这种紧张关系，从而激发中国革命文学关于“文学与政治的关系”“文学与生活的关系”“文学与宣传的关系”的论争。在论争中，两种价值取向（审美价值和工具/载体价值）的跷跷板，就经常会出现此起彼伏的特征。

这种“跷跷板效应”在苏联时期和世界无产阶级革命文学的初期就已经存在。革命文学的阵营中的“宣传派”，是以博格丹诺夫、法捷耶夫，以及未来派、日本的藏原惟人等为首的文学社会学理论。他们主张文学的阶级性，推崇文学的宣传作用，要求文学做政治和政策的“传声筒”和“留声机”。法捷耶夫的创作方法论，就是“唯物辩证法创作法”。唯物辩证法创作方法“强调世界观对创作直线式的决定作用，完全用哲学方法或世界观取代艺术方法，认为作品成功的关键在于通过具体的人物和生活的描写将唯物辩证法体现出来。”[3]藏原惟人在日本借鉴了苏联的文学理论，他的“新现实主义”认为：“作为现阶段新兴阶级的无产阶级以唯物辩证法的方法观察现实，它的写实主义区别于历史上任何新兴阶级的写实主义。”[4]世界无产阶级革

〔1〕 参见方维保《原旨的缝隙 阐释的苦难——论十七年时期的文艺论争与批判》，《文艺理论研究》2006年第2期。

〔2〕 洪子诚、孟繁华主编《当代文学关键词》，桂林：广西师范大学出版社，2002年版，第133页。

〔3〕 余虹：《现实神话——革命现实主义及其政治意蕴》，《文化研究》第2辑，天津：天津社会科学出版社，2001年版。

〔4〕 【日】藏原惟人：《普罗列塔利亚写实主义的路》，转引自上文。

命文学初期，"拉普"得势，文学的宣传作用受到极大的重视，而审美性甚至被看作是可有可无的东西，文学的工具价值被无限放大，甚嚣尘上。但是，革命文学中的审美派，也一直没有偃旗息鼓。如托洛茨基、那霸图斯派等，则一直强调文学要具有自己"相对"的独立性，文学需要具有审美价值。传播革命理念的创作也需要具有审美价值，才能更好地起到传播的作用。当拉普失势以后，革命文学的审美受到了重视。这样的认识在1934年第一次苏联作家代表大会通过的《苏联作家协会章程》中得到了确认和法律化。这个章程说："社会主义的现实主义，作为苏联文学与苏联文学批评的基本方法，要求艺术家从现实的革命发展中真实地、历史地和具体地去描写现实。同时，艺术描写的真实性和历史具体性必须与社会主义精神从思想上改造和教育劳动人民的任务结合起来。"〔1〕社会主义现实主义"不同的是""增加了一项'艺术地反映社会的原则'，而这项原则的关键就是典型的塑造，即如何'忠实地表达典型环境中的典型人物'的问题"。〔2〕文学史家李今在谈到"社会主义现实主义"时说，"社会主义的现实主义在中国的倡导""显示出对于左翼文学理论的形成和发展的重要意义"，"左翼文学理论开始强调艺术的特殊性是'借形象的思维'，因而'文学必须当作文学来处理'，文学的技术的获得'有着至大的意义'"。〔3〕革命文学最终还是回归到文学的层面上来讨论革命文学的政治与文学关系的问题。

革命文学的审美意识观念，深受苏联文学的价值观的影响。苏联文学所经历的转折变换，在中国二三十年代的革命文学中几乎得到整个路径的复制。

中国早期的革命文学理论最初受到唯物辩证法创作方法的影响，文学的审美价值受到轻视，它只看重文学的实用的工具价值、载体价值，文学"宣传派"一开始就占据着主导地位。

革命文学发生初期，钱杏邨、周扬、李初梨等人，最初看重的是文艺的工具价值。瞿秋白认为："每一个文学家……始终是某一阶级的意识形态的代表"，而且认为艺术现象是"所谓意识形态的表现"，"能够回转去影响社会生活，在相当的程度之内促进或者阻碍阶级斗争的发展，稍微变动这种斗争的形势，加

〔1〕转引自孟繁华《社会主义现实主义》，《当代文学关键词》，桂林：广西师范大学出版社，2002年版，第8页。

〔2〕陈顺馨：《社会主义现实主义理论在中国的接受与转化》，合肥：安徽教育出版社，2000年版，第37页。

〔3〕李今：《中国左翼文学运动中的高尔基》，《中国现代文学研究丛刊》2000年第4期。

强或者削弱某一阶级的力量”。〔1〕阿英也说:“文学之于宣传的关联是必然的,无论哪一个阶级的文学作家都是替他们自己的阶级在宣传。同时,在创作里也有他们自己阶级的口号标语。”“‘标语口号文学’这术语的本身……含有宣传文学本质的意义”。〔2〕“文艺批评家的职任就是一个革命家的职任。批评家的任务就是促进革命的进展与成功”。〔3〕革命文艺界,所要考虑的就是文艺对于阶级革命的现实促进功用,并不是文艺自身有什么审美价值之类。由此,能够体现文艺现实功用的带有技术美学特征的“社会订货”理论,被蒋光慈等人所激赏。这种“艺术生产”理论认为,艺术就是生产,就如同工厂或手工作坊接受社会订单,然后按照订单加工和生产是一样的。〔4〕蒋光慈甚至认为“在社会群众有什么需要的时候”,作家就生产什么作品,“他从未想过将自己的诗作为孝贤的安慰品,作为茶余的资料”。〔5〕周扬、成仿吾等还曾经引述辛克莱的话,论证了所有的文学不可避免都是宣传的观点。〔6〕大众文艺论者认为,大众文艺不可避免地是宣传;是“鼓动作品,所谓的‘Agitka’”,“这当然多少不免要有标语口号的气味,当然在艺术上的价值也许是低的。但是,这是斗争紧张的现在所急需的,所谓‘急就章’是不能避免的”。〔7〕甚至为了“最迅速的反映当时的革命斗争和政治事变,可以是‘急救的’,‘草率的’”。〔8〕这种观念虽然具有工具论的特征,但是,却不是文学无用论。因为它之所以将文学艺术视作“无产阶级社会革命”的工具,本质上是看到了其对“教育人民”的作用和“改造世界”的巨大的“能动”作用,甚至将其作用夸大。只不过,依照这种工具论,文学最终将丧失其本性。工具论和订货论,其实都是将文学艺术创作看作是社会化大生产;它看起来实现了意识形态价值的最大化,但实际上是将革

〔1〕瞿秋白:《文艺的自由和文学家的不自由》,《瞿秋白文集(文学编)》第三卷,北京:人民文学出版社,1998年版,第61页。
〔2〕钱杏邨:《幻灭动摇的时代推动论》,《革命文学论争资料选编》下卷,北京:人民文学出版社1981年版,第830—831页。
〔3〕董学文、凌玉建:《意识形态与早期中国现代文学理论》,《湖南师范大学社会科学学报》2008年第5期。
〔4〕【苏联】马雅可夫斯基:《马雅可夫斯基选集》第五卷,北京:人民文学出版社,1961年版,第102页。
〔5〕蒋光慈:《俄罗斯文学》,《蒋光慈文集》第四卷,上海:上海文艺出版社,1988年版,第77页。
〔6〕周扬:《辛克来的杰作:林莽》,《周扬文集》第一卷,北京:人民文学出版社,1984年版,第1页。
〔7〕瞿秋白:《普洛大众的文艺生活》,《瞿秋白文集(文学编)》第一卷,北京:人民文学出版社,1998年版,第472页。
〔8〕宋阳(瞿秋白):《大众文艺的问题》,《瞿秋白文集(文学编)》第三卷,北京:人民文学出版社,1998年版,第19页。

命文学社会学化、物质化、非个性化，将导致文艺的意识形态价值和审美价值“皮之不存毛将难附”。

由于以唯物辩证法创作方法为主体的极端本质主义和文学实用主义价值观，迅速受到革命文学理论界的“清算”，取而代之的“社会主义现实主义”虽然依然存在着功利主义的倾向，但它同时较之于前者更重视文学的审美价值的激发。

文学的审美价值开始在某种程度受到了重视。鲁迅等人，尤其是一些从事具体创作的作家，认为文学有阶级性，但是革命文学也是文学，所有的文学都必须具有审美价值。对于革命文学的“文学宣传论”及其所造成的概念主义倾向和非文学倾向，鲁迅辩驳道：“一切文艺固是宣传，而一切宣传却并非全是文艺。”“当先求内容的充实和技巧的上达。”〔1〕鲁迅的思想受到了茅盾等人的积极响应。茅盾尖锐地批评了革命文学的忽视艺术性的倾向。他指出：“我们的‘新作品’即使不是有意地走上了‘标语口号文学’的绝路，至少也是无意的撞上去了。有革命热情而忽略于文艺的本质，或把文艺也视为工具——狭义的或虽无此忽略与成见而缺乏了文艺素养的人们，是会不知不觉走上这条路的。”〔2〕李初梨也在谈到“建设革命文学”时，肯定了“文学宣传”功用的同时，从创作的作家意识和艺术形式两个方面，对革命文学进行了界定。他是较早对革命文学的文学主体性和文本属性进行系统考虑的理论家。他的理论标志着革命文学家对于革命文学的主体性已经有了初步的认识。〔3〕对于创造社和太阳社过分夸大世界观的作用，甚至用世界观代替了艺术的特殊规律的观点，鲁迅和茅盾都不约而同地强调文学自律的特点，提出了“文艺的本质”的命题，指出“文学有着自身内在的规律”；〔4〕并针对创造社和太阳社过分强调“尖端题材”和“前卫眼光”，他们多次强调艺术技巧和艺术修养的重要性。胡风也认为：“诗是作者在客观生活中接触到了客观的形象，得到了心的跳动，于是，通过这客观形象来表现作者自己的情绪体验。”〔5〕诗的力量是它的形象性，“诗不是分析，说理，也不是新闻记事，应该是具体的生活事像”；诗之所以为

---

〔1〕 鲁迅：《文艺与革命》，《鲁迅全集》第四卷，北京：人民文学出版社，1981 年版，第 84 页。
〔2〕 茅盾：《从牯岭到东京》，《文学运动史料选》第二册，上海：上海教育出版社，1979 年版，第 146 页。
〔3〕 李初梨：《怎样地建设革命文学》，《文化批判》第 2 期(1928 年 2 月 15 日)。
〔4〕 旷新年：《文学的重新定义》，《中国现代文学研究丛刊》2000 年第 3 期。
〔5〕 胡风：《观战争以来的诗》，《胡风全集》第二卷，武汉：湖北人民出版社，1999 年版，第 547 页。

诗，还要求在具体的生活事像投入主体的情感，是这些具体的生活事像“在诗人的感动里面所搅起的波纹，所凝成的晶体”。〔1〕也就是说，诗是具体的生活事像与诗人主体契合感动的结果。其实，早期的革命文学家对于艺术的自律都有着一定程度的认知，但是为了强调无产阶级革命文学的先锋性，而否定文学的自律性，过分强调了文学的宣传鼓动性。鲁迅等人对于艺术性的强调，对于早期的革命现实主义文学理论的苏联范式有着冲击作用；作为革命文学中人，他们的理论实际强调的是革命现实主义文学的文学现实主义一翼及其文学主体性。对革命文学审美艺术的自觉，一部分是由理论的匡正而得来的，另一部分则来自作为创作家的革命文学的实践经验。

革命文学界从最初的实用主义的“宣传至上”，发展到“文学与宣传两者兼顾”〔2〕，进一步明确了优美的载体在承载革命意识形态中的作用。经过这一认知过程，文学的审美价值开始在某种程度上实现了回归。

在革命文学所纠结的“文学与政治”的关系中，存在着一个相互的“检讨”，这些“检讨”有文学为了与政治环境达成妥协而采取的策略，也有政治为了文学更好地传达自己的意志达成妥协而采取的策略。但是，革命文学从来就不反对文学的宣传作用。即使那些攻击宣传派的理论家，也不会同意“第三种人”“自由人”的胡秋原、苏汶等人的主张。苏汶等人深受苏俄的普列汉诺夫等人理论的影响，一方面认同文学的阶级性，但同时也更强调文学审美的独立性、作家人格的独立性。他们的理论主张实际上是革命另一翼，带有自由主义的倾向。最重要的是，他们反对对于艺术和文学的控制，尤其是来自体制的控制；而这却正是瞿秋白等人所主张的。

从“第三种人”和“自由人”受到宣传派和审美派的一致攻击的现象中可以看出，革命文学的创作方法与一般的文艺创作方法还是有着本质的区别。宣传派，是利用文艺做直接的宣传；而审美派，只不过是要利用文艺做更好的宣传而已。他们都不承认文艺的独立性。郭沫若在 1925 年说：“文艺是社会现象之一，势必发生影响于全社会”，而“艺术的本身上是无所谓目的”，“诗人写出一首诗，音乐家谱出一支曲子，画家绘出一幅画，都是他们情感的

〔1〕胡风：《田间的诗——〈中国牧歌〉序》，《胡风全集》第二卷，武汉：湖北人民出版社，1999 年版，第 547 页。

〔2〕参见陈顺馨：《社会主义现实主义理论在中国的接受与转化》，合肥：安徽教育出版社，2000 年版。

自然流露：如一阵春风吹过池面所生的微波，应该说没有所谓目的”。[1] 普列汉诺夫说：“只有那种兼备极为发达的思想能力跟同样极为发达的美学感觉的人，才有可能做艺术作品的好批评家。”[2]而毛泽东的《在延安文艺座谈会上的讲话》也明确指出文艺作品要注重审美，他说：“缺乏艺术性的艺术品，无论政治上怎样进步，也是没有力量的。因此，我们既反对政治观点错误的艺术品，也反对只有正确的政治观点而没有艺术力量的所谓‘标语口号式’的倾向。我们应该进行文艺问题上的两条战线斗争。”[3]无产阶级革命文学，就是为无产者的利益而战斗的文学。普罗文学的战斗品格是由其无产阶级信仰所决定的。鲁迅说：“无产文学，是无产阶级解放斗争的一翼。”[4]“无产者文学是为了以自己们之力，来解放本阶级并及一切阶级而斗争的一翼，所要的是全般，不是一角的地位。”[5]“如果是战斗的无产者，只要所写的是可以成为艺术品的东西，那就无论他所描写的是什么事情，所使用的是什么材料，对于现代以及将来一定是有贡献的意义的。为什么呢？因为作者本身便是一个战斗者。”[6]而其原因便在于：“我们的劳苦大众历来只被最剧烈的压迫和榨取，连识字教育的布施也得不到，惟有默默地承受着宰割和灭亡。……知识的青年们意识到自己的前驱的使命，便首先发出战叫。这战叫和劳苦大众自己的反叛的叫声一样使统治者恐怖，走狗的文人即群起进攻，或者制造谣言，或者亲作侦探，然而都是暗做，都是匿名，不过证明了他们自己是黑暗的动物。”正是在这一意义上，鲁迅高度赞扬了用自己的鲜血为劳苦大众的解放发出战叫的左翼文学：“中国的无产阶级革命文学在今天和明天之交发生，在污蔑和压迫之中滋长，终于在最黑暗里，用我们的同志的鲜血写了第一篇文章。”[7]

革命文学的宣传工具论和审美工具论的结合，都统一于所谓世界观的同一性。革命文学看到了文学的价值，无论是工具价值还是审美价值，都取决于创作主体的价值观。因此，革命现实主义认为，在革命文学的工具价值发挥作

---

〔1〕 郭沫若：《文艺之社会的使命》，《民国日报》之副刊《觉悟》1925年5月18日。
〔2〕 中国社会科学院文学研究所：《文艺理论译丛》，北京：知识产权出版社，2010年版，第110页。
〔3〕 毛泽东：《毛泽东选集》第三卷，北京：人民出版社，1991年版，第870页。
〔4〕 鲁迅：《对于左翼作家联盟的意见》，《鲁迅全集》第四卷，北京：人民文学出版社，2005年版，第241页。
〔5〕 鲁迅：《“硬译”与“文学的阶级性”》，同上书，第212页。
〔6〕 鲁迅：《关于小说题材的通信》，同上书，第241页。
〔7〕 鲁迅：《中国无产阶级文学与前驱者的血》，同上书，第289页。

用的过程中,“世界观”起着至关重要的作用,决定了作家所创作作品的政治属性,它支配和决定着作家创作的方式方法和作品的思想品质。

所谓的“世界观”就是创作主体认识世界的立场观念,它所着眼的是作家主体的阶级伦理之建构。革命现实主义认为,作家主体与创作方法具有对应关系,或者说创作方法是作家主体的成果,因此,它将创作方法与创作主体进行了捆绑论证。无产阶级的阶级“世界观”主要包含三个方面:首先是作家观念的无产阶级化。蒋光慈主张革命作家要“努力获得阶级意识”,站在无产阶级的立场上说话,努力“促进新势力的发展”,并成为“革命的作家”。[1] 30年代瞿秋白等人提出的“世界观”问题、40年代胡风提出的“主观战斗精神”和毛泽东的“知识分子思想改造”理论,都是着眼于创作主体的精神建构。而且,这种观念是一种反个人主义的“阶级”的集体主义。法捷耶夫的《创作方法论》认为,辩证法对社会的把握就是“社会不是个人,而是团体”,“不是一个人,而是阶级”。[2] 其次是建立无产阶级历史地位的认知。这种历史认知是恩格斯在关于《城市姑娘》的通信中首先提出的。日本学者藏原惟人认为:“唯物辩证法是把这社会向怎样的方向前进,认识在这社会上什么是本质的、什么是偶然的这事教导我们。普罗列塔利亚写实主义依据这方法,看出从这复杂无穷的社会现象中本质的东西,而从它必然地进行着的那方向的观点来描写着它。”[3] 唯物辩证法的写实主义,区别于历史上任何新兴阶级的写实主义。再次是建构创作主体的无产阶级党性原则。革命现实主义要求作家要把自己作为一个“党员”来从事写作。要自觉站在共产党的立场上,服从于革命政党的利益,把创作看作是一种政治,在文学的想象中体现出党性。周扬认为:“文学的真实性就是文学党性。”[4]

革命现实主义的创作方法,在无产阶级的立场下,设定了革命文学的基本的艺术原则。革命现实主义创作方法,高度重视作家的世界观对创作方法的塑造作用,注重作家在文学艺术创作中的无产阶级身份和立场,高度体现了革命文学的阶级性、党性原则。张福贵认为,革命文学的创作方法是从主体的意

---

[1] 蒋光慈:《关于革命文学》,《文学运动史料选》第二册,上海:上海教育出版社,1979年版,第27页。

[2] 【苏联】法捷耶夫:《创作方法论》,冯雪峰译,《北斗》1930年第2期。

[3] 【日】藏原惟人:《普罗列塔利亚写实主义的路》,转引自余虹《现实神话——革命现实主义及其政治意蕴》,《文化研究》第2辑,天津:天津社会科学出版社,2001年版。

[4] 周扬:《文学的真实性》,《周扬文集》第一卷,北京:人民文学出版社,1984年版,第64—65页。

识的纯化开始的，它经历了一个由苏俄到日本再到中国的过程，中国革命文学也经历了一个相似的过程。在这样的过程中，“又看到其在日本和中国是怎样从一种思想要求转化为一种创作方法的全部过程。”〔1〕

因此，革命文学创作方法的争论，无论是“唯物辩证写作方法”与“社会主义现实主义”，还是“社会主义现实主义”与“两结合”的争论，都不过是方法的争论，而不是本质的价值观的争论。“从强调世界观的重要性这个角度看，唯物辩证法和社会主义现实主义‘创作方法’并没有很大的差别。”〔2〕

但是，有关创作方法的论争，对于革命文学审美价值的认知，还是非常有意义的。革命文学论者意识到了“艺术法则”的特殊性，意识到了革命的社会政治意识形态不能简单地代替文学艺术的自主性，认识到了文学艺术的信仰价值与文艺的审美价值之间的联动关系；革命文学在阶级论之下倡导“艺术法则”，显然有“一种主体间承认”的意义，〔3〕从价值论的角度来说，也是认同了一种“价值间性”。中国革命政治试图通过这种“创作方法”实现阶级在文学上的利益，或者说要建构一种具有阶级的文学审美。它是中国无产阶级革命文学在阶级论的背景下进行文学审美建构的产物。创作方法的倡导，在某种程度上弱化了文艺工具论的意识形态价值，部分恢复了文艺的审美价值。

第二节 “革命文学”的政治美学

政治是一种普遍的公共生活关系，政治在生活中无所不在。政治学认为，政治学的研究对象是政治现象或政治关系，认为政治学是研究社会（主要是围绕国家权力）中各种政治关系的科学，是研究关于社会政治及其发展规律的科学，或者是研究社会各种政治势力关系发展规律的科学。〔4〕现代

〔1〕 张福贵：《从文学史到思想史：中日“无产阶级小说”的形象关联和思想关联》，《吉林大学社会科学学报》2003年第5期。

〔2〕 陈顺馨：《社会主义现实主义理论在中国的接受与转化》，合肥：安徽教育出版社，2000年版，第37页。

〔3〕 童世骏：《没有“主体间性”就没有“规则”——论哈贝马斯的规则观》，《复旦学报（社会科学版）》2002年第5期。

〔4〕 王惠岩：《论政治学的研究对象》，《政治与法律》1984年第3期。

政治学，往往将公共政治和私人生活分成界限分明的两个领域。但是，在传统的政治文化中，公共政治生活和私人生活的界限是模糊的，甚至是二位一体的。因此，传统的政治学是泛政治化的。所谓政治美学，并不是要研究政治的审美性；而是要研究文学艺术对政治的表现，以及政治在文艺叙述中的存在形态。

革命与文学之间的关系，一直是革命文学讨论的热点。从一般的原理上来说，文学是表现生活的，政治也是生活内容的一部分，文学当然可以表现政治；政治介入文学也是常理，一切生活的力量都可以介入文学想象，政治也是如此。而政治与文学的关系之所以引发争论，主要还在于谁主宰谁的问题。革命文学虽然认同文学的审美功能，但是，它要求政治主宰文学，而不是任由文学随意地去表现政治。“革命文学”语境中的政治与文学的关系原理，也是一种权利关系机制。

政治主宰文学的逻辑来源于革命政治理论中的反映论。革命文学认为，文学好比是镜子，它所呈现的映像，是现实生活的反映。政治是现实生活中最为活跃的，因此，文学所反映的首先是政治生活。但是，文学的此类反映又是遵循辩证法的规律的，即它是一种“能动的反映”，即主体性的反映（主动），而不是客体性的反映（机械式反映）。而文学要做到正确地反映现实生活，“在现阶段只有站在无产阶级的立场才能正确反映现实，只有正确地反映现实才能更好地为无产阶级政治服务”。〔1〕

马克思主义的辩证唯物主义认为，物质是第一的，意识是第二的。意识必须建构于物质至上。因此，文学从属于政治，政治第一，文学第二。作为一种革命文学，它逻辑上应该从属于无产阶级革命的政治。“因为无产阶级是站在历史的发展的最前线，它的主观的利益和历史的发展的客观的形成是一致的”，〔2〕而革命政党是无产阶级的先锋队和代言人，因此，文学也就从属于无产阶级革命政党的政治。通过这样的一系列的符号替代与逻辑推演，革命文学也就是革命政党的文学。革命政党拥有真理性，而从属于革命政党的文学，也就获得了真实性和真理性，才能获得对于历史发展规律性的本质把握。

〔1〕 余虹：《“现实”神话——革命现实主义及其政治意蕴》，《文化研究》第2辑，天津：天津社会科学出版社，2001年版。

〔2〕 周扬：《到底谁不要真理，不要文艺》，《周扬文集》第一卷，北京：人民文学出版社，1984年版，第32页。

文学是以生活为表现对象的，而革命的政治家视野中的生活也都是政治生活。而政治都是有倾向性的，革命文学作为一种政治艺术，它所表现的生活，也就有了倾向性。因此，革命文学是一种带有鲜明政治倾向性的和泛政治化的叙述。

一　革命文学的倾向性的政治美学策略

文学叙述必须具有无产阶级的党性和阶级性，就必须具有表现对象的选择性和表现立场的倾向性。倾向性，是政治的特征，也是革命文学的政治美学的首要特征。

革命文学从革命的政治理论出发，对表现的对象进行了界定。革命文学以无产阶级或工农大众为叙述的中心，把革命政党及其政治作为表现的对象；而不是剥削阶级及其政党或一切的人都可以进入叙述领域的。知识分子是小资产阶级的。从阶级的历史进化序列来看，无产阶级代表了历史发展的方向，而小资产阶级是堕落阶级的一部分。更不要说是封建阶级的知识分子了，他们更是“二重的反革命”。[1] 因此，瞿秋白批判了“五四”现实主义的“人力车夫”的廉价的资产阶级人道主义的同情，反对其知识分子文学，同时，也反对“革命罗曼蒂克”的小资产阶级知识分子“个性”文学。[2] 他认为“无产阶级的‘五四’”的“无产阶级的革命主义社会主义的文艺运动”，[3]要表现无产阶级，表现无产阶级的现实苦难，更要表现无产阶级的斗争生活；而不应该表现其他的阶级，如地主阶级、资产阶级，包括知识分子的生活。而在对无产阶级和革命政治的表现中，革命的叙述主体不应该持有资产阶级人道主义的同情的立场，而应该是崇拜的小学生的姿态；不应该从人性的角度去表现革命者的喜怒哀乐和内在本能，而应该表现其革命的政治理性；革命文学的关怀不是播散给所有阶级的价值福音，而是只给予无产阶级和劳苦大众的心悦诚服的颂扬。革命文学应该书写无产阶级及其政党的政治生活。胡风说：“哪里有生活，哪里就有诗。”在革命文学的政治美学中，只有无产阶级的生活才是诗的。

在革命文学的创作方法中，革命现实主义与革命浪漫主义当然是最为核

〔1〕 杜荃：《文艺战线上的封建余孽——批评鲁迅〈我的态度和气量和年纪〉》，《文学运动史料选》第二册，上海：上海教育出版社，1979年版，第126页。

〔2〕 瞿秋白：《革命的罗曼蒂克》，《瞿秋白文集（文学编）》第一卷，北京：人民文学出版社，1998年版，第477页。

〔3〕 史铁儿（瞿秋白）：《普洛大众文艺的现实问题》，同上书，第472页。

心的创作方法。但,“现实主义”之“现实”和“浪漫主义”之“浪漫”,也就是“批判”(“暴露”)和“歌颂”,都体现了鲜明的政治性,无产阶级或工农兵则歌颂之,而一切“旧”的阶级和社会则暴露之。早在二三十年代,瞿秋白等人就讨论过现实主义批判的倾向性问题。正如恩格斯对《城市姑娘》的批评一样,革命文学理论家也主张对“反动”阶级进行毁灭性的批判而对人民和革命政党的“自信力”和优点进行肯定和赞扬。暴露和歌颂是政治问题,在革命文学语境中转化为审美伦理问题。

抗战中,张天翼发表了揭露国民党专制的小说《华威先生》。有人从民族主义的角度,批评这部作品伤害了民族尊严,对于抗战救国造成了不利的影响。〔1〕但是,左翼的革命理论家对它却持支持的态度。他们认为,作品暴露了国统区的黑暗,暴露了国民党政权的腐败和独裁,有利于疗救民族的肌体,最终有利于抗战。〔2〕尽管反对者和支持者的最终落足点都是民族主义的,但是,不同的党派其姿态却是迥异的。左翼的革命现实主义者很显然主张用传统的批判现实主义手法对黑暗现实进行无情的揭露。但同样是揭露和批判,《华威先生》式的现实主义在延安解放区却遭遇了搁浅。1942年整风前,延安的文艺大军主要成员都是来自国统区或沦陷区。这些革命知识分子向往延安的民主和进步,但又缺乏革命文艺理论的储备,更缺少革命的政治斗争的磨炼,他们的思想、感情、立场和文艺观都还远未实现“革命化”和“工农兵化”。在这样的对立情绪之下,他们对延安的“现实”进行了暴露。因此,他们执拗地坚持着当年在国统区的现实主义批判传统,继续揭露和批判社会,继续批判国民性的弱点和阴暗面。丁玲认为,根据地尽管“有了初步的民主,然而这里更需要督促、监视,中国所有几千年来的根深蒂固的封建恶习,是不容易铲除的”,因此,作家仍需要学习鲁迅“为真理而敢说,不怕一切”。〔3〕艾青则指出:“希望作家能把癣疥写成花朵,把脓包写成蓓蕾的人,是最没有出息的人——因为他连看见自己丑陋的勇气都没有,更何况要他改呢?”〔4〕而王实味更是从文化制度上强调,政治家的任务“偏重于改造社会制度”,艺术家的任务“偏重于改造人底灵魂”,而且指出“革命阵营

---

〔1〕 林林:《谈〈华威先生〉到日本》,《救亡日报》1939年2月22日。

〔2〕 茅盾:《八月的感想——抗战文艺一年的回顾》,《文艺阵地》第1卷第9期。

〔3〕 丁玲:《我们需要杂文》,《文学运动史料选》第四册,上海:上海教育出版社,1979年版,第574页。

〔4〕 艾青:《了解作家,尊重作家》,同上书,第582页。

存在于旧中国，革命战士也是从旧中国产生出来，这已经使我们底灵魂不能免地要带着肮脏和黑暗”，“艺术家改造灵魂的工作，因而也就更重要，更艰苦，更迫切”。[1] 丁玲、王实味等人的暴露文学，同样引爆了延安地区关于“暴露”还是“歌颂”的论争。在“整风运动”“文艺座谈会”中，革命作家认识到了盲目暴露的危害，认识到暴露和歌颂的政治性，转而在之后，写作了大量的赞颂工农兵、赞颂革命政党的作品。同样是批判，同样是揭露“黑暗”或“阴暗面”，但却有着不同的遭遇，只能说明革命现实主义的批判不是普遍的文学原则，也就是说，“批判”是有阶级和政党立场的。[2]

同样是“颂歌”，但歌颂错了对象也是丧失政治立场的表现。电影《武训传》把一个乞讨办学的落魄书生武训，塑造成了中国历史上“劳动人民文化翻身的一面旗帜”，是“典型地表现了中华民族的勤劳、勇敢、智慧的崇高品质”，是站稳了阶级的立场、向统治阶级作了一生一世的斗争，是为人民服务的英雄，“有助于提高民族自信心”。[3] 革命文学的创作方法中的浪漫主义只能落在劳动阶级的人物身上，而《武训传》却对地主阶级出身的落魄书生进行赞美，这很显然违背了革命政治美学的基本原则。所以受到了毛泽东的激烈批评：“《武训传》所提出的问题带有根本的性质。像武训那样的人，处在清朝末年中国人民反对外国侵略者和反对国内的反动封建统治者的伟大斗争的时代，根本不去触动封建经济基础及其上层建筑的一根毫毛，反而狂热地宣传封建文化，并为了取得自己所没有的宣传封建文化的地位，就对反动的封建统治者竭尽奴颜婢膝的能事，这种丑恶的行为，难道是我们所应当歌颂的吗？向着人民群众歌颂这种丑恶的行为，甚至打出‘为人民服务’的革命旗号来歌颂，甚至用革命的农民斗争的失败作为反衬来歌颂，这难道是我们所能够容忍的吗？承认或者容忍这种歌颂，就是承认或者容忍污蔑农民革命斗争、污蔑中国历史、污蔑中国民族的反动宣传，就是把反动宣传认为正当的宣传。”[4]赞颂无产阶级大众，是革命文学之政治性的核心价值

---

〔1〕 王实味：《政治家・艺术家》，《文学运动史料选》第四册，上海：上海教育出版社，1979 年版，第 594 页。

〔2〕 参见方维保《碰撞与调适：1942 年的延安文学生态》，《广州大学学报（社会科学版）》2008 年第 8 期。

〔3〕 华中师范大学《中国当代文学》编写组：《中国当代文学》，上海：上海文艺出版社，1992 年版，第 55 页。

〔4〕 毛泽东：《应该重视电影〈武训传〉的讨论》，《毛泽东选集》第五卷，北京：人民出版社，1977 年版，第 46—47 页。

和基本原则，而赞颂封建主义和资本主义的知识分子，则是丧失了基本立场。这一切都取决于革命政治美学的基本原则。四五十年代对于胡风的“题材无限制论”、丁玲的小说《在医院中》、萧也牧的小说《我们夫妇之间》以及杨沫的小说《青春之歌》等知识分子叙事的批判，都是出于革命现实主义工农兵中心原则的自然反击。

暴露文学，主要出于政治的立场，对于时代（敌人的）进行批判性表现，运用夸张性手法表现反动统治时代的黑暗和人民遭受压迫的现状。而颂歌文学，也出于政治的立场，对于时代（无论是过去的还是当下的）进行歌颂。它歌颂中国红色革命的历史，验证历史发展的必然逻辑；赞颂革命的现实，想象现实的光明灿烂，并将未来的理想想象为现实的一部分。文学以符号的形式，参与构建着政治的乌托邦。谢冕说：“它传达出对新生活充满欣喜、对未来充满希望的，在大多数场合是以宣扬革命激情为目的的政治诗，共和国诗歌的实质是对新生活的歌颂，可以认为，它创造了一个完整的颂歌时代。”〔1〕文学惯常作史诗性叙述，而它所建构的是想象性的革命历史。战争叙述是这一时期文学史诗性叙述中最为突出的表象。文学直接表现两个阶级和政治集团的战争，或表现具有界限分明的斗争的战争化生活。并在一种革命的道德理想主义之下，创作主体直接介入，对处于对立状态的叙述对象进行美丑善恶的夸张性表现，和立场分明的政治道德评判。

二 革命文学的泛政治化叙述渗透

革命文学的政治美学，是感性形象的泛政治化。在泛化的政治学观念和文学从属于政治的逻辑下，文学也是泛政治化的，甚至一切的艺术形态、日常的文化形态也都是政治化的。文艺以政治生活作为表现对象，文艺的意蕴充满了政治的意味，政治价值、政治理念、政治行为深度介入文艺，文艺叙述与政治叙述之间的界限消失。

在革命文学中，宏观的如国家和党的政治，当然是叙述的一部分。革命文学主要是以革命的政治生活作为表现的内容，不同历史时期的阶级斗争、党派斗争以及政治事件，如第一次国内革命战争、第二次国内革命战争、第三次国内革命战争，以及“五四”运动、“一二·九”运动、上海工人三次暴动、“五卅”事

---

〔1〕 谢冕：《中国新诗萃序一：从春天到秋天》，北京：人民文学出版社，1985年版，第5页。

件、“四·一二”政变、国共两军的诸次军事战役等都会通过革命文学叙事得到呈现；不同时期革命政党内部的思想斗争、政治战略和行政政策，诸如土地改革、抗美援朝、婚姻法颁布、剿匪反霸、“三大改造”等，以及革命政党对于未来政治的考量，如“第一个五年计划”、“三面红旗”、反官僚主义等，也都会通过文学叙事得到讲述。有的时候，宏观政治是作为背景被叙述的，有的时候则是直接表现。革命文学特别注重讲述宏大的历史背景，以凸显政治的走向和趋势；也特别注重讲述两种政治的对抗，如两个政治军事集团的战争（《红日》《保卫延安》）以及乡村中和城市中的“两条路线”斗争（《上海的早晨》《不能走那条路》）等，在对抗性叙述中凸显革命政治的强势。在革命文学的宏大叙事中，革命的政治价值内涵、价值选择、政治立场，以及政治好恶，也会通过故事人物和场景描写等得到叙述和传达。

革命文学的泛政治化叙述更为主要的还体现在它对于日常生活的介入。日常的吃喝拉撒睡等私人领域，革命文学叙述也将其作为政治意义的重要组成部分。在革命文学介入日常生活的叙述中，革命的爱情叙述是最为显眼的现象。爱情叙事，本是私人化的情感表达。在革命文学的泛政治化语境中，爱情选择就具有了政治的意味。无论是30年代的革命的罗曼蒂克中的爱情，还是四五十年代文学中的爱情，爱情都暗喻了道路的选择，如《光明在我们的前面》《青春之歌》等，对革命同志的爱情选择就意味着选择了革命同志的革命道路和革命立场。爱情被政治化为“资产阶级爱情”和“无产阶级爱情”。在闻捷的诗作《苹果树下》中，爱情在劳动中产生，爱情就具有了劳动阶级的价值；而《舞会结束以后》中的爱情只选择获得军功章的人。这种泛政治化的传统一直延伸到伤痕文学和改革文学中。在贾平凹的小说《鸡窝洼人家》中乡村婚姻的重组也是改革开放政治的体现，在陆文夫的小说《窗》中主人公买一碗馄饨也体现了政治的变迁。其他的诸如邻里纠纷（《李家庄的变迁》）、家庭矛盾（《李双双小传》）、技术革新（《三里湾》）、家庭伦理关系（《别了！哥哥》）等也都被赋予了政治的意义。

三　革命文学的政治化叙述符号

革命文学中的形式因素，如叙述策略、人物话语和叙述话语，都政治术语化。在革命文学叙述中，文艺的叙述策略也是一种政治策略。比如对无产阶级英雄形象的“三突出”（即：“在所有人物中突出正面人物来；在正面人物中突出英雄人物来；在英雄人物中突出最主要的即中心人物"[1]），既是一种政治的策略也是一种策略的政治。革命文学的情节模式，一方面充满着政治的意义，另一方面，都演绎着革命政治的历史进程，并通过最后的胜利的大结局，将革命的政治指向理想主义。通过历史的叙述，或从过去时间的维度为现实的合法性进行政治性论证，或从现实的社会实践的角度，来论证现实政治的成就和未来政治的合法性。革命文学都洋溢着革命的政治激情——热烈的献祭情怀和切齿的仇恨情绪。经由审美的心理机制，在情感的润物细无声中，将革命的意识形态播撒到大众的心灵之中。革命文学的话语，无论是人物或者叙述者的话语，都充分政治术语化。一个政治家会对中国政治和世界政治描述得头头是道，就是一个农民（丁玲的《夜》）或一个小孩子（《闪闪的红星》），也会运用政治术语来表达。革命文学要么直接通过人物之口说出政治言语，要么通过人物命运变化演绎政治历程，要么通过隐蔽的叙述者使整个作品笼罩在政治的氛围之中。革命文学创造了整个文艺氛围的政治化。正如周扬所说："现实主义者都应该把他所看到的东西加以夸张，因此我想夸张也是一种党性的问题。"[2]

四 革命文学的"组织"功能

文学在于陶冶性情，而革命文学普遍地具有组织功能。早在30年代的时候，革命文学家就从苏联引进了这样的理论。它要求文学具有"社会组织功能"和宣传鼓动及动员功能，能够鼓起人民的斗争热情，组织人民——工农大众进行社会革命，后来甚至具有了"组织"人民日常生活的功能。在丁玲的小说《夜》、路翎的小说《洼地上的战役》以及《新儿女英雄传》中都表现了政治纪律的重要性。在革命文学中，文学经常被作为现实政治动员的载体。30年代蒋光慈的小说《短裤党》《咆哮了的土地》所表现的工人暴动和农民暴动，其政治动员的目标是很明显的。在40年代的小说如《暴风骤雨》《太阳照在桑干河上》《王贵与李香香》等作品中，都设置了一个"当兵"的结尾，而这一情节典型地表现了革命政治的政治动员的策略。它通过文学叙述表现人民受苦受难，革命的政党前来打倒了地主豪强，因此百姓感恩当兵，把一场政治动员演绎成

---

〔1〕 洪子诚、孟繁华主编：《当代文学关键词》，桂林：广西师范大学出版社，2002年版，第141页。

〔2〕 周扬：《在全国第一届电影剧作会议上关于学习社会主义现实主义问题的报告》，《周扬文集》第二卷，北京：人民文学出版社，1984年版，第210页。

了情感上的召唤和追随。五六十年代的小说如《登记》《不能走那条路》《千万不要忘记阶级斗争》等，将当时党和国家的法令政策，通过故事的演绎、人物的选择，达到了政治的动员目的。

革命文学的创作主体和形象主体都是为了政治目标而设置和塑造的。

革命文学作家都是政治家。革命文学的创作主体，无论是知识分子作家，还是工农作家，还是革命家作家，他们大都具有党员的身份，或者左翼文化人的身份。而且，他们大多具有无产阶级的阶级意识、政党意识。“‘你假使真是一个前进的战士’，你就一定要站在无产阶级的立场，百分之百地发挥阶级性、党派性，这样，你不但会接近真理，而且只有你才是真理的唯一的具现者。”〔1〕革命文学作家充分发挥文学的“批判的武器”的功能，对旧的时代和旧的阶级进行无情的揭露和批判；同时，发挥文学浪漫主义的想象功能，对无产阶级和社会主义及党的政治进行赞颂，用理想主义的眼光看待它的现在和未来。30年代，革命文学主要致力于对小资产阶级知识分子进行思想改造，也就是重塑其价值观，以将其塑造成无产阶级作家。延安时期以后，则主要致力于培养工农兵作家。而之所以这么做，主要就是出于政治上对小资产阶级作家的怀疑和对工农兵作家的信仰。无论是30年代还是延安时期以后，革命作家艺术家在创作中，首先考虑的是政治的立场问题，自觉地将自己变成“革命的人”。在30年代，革命文学的创作主体主要是革命的小资产阶级知识分子，而与此同时，出于政治的忠诚性考虑，开始培养无产阶级出身的工农作家；至于40年代以后，工农兵作家逐渐增多，到六七十年代，文艺创作的舞台则完全为工农兵作家所占领。革命文学对创作主体的定位和塑造，都是从革命的政党政治的立场出发的。革命文学的创作主体，是两种政治对抗中的文化战线的战士和“笔部队”。

五 作为“革命家”的作家和人物形象

无论是早期的知识分子革命家形象，还是后来的工农兵形象，都是政治家、革命家。他们懂得考量政治利益，善于处理政治关系。30年代的张进德、李杰、何月素（《咆哮了的土地》），杨直夫、史兆炎和工人李金贵（《短裤党》），梦

〔1〕 周扬：《到底谁不要真理，不要文艺》，《周扬文集》第一卷，北京：人民文学出版社，1984年版，第32—33页。

珂(《梦珂》),还有延安时期的白玉山(《暴风骤雨》)、李有才(《李有才板话》);当然,梁生宝、梁三老汉(《创业史》),朱老忠、严志和、朱大贵(《红旗谱》),以及后来样板戏中的李玉和、铁梅(《红灯记》)及阿庆嫂(《沙家浜》)、杨子荣(《智取威虎山》)、江水英(《龙江颂》)等更是标准的政治家了。当然,有正面的政治家就有反面的政治家,吴荪甫、赵伯韬(《子夜》)和李如珍(《李家庄的变迁》)、钱文贵(《太阳照在桑干河上》)、韩老六(《暴风骤雨》)、张灵甫(《红日》)等也都是政治家,而不仅仅是土地主或者资本家、国民党军阀。无论是正面人物还是反面人物,都有着自己鲜明的政治立场和政治主张,也有着鲜明的政治人格。就是一些老农民,如李子俊女人(《太阳照在桑干河上》)、老马(《暴风骤雨》)也都具有政治人格。在革命文学中,所塑造的革命英雄人物,大多具有集体主义的政治觉悟和高尚品格;所塑造的负面形象,也多代表他所在的那个阶级说话做事。

革命文学政治美学还体现在用政治眼光审视文学艺术。30年代在对《地泉》进行批评时,钱杏邨认为“革命加恋爱”是传统的“才子佳人英雄儿女”的现代版:“书坊老板会告诉你,顶好的作品,是写恋爱加上革命,小说必须有女人,有恋爱。革命恋爱小说是风行一时,不胫而走的。我们很多的作家欢喜这样干,蒋光慈当然又是代表。在这里,我只要说孟超。他的一部《爱的映照》,就是这一映照。外面在暴动了,我们的男英雄,正在亭子间,拥抱着女志士热烈的亲嘴呢。革命的青年,一面到游戏场去玩弄茶女,一面是不断的诅咒资本主义社会,要求革命呢。至于那些因恋爱的失败而投身革命,照例的把四分之三的地位专写恋爱,最后的四分之一把革命硬插进去。”[1]政治立场成为批评创作的第一标准。无论是《武训传》还是《刘志丹》《我们夫妇之间》等也都是因为政治而受到批判的。政治审美代替了艺术审美。

作为激烈的阶级对抗中建立起来的创作原则,革命现实主义的基本原则是建构在二元论的基础之上的,因此,革命现实主义想象是建立在一系列的现实政治对抗之上的结构。在革命文学的政治与文学的关系伦理中,革命政党的政治是文学的灵魂。如此,革命文学也就成为革命政治的审美表象。革命文学的政治美学,是通过对于革命政治的表现而呈现出的美感,也包括呈现出

〔1〕 钱杏邨:《〈地泉〉五人序》,《中国新文学大系1927—1937·文学理论集一》上册,上海:上海文艺出版社,1987年版,第875—876、867—868页。

无产阶级政治的美感。

六 “革命文学”的政治激情叙事

革命意识形态通过文学形象赋予无产阶级及其政党政治以情感魅力。“政治统治的美学奥秘在于使权力成为魅力，权力结构进入情感结构。”〔1〕革命文学总能够凭借着教条或观念点燃主体内在的叙述激情。别林斯基说：“情致这种热情永远是由观念在人心灵中激发出来的，而且永远奔向观念。因此，它是一种纯然精神道德方面的神明境界的热情。……充满了力量和热情的奋斗。”〔2〕“革命文学”的信仰体现为一种火热的革命激情和纯粹的甚至抽象的思想观念。如所有的研究者所看到的，“革命文学”具有强烈的是非观念、强烈的抒情性，又很好地营构了一种信仰的氛围，使之具有了信仰的特质。罗素曾经评价布尔什维克主义，如宗教一样都是“用情感不用理性”。〔3〕 革命文学情感丰沛，具有抒情主义的倾向；作为文学，虽然它的叙述中充斥着革命的理论，但是，这些理论往往处于被信奉状态，革命叙述者并不需要对它进行理性思考，而只需要对它付与热烈的情感。革命的观念需要文学艺术这一载体，但是文学艺术不能仅仅只有观念，那会使得它成为哲学或经济学的著作，于是，革命文学家就将激情这种诗情元素推到崇高的地位。因此，革命文学家要用文学这一工具，用火热的激情，传达革命的信仰。革命文学家继承了别林斯基的文学思想，在周扬和胡风等人的文学思想中都毫无例外地强调“激情”的诗学特征。

革命文学是政治的美学，也是美学化了的政治。革命文学将红色革命的政治作为叙述的对象，表现了现实的政治利益和政治关系；它将红色革命的政治信仰和价值作为自身的价值目标；它的书写将政治进行了审美化的处理；同时，文学也极大地介入政治，指涉政治，或者被政治所介入和指涉。由于中国现当代政治的对抗性，革命文学的美学风貌也呈现出激烈的情感性和修辞的政治性隐喻性。由于政治术语和政治关系的深度摄入，文学语

〔1〕 骆冬青：《论政治美学》，《南京师大学报（社会科学版）》2003 年第 3 期。
〔2〕 【俄】别林斯基：《别林斯基全集》俄文版第七卷，转引朱光潜：《西方美学史》，北京：人民文学出版社，1963 年 7 月版，第 526 页。
〔3〕 何思源：《布尔塞维克主义》，《新潮》第三卷（第 2 号）1920 年 9 月。

言词汇都充分地政治术语化。由于文学从属于政治革命的逻辑得到贯彻，革命的审美几乎等同于政治的审美。文学与政治之间的关系呈现为一体两面的形象：文学反映政治，甚至图解现实的政策；政治影响文学，甚至侵入文学，将文学变成政治。政治立场和政治需要，驱使文艺做出美学策略的回应，形成其独特的政治文化价值和独特的政治文学风貌。政治立场的分野和爱憎，都化为了文学叙述的情感。只不过政治的见解是理论的逻辑，而文学诉诸叙事而已。革命文学通过文学叙述将革命的政治生动地、感性地讲述出来，并使政治也沾染上文学的美感；文学也因此沾染了政治的价值倾向性和这种倾向性所带来的美感。

第三节 “革命文学”的社会美学

社会科学(social science)，“通常是指运用科学的方法研究人类社会现象及其规律的科学”。社会科学所涵盖的学科包括政治学、经济学、社会学、法学、民俗学、新闻学等方面。[1] 社会学研究人类社会(主要是当代)，政治学研究政治、政策和有关的活动，经济学研究资源分配等。而就社会科学对中国“革命文学”的影响而言，社会学的影响最大。“社会学是一套有关人类社会结构及活动的知识体系。”[2]社会学传统研究对象包括：客观事实——微观层级的社会行为或人际互动，宏观层级的社会系统或结构、社会流动、社会分层、社会阶级、社会问题等；主观事实——人性、社会心理、社会宗教、社会法律、越轨行为等。其研究的方法主要有自然科学的实证论的定量方法和人文科学的定性方法。[3]

革命文学的“革命现实主义创作方法”实际就是社会科学的方法论在艺术领域的移植，因此，它具有社会科学方法论的科学实证及社会分析特色。革命文学的理论，从思维到术语和论证都是社会科学化的，文学想象上则有着社会科学化的理性思辨倾向和对于社会政治经济活动的执着表现。“社会科学的思想，决不是思想界中的一个时髦品。它是一种正确的认识世界、理解世界，

---

〔1〕〔2〕 范国睿：《走进人文社会科学》，《学位与研究生教育》2011年第11期。
〔3〕 参见【美】戴维·波普诺：《社会学》，李强等译，北京：人民出版社，1999年版。

并创造世界的方法——一种唯一的方法。世界这东西,只有靠着社会科学的光线的射照,才可以最正确的,最客观的,被人类看见。"[1]社会科学方法论术语和思维的渗入,形成了革命文学独特的美学风貌,它被称为巴尔扎克式的"记录'风尚'的形式"。[2]

一　革命文学的社会科学化理论思维

术语和方法论是理论思维的主要体现,革命文学理论的社会科学化,主要体现在广泛运用社会科学的术语和方法论进行论证和推理。

革命文学观念诞生于社会革命之中,革命的政治家和文学家一开始所运用来阐述文学的方法论就不是文学的而是社会学的。中国无产阶级革命文学于1928年的倡导,造就了马克思主义输入的高潮,并且使得1929年被称为"社会科学年"。人们渴望用现代社会科学即马克思主义的理论来对文学和社会作出科学的解释。马克思主义社会科学理论对于文学现象所作的"科学"的解释,在当时被称为"科学的文艺论"。

"科学的文艺论"把从前视为是一种特殊的精神现象和神秘创造物的文学还原为社会现实的产物,还原为人的精神生产。文学是一种特殊的社会意识形态,它和政治、法律、宗教等上层建筑和意识形态一样,是建立在社会的物质生产之上的,它与社会物质生产有相互的联系。茅盾在《〈地泉〉读后感》中说:"一个作家不但对于社会科学应有全部的透彻的知识,并且真能够懂得,并且运用那社会科学的生命素——唯物辩证法;并且以这辩证法为工具,去从繁复的社会现象中分析出它的动律和动向;并且最后,要用形象的言语、艺术的手腕来表现社会现象的各方面,从这些现象中指示出未来的途径。"[3]这种"科学的文艺论"实际上发展成为一种特殊的文学社会学,一种认识论的文艺论。

"革命现实主义理论信念的哲学基础是马克思主义辩证唯物论的反映论。"[4]辩证唯物论的反映论坚持"反映"的一般原则。唯物辩证法认为,世

〔1〕 钱杏邨:《中国新兴文学中的几个具体的问题》,《拓荒者》(创刊号)1930年1月。
〔2〕 瞿秋白:《马克斯、恩格斯和文学上的现实主义》,《文学运动史料选》第二册,上海:上海教育出版社,1979年版,第252页。
〔3〕 茅盾:《〈地泉〉读后感》,《茅盾全集》第十九卷,北京:人民文学出版社,1991年版,第331—332页。
〔4〕 洪子诚、孟繁华:《当代文学关键词》,桂林:广西师范大学出版社,2002年版,第8页。

界是由物质组成的，物质决定意识，意识是物质的客观反映。唯物辩证法包含了很多内容，如：认识论（认为事物是可以被认知的）、运动论（认为物质是运动的物质，静止是运动的特殊形态）、矛盾论（认为事物总处在普遍的矛盾之中）等等。[1] 马克思主义认为，观念“都来自经验，都是现实的反映——正确的或歪曲的反映”。[2] 毛泽东也认为：“作为观念形态的文艺作品，都是一定的社会生活在人类头脑中的反映的产物。革命的文艺，则是人民生活在革命作家头脑中的反映的产物。”[3]从马克思到毛泽东都从社会科学的认识论的角度，探讨了文学艺术对于世界的认知方式，即反映论。在30年代，茅盾等更是要求艺术家，掌握社会科学的方法论，运用唯物辩证法以认识世界和表现世界。[4] 冯雪峰则从文艺的社会功能的角度认为：“要真实地全面地反映现实，把握客观的真理，在现在则只有站在无产阶级的阶级立场上才能做到。”[5]就是从社会科学的角度来论证“文学”与“生活”“社会”之间的关系。

革命现实主义自它诞生时起就自觉地以社会科学的“唯物辩证法”作为基本的哲学。“拉普”所提出的唯物辩证法理论，实际上将哲学认识论、社会学的社会分层方法、宏观经济学和历史发展等理论“融会”于一炉，并企图像指导社会工作一样指导文学的创作。日本左翼学者藏原惟人的“新现实主义”，将苏联拉普的理论进行了翻版。他从社会学的分层理论出发，把哲学意义的唯物辩证法替换为一种社会科学的“观察现实”的方法。“唯物辩证法是把这社会向怎样的方向前进，认识在这社会上什么是本质的、什么是偶然的这事教导我们。普罗列塔利亚写实主义依据这方法，看出从这复杂无穷的社会现象中本质的东西，而从它必然地进行着的那方向的观点来描写着它。”[6]这里所说的新现实主义就是运用社会科学的唯物辩证法理论，来分析社会、认识社会与表现社会。这里的新写实主义是变体科学实证主义——社会达尔文主义。尽管

---

[1] 参见卫兴华、赵家祥：《马克思主义基本原理概论》，北京：高等教育出版社，2008年版，第34—79页。

[2] 《马克思恩格斯全集》第20卷，北京：人民出版社1971年版，第611页。

[3] 毛泽东：《在延安文艺座谈会上的讲话》，《毛泽东选集》第三卷，北京：人民出版社，1991年版，第860页。

[4] 茅盾：《〈地泉〉读后感》，《茅盾全集》第十九卷，北京：人民文学出版社，1991年版，第331页。

[5] 冯雪峰：《关于“第三种文学”的倾向与理论》，《冯雪峰论文集》上册，北京：人民文学出版社，1981年版，第102页。

[6] 【日】藏原惟人：《普罗列塔利亚写实主义的路》，转引自余虹《现实神话——革命现实主义及其政治意蕴》，《文化研究》第2辑，天津：天津社会科学出版社，2001年版。

他所批判的旧现实主义也有着科学实证主义的社会背景。藏原惟人还将他的新写实主义放到社会进化的链条上去论证其历史地位。他认为，艺术存在着“没落阶级的艺术”和“新兴阶级的艺术”；“普罗列塔利亚作家对于现实的态度，应该是彻头彻尾地客观的现实的。”〔1〕甚至“必须离去一切主观的构成而视察现实，把它描写出来”。〔2〕

社会科学理论成为从事文学批评的基本理论，革命文学论者运用社会科学理论来解释文艺运动和文学现象。

20世纪20年代末期，太阳社蒋光慈、阿英、冯乃超等人，以藏原惟人的充满着社会学和哲学认识论术语的“新写实主义”理论，对“五四”新文学进行了重新评价，在历史的维度上将其界定为“旧写实主义”，倡导文学工具论、功利主义和标语口号主义。他们继承了社会科学的方法论——唯物辩证法创作方法，并运用这种方法展开批评活动。这种社会科学论的典范性文本是钱杏邨的《死去了的阿Q时代》。他在文章中对鲁迅的主要创作(《呐喊》《彷徨》《故事新编》《野草》)进行了批判，断定鲁迅的创作基本都“过时了”。他批评鲁迅“不是这个时代的表现者”，“没有现代意味”，“‘现实’最多只是过去的现实，而非现在的现实”。〔3〕所谓的现实性、时代性等，都是马克思主义社会学的经典术语，钱杏邨试图运用马克思主义社会学的历史进化论来论证鲁迅的“人的过时”和“思想意识的过时”以及文学想象的“落后性”“封建性”。左翼文学界运用社会科学方法论从事文学批评活动的另外一个案例，是对“革命罗曼蒂克”创作的集体批评。1932年4月，左翼文学界借《地泉》出版之机，运用社会革命理论批判和否定了其“小资产阶级情调”；同时，又运用文学审美理论，否定了革命文学的将人物描写变成“时代精神号筒”的简单化写法，以及概念化、公式化的弊病。虽然此次批评活动，有着很浓厚的美学批评的意味，但是，在瞿秋白等人的批评话语中，依然充斥着“唯物辩证法创作方法”的理论话语和社会学理论。这种矛盾为后来的左翼文学的图解政治概念现象的出现埋下了伏笔。

这种社会科学方法论在革命文学批评中的运用是极为广泛的。在30年代有关文学的阶级性和人性的论争中，鲁迅、周扬等人就是运用了社会科学的

〔1〕〔2〕【日】藏原惟人：《到新写实主义之路》，《太阳月刊》(停刊号)1928年7月1日。
〔3〕钱杏邨：《死去了的阿Q时代》，《文学运动史料选》第二册，上海：上海教育出版社，1979年版，第48页。

阶级论作为基本的武器，对胡秋原、梁实秋等人的艺术超越论进行了批判。五六十年代，对于电影《武训传》的批判、对于俞平伯的资产阶级学术思想的批判以及对于胡风的批判，也都是运用了马克思主义的社会历史理论，从社会历史的发展趋势以及社会阶级理论来分析和批判这些文学艺术作品的封建主义、资本主义倾向的。中国革命文学的团队创作以及这些创作中对于正确世界观的预设都是这种创作方法的实践。社会科学方法论，虽然不同于自然科学方法论，但它受到自然科学方法论的启发，具有很强的科学实证性，具有工具理性的特征。在30年代中国革命文学中盛行的文学工具论——“武器”“齿轮”“螺丝钉”论，就是这种科学化的结果。文学被视作社会革命的工具。周扬等人提出的“文学政策”论，毛泽东的“政治第一，艺术第二”理论，都是典型的社会科学工具论。

可以说，整个中国现代左翼文学理论和文学批评都渗透着社会科学论的基本方法，观察和分析创作、品评作家，以及论述和行文方式都是社会科学论的风格。革命文学的认识和想象世界的方式，“受到社会科学的渗透和科学霸权的支配，使其日益远离‘艺术’，而成为一种‘科学’，文学越来越成为趋近于一般科学的‘认识论’。这种‘科学的文艺论’实际上发展成为一种特殊的文学社会学，一种认识论的文艺论。”[1]要从好的方面来说，它在解构了传统的感悟式的批评的同时，也锻炼了中国文艺理论和文学批评的条分缕析的思维和行文方式。

二 革命文学的社会科学化文学思维

在理论上的马克思主义社会科学化的同时，革命现实主义文学一直致力于文学想象的社会科学化和书写的现实化。

社会科学论造就了现实主义社会科学化的观察立场和艺术思维。革命文学力图用文学艺术去描绘和归纳“社会现象全部的（非片面的）认识”，尽量要“感情地去影响读者的艺术手腕”，[2]但这“感情”和“艺术手腕”中已经渗透了社会科学方法论的分析和归纳精神。革命现实主义创作方法是社会科学方法论在文学艺术领域的移植，它具有科学实证主义的背景。社会科

〔1〕 旷新年：《重新定义文学》，《中国现代文学研究丛刊》2000年第3期。
〔2〕 茅盾：《〈地泉〉读后感》，《茅盾全集》第十九卷，北京：人民文学出版社，1991年版，第331—332页。

学方法论不但造就中国革命文学理论的社会学思维，也造就了文学创作的社会学视野。

社会学是研究社会问题的。革命文学表现了在中国整个共产革命的历程中所遭遇到的和所思考到的种种社会问题，它可以说是中国现当代社会的一面镜子，也是中国现当代共产革命的一面镜子。尽管在不同的时代语境中，或者说在革命的不同阶段中，革命文学对于社会问题的叙述可能不完全一样，但是，它依然具有巨大的现实主义的社会文化价值。

“革命文学”，作为一种社会功利性极强的文学和文化现象，回应现代和当代的社会提问，“反映”社会现实和思考社会发展中存在的问题，一直是它的价值目标。从某种意义上来说，革命文学就是一种社会问题叙事。

早期的革命问题文学，继承了“五四”文学关注社会问题的传统。它所表现的除了鲁迅、叶绍钧和冰心等人的创作所涉及的诸如知识分子精神苦闷问题、青年问题、家庭问题、妇女解放问题外，在诸如《咆哮了的土地》《到莫斯科去》《林家铺子》等作品中，还涉及知识分子道路选择问题、社会压迫问题、中国社会性质问题、“革命为什么会发生”的问题等诸多方面。延安时期的革命文学，也属于问题文学的范畴。赵树理的小说，所表现的都是解放区的社会问题，最主要的是婚姻问题，大多数的时候通过婚姻问题，而达到对于乡村基层政权问题的表现。《小二黑结婚》《李家庄的变迁》《王贵与李香香》等叙事文学无不如此。但是，这一时期的革命文学，一方面重回“五四”问题文学的启蒙立场，另一方面它又面对着革命的现实来表现。在某种程度上来说，延安时期的革命问题文学，它所表现的是革命历程中的社会问题。延安的所谓“暴露文学”，诸如丁玲的《三八节有感》《在医院中》《我在霞村的时候》，以及艾青的《作家的“爱”与“耐”》、王实味的《政治家艺术家》《野百合花》等，所表现的都是革命内部的问题。它们也提出了解决的方案，作家们站在启蒙的立场上，以他们自己所能够想象得到的方式去解决：要么就是群众的觉醒，要么就是借助革命政党的力量促成问题的解决。而革命的政治家在语境中所给出的方案，与作家们又有所不同，那就是展开对于群众和作家的意识矫正。

新中国成立后的革命问题文学，所表现的则是社会主义建设中所存在的问题。如社会主义革命中所存在的阶级斗争问题，小资产阶级知识分子的思想改造问题（《青春之歌》），革命干部的官僚主义问题（《组织部新来的年轻人》），农业合作化运动中的农民思想意识问题（《锻炼锻炼》《灵泉洞》《不能走那条路》《李双双小传》)，城市里资本主义改造中的问题(《上海的早晨》)，等等；稍后的“文革”时期，则表现了阶级敌人复辟、“走资派”的问题；而改革开放初期，则表现了农民问题(《李顺大造屋》)，知识分子平反问题(《人到中年》)，改革问题(《乔厂长上任记》)，等等。

革命文学对社会的阐释，基本都以阶级论为基础，它将上述的所有问题，都归结到阶级革命的原理性上来。“五四”问题文学提出社会问题，要么没有答案，要么就是很幼稚的答案。鲁迅属于前者，而冰心属于后者。而革命文学提出问题，同时一定会给出答案。如同冰心解决问题的方式是千篇一律的“爱心”一样，革命文学解决问题的方法，也几乎完全集中在“社会革命”这一途径上。“五四”问题文学所提出的社会问题，如鲁迅所提出的问题涉及深层历史文化痼疾的分析和透视，冰心所提出的问题则主要在家庭伦理层面，而叶绍钧等人所提出的问题则涉及阶级压迫；而革命文学所提出的问题，基本集中在社会历史现实层面。革命文学所提出的问题以及所设计的解决途径，一方面确实反映了当时社会尤其是革命的过程所存在的或遭遇的问题，另一方面它又只是文学想象中所提出的问题。革命文学的问题意识，有一部分是面向未来而预设的成分。

革命文学所表现的社会和所提出的问题，以及所赋予的社会人物的心理和行为方式，体现了强烈的理论想象的话语特征。虽然并不是所有的革命文学都如茅盾那样带有社会调查的美学特征，但是革命文学以感性生活呈现现实，并在其中寓涵着社会调查的分析和归纳。如茅盾的《子夜》表现了民族资产阶级的破产，《林家铺子》表现了乡镇小业主的破产，《春蚕》表现农民的破产，而通过这一个个典型性的破产事件，很容易就得出“30年代中国社会走向破产”的结论。后续还可以推导出另外一连串的结论或者后果：当中国社会走向全面破产以后，就可以预言工人罢工、农民暴动的革命的到来。当然茅盾还是只是隐隐约约地表现这样的结论，而蒋光慈的小说《短裤党》《咆哮了的土地》、丁玲的《水》等就把这样的结论公开地铺展开来，表现了革命的风起云涌。革命文学以文学的形式充分展示了社会分析的理论想象力。

革命文学的强烈的理论性，就如同革命理论话语一样，都带有话语与生俱来的想象性和虚拟性的特征。因此，其社会学价值，一方面确实由此在现实主义话语下展示了当时中国社会的真实状态，另一方面它又有着社会学理论的逻辑预设和预设下的资料或感性生活场景论证的特征。

革命文学用文学的形式勾勒了当时中国社会的层级结构。如《子夜》《林家铺子》《春蚕》就将中国社会划分为民族资产阶级、金融资本家、买办资本家、工人阶级、农民阶级、小资产阶级、市镇上的小有产者等。这种阶级划分，在后来的延安文学如《太阳照在桑干河上》《暴风骤雨》《王贵与李香香》中又简化为农民阶级、地主阶级、富农阶级。而《小二黑结婚》《李有才板话》《李家庄的变迁》中，又衍化为先进农民、落后农民（中间人物）、地主和坏分子等。新中国成立后的“十七年文学”中，又衍化为落后农民、先进农民以及阶级敌人等；而在“文革”文学中，则又衍化为先进分子、阶级敌人等；在《青春之歌》《红旗谱》《红岩》中演变为复仇的农民、恶霸地主、党的领导者和叛徒等；在《林海雪原》中再分为剿匪小分队（“我们”）、深山中等待救援的劳动者、土匪兼国民党军残余（敌人）。这种划分种类和层级虽然随着时代政治的不同而有所不同，其实都是依照政治立场和文化立场而认定的，其中充满了政治分析和文化分析的色彩。

革命文学的社会学特征还表现在对于政治组织的勾勒。其中最重要的涉及中共党组织，也涉及中共的敌人。如《短裤党》中的共产党组织，《李家庄的变迁》中的山西牺盟会、乡村的村组织，《平原游击队》《雁翎队》《铁道游击队》《洪湖赤卫队》《杜鹃山》等中的游击队组织，《林海雪原》《南征北战》《渡江侦察记》《英雄儿女》中的共产党军队组织，《沙家浜》中的共产党新四军组织、地下党组织和汉奸“忠义救国军”组织，《看不见的战线》《野火春风斗古城》等中的中共地下党组织，《国庆十点钟》《一只绣花鞋》等中的中共公安组织和国民党特务组织，《迎春花》中的共产党组织和汉奸特务组织，等等。各种社会组织都有自己的活动。《子夜》《咆哮了的土地》《短裤党》中的农民起义、工人罢工、工人暴动，《小二黑结婚》《李家庄变迁》中的“斗争会”，《红日》中的“军事部署会”，殷夫的《一九二五年的五月一日》《决议》所写的委员会组织和“表决会”，《红岩》中的“组织生活会”，《李有才板话》《李家庄变迁》中的“选举会”，《红旗谱》《青春之歌》中的学生运动和示威游行，《太阳照在桑干河上》《暴风骤雨》《李有才板话》《邪不压正》中的政治思想工作、斗争地主的动员、参军动员等，《林海雪原》《冰山上的来客》中的剿匪和反特，《龙须沟》中的龙须沟改造，《登记》《结婚现场会》中的结婚登记和结婚现场会，以及《红日》《南征北战》中孟良崮战役、淮海战役，等等。

革命文学还用文学赋予各个层级及其人物以性格和心理定性，以及社会诉求论定。在文学想象的范畴之内，分析了中国社会的社会结构和不同社会层次中的人们的社会心理和行为方式，不同的阶级面在社会大潮中的心理和行为方式。《子夜》中的民族资产阶级有着振兴民族工业的民族主义精神，但对待革命却极为反动；而买办资产阶级则有着道德的败坏和消灭中国民族资本的侵略野心；小资产阶级知识分子（无论男女）都精神苦闷，迷恋奢靡生活；而农民阶级和工人阶级则性格直爽又有着反抗的行动能力。丁玲的《太阳照在桑干河上》中，乡村社会的地主阶级和富农对土改怀着仇恨的心理；农民阶级面对土改始则犹豫不决继则热烈欢迎，最后是欢欣鼓舞。同样在赵树理的小说中，落后农民要么迷信，要么奴性，要么好吃懒做，而先进农民则充满反抗精神；工作队有的看不清事实分不清是非，而真正的党的领导者则深入群众，明辨是非，当机立断。革命文学在进行人物表现的时候，总是将其放到社会阶层中去设计他们的故事、剖析他们的性格。这些人物的心理和性格，都与他们的社会角色、职业、经济地位等相关。

革命叙事总是有着社会分析的方法论介入想象所留下的社会分析的理论痕迹。革命文学不仅提出社会问题，而且在叙事中提出解决方案。它通过故事演绎的方式，“论述”红色革命者以暴力革命解决中国社会问题的可行性。当“五四”知识分子还沉浸在个人主义的困惑之中的时候，革命文学中的革命家都已经付诸行动。《咆哮了的土地》《青春之歌》《红旗谱》都展示了中国无产阶级革命家解决社会问题的努力。

革命文学的社会学思维沉淀的文学成果就是“社会分析小说”（又称“社会剖析派小说”）。它主要运用社会科学方法论对人民的生活细节进行现实主义的刻画。蒋光慈的小说《短裤党》充分运用了纪实性的手法，来记录上海第三次工人武装起义。社会学的田野调查的方法在纪实性话语中若隐若现。而且，自觉地将其看作是社会历史范畴中的“中国革命史的一个证据”。左联现实主义作家茅盾、沙汀、艾芜、吴组缃等人受到马克思主义的阶级分析理论的影响，自觉地从社会的政治经济层面，从文化的层面，去描绘和分析社会，并将之置于纵向的历史维度上，去解释和预测。茅盾的长篇小说《子夜》在广阔的社会背景之下，将社会各阶层的舞台设置于30年代初期的上海。作家不是着眼于小巷街角的生活细节描绘，而是从宏观的居高临下的俯视的视角，整体展示五彩缤纷的现代都市：乡下逃难来到上海的土地主、资本家的奢华而肉欲的客厅、夜总会的光怪陆离、工厂里错综复杂的斗争、证券市场上声嘶力竭的火并，以及诗人、教授们的高谈阔论和抒情独白，太太小姐们的纠葛不断的爱情。同时，作家又通过一些细节和侧面透露的手法，将乡村社会的农民暴动和正发生的蒋冯阎的中原战争，作为暗线设置为叙述的背景。通过这样的宏观铺展，来实现他的创作意图：“大规模地描写中国社会现象”，“使一九三零年动荡的中国得一全面的表现”。[1] 茅盾通过主人公吴荪甫的事业兴衰史与性格发展史，精心布局，用主线牵动其他多重线索，从而使全篇既展示了丰富多彩的场景，又沿着一个意义指向纵深推进，最终以吴荪甫的悲剧，象征性地暗示了作家对中国社会性质的理性认识：“中国没有走向资本主义发展的道路，中国在帝国主义的压迫下，是更加殖民地化了。”[2] 茅盾近乎以社会学家和历史家的姿态创作小说。《子夜》的情节是被镶嵌在 1930 年 5 月到 7 月这一真实的历史时空里的。小说中所涉及的当时的社会现实和历史，如公债交易、蒋冯阎大战、江西红色革命等，都是有据可查的真实的史实。茅盾将小说作为 30 年代中国社会问题的调查、作为 30 年代中国的历史记录、作为社会科学的理论文本，参与社会学的争论。小说中的马克思主义的社会本质论，运用的是社会学的整体的宏观的视野，运行的是一整套的社会科学的逻辑论证，具有典型的社会科学的科学实证的思维方式。正如朱晓进所说：“30 年代文学是在特殊的政治文化语境下与社会科学结缘的，它是 30 年代独特文学环境下的必然产物。文学的‘社会科学化’倾向，在很大程度上影响了 30 年代作家的文学选择，多少决定了作家们文学创作的风貌，带来了文学形式和文学文体等方面的诸多变化，并导致了 30 年代文学的一些重要特征的形成。”[3]这种社会分析和阶级分析的思维，在延安时期丁玲、赵树理等人的创作，和“十七年时期”以至“文革”时期都长期存在，从而成为革命现实主义的思维定式。[4]

社会科学化思维，促成了纪实性叙述的发达。虚构文学中充满了纪实的报道，纪实文学更是发达。大量的报告文学，如夏衍的《包身工》，吴伯箫的散

---

〔1〕〔2〕 茅盾：《〈子夜〉是怎样写成的》，《茅盾全集》第二十二卷，北京：人民文学出版社，1993 年版，第 54 页。

〔3〕 朱晓进：《略论 30 年代文学的社会科学化倾向》，《文学评论》2007 年第 1 期。

〔4〕 参见方维保：《论现代化进程中的新文学叙事成长》，《长治学院学报》2008 年第 3 期。

文(如《记一辆纺车》),巍巍的《谁是最可爱的人》,以及王石、房树民的《为了六十一个阶级兄弟》等出现在革命文学史上,运用纪实性的手法,描绘广阔的社会画面,展示社会中的底层阶级的生活状况、精神状态。

在革命文学的社会学视野中,纪实与虚构的界限是模糊的。社会科学思维使现实主义的文学呈现出独特的社会属性。从文学想象的广度来说,它无疑扩充了现实主义的视野;而对于文学创作来说,它更有利于对于阶级(社会)的整体性把握和表现,也使得革命文学具有世俗性的写实主义的文学风貌。

革命文学虽然崇尚社会学的纪实和科学描述,但是,它并不价值中立,它是要借助于科学思维和方法来下判断,从科学判断过渡到价值判断。“而马克思主义的话语,不是因为它的语调,而是因为它的词汇,成为书写,通过一整套互相依赖的术语把明显的科学描述功能和一种价值判断结合在一起(资产阶级/无产阶级,进步的/反动的)”;革命文学在叙述的过程中就意味着同时下判断,“并且是不可废除的判断”。[1]

第四节 “革命文学”的历史总体论美学

革命文学不仅关注无产阶级历史的细节,更加注意呈现历史洪流浩浩汤汤的壮阔的大势的美感。形式是有意味的。[2] 革命文学的历史意志体现在其集约化的叙事结构和叙事流程对于革命历史趋势的充满自信的天命般的把握上。

革命文学塑造人物和环境最为重要的概念是“典型”。依照恩格斯在《致玛·哈格奈斯的信》中的说法,它不仅仅是一般理解的典型人物和典型环境,而是一种整体性的集约化的对于历史发展大势有着清晰预判的历史叙述。一个无关历史大势的人物或环境,不配为典型,只有那些暗示了或象征了宏大历史发展趋势的人物或环境,才能称之为“典型环境”或“典型人物”。革命文学艺术家站在无产阶级的立场上,对人物和环境进行富有历史本质性的营构;典

〔1〕【法】罗兰·巴尔特:《文之悦》,第18—22页。转引自张生:《后结构主义文论》,济南:山东教育出版社,1999年版,第85页。
〔2〕【英】克莱夫·贝尔:《艺术》,薛华译,南京:江苏教育出版社,2004年版,第4页。

型必须具有历史的本质，即它必须在“过去的现实”“现在的现实”之外写出“未来的现实”。[1] 文学必须具有时代性，所谓的“时代性”，既是对于现实生活的关注和及时介入，又是对无产阶级现实处境和历史未来的认知。在人物塑造上，人物必须是体现了无产阶级阶级主体性的，又具有覆盖整个阶级的普适性和“一般性”；而且作家必须满怀着虔诚和热情，书写出其光辉灿烂的历史未来。在环境营构上，它必须体现出资产阶级社会走向灭亡、无产阶级革命走向胜利的历史趋势。[2] 在中国文学叙述中，对现实历史的整体性叙述的冲动，从来就没有消歇过；进入现代时期，在中国现代无产阶级“革命文学”的叙述中，历史整体性叙述的冲动不但赓续了新文化的历史启蒙主义的传统，而且有了更为明晰的目标和更为宏大的叙述雄心。

革命文学的历史整体性叙述的形成过程，既言说了其价值取向的从“泛集体主义”到阶级英雄的内涵的嬗变，也昭示了其叙述权力的从散乱到集中的文学史历程。重视对历史趋势的表现，对情节进行“长时段”的整体性的营构；重视无产阶级及其革命政党的历史性创造，构筑传奇化的情节网络。[3]

一　非典型化叙事与历史总体论美学的前夜

中国“革命文学”起源于中国红色革命家的创造无产阶级历史的冲动。钱杏邨1928年3月发表的《死去了的阿Q时代》，是钱杏邨试图运用马克思主义社会学的历史进化论来评价当时作家，以找寻革命文学的历史地位。在革命文学肇始的二三十年代，其所认知的无产阶级，带有明显的反精英化的泛集体主义倾向。在文学叙述上，革命文学所倡导的马克思主义文艺理论的典型化叙述并没有形成，虽然阶级集体的形象得到了展现，但能够体现阶级集体意志和叙述权力的英雄、领袖形象却非常的羸弱；宏大的历史叙述已经铺展开来，但非典型化的散文性叙述和缺乏凝聚力的群体形象的叙述，却离散了它对于叙述权力及其所呈现出的叙述结构的掌控力和历史概

---

〔1〕 高尔基：《在苏联作家协会理事会第二次全体会议上的演讲》(1935年)，中国科学院文学研究所苏联文学组：《苏联作家论社会主义现实主义：第一次苏联作家代表大学前后的有关言论》，北京：人民文学出版社，1960年版。

〔2〕 茅盾：《〈地泉〉读后感》，《茅盾全集》第十九卷，北京：人民文学出版社，1991年版，第331—332页。

〔3〕 参见方维保：《论现代化进程中的新文学叙事成长》，《长治学院学报》2008年第3期。

括力。

个人的非典型的散文化的叙事，是“五四”新文学的主要特征。“革命文学”初期，携带着新文学的传统，尽管它们拒绝新文学传统，但却无法摆脱这样的知识积累。所以，革命文学在叙事上仍以“散乱”为其主要的风格特征。

茅盾的《幻灭》《动摇》《追求》等是这一风格的典范性作品。《追求》就写了王仲昭、章秋柳、曹志方、史循、徐子材、龙飞等人的故事，很像《水浒传》的前半部。过去，学者们一般同意茅盾关于《蚀》在结构上的“缺点”的说法，即三部曲之间人物和事件不连贯，因此整个小说没有成为统一的整体。如茅盾谈到《动摇》时说：“因为《幻灭》后半部的时间正是《动摇》全部的时间，我不能不另用新人；所以结果只有史俊和李克是《幻灭》中的次要角色而在《动摇》中则居于较重要的地位。”他而且说，“即在一篇之中，我的结构的松懈也是很显然”。[1] 但是我们换一个角度来看这样的“不连贯”，似乎就不那么简单了。的确，《幻灭》写的是从1926年5月至1927年夏季的事，地点是从上海到武汉；《动摇》写的是从1927年1月至5月以湖北省的一个小县城为背景的故事。描写同一时期的“革命”，将场景从中心移到地方，就像看一座巨型的群像雕塑，换了一个角度，李克和史俊是代表“中心”的指符，但周围出现了更多新的人物。散乱的人物，散乱的故事，叙述视点的不断变换和转移，共同交织出革命者的革命和力比多冲动的多向迸射。这样散点叙述手法过去也不是没有，而像这样的共时性的空间展示，则体现了现代意识——一种动摇、迷惘、危机四伏的情感状态。其实这也像模特写生，同一个描画对象却取了另一个视点，也即茅盾说的：“《动摇》里只好用了侧面的写法。”[2]这是用各种散乱的故事强行拼凑起来的统一性。就是后来《子夜》中对于工人的形象的呈现，也主要是集体性的，集体的抗争与呼号；而那两个工人领袖王阿新和玛丽，个人的魅力几乎没有，在叙述中也基本是一带而过，笔墨极度的俭省。

茅盾的早期创作赓续了“五四”的个性主义和“海明威式”的个人英雄主义，集体性的阶级叙述，几乎是没有的，有的只是个人的动乱的历险和心灵历

[1][2] 茅盾：《从牯岭到东京》，《文学运动史料选》第二册，上海：上海教育出版社，1979年版，第138页。

程。虽然他试图通过《蚀》三部曲表现当年的历史画面和历史进程，但是，其主体主要还是以知识分子为主，而不是在无产者的身上。到了蒋光慈和丁玲等人，阶级集体的形象开始在文学叙事中呈现。《短裤党》这部小说同时塑造了金贵、翠英、直夫、月娟、球华等既平凡又普通的民众形象。作品中没有一个振臂一呼应者云集的个人英雄形象。作者显然是要平均分配笔墨，以避免因对一个人的浓墨重彩，而造成英雄群像的偏离。这种对于阶级群像的塑造，贯彻了一种阶级集体主义的价值理念。同样的创作动机在丁玲的《水》中也有着突出的表现。具有报告文学性质的《水》放弃了个体艺术典型的精细刻画，放弃了结构形式的严谨布局，而去追求对农民英雄群体反抗行为的宏观描述。这些作品正如冯雪峰所描述的，这是描写“重要的巨大的现实题材”的作品，用“新的描写手法”，“不是个人的心理分析，而是集体的行动的开展”，“《水》的最高的价值，是在最先着眼到大众自己的力量，其次相信大众是会转变的地方”。[1] 在这样的叙事中，故事的时间往往被阻抑在那个特定的历史时间段中，处于停滞状态。这些作品也相应地具有了写实与表现交织的特征。天才的无产阶级诗人殷夫说得好：“我们的意志如烟囱般高挺，我们的团结如皮带般坚韧，我们转动着地球，我们抚育着人类的运命！我们是流着汗血的，却唱着高歌的一群！”（殷夫《我们》）“我们”即意味着众多，“我们”体现出了无坚不摧的力量，较之个人当然是无可比拟的，诚如殷夫在另一首诗中描述过的那样：在“我们”之中，“我已不是我，我的心合着大群燃烧”。（殷夫《一九二九年的五月一日》）在这一时期的叙述中，空间性的共时性叙事，场面性的描述和众多人物行为的陈列叙述一直是主流。

需要注意的是，尽管这一时期出现了“同声合唱”的叙述，但这一时代的左翼作品中，仍然保留着“五四”的遗风。这主要表现在两个方面，一是人物形象的知识分子身份。文学作品大量地书写知识分子的群体形象。其次，茅盾们的讲述虽然带有革命性，但是却是非常个性化的：众多人物形象的塑造，使叙事视点处于动摇不定的状态之中，形成了散点的场面性透视；还有诸如意识流手法的运用、人物的颓废的情志等等，都显示了知识分子的个性和讲述特征，是一种自由主义意识形态在文本上的反映。左联现实主义小说具有浪漫色

---

〔1〕 冯雪峰：《关于新的小说的诞生——评丁玲的〈水〉》，《雪峰文集》第二卷，北京：人民文学出版社，1981年版，第334—335页。

彩，与叙事的散乱相应的是抒情的绮丽迷人。在文学作品中，抒情的强盛必然带来叙事的弱化，因为抒情是诗歌的本质。

非典型化的叙述在左翼“边缘作家”萧红等的创作中也有着显著的体现。萧红的小说《呼兰河传》《生死场》等，都以东北为背景，在一个女孩子的叙述视角下呈现了北方中国的苦难。相对于左联其他创作的热情似火，她显得冷清和寂寞。虽然《生死场》中出现了抗日的王婆的形象，但是革命者基本没有进入她的叙述视野。相对于左联的革命文学中心来说，萧红与她的创作都是边缘的。鲁迅、茅盾、胡风都曾在《序言》或者“专评”中指出了它们的这些所谓的“缺陷”。胡风说：“对于题材的组织力不够，全篇显得是一些散漫的素描，感不到向着中心的发展，不能使读者得到应该得到的紧张的迫力。”“在人物的描写里面，综合的想象的加工非常不够。个别地看来，她的人物都是活的，但每个人物的性格都不凸出，不大普遍，不能明确地跳跃在读者的前面。”〔1〕无论是对于情节发展还是对于人物形象，胡风很显然所着眼的是“中心”的构筑，而萧红恰恰在这一方面能力“不够”，所以受到批评。但是，正是在这样的散乱的叙述中，萧红实实在在地呈现了一个广义上的人民形象。不过，这样的人民是涣散的也是毫无集体意志的。

非典型化的冷调叙述也是早期左翼叙述的支脉之一。早期的革命小说的叙述虽然是非典型的，但是其叙事中的政治理想主义的革命热情却是典型的。左翼小说家张天翼却没有完全脱离“五四”的国民性批判的启蒙传统。他的小说《齿轮》讲述了一个天真的乡村姑娘在一群所谓的革命者当中受到教育的故事，情节明显戏拟了茅盾的《幻灭》。“叙述者也放宽自我的约束，用起心理描写的手段，在描写中使政治性与讽刺性发生纠葛，彻底消解了被集体召唤的政治理想主义。”〔2〕在小说《荆野先生》中，甚至设置了一个开放性的结尾，使叙述者与小说主人公对话。他的小说对于革命的“冷”的态度以及“冷静的叙事”被胡风称为“客观主义”〔3〕而受到批评。他的创作，虽然有着比较强烈的现实主义成分，但是，叙述并不符合“革命文学”对于拥有未来的无产阶级形象的典型化表达要求。

在萧红、张天翼的创作中，非典型化叙述的色调比茅盾、蒋光慈的创作

〔1〕 胡风：《〈生死场〉后记》，《胡风评论集》上册，北京：人民文学出版社，1984年版，第398页。
〔2〕 【美】安敏成：《现实主义的限制》，南京：江苏人民出版社，2001年版，第164页。
〔3〕 胡风：《文艺笔谈·张天翼论》，《胡风全集》第二卷，武汉：湖北人民出版社，1999年版，第39页。

要浓重得多。茅盾、蒋光慈的早年创作虽然也有着散乱的特征，但也体现了某种程度的“相对”的集中。尽管《蚀》三部曲、《冲出云围的月亮》等在叙述革命者形象时出现多个故事的累积或并列，也很少写出人物完整的成长历程，但在叙述上，《幻灭》《动摇》《咆哮了的土地》《冲出云围的月亮》都出现了以主要人物为核心来结构故事的历时性叙述的萌芽，静女士、方罗兰、王曼英、李杰、张进德等形象都可以看作集约化叙述的前奏，也潜隐创造人物神话的冲动，尽管这种冲动还为理论上的“集体”观念所羁縻而没有得到发挥。

革命文学早期赓续了新文化文体的“散乱”风格，甚至是“冷静”的风格，这都表现了新文化个性主义思潮的历史惯性；但通过上述分析我们可以看到，集体主义的价值已经得到认同，并被自觉张扬。新文化的个体性叙述似乎正在被逐渐地替代为集体性的历史叙述。奇怪的现象是，这一时期的集体性话语与后来的高度权力集中的左翼话语显然是不同的，此时的集体是多声部的同声合唱，它杂乱、无组织，而又个性化。不像后来的集体话语，它的权力被如此地集中于若干人物或偶像的身上，显示出“总体性”文化的痕迹。这些被称为“新”的叙事范式虽然和后来的现代主义的空间叙事有着相似性，但作为一种有着“五四”叙述遗风的“非典型性小说”，〔1〕又未尝不是幼稚时代的不得已的选择。“革命文学”对于历史的史诗性观照的意愿，在茅盾和蒋光慈等人的创作中已经表现得非常强烈了，但是，他们可能还无法找到一个合适的表达手段。另外，早年无产阶级历史主体形象的暧昧不明，也可能是造成革命文学叙述指涉混乱的原因。

二　《子夜》与历史总体论美学的形成

20世纪30年代，中国文学正在由抒情时代向戏剧化时代转变：一是文学的整体性诉求。新文学初期的抒情小说其实不是真正意义上的小说，或者说是成形初期的作品。经过约十年的“修炼”，包括思想的深刻化和艺术手段运用的熟练程度都大为提高，新文学对于结构的整体性的把握能力大为增强。二是政治意识形态的整体诉求。布托尔说：“不同的叙述形式是与

〔1〕罗晓静：《论“五四”日记体小说——一种非典型小说的形态和话语特征》，《华中师范大学学报（人文社会科学版）》2004年第4期。

不同的现实相适应的。叙述这一现象大大超过了文学的范畴，是我们认识现实的基本依据之一。”〔1〕这正是维特根斯坦所要表达的，一种新的语言游戏处处体现着一种新的“生活形式”。〔2〕革命现实主义作为一种意识形态化的创作方法，它在本质上是革命理性主导，在创作上体现为对历史整体性和文学集约性叙述的追求。

马克思主义对社会历史秩序进行分析“预见”的理论在20世纪20年代的革命文学创作的影响处于初始期，因而这一时期的革命文学创作中革命理性也是微弱的。正如我在前文所述，革命文学早期的创作就存在着某种程度的“中心”叙事倾向，在《少年漂泊者》《咆哮了的土地》以及茅盾的散文《从牯岭到东京》，这样的对于时间长度的历史纵深感的追求，就已经包含了中心化的诉求。但需要指出的是，这样的具有中心化叙事的作品在那个时代是稀少的，而且中心化的叙述操控能力也是微弱的。这样的非主流的诉求在20世纪30年代终于演变为时代潮流，那种分散的诉求和言说被革命现实主义的对历史秩序的深刻自信之下的整体化所整合。

茅盾的长篇小说《子夜》就是这种由抒情时代向戏剧化叙事时代转变的标志，当然也是革命文学转变和秩序化的标志。

在从知识分子的话语向纯粹的无产阶级话语的过渡中，在从场景的散点展现向史诗叙述的过渡中，长篇小说《子夜》有深刻的意义。《子夜》从话语的本质上说，它是知识分子的，但是它的人物的“类型化”，正体现了革命的历史预见对形象主体品质的直接干预，体现了“革命现实主义”〔3〕对左翼的知识分子话语的权力实施，它用基于社会进化论的史诗观念整合混乱的素材，使之呈现出一个整严的流程。革命现实主义的集约化整合冲动，表现为茅盾创作中的坚强的理性动机。早在《蚀》三部曲中，将三部作品顺序命名为“动摇”“幻灭”和“追求”就显示了这种对历史整体性的带有进化论特征的想象性逻辑预设。但是《蚀》三部曲从表现的内容上，更多的是一种自然主义的对于当时中国历史的演变的状况的展现，而并没有依据创作主体的想象而进入进化链条。这样的进化逻辑在《子夜》中终于得以实施，但是这样的实施仍然是一个充满

〔1〕【法】米歇尔·布托尔：《作为探索的小说》，吕同六主编：《20世纪世界小说理论经典》，沈志明译，北京：华夏出版社，1995年版，第327页。

〔2〕参见【美】诺尔曼·马尔康姆：《回忆维特根斯坦》，李步楼、贺绍甲译，北京：商务印书馆，1994年版，第115页。

〔3〕茅盾：《创作生涯的开始》，《新文学史料》1981年第1期。

危险的实验。

《子夜》的强悍的历史进化的叙述操控能力主要体现在它的纵横交错的结构方式上。从横的方面来说，它采用了网状结构的方式，尽量地铺展场面，写了五条线索：买办资本家赵伯韬、金融资本家杜竹斋、民族资本家吴荪甫等人的公债交易；民族工业的兴办和挣扎；工人的苦难和反抗；农村中的革命和地主的生活；城市知识分子的空虚庸俗生活。在具体的表现手法上，《子夜》对曾沧海在农村革命中的行为以及对城市中的迷惘、颓废的知识分子的生活和心理采用了具有现代主义特征的表现手法，带有很明显的情绪化特征。这很显然是对20年代末期红色浪漫主义风格的延续，或者说是那一时期革命浪漫主义风格的余绪。但同时，作者又对这样的场面和情绪表现进行了约束，一个是选择了以城市为主要的场景，一个是选择了吴荪甫为主要表现的人物。最重要的，他写出了吴荪甫性格和命运的变化过程，也写出了20世纪30年代中国社会的“发展趋势”。作者把这样的“史”作为作品的铺展的骨架，很显然找到了场面铺展的主心骨。可以说，茅盾萌生于《蚀》三部曲时代的对中国历史和革命的历史进行编年的想法，也就是为了记录“大革命”失败前后的中国历史的史家冲动，在《子夜》中得到了很好的实现：不是自然主义的散点展现而是革命现实主义的集约化的典型性建构。

《子夜》的强悍的理性整合力，或者说集约化整合还表现在“一个阶级一个类型”的特征上。在30年代，瞿秋白等人就已经开始讨论“社会主义现实主义”的“真实性”问题。如前所述，通过一系列的论证，现实主义的真实性顺利地在理论上被置换为“无产阶级的真实性”；与此同时，传统现实主义的典型化也被顺利地阐释为“无产阶级的典型化”。在真实性和典型化之中，革命理论家在其中加入了强大的历史期待，一种被阐释为“历史的必然性”的期待，并将其世俗化为即将实现的历史图景。这是革命文学家所企图实施的写作战略，或者说革命的话语战略。正是依照着这样的战略意图，茅盾详尽地构思了自己的写作框架，并依照这样的方向去体验生活，并忠实地将经过自己修剪的材料“填充”进入框架之中。革命意图一开始就控制了话语的表述者。后来的，特别是延安后期的带有史诗性质的叙事文学创作都以它马首是瞻。《子夜》中民族资本家吴荪甫的形象的塑造，是一种史诗英雄的现代版，它给后来无产阶级革命个体英雄的塑造提供了经验。

罗兰·巴尔特将长篇小说看作资产阶级整理经验世界以构成有序体系的工具，[1]其实，30年代的长篇热正是中国现代革命知识分子整理经验世界以构成有序体系的体现。齐格蒙·鲍曼说：“典型的现代性世界观认为，世界在本质上是一有序的总体，表现为一种可能性的非均衡性分布的模式，这就导致了对事件的解释，解释如何正确，便成为预见（若能提供必需的资源）和控制事件的手段。控制（‘征服自然’或‘设计社会’）几乎总是与命令性行为相关联，或与其同义，这种命令性行为被理解为一种对于可能性的操纵（增大或减小事件发生的可能性），控制的有效性依赖于对‘自然’秩序的充分了解。”[2]作家茅盾对于《子夜》的史诗性的建构，就是在对于马克思主义社会发展理论这一“自然秩序”的理解上的、充满了命令性的文学操控行动。

但是，《子夜》虽然建构了一种具有历史预见的宏大的叙述构架，但是，它依然只是建立在马克思、恩格斯《资本论》式的对于资本主义社会的分析之上的叙述，还没有进入列宁主义时代的无产阶级叙述。在它的叙述中，虽然已经出现工人阶级的形象、农民阶级的形象，且不说这些形象的柔弱性，而且这些形象并没有进入中心，依然是边缘性的，更不要说具备中心叙事的操控能力了。在这一点上，它甚至不及当时蒋光慈、丁玲等人对于革命叙述权力的表达。《子夜》的情绪呈现、场面展现以及细节的自然主义，与追求权力核心的革命现实主义的关系是分裂的，个人记忆与整体性记忆是冲突的，二元意义上的冲撞体现了知识分子在自觉整合中的复杂纠结的状况。而在文本逻辑上，它也并不如后来的革命现实主义叙述那样建立起严密的符号象征体系，尽管这样的体系显然已经在建构之中。

因此，《子夜》的分裂和矛盾暴露了革命现实主义的过渡阶段的轨迹。但从当时大量的对于这部作品的赞扬来看，左翼评论界认同的是前者，这样的赞扬体现了左翼知识分子对于整体性的理论共识。作为一个反面的例证是，当左翼评论界盛赞《子夜》的时候，萧红的《生死场》等作品却被包括鲁迅在内的左翼知识分子所批评。这样的批评当然不是对于它的思想倾向，而是对于这些作品所体现的散文化的艺术风格。

30年代革命文学已经形成权力化的整体性历史叙事，但正如前文所述，这

〔1〕 转引自黄子平《“灰阑”中的叙述》，上海：上海文艺出版社，2001年版，第83页。
〔2〕 【英】齐格蒙·鲍曼：《立法者与阐释者》，上海：上海人民出版社，2000年版，第4页。

种整体性仍然存在着众多的缝隙，诸如左联现实主义的叙事逸出，诸如叙事中心的知识分子主体，以及叙述语言形式的知识分子话语特征等。这些“缺点”依照革命现实主义的要求，通过延安文学的整合，最后在解放区文学、十七年文学和“文革”文学中最终走向“完善”的整体。

三　革命英雄传奇与历史总体论美学的范本

30年代特殊的历史语境中，理想主义的历史图景在小资产阶级革命作家的创作中，或者演化为“光明的尾巴”，或者演化为“革命的罗曼蒂克”；而到了40年代，尤其是延安“文艺座谈会”之后，革命理想主义的历史必然性进一步演化为对于延安现实的理想化书写；文学创作在讲述秩序上的严整性进一步加强，民间传奇作为中国传统权力意识形态的民间形态，也加入了对于严谨的整体性叙述秩序的建构。革命现实主义的典型化叙述主要表现为文人创作与民间传奇相互融合的新的历史史诗的形成。

在这种历史史诗中，革命的历史主体是工农兵，革命文学典型化叙事首先就是构塑工农兵的叙述中心，尽管这一时期依然存在着工农兵的群体形象，如《吕梁英雄传》，但强悍的具有中心性的工农兵孤胆英雄形象的叙述已经成为主流。

延安时期，在中国共产党的倡导之下，“工农兵文学”成为思潮。秧歌剧（如由乡村改造二流子故事演变而来的《兄妹开荒》）、民歌（如《东方红》和《南泥湾》）和改编的旧剧（如《逼上梁山》）隆重登场，并普遍地受到欢迎。赵树理的小说《小二黑结婚》《李家庄的变迁》、阮章竟的长诗《漳河水》、孔厥和袁静的《新儿女英雄传》、马烽和西戎的《吕梁英雄传》、李季的长诗《王贵与李香香》等都展现了农民的生活状况和精神状况。在这些作品中塑造了一系列的农民英雄的形象，小二黑和小芹、王贵与李香香、牛大水等一大批农民形象出现了。1949年后这样的传统被进一步发扬。《红日》《红旗谱》《创业史》等一大批红色浪漫主义作品，都以工农兵的形象为核心人物。而山药蛋派和荷花淀派等都是以表现工农兵见长。就是那些知识分子的个人性表现比较突出的文学样式如散文也成为表现工农兵的好的园地。杨朔的散文《荔枝蜜》《雪浪花》《香山红叶》等都设置了一个工农兵——老花工、老艄公、老向导的形象，并用他们来指称劳动人民。就是闻捷的《天山牧歌》也在爱情的故事之中将爱情与劳动联系起来，其中的恋爱中男女形象也都具有劳动者身份。工农兵特别是血统纯正的工农兵成为故事的主角。到了“文革”时期，文学艺术文本终于成了清一色的工农兵形象，工农兵人物成为文学的本体内涵。

工农叙事在20世纪30年代的作品中并不鲜见，如丁玲的《水》和蒋光慈的《短裤党》，但是，30年代的左翼工农叙事，却是散乱的，并没有形成集约化的叙述中心，而五十—七十年代的叙述中，集体的群像却退场了，文学叙述中，集体的工农兵只以具有象征性的场景，如群众大会，或几个次要人物的“七嘴八舌”来表现；单一的无可动摇的中心人物，才是集约化叙事的最重要的体现。所以，具有领袖或英雄地位的工农血统人物，不但体现着人物的工农基础，同样体现着这个人物的超人特征。在当时的文人创作中，丁玲的《太阳照在桑干河上》、赵树理的《小二黑结婚》、柳青的《创业史》、梁斌的《红旗谱》相较于民间创作，更能够体现孤胆英雄对于情节线索的主宰能力；到了“文革”时期的样板戏，英雄人物则成为叙述的完全主宰。所以，这一时期的工农人物，虽然不乏集体性，但更多孤胆英雄的特质。这样的叙述是一种纯粹的工农兵叙述，文学艺术的合法逻辑就是为工农兵服务，在作品中塑造工农兵形象，以工农兵形象作为叙述的聚焦点，一切叙述向工农兵人物集中；这样的叙述是一种纯粹的英雄叙述，无论是敌人还是革命群众，都只是铺垫，所有的情节线索都围绕着这个英雄人物展开，这个人物的命运遭际和成长历程才是整个故事的叙述中心，一般情况下是不旁逸斜出的。阶级集体主义中，英雄主义的价值观已经在这一时代成为主流的价值观。

这一时期的“革命文学”在历史的线性维度上，形成了完整的理想主义，将历史主体——工农兵的历史的未来指向“光明”。

革命现实主义文学的主流是政治理想主义和历史浪漫主义，所以表现“光明”和“胜利”就成为这一时期小说创作的主要内容。从延安时期的有关“暴露文学”的论争开始，书写“光明”就成为革命文学的一条清规戒律，相应的，对所谓“阴暗面”的揭示则成为禁忌。革命政治文学因此充斥着对革命现实的肯定和颂扬，充满着对理想的热情。对历史和现实的粉饰性浪漫形成了“革命从胜利走向胜利”的颂歌文学范式。以“三红一创”“青山保林”为代表的小说都无一例外地歌颂了革命的“历史”和革命的“现实”。就是几部特殊的历史剧——郭沫若的《蔡文姬》、田汉的《关汉卿》《文成公主》等，虽然表现的不是革命历史而是传统历史，是传统意义的“历史剧”，却都有着很强烈的现实历史价值。《蔡文姬》和《文成公主》以及后来的《王昭君》不但演绎了当时“走向和谐”的民族政策，而且暗含着对于现实革命领袖的赞颂；《关汉卿》《李自成》更是直接将关汉卿、李自成这些历史人物塑造成了一个无产阶级文学话语中的革命家的形象。郭沫若、周扬主编的《红旗歌谣》中更是将民间的夸张性想象与现实的政治理想主义融合，演绎了“端起巢湖当水瓢”，“千年的铁树开了花，万年的种子发了芽”式的无边的政治狂想。在艺术风格上，“东风万里”“彩旗飘扬”式的光明语式所抒发的是理想主义的豪情。

在理想的现实化和现实的理想化之中，“典型环境”和“典型环境中的典型人物”于是都成为依照革命理念所预设出的具有理想性质的环境和人物。工农兵的“缺点”被“忽略”，“光明”被“夸张”，于是，人物“成为群众所向往的理想人物”。〔1〕环境，也成为具有理想主义的“现实历史”环境。文学艺术可以运用其特有的抒情手段，“突出地表现无产阶级英雄人物的革命激情，展示英雄人物的内心世界，展示英雄人物崇高的共产主义理想”。〔2〕象征领域的理想化，折射着历史领域的浪漫期待和未来构想。

革命阶级主体对未来的拥有，是依照历史来证明的。而历史就是一个“长时段”。革命阶级主体对这一历史时段的拥有是富有传奇性的。在文学叙述上必然体现为“革命传奇”，一种戏剧性的史诗性叙述。

延安后的革命文学中，民间文艺逐渐政治历史化。这其中就包括对中国传统传奇性(既有士大夫的也有民间的)叙事美学的袭用。这种民间美学的集大成者就是传奇故事模式。在当年瞿秋白将蒋光慈的小说命名为“革命罗曼司”的时候，当然主要指的是革命加恋爱的故事模式。但他或许有意无意地指出了革命的普罗文学的另外一个方面，那就是情节的传奇性。这恰恰是ROMANCE这一欧洲古老的文学形式所应该包含的意义层面。早期的普罗文学，如蒋光慈和茅盾以及胡也频等人的小说，往往故事情节转换迅速，转眼革命乍起，转瞬革命失败，生死契阔，情节和人物的命运大起大落，如《咆哮了的土地》讲述革命知识分子李杰从城市进入乡村，在乡村的革命中又经历了反革命运动，在运动中自己的父母被杀，暴动最终发生，发生后转战深山等曲折的历程。这样的故事讲述带有显著的知识分子化个人主义话语的特点。进入20世纪40年代的中国革命文学，知识分子传奇被置换为乡土农耕传奇。

---

〔1〕周扬：《为创造更多的优秀的文学艺术作品而奋斗》，《文艺报》1953年第19期。
〔2〕闻哨：《新诗创作要向革命样板戏学习》，《诗刊》1976年第2、3合期。

从文学叙事上来考察，乡土农耕传奇构建了一个严整的符合进化程序的预设逻辑链条。

传奇故事的开端是“苦难诉说”。开端是故事的起始，在叙事上，它首先在于介绍故事的起因和缘由。革命叙事的目标是为了表现阶级斗争哲学，所以在开端处必然要设置一个阶级压迫的历史场景。而这样的历史场景其实就是诉说阶级苦难，为情节的后续发展做出铺垫。《王贵与李香香》写王贵父亲被杀，未婚妻被夺，自己吃不饱穿不暖，三年只穿了一件破羊皮。《暴风骤雨》中的赵玉林甚至全家只穿一条破裤子，所以被起了绰号叫“赵光腚”。《白毛女》中杨白劳被地主黄世仁逼债而死，他的女儿喜儿不但不得不卖身为奴隶，而且被黄强奸、被黄母虐待，逃入深山后常年受苦受难，头发都变白了，表现了喜儿（她是受苦工农阶级的典型代表）对黄世仁（他是无产阶级革命的经典敌人）的刻骨仇恨。《智取威虎山》的“深山问苦”中，“小常宝控诉了土匪的罪状”。《红旗谱》中的朱老忠的土地被地主夺去，父亲死去，而自己也被迫逃亡他乡。在样板戏中，“诉苦”的戏更是非演出来不可，有时甚至显得“十分不通人情地，甚至可以说是残忍地恳求着沙奶奶讲述自己的痛苦往事”。[1] 其他的如《太阳照在桑干河上》《三家巷》《苦菜花》等都以苦难作为故事的开端。开端是相对于结局而言的，这在文章学上称为“前后呼应”。开头述说苦难具有这样的几种功能：（一）因为苦难到了难以忍受的地步，才能显示拯救者的重要和拯救者力量的巨大。从作品的语境来说，主人公的苦难越是深重，党的拯救才显得越加伟大。（二）苦难越是临近临界点，才越能显示拯救者的及时。（三）苦难当然也是受难者最后能够参加革命的基础，是拯救者发动拯救行动的法理依据，[2]苦难也是英雄人物“成圣”的铺垫。

传奇故事的高潮是“情节逆转中的拯救”。革命文学到了延安时期，文学尤其是叙事性文学与民间文学的故事性讲述实现了结合，左翼文学从而实现了向情节化的转变。在延安时期的故事化讲述中，情节逆转是常用的情节套路。如《王贵与李香香》中王贵因为参加了赤卫队的活动被地主崔二爷发现，并被吊起来拷打，生命垂危。正在这个时候，赤卫队打进了死羊湾，解救了王贵。《小二黑结婚》中小二黑和小芹的恋爱受到了重重阻挠：父母——三仙姑

---

〔1〕 朱寿桐：《样板戏的艺术缺失》，《粤海风》2001年第4期。
〔2〕 方维保：《红色意义的生成——20世纪中国左翼文学研究》，合肥：安徽教育出版社，2004年版，第307页。

和二诸葛的阻挠，尤其是坏分子金旺和兴旺兄弟的迫害。眼看这一桩美好的婚姻即将断送，区长出现了，他迅速地拯救小二黑和小芹——批评了二诸葛和三仙姑，逮捕了坏分子金旺和兴旺。《白毛女》中，喜儿受到恶霸地主黄世仁的迫害，在深山受尽苦难，正在这样的时候，八路军在大春的带领下，打到了杨阁庄，拯救了喜儿。两部反映土改的长篇小说，《太阳照在桑干河上》和《暴风骤雨》中的工作队队长也都是在农民土改处于失败的边缘的时候，倏然降临的。这样的情节逆转技术在20世纪50年代和“文革”时期的文学创作和艺术创作中被发挥到了极致。如《智取威虎山》中当百姓为土匪所糟蹋，“盼星星，盼月亮，只盼得深山出太阳。只盼着天下劳动的人民得解放”的时候，太阳就出现在深山中。解放军小分队打跑了土匪，解放了夹皮沟。革命文学的情节逆转手法的运用，有着深刻的文化蕴涵。情节中临界点的两面——苦难（低潮）和幸福（成功）往往是对比鲜明、反差巨大的。尤其是临界点的转折，更彰显了党和领袖拯救的神奇力量。

传奇故事的结局是“大团圆”。革命文学的大团圆结局应该从延安时期谈起，因为只有在革命获得了相当的实力的延安，也只有在提倡写光明的延安，在提倡与民间相结合的延安，革命文学才能出现大团圆的结局。特殊的语境使延安文学的结尾几乎都是相同的——大团圆：《小二黑结婚》中坏人金旺和兴旺被打倒和判刑，中间人物/落后人物都改造好了，而小二黑和小芹顺利结婚了。《王贵与李香香》中地主崔二爷逃跑了，王贵和李香香结婚了。《白毛女》中的恶霸黄世仁被打倒，喜儿得救了。《暴风骤雨》和《太阳照在桑干河上》中最终地主都被找出来或打倒，土改都取得了胜利。“文革”中的革命文学延续了延安时期对于革命的激情和理想，而且还走向了更高的极端：《闪闪的红星》《槐树庄》《杜鹃山》《红色娘子军》《红灯记》《沙家浜》《金光大道》等都是以胜利告终。《海港》的结尾，一份电报如期到来，通知说前往非洲的外轮按时开航了，于是欢声雷动，剧情达到了高潮。《洪湖赤卫队》的结尾是书记韩英对着众多的赤卫队队员和群众发表讲话，号召大家继续革命。结局除了上述的情形，有很多作品还有一个“尾声”。这样的“尾声”，从文章学上来说，它是对于结尾的延续和扩展。革命传奇在结尾后面缀上尾声，往往是为了利用“尾声”来表达百姓群众对于党和领袖的感恩之情。如《王贵与李香香》中，地主崔二爷被打倒之后，王贵参加了八路军，“没有共产党咱们翻不了身，没有八路军咱们接不了婚”，所以王贵结婚三天后就“赤卫队上报名啦”。《暴风骤雨》的尾声是农民踊跃支前;《闪闪的红星》的尾声是农民踊跃参加红军。被拯救者对拯救者感恩戴德,自动加入了革命的集体,显示被拯救者觉悟的提高;同时也显露出很明确的红色话语策略,即动员群众参加革命,使革命集体得以壮大。新的革命伦理的形成是上述策略得以实施的主要的动力。

在情节的历史长度里,革命的理想主义将历史推向“趋势”叙述,完整的故事、中心化的人物都使叙述走向整体化。现代结构主义认为,叙事结构也是一种权力结构。革命文学的古典叙事的整一性,正体现了一种权力的集中性。作为一种政治文学,革命政治的文化领导权正通过理想主义以及相关的修饰和叙述,渗入叙述的每一丝缕,并通过对叙述神经及其信息回馈的总揽而实现权力的中心化。

詹姆斯·乔伊斯在分析现代艺术的走向时认为,现代艺术的根本精神是由抒情而叙事最终进化到戏剧性的艺术,形式复杂的戏剧性的艺术才能囊括和包容现代社会人生的复杂内容。[1] 革命现实主义的整体性叙事,实际上是一种神话叙事。虽然革命现实主义文学并不是原始意义上的神话,但显然它是原始神话的现当代“变异”,是“应场景而生”的。作为一种神话叙事,“它是有关神祇、始祖、文化英雄及其活动的叙事(narrative),通过叙述一个或一系列有关创造时刻(the moment of creation)以及这一时刻之前的故事,神话解释着宇宙、人类(包括神祇与特定族群)和文化的起源,以及现时世间秩序的最初奠定”。[2] 革命文学对历史大势和宏阔历史场面的叙述,在贯彻无产阶级历史主宰的同时,也提供了不同于“五四”时代的那种柔弱和狭隘感伤之美的壮阔的和对历史未来有着稳定把握的总体的美感。

第五节 “革命文学”的世俗启蒙美学

革命文学,作为一种在独特社会背景之下生成的创作方法,它有着自己的特性,那就是“世俗性”。而所谓的世俗性就是指其对于现世和现实生活的关

---

〔1〕 Joyce, James. *A Portrait of the Artist as a Young Man*. London: Triad/Panther Books, 1977, p.193.

〔2〕 杨利慧:《现代口承神话的民族志研究——以四个汉族社区为个案》,西安:陕西师范大学出版社,2012年版,第109页。

怀和认同。在文学表现中，它表现为从观念到想象的非超越性的现世化的叙述形态。世俗性，即非宗教性，它不关注神灵而只关注“尘世”，“世间”以及生活的权力和享受，它是“人间本位主义”的。中国红色革命的社会文化运动，是马克思主义的政治学、经济学和历史学、社会学在中国的实践。中国革命文学是在社会革命运动的影响下形成的，它的文学观念也相应地具有社会科学化的特征。社会科学主要研究现实世界人群的生活状况。因此，整个文学观念都有世俗化美学的特征。

革命文学继承了“五四”的科学人生观的衣钵。科学人生观以及革命文学的共产主义人生观，既与中国传统的世俗性儒家文化有着一脉相承的关系，又紧密联系着西方的来自自然科学研究的科学主义精神。它反对封建迷信以及一切带有神秘主义的人生观念。世俗性是中国无产阶级革命文学的基本原则之一。

革命文学是一种世俗启蒙主义美学。革命文学崇尚现世的世俗生活，对神秘主义的彼岸性的心灵慰藉不感兴趣，排斥所有的神话幻想；而且它还将宗教信仰等所谓的与现实民生和人生无关的神秘意象作为启蒙的对象。它所反复申明的“现实”“客观”都有执着于世俗生活的层面。瞿秋白在批判“五四”新文学的同时，也对当时的充满着神秘主义的侠义文学进行了批判。如同他们的“五四”先驱一样，对于鬼话和神话一概斥之为“封建余孽”。有的革命现实主义作品也涉及这些神话因素，如《白毛女》，但在这部歌剧中，白毛仙姑最终被证明是受迫害的农民的女儿，有关人的事实洞穿了迷信叙事；再如《小二黑结婚》中出现了神汉二诸葛、巫婆三仙姑，但他们所信奉的都被证明是“封建迷信”。60年代，地方戏《李慧娘》中出现了报仇的“鬼魂”形象，但是这部戏很快就被宣布为“宣扬了封建迷信”。[1] 有人可能举例说《红旗歌谣》中也是有神话想象的，但是，它的神话想象已经被充分人格化了，其神秘主义的内涵已经被明晰的革命意识形态置换。同样，黄梅戏《天仙配》中似乎也有神话想象，但是它只不过是劳动人民的恋爱而已，只不过两个青年男女反抗封建主义压迫的斗争而已，在传统戏剧和评书的改编中，普遍地取消了它的神话结构。当时甚至把莎士比亚的《仲夏夜之梦》中的精灵也斥为封建迷信。[2] 革命现实主

〔1〕 梁璧辉：《“有鬼无害”论》，上海《文汇报》1963年5月6日。
〔2〕 方维保：《叙述祛魅：科学语境中的中国新文学》，《文学评论》2007年第2期。

义的“革命浪漫主义”的“夸张”只限制在对于革命阶级世俗生活的层面，并不表现在狂放无羁的幻想上。革命文学具有一种世俗的科学精神。具有神话特质的浪漫主义幻想在革命文学叙述中是一种话语的禁忌。

革命文学崇尚反映论哲学，运用理性的社会学的方法调查了解社会，描述社会生活，表现社会关系中的人的精神状态和生活状态；它排斥空想，包括对过去时代的空想和对于未来的空想，它崇尚真实可感的世俗世界。从瞿秋白到毛泽东，革命的主流理论家都对神秘主义和象征主义有着极大的反感，主张对于现实的客观的反映。这种“反映”是对于真实的世俗生活的观照，甚至是社会学的纪实性的书写。因此，其强调对于直观化的细节的坚持和对内在有神秘倾向的心理现实主义的排斥。胡风创构了“主观战斗精神”，这种主客观化合论，所揭示的是复杂的艺术心理，尤其是他的“体验的”“心理的”现实主义带有神秘主义的“唯心”倾向，这是与革命现实主义的直观化原则相违背的，因此，他被斥责为“唯心主义”。[1] 所以胡风受到了批判。这种落实于世俗生活的直观写实主义，既有从工农大众的表达和接受习惯角度的考量，也有对神秘主义的出于文化本能的排斥。

革命文学追求世俗的人生欲望的实现，主张“文学无产阶级人生”“文学为政治服务”“文学为人民服务”。在“五四”时代，所谓的“文学为人生”，也就是要求文学关注现实人生状况，文学充当社会生活的记录员，摒弃玄想和逃避世事，而追求积极入世，追求现实的世俗生活的快乐。革命文学继承了“五四”的人生观，革命文学也是现实主义的为人生的文学，只不过它将其内涵更确定地定位在底层阶级的世俗生活和革命政党的世俗权力上。革命文学叙述现实的底层人民的生活，革命文学所关怀的政治，也是世俗性的革命政治，这种政治是非宗教的，非神秘主义的；革命文学所叙述的革命历史，也是世俗革命的历程，它将自己放入唯物主义的进化的历史位置之中，它所设计的共产主义理想也只不过是有天堂的特色，但是在共产主义的天堂中却没有神的位置，那是人民的生活获得极大满足的社会形态。

革命文学的社会科学化想象，胶着于对于现实的政治经济和文化的观照，如同所有的现实主义一样，它胶着于对于现实人生的批判和赞颂。革命文学家将世俗的生活纳入文学的表现，将下层小人物牵引进文学的想象，表现人民

---

〔1〕 乔冠华：《文艺创作与主观》，《大众文艺丛刊》第2辑（1948年5月1日）。

日常的生活风情；它在世俗层面叙述阶级斗争生活，表现政党的革命生活；它的语言系统，也充满日常生活的情趣。它表现人们苦难的悲哀，受压迫的愤怒，以及反抗的勇气和获得的欢乐。看到《太阳照在桑干河上》中的“果树园里”和《暴风骤雨》中的“分马”，你就能够理解革命的世俗性快乐；看到《李家庄变迁》中对于地主李如珍的斗争，你就能够理解世俗性的仇恨本能的宣泄。革命文学的批判，着眼于世俗性生活的批判；它的赞颂，着眼于世俗性生活的赞美。无论是它的“现实主义”还是“浪漫主义”，从来都没有离开过现实的世俗生活层面。就是胡风的“体验现实主义”，也是一刻都不离开“血肉的现实人生”，所追求的美也是现实的“感性的对象”的美。〔1〕 胡风高度认同现实主义的现实的批判精神。他认为，作家要干预社会，对黑暗的现实进行无情的批判。“现实主义的中心问题是‘写真实’。”〔2〕就是早期的一些具有现代主义倾向的革命文学叙述，如茅盾的《蚀》三部曲，魔幻中隐喻的也是蓬勃的人生欲望。

革命文学具有“浪漫主义”倾向，但是革命浪漫主义的所谓的“浪漫主义”是“根据事实的想象”，〔3〕是着眼于现实目标的达成，即通过浪漫夸张等手法为现实的政治服务，也是从现实的政治利益出发所进行的想象。苏联理论家伏隆斯基对拉普的“唯物辩证法创作方法”进行了批判，提出“共产主义现实主义”的概念，而斯大林将其修改为“社会主义现实主义”，〔4〕并列入 1934 年第一次苏联作家代表大会通过的《苏联作家协会章程》中。这个章程提出：“社会主义的现实主义，作为苏联文学与苏联文学批评的基本方法，要求艺术家从现实的革命发展中真实地、历史地和具体地去描写现实。同时，艺术描写的真实性和历史具体性必须与社会主义精神从思想上改造和教育劳动人民的任务结合起来。”〔5〕这个章程所谓“真实地、具体地去描写现实”都是着眼于对现实的关怀，而“社会主义精神从思想上改造和教育劳动人民的任务结合起来”，也是

---

〔1〕 胡风：《置身在为民主的斗争里面》，《胡风全集》第三卷，武汉：湖北人民出版社，1999 年版，第 186 页。

〔2〕 胡风：《胡风评论集・后记》，同上书，第 579 页。

〔3〕 勺水：《论新写实主义》，《乐群》第 1 卷第 3 期（1929 年），转引自陈鸣树主编《二十世纪中国文学大典（1897—1929）》，上海：上海教育出版社，1994 年版，第 721 页。

〔4〕《奥甫恰连柯致格隆斯基的信》，载倪蕊主编：《论中苏文学发展进程》，上海：华东师范大学出版社，1991 年版，第 341 页。

〔5〕《苏联作家协会章程》，人民文学出版社编辑部编：《苏联文学艺术问题》，曹葆华等译，北京：人民文学出版社，1953 年版，第 13 页。

从政治功利性出发的世俗的教导和训诫。革命文学中的浪漫主义，如样板戏中心人物，都是现实政治权力的直接投射。中国革命文学中流行的“文学的政策说”，更是将文学限制于现实的政治及其策略的层面。邵荃麟说：“政策观点就是作者去观察现实、分析现实的立足点，这个立足点如果不稳或是不正确，他所反映出来的东西，也就会不正确或不全面。”[1]在这样的基本逻辑下，文学成为世俗政治的达成手段，而不再具有超越性。

革命文学也有抽象的玄思，但这样的玄思也一定会落实于世俗性的形象之上。革命文学的“典型”以及“典型化”过程，都带有理想主义和玄学特征，但是，这种典型向来都是立足于现实的世俗性生活，立足于对现实生活中的人物的再造。革命文艺理论的“真实性”，虽然脱胎于宗教哲学中的真理性，也有玄妙的真理性的预植，但它也着眼于世俗性生活和写实性人生的摹写，它的阐释具有鲜明的社会科学化特征。革命文学也具有理想主义的特征，而这理想主义从上述逻辑来说，应该是受到排斥的。但是，革命文学的理想主义，一方面被认定是基于现实而生发的理想，也就是说这样的理想是有现实基础的，是“从事实出发”的；另一方面，革命文学的理想主义从来都不是玄幻的，而是世俗的。革命文学的真实性、典型性和理想主义，可能都有神性，但是，它却不是神格，而是人格；典型，也是生活典型；真理，也是生活真实。革命文学也是具有超越性的，但是其超越性是通过心灵的具体化和肉身化的途径来实现的。革命文学中所具有的神性的维度，就是它对于抽象信仰的强调和表达。但是，中国革命文学是排斥神话想象的，即使要表达某种抽象的信仰，它也不会出现“神”的形象，而总是显之以“人”的面貌。革命文学中最具有神性的是它的“领袖的想象”，但是，这样的领袖形象是一个世俗的人的形象。

革命文学的政治诉求是世俗化的。中国现代革命文学发展的强大驱动力来源于中国共产党。它所追求的中国无产阶级的文化领导权也都是世俗的权力。无产阶级革命的共产主义理想是具有神性的，但主张通过现实的世俗革命来实现。所以，在无产阶级的理想——共产主义实现之前，它的一切的革命文学都是一种现实的世俗行为。阿伦特说：“所谓的革命，确切地说，就是造就一个新的世俗领域的短暂阶段。”[2]中国无产阶级革命将“五四”的“为人生”

---

[1] 邵荃麟：《论文艺创作与政策和任务相结合》，《文艺报》第3卷第1期（1950年）。
[2] 【美】汉娜·阿伦特：《论革命》，陈周旺译，南京：译林出版社，2007年版，第15页。

改为"为无产阶级人生"，所着眼的就是无产阶级的现世幸福。它努力建构共产主义于现实人间。同时，革命作为一种现实政治，它的世俗性具有自明性。政治的诞生与国家和权力的诞生是同步的，政治具有天然的世俗性本质。换句话说，世俗性的社会关系，必然一定出现政治的行为来平衡和维持。革命现实主义的政党性，使其必然受制于政党的现实利益，诸如权力和经济地位等。无产阶级革命和共产党的革命，都是要建构一个现实的权力秩序。政治的诞生与国家和权力的诞生是同步的，当然具有了它能够承担重任的资格，换句话说就是世俗性的社会关系一定要有政治的行为来平衡和维持。革命现实主义文学的政党性，使其受制于政党的现实利益。无产阶级的革命，都是要建构一个现实的权力秩序，并建设共产主义于人间。

但是，革命文学又是反世俗的。而之所以出现这种奇怪的现象，其实还是在于其世俗性追求的集体主义特征。革命文学的早期，之所以反对"革命的罗曼蒂克文学"，就在于这种爱情欲望有着太多的小资产阶级的个人主义的特征。革命文学的世俗性是集体主义的，而不是个人的。冯牧认为《红日》中有关解放军高级军官的爱情描写所产生的阅读效果是不好的："当我们满怀兴趣地读着作品，并深深地为它中间的战斗激情所吸引，当我们为作品中的英雄们的业绩而深受感动，我们同时又感到被一种过多的个人缠绵之情所打扰，这正如同在一曲雄伟动听的交响乐之中，突然杂入了几声刺耳的不和谐音，使人不禁感到一些不快和遗憾。""假若作者在进行创作的时候，能够在他的原稿上适当地删节一些对于黎青和华静的抒写，只用较少的篇幅来描述她们无足轻重的个人心情；同时，把这些节缩下来的篇幅给予旁人，主要是给予那些在战争中十分重要的人物——政治工作人员，那么，这幅色彩斑斓的革命战争的历史画卷，一定会显得更加瑰丽、更加完整。"〔1〕革命文学"以反世俗快感的方式来达到世俗快感的感性化呈现，以被'净化'了的世俗化快感强化超越性的革命激情"。〔2〕

余虹在评价钱杏邨的《死去了的阿Q时代》时说："钱氏的'现实'观在两大要点上值得注意：一是凡现实的必是现时的，在此现实性等于现时性；二是只有具有现时性的思想眼界才能见到具有现时性的现实，才能运用具有现时性

〔1〕 冯牧：《革命的战歌，英雄的颂歌》，《文艺报》1958年第21期。
〔2〕 余岱宗：《论"红色经典"中的"世俗性"》，《粤海风》2002年第6期。

的艺术技巧来表达这种现实。"[1]我认为,钱杏邨的"现实性",就是现时的世俗性诉求的满足,而且是现时性政治诉求的满足。这种世俗性的现时性诉求,相对于宗教的神性,缺少的是悲悯精神。它对人心的净化,也主要在人性层面,而不在神性上。

社会科学出自自然科学,其数据的获得和最终的表述都要客观,其价值必然是中立的。革命文学的社会科学化思维和叙述,也会带来文风的写实性和价值的中立性。但是,我们看到:革命文学的政治美学建构的就是倾向性的美感,就是它的历史总体论美学,由于其建构于对历史进化趋势的设计,充满了倾向性。这里似乎存在着一个理论的悖论和困境。但是,假如我们将其放到革命文学的历史背景之中,这里其实存在着"统一性"。

社会科学有着自然科学的方法论背景,"社会科学在过去几十年的进程就是由自然科学的模式如此引导的"。[2] 它首先把"价值中立"视为科学研究的一个规范性原则。对科学方法论的信仰必然造成文学想象中、社会表现上的"价值中立"的"冷静"写实主义的产生,这就是"自然主义"。无价值判断只存在于科学研究领域,而不可能存在于文学想象中。就是所谓的自然主义也无法做到价值的中立。因为文学家总是从主观欲望,从伦理、哲学、思想的观点来推论出实践的判断是否有效。德国社会学家韦伯断言:"因果分析决无价值判断,价值判断也决非因果说明。"[3]革命文学运用社会学、政治学、经济学的方法论,可能导致文风上的纪实性和新闻性的产生,却无法实现价值中立。但正如韦伯所看到的,社会领域中的一切行动都是在价值中孕育而成的,社会科学研究要达到对社会行为的"原因"和"意义"的理解,就需要了解诱发行为动机的价值观念,也不可避免地要使用一些诸如正当、合理、责任等带有价值含义的术语,乃至把价值和评价作为事实来研究,给以科学的描述。[4]

革命文学理论家要在强调对社会进行客观表现的时候,同时进行价值的判断,就必须在二者之间寻找到"沟通的桥梁",这就是无产阶级的历史先进性

---

〔1〕 余虹:《"现实"的神话:革命现实主义及其政治意蕴》,《文化研究》第2辑,天津:天津社会科学出版社,2001年版。

〔2〕 【美】D·麦克雷:《社会科学的社会功能》,载《国外社会科学政策研究》,北京:社会科学文献出版社,1995年版,第273页。

〔3〕 【德】马克斯·韦伯:《社会科学方法论》,北京:中国人民大学出版社,1992年版,第5页。

〔4〕 参见齐修远:《评社会科学方法论研究中的两个假设》,《哲学研究》1996年第7期。

和它所先天具有的“先进”观念。如此则获得了超越社会科学一般性原则的逻辑认同。得之于社会科学理论，失之于社会科学方法论，同样也弥补于社会科学的理论缝隙。正如布尔迪厄所说：“社会科学即便仅仅描述事实与结果，即使仅仅揭示某些机制，它产生的效果也具有批判性。他们要求的是实用社会学，这种社会学有助于调解矛盾和冲突。”〔1〕钱杏邨认为“新写实主义”应该有四种特质：一、新写实主义“要离开一切主观的构成来观察现实，描写现实。但作家的立场应该是无产阶级的”。二、新写实主义是“克服了布尔乔亚写实主义的自然科学的写实主义，而获得和个人相反的社会的观点，把这一切的个人问题也用社会的观点来观察的方法，去和那把社会问题也归于人的本性的认识看法相对抗”。三、新写实主义是“必然的获得了明确的阶级的观点，是站在战斗的无产阶级的立场的。他们是用无产阶级前卫的眼光在观察这个世界，而把它描写出来”。四、新写实主义的题材可以包括一切与无产阶级解放有关的题材，“必须舍弃了对于无产阶级解放的无用的偶然的东西”。〔2〕他一方面强调写实主义的客观中立性，另一方面又要求作家站在无产阶级的立场上表达倾向性。即运用社会科学的方法去验证马克思主义的历史必然性、阶级倾向性，当其在野的时候揭露现实，而在当政的时候披露现实。

革命文学，作为一种历史主义文学，它提供了中国社会革命的历史，也提供了中国红色革命的经验；当然，它也提供政治美学的经验。革命文学在理论上，其文学审美并不是其价值结构的核心，但是，作为一种文学，它的审美是不可或缺的，因为没有了审美或仅只有革命，革命文学也便不存在。“革命文学”在无产阶级文学话语的价值系统中，其价值的倾向性在于“普罗”而不在于“文学”。从一般意义上来说，普罗文学的阶级价值观的建构是一个社会学范畴的问题，而要在文学的领域内来进行论证，难免有将文学社会学化的弊端：如对革命文学宣传鼓动作用的夸张性强调，极度张扬了文学的工具价值，都造成了对革命文学审美价值的藐视；文学的想象域被限定在作为媒介工具和喉舌功能的范围内，必然导致其表达渠道的单一化、表达形式的平面化，和表达系统的封闭化。当它面对纷纭复杂的社会生活现象的时候，往往就会失效，本来智慧的充满想象力的文学，被大量的政策条文和蹩脚的解释所淹没，导致对于信

〔1〕【法】皮埃尔·布林迪厄、汉斯·哈克：《自由交流》，桂裕芳译，北京：生活·读书·新知三联书店，1996年版，第53页。

〔2〕钱杏邨：《关于中国文艺的断片》，《文学与社会倾向》，上海泰东书局，1930年版。

仰的传达更是缺乏建构的能力。

但是，任何一种文学，无论是宗教文学还是政治信仰文学，一旦其称为文学，都会具有审美价值。韦勒克、沃伦说：“认为文学有价值必须以文学本身是什么为标准；人要评价文学必须要根据文学的文学价值高低为标准。”[1]“革命文学”的价值衡定，必须放在中国现代文学历史的语境中去考察，也就是说必须将其与“五四”文学相对照。革命文学走出了“五四”文学的相对狭隘的个人主义的语境，而走向了广阔的社会和深远的历史；中国现代文学因为革命文学，也走出了“五四”时期的柔弱，而获得了雄壮和阳刚。尽管“五四”文学相对于传统文学建构了个人主义的话语，但是革命文学的价值，恰恰在于建构了集体主义的话语。这种话语作为霸权的存在，可能存在着负面的意义，但是，作为众声喧哗中之一翼，它的意义又是显而易见的。有可能这种特定政治信仰的文学，其审美性与正统的文学艺术的审美性不可同日而语，但其审美性也是毋庸置疑的。革命文学提供了独特的审美经验。同时，“革命文学”汲取了“五四”新文学柔弱的经验教训，反其道而行之，建构了英雄主义的崇高美。革命文学致力于革命英雄的塑造，着重体现他们无所畏惧的崇高精神。革命文学把“五四”的“下层阶级”，被同情的可怜虫，提升为顶天立地的拯救世界的英雄豪杰。它不仅历史地提供了中国共产革命的经验，也提供了中国革命的理想主义观念。革命文学，普遍具有史诗的品格，这也突破了“五四”新文学狭隘的个人话语，而建构起一种广阔的社会历史视野。它极大地拓展了文学的境界，倡导宏大叙事的兴起，改变了中国文学的历史面貌。

“革命文学”是现代红色革命价值实现的重要途径。中国20世纪左翼文学的政治目标是实现文学和文化领域的无产阶级领导权，而“普罗文学”这一口号的提出，即明确提出了无产阶级在文学和文化领域担任主体的任务。伴随着中国无产阶级的革命，通过无产阶级化的“革命文学”实践，20世纪中国革命文学创构了不同于封建地主阶级文学也不同于资产阶级文学的具有无产阶级特色的文学形态，建构了无产阶级的工农大众在文学中的价值主体地位。革命文学通过对历史与现实的合一化处理，通过现实与想象的合一化处理，在文学的象征域中建构了革命的历史，传播了革命信仰，它的读者也是革命信仰

---

〔1〕【美】韦勒克、沃伦：《文学理论》，刘象愚译，北京：生活·读书·新知三联书店，1984年版，第273页。

的信徒，凝聚了革命者。

革命文学创作遵循马克思主义政治经济学理论原理，“从经济入手阐释中国纷繁复杂的社会现象的经济动因及其中所蕴涵的阶级斗争的社会结构”，以此来全面预设“中国社会政治、道德文化和历史发展的新动向”。[1] 至少在30年代，革命文学通过对社会现象的科学化的考察和叙述，得出了有关中国社会性质的结论，并在此基础上论证了中国革命爆发的可能性。由于革命文学对阶级性的强调以及对世界观于艺术创作的作用的强调，又使其艺术原则充分主体化，这使其“写实主义”成为表象，高度的倾向性使其有别于“价值中立”的自然主义；其阶级和政党的倾向性及其对于无产阶级阶级价值的夸张，使其真实性区别于传统现实主义和批判现实主义；其阶级的集体主义及其对世俗生活的迷恋使其区别于个人主义的浪漫主义；直接表达的方法，使其区别于象征主义。它是“一种政治革命信仰体系、观念、意识形态依附文学主体幻想的特殊形态”。[2]

因此，很多理论家还是主张在文学的领域内来建构无产阶级的阶级价值。也就是说，无产阶级文学领域中的阶级价值的实现还必须依赖于文学想象的整体建构，因为理论的论证毕竟是虚幻的，因此它必须在创作上有所体现。阿多诺在《美学理论》中说：“艺术之所以是社会的，不仅仅是因为它的生产方式体现了其生产过程中各种力量和关系的辩证法，也不仅仅因为它的素材内容取自社会；确切地说，艺术的社会性主要因为它站在社会的对立面。但是，这种具有对立性的艺术只有在它成为自律性的东西时才会出现。通过凝结成一个自为的实体，而不是服从现存的社会规范并由此显示其社会效用，艺术凭借其存在本身对社会展开批判。”[3]“革命现实主义”创作方法正是革命文学的文学主体性的体现。革命文学的审美，是一种外向的社会文化审美，而不是狭隘的审美中心主义的以自我价值为中心的审美。

---

[1] 张鸿声：《从启蒙现代性到城市现代性——新时期初期的上海叙述》，《郑州大学学报（社会科学版）》2007年第4期。

[2] 杨洪承：《意识形态与“左联”的信仰系统构成论》，《福建论坛（人文社会科学版）》2006年第4期。

[3] 【德】阿多诺：《美学理论》，王柯平译，成都：四川人民出版社，1998年版，第386页。

第三章
“革命文学”价值结构的道德伦理维度

文学是人学。所谓人学，也就是处理人与人之间的伦理关系。它涉及人与人之间交往的伦理准则，也涉及人性的善恶。伦理，就是人与人以及人与自然的关系，和处理这些关系的规则。它是指导人们行为的观念，它不仅包含着人与人、人与社会和人与自然之间关系处理中的行为规范，也包含由人的行为衍生出的人文文本的内部关系。[1] 伦理也是一个道德范畴，道德上的好与坏的感觉、骄傲与罪恶的感觉，也都是由伦理引发的。亚里士多德说，伦理是“合乎德性的现实活动”。[2] 卢梭说：“唯有道德的自由才使人类真正成为自己的主人。”[3]

伦理道德，关涉人的内心，甚至是一种为人所独有的心理机制。所以，“伦理在哲学的层面上，是指以某种价值观念为经脉的生命感觉，伦理是关于生命感觉的知识。”[4]伦理，是某种价值观念的主体认同，及其内在的反应机制。相对于一般社会层面、理性层面而言，伦理的选择和评判，是一种更深的机制，是一种纠正机制。康德说：“有两种东西，我们越是经常持久地凝神思索，它们就越使内心充满常新而日增的惊奇和敬畏：我头上的星空和我心中的道德律。”[5]世界的秩序，正是依赖这一机制而得以实现。文学伦理学，是文学研究中的一门新兴学科。聂珍钊认为，文学的基本功能与核心价值是伦理价值，

---

〔1〕 参见王海明：《伦理学原理》，北京大学出版社，2009 年版。

〔2〕【古希腊】亚里士多德：《尼各马科伦理学》，苗力田译，《亚里士多德全集》第八卷，北京：中国人民大学出版社，1994 年版，第 20 页。

〔3〕【法】让-雅克·卢梭：《社会契约论》，何兆武译，北京：商务印书馆，2003 年版，第 26 页。

〔4〕 刘小枫：《沉重的肉身》，北京：华夏出版社，2004 年版，第 3 页。

〔5〕【德】康德：《实践理性批判》，邓晓芒译，北京：人民出版社 2003 年 12 月，第 187 页。

而不是审美价值。〔1〕他从一般的对于文学伦理学的阐释出发认为，文学伦理学主要在于阐释文学的伦理内涵。〔2〕

但我认为，文学伦理有其特殊性。文学的伦理观念，主要存在于文学审美中所涉及的各元素之间，诸如创作主体、形象主体、读者主体之间；以及文本存在与外在社会之间，诸如题材的选择和文本的表现，形式的运用与形式的意味等。文学伦理在于调节它们之间的关系，并确立它们之间关系的原则，并形成一种自觉的或不自觉的道德管控机制。这种叙述伦理，从叙事学的角度，它可能是比较纯粹的作家的叙述问题，但是，所有的文学的叙述伦理都牵涉到作家主体的伦理问题。

革命文学是文学中的一个特殊形态。它的伦理价值，既与文学伦理有着密切的联系，又存在着相当的同构性。同时，革命文学的叙述更加伦理化，某种程度上来说，它就是一种伦理化的叙述。在文学的审美价值的前提下，它更倾向于保证政治信仰价值通过文学途径获得很好的实现，它如中国传统文学一样具有极强的道德教化功能。

第一节　个性主义与集体主义价值观念的碰撞与调适

世界范围内的革命现实主义文学从它诞生的时候起，从来就不是单纯的文学价值观念问题，而是一种政治文化的价值观念问题；也从来就不是个体的价值观念问题，而是对于政治集团整体价值观的阐述。在革命现实主义的祖国苏联是如此，在中国也是如此。在中国“革命文学”的价值结构中，集体主义是这一结构中的与阶级信仰俱来的结构内涵。它在革命文学中最终的权威地位的确立，经历了与个性主义价值观念竞争的漫长历程。

一　左联时期的个人主义主导的叙述伦理

从一般的层面上理解，个人主义强调的是自我的系统，是自我控制和管

〔1〕聂珍钊：《文学的伦理批评：文学的基本功能与核心价值》，《外国文学研究》2014 年第 4 期。
〔2〕聂珍钊：《文学伦理学批评：基本理论与术语》，《外国文学研究》2010 年第 1 期。

理;而集体主义,则强调的是人群的组织和结构,是合力的管理和控制,使用的是民主的方式,也可能强调超越观念的控制和管理。前者来自内部,后者来自外部。在中国文化语境中,个人主义是“五四”的发现,但集体主义更多地联系着文化传统的血脉。从理论上来说,尤其是民主的语境中,个人主义和集体主义是两种并行不悖的价值观念。但是,当个人主义在“五四”中被释放了出来以后,传统文化的家国主义中的集体主义就受到了冲击,从而形成了两者之间的对抗。“五四”文化是以个人主义为主导的,但是,20 年代末期集体主义经过马克思主义的阶级利益的理论影响,重新抬头,形成了与个人主义之间的激烈的对抗。

个性主义是“五四”新文化运动的遗产。新文化的启蒙主义,意在张扬个体和个性主义,把个体从封建家族的集体主义伦理桎梏中解放出来。在“五四”运动的前夕,陈独秀发表文章,赞扬西方文明中的个人主义精神,“举一切伦理道德政治法律,社会之所向往,国家之所祈求,拥护个人之自由权利与幸福而已。”〔1〕中国进步的前提,是以个人本位主义取代家族本位主义。而被胡适拿来以替代家族主义的就是以个性解放为核心内容的个人主义——“易卜生主义”。他赞成易卜生的“你要想有益于社会,最妙的法子莫如把你自己这块材料铸造成器”的论断;他认为,个人自由和个人责任缺一不可:“自治的社会,共和的国家,只是要个人有自由选择之权,还要个人对于自己所行所为都负责任。若不如此,决不能造出自己独立的人格,如同酒里少了酒曲,面包里少了酵,人身上少了脑筋:那种社会国家决没有改良进步的希望。”〔2〕

总体来说,“五四”的个人主义是自由和责任均衡的价值诉求,但是,并不否认“五四”时期也存在着广泛的极端个人主义和无政府主义。在“五四”文学话语中,个人主义文学和人间本位主义文学,以及无政府主义的想象同时存在。

但是,个性主义在“五四”落潮后的 20 年代中期,备受质疑,原因在于柔弱的个性主义无法面对强大的混乱的政治,也无法支撑知识分子由“资产阶级民主革命”走向“社会主义革命”。中国现代知识分子心路历程的亲历者周扬说:“我们投身于工人阶级的解放事业,但存在于我们脑子里的资产阶级个人主义

---

〔1〕 陈独秀:《东西民族根本思想之差异》,《青年》1915 年 12 月 15 日。
〔2〕 胡适:《易卜生主义》,《新青年》第 4 卷第 6 号(1918 年 6 月 15 日)。

的思想、情绪和习惯却没有根本改变。我们有了一个抽象的共产主义的信仰；但支配我们行动的却仍然常常是个人英雄主义的冲动。我们和工人农民没有结合，甚至很少接近。民主革命是我们切身的要求，而社会主义革命还只是一个理想。那个时候，我们许多人与其说是无产阶级革命派，不如说是小资产阶级革命民主派。个人主义的影响在我们身上长期不能摆脱。回想当年，个人主义曾经和‘个性解放’、‘人格独立’等等的概念相联系，在我们反对封建压迫、争取自由的斗争中给予过我们鼓舞的力量。19世纪欧洲文学的许多杰出作品经常描写个人和社会的冲突，愤世嫉俗，孤军奋斗和无政府式的反抗，这在我们的头脑中留下了深刻的印象。我们曾经热烈地欢迎易卜生，欣赏他那句‘世上最孤立的人就是最有力量的’的名言。我们中间许多人就是经过个人奋斗走上革命道路，背着个人主义的包袱参加革命的。”[1]周扬对于资产阶级的个人主义历史作用的描述，是符合历史事实的，对它的评价也是恰如其分的。“资产阶级的个人主义和无产阶级的集体主义是无法调和的。我们不只要进行资产阶级民主革命（这个革命在我国也是只能由无产阶级领导的），而且要进行社会主义革命。我们身上存在的资产阶级个人主义思想就成了我们前进道路上的最大障碍。”[2]周扬将资产阶级个人主义和无产阶级集体主义，视作一对无法调和的矛盾，最关键的是这一对矛盾对于社会革命和知识分子的成长造成了“障碍”，因此，个人主义就成为必须“克服”的思想和品质。以及他所讨论的个人主义及其在30年代的境遇，后来老舍等作家甚至也意识到了。他在后来所创作的《骆驼祥子》中，就曾借用一个车夫老马之口表达了他对于集体斗争的想往。个人奋斗的祥子最后成为了一个“个人主义末路鬼”，而他的同事车夫老马早就教导他“蚂蚱要打成阵”。显然，祥子的失败就在于他的个人主义，而如果他能够信奉集体主义则能够成功。而无产阶级的集体主义无疑就是社会革命和阶级革命。

马克思主义的阶级论的集体主义正是在这样的情势之下被文化思想界所接受，所张扬。但是，即使在左翼内部，大部分作家和理论家都是从“五四”走过来的，他们身上依然保持着个性主义的文化痕迹。而且，他的思想、他们的性格以及他们的创作都具有矛盾性：在宏观价值上信仰马克思主义的集体主义，而在具体的生活方式上、在创作想象之中，依然保持着我行我素的个性主

〔1〕〔2〕　周扬：《文艺战线上的一场大辩论》，《人民日报》1958年2月28日。

义。胡风说:“五四启蒙运动所要有的个性解放,到这里就进一步获到强度的实践的社会内容,发展为集体主义而实现了。”〔1〕

20年代末和30年代初的上海,革命现实主义文学内部的价值观,就存在着个性主义和集体主义(集团意志)的冲突。左联时期的革命现实主义文学在宏观价值观念上虽然有共同的对于集体主义的阶级利益的共识,如对马克思主义的信仰和苏式现实主义文学观念的尊崇,以及政治上面对着共同的敌人,但是,二三十年代上海的特殊的文化语境,又使其具有“多元化”的特征:一方面,左联作为一个政治党团化的文学团体,其主要领导人要尽力地使其成员的思想和价值观念组织化和党团化,体现集体(政党)的意志;另一方面,二三十年代上海的左翼知识分子尤其是左翼作家,无论其生活形态还是创作形态(包括创作趣味)还是组织形态,都因为共产党组织的地下状态和上海的独特的多元文化语境的存在,而具有自由主义和个体个性主义的性质。

在文学形态方面,个性主义的创作趣味,一直裹挟着一批左翼的小资产阶级知识分子的创作行为。左翼的创作,大都有批判当时社会政治、张扬无产阶级革命理念的激情,但是,小资情调又促使他们总是摆脱不了罗曼蒂克话语。脆弱的、易感的、颓废的情爱书写,以及个人主义的革命冲动,所透露出的都是“五四”式的个性主义。左翼作家对此也有着自觉,曾经借华汉《地泉》的出版、瞿秋白等人分别作序的形式,试图清理这种罗曼蒂克话语。但是,集体主义的价值观念在革命文学家的创作中也同时存在。张福贵认为,革命文学“经历了一个从‘自我否定’到‘否定自我’的过程”。他说,“中国无产阶级小说的具体创作实践以1931年丁玲的小说《水》为界,分为前后两个阶段,即‘革命小说’时期与‘左联’时期。……其中还有一个重要的区别必须引起我们的注意,那就是形象选择的个体性与群体性之分。这种区别最初就不仅只表现在人物形象的塑造方式的变化,而是带有主题意义的变化,即由‘革命小说’的‘自我否定’到‘左联’时期的‘否定自我’的思想演变。”〔2〕除了《水》之外,蒋光慈的《短裤党》也开始注重集体形象的塑造。

但是,纵观整个左联时期,左翼作家的纯文学创作,很少有纯粹的革命现实主义,鲁迅所寄望的《毁灭》式的革命文学自始至终没有出现。中国最繁荣

〔1〕 胡风:《胡风评论集》(中),北京:人民文学出版社,1984年版,第151页。

〔2〕 张福贵:《从文学史到思想史:中日“无产阶级小说”的形象关联和思想关联》,《吉林大学社会科学学报》2003年第5期。

的都市的生活语境，小资产阶级知识分子的个人主义精神取向，以及创作趣味，使得个性主义并没有因为革命作家的自我批判而消失，相反却一直非常茁壮。蒋光慈的个性主义创作就一直没有停止。

在组织形态方面，虽然左联是一个由核心化的党团组织所控制，但它并不是一个严密的党团组织。以鲁迅等人为代表的自由左翼和以周扬为代表的组织左翼，就曾围绕着一系列的组织问题而发生纠纷，如参加组织活动，如提出文学口号，如对具体的创作活动的介入等。个性主义价值观和集体主义价值观在30年代上海的语境下，其碰撞角力是明显的：组织左翼强调集体的意志，是苏联革命组织的传统，当然也是地下革命的需要，而且它试图通过组织形式来实现自己的意志；而鲁迅，甚至包括蒋光慈等人，在那个环境中自由自在惯了，散漫是文人的个性，批判也是文人的个性，革命组织的约束力对于他们是极其微弱的，或者说更多时候只能借助于他们的革命良知才能发挥作用。左翼组织借助组织形式对于他们创作和生活的介入，经常会引起激烈的冲突。秉持着个性主义创作理念的蒋光慈就在这样的冲突中退党，并寂寞地病死。正如荣格所说："个人意识意味着分离和反叛。"[1]其实，蒋光慈的"个性话语生产"并没有失败，[2]秉持着多元化的个性主义理念的鲁迅，则是对组织左翼进行了激烈的批判。当周扬代表党团组织提出"国防文学"的口号的时候，有着不同意见的鲁迅立刻毫不犹豫地提出了"民族革命战争的大众文学"的口号。口号本身并不重要，重要的是它挑战了组织左翼的集体意志。在这些冲突中，我们可以看到，上海的特殊语境并不能使其中的一方战胜或统一另一方；更严格地来说，党团化的左联组织并不能使整个左联形成统一的纯粹的价值观念；而且，在许多时候借助于鲁迅的文化影响力，自由左翼经常占据上风。所以，"国防文学"的论争，实际上是转换了场域的"创作自由"论争。特殊的语境造就了左联价值观念的政治追求大体一致前提下的个性主义与集体主义共存的局面。可以说，是上海的租界文化语境保存了左联成员个性主义的价值观念。

抗战时期国统区左翼的内部，其价值整体的格局，基本维持了30年代上海的多元矛盾共存的样态。左联革命现实主义的一翼——自由主义和个性主

---

〔1〕【瑞士】荣格：《心理学的现代意义》，《荣格文集》，北京：改革出版社，1997年版，第134页。
〔2〕李跃力：《个体性革命话语生产的困境与失败——再论"蒋光慈现象"》，《中国现代文学研究丛刊》2008年第5期。

义的“自由左翼”，任情批判的精神在抗战的大背景下继续着、发展着。抗战时期国统区的自由左翼以暴露国统区的“黑暗”为己任，以为民族清洁肌体为出发点，承续着左联精神领袖鲁迅的个体主义价值观念，在他们认同左翼集团的宏大价值观念的同时，也保持张放的个性精神和自我中心主义。同时，借助于民族团结政府，主流的“组织左翼”也在国统区获得了合法的存在。虽然有民族抗战的背景，组织左翼对于国民党统治的批判并没有消歇。在国统区，自由左翼与组织左翼虽然存在着价值的冲突，但是在对于国民党政治的暴露和批判上却是一致的。这种“联手”造就了以讽刺和嘲弄为主要风格特色的国统区“暴露文学”。围绕着张天翼的小说《华威先生》和郭沫若的话剧《屈原》等，曾爆发了长久的关于“暴露文学”的论战。民族统一战线并没有消泯左翼文化“阶级”的鸿沟。无论是七月派还是暴露文学都是30年代左翼文学的批判现实主义精神的延续和进一步的张扬。民族抗战的大背景为左翼自由个性的写作提供了条件。这样的自由写作条件的存在，并不仅仅来自用民族抗战理念抵挡来自国民党方面的打压，也与事实上的军事隔绝对来自红色政权的意识形态规范的延宕有关。在毛泽东的《在延安文艺座谈会上的讲话》发表之后，在国统区爆发了有关“主观论”的论战。被称为“主观战斗精神”的胡风文艺思想与毛泽东文艺思想和它的支持者发生了最初的交锋。虽然胡风受到了猛烈的批判，但国统区的特殊文化语境，反而擦亮了胡风的理论。当然，胡风也无法在那时就实现一个“转变”。民族抗战的文化语境不但缔造了左翼与右翼共存的价值格局，也造就了左翼内部自由左翼和组织左翼冲突共存的价值局面。

二 延安时期的集体主义的强力调适

任何一种单一的宏大价值观的形成，都是在多种同质的价值观的冲突和整合的过程中形成的。中国现代革命现实主义文学的价值观念，也经历了这样的一个冲突和整合的过程。冲突和整合的过程是漫长的，但是总有一个“节点”，最终促成这种单一的价值观最后的形成。革命现实主义这种单一宏大价值观念的最后成型，是在1942年的延安革命文艺运动之中完成的。

民族抗战背景下的延安的价值观念格局与国统区有很大的不同。延安时期之初，中共政权通过第二次国共合作，成立了边区政府，获得了合法性。大批的左翼知识分子就在这样的情形之下涌向了延安。奉行自由主义和个性主义的部分文学知识分子的"自由左翼"和奉行苏式革命现实主义的"组织左翼",就在民族解放战争的背景下,在延安实现了汇合。鲁迅之后的"自由左翼"和"组织左翼"的一部分后来都到了延安,存在于30年代上海和40年代国统区的左翼内部的多元冲突的价值格局也自然地被"搬入"延安。〔1〕汇合伊始,延安左翼内部两种价值观的冲突就形成了周扬后来所说的"鲁艺"和"文抗"两个带有流派性质的文人集团。〔2〕它们之间的纷争的背后,实际上存在着两种创作思想和价值观的分歧。正如周扬所称,"鲁艺派"主张"歌颂光明",而"文抗派"主张"暴露黑暗"。〔3〕

自由左翼在到达延安的初期,依然发扬着他们在二三十年代上海和国统区的批判现实主义的传统,对于"延安的现实"展开了批判。从上海左联来到延安的丁玲仍然一如既往地保持着上海时期惯有的作风,1941年10月至次年5月间由丁玲倡导的杂文运动就是这样的批判精神的成果。她认为延安这一革命圣地同样需要暴露文学。丁玲认为,根据地尽管"有了初步的民主,然而这里更需要督促,监视,中国所有几千年来的根深蒂固的封建恶习,是不容易铲除的",因此根据地作家仍需要学习鲁迅的"为真理而敢说,不怕一切"。〔4〕在她编辑的《解放日报·副刊》以及其他的一些刊物上不但编发了一些具有暴露性质的文章,而且自己也写作了一系列的小说和杂文,著名的《在医院中》《我在霞村的时候》和《三八节有感》等都对解放区所存在的所谓"妇女歧视""情感冷漠"等现象提出了批评。一个带有自传性的女知识分子陆萍的形象与以农民为主体的解放区的色调形成了很大的反差。诗人艾青则指出:"希望作家能把癣疥写成花朵,把脓包写成蓓蕾的人,是最没有出息的人——因为他连看见自己丑陋的勇气都没有,更何况要他改呢?"〔5〕王实味则在刊物上发表了《政治家·艺术家》《野百合花》等杂文,对延安所存在的所谓"等级观念"等提出了批评。此外,在王实味等人与周扬等之间发生的"红烧肉"之争,艾青也发出了对于知识分子的"爱与耐"的争辩。

〔1〕参见方维保《碰撞与调适:1942年的延安文学生态》,《广州大学学报(哲学社会科学版)》2008年第8期。

〔2〕张毓茂:《萧军传》,重庆:重庆出版社,1992年版,第230—310页。

〔3〕周扬:《与赵浩生谈历史功过》,《延安文艺回忆录》,北京:中国社会科学出版社,1992年版,第35、38页。

〔4〕丁玲:《我们需要杂文》,《解放日报》1941年10月23日。

〔5〕艾青:《了解作家,尊重作家》,《解放日报》副刊《文艺》第100期(1942年3月11日)。

这些诗人和作家不但把自己的文章发表在刊物上，还将他们的见解写在墙报上和贴在墙上的纸张上，他们到处张扬和展览着他们的见解和思想。在延安搅起一阵阵旋风，搞得日理万机的革命领袖们也经常不得不一惊一乍地前去参观。

“自由左翼”作为革命现实主义价值观的一翼，分析其价值的内涵也是比较复杂的。从总体上看，自由左翼的暴露文学所秉持的是“五四”尤其是鲁迅的国民性批判思想。他们对延安所存在的种种的封建思想、农民意识进行批判，主张从精神和灵魂上进行清理。无论是丁玲还是艾青还是王实味都是如此。其实，国统区的左翼批判现实主义，也具有国民性批判的思想。但是，二者的价值指向却发生了微妙的变化：国统区的左翼的国民性批判，其目标在于清洁民族的肌体；而延安的国民性批判，则在于清洁革命的肌体。当然，延安的批判和暴露也包含了自由主义的价值观念。正如艾青所说：“作家除了自由写作之外，不要求其他的特权，他们用生命去拥护民主政治的理由之一，就因为民主政治能保障他们的艺术创作的独立精神。因为只有给艺术创作以自由独立的精神，艺术才能对社会改革事业起推进作用。”〔1〕而无论是国民性批判还是自由主义的艺术独立精神，都具有显在的知识分子的精英意识。在他们的言说中，把自己推到了“灵魂战士”的地位。在《政治家·艺术家》中，王实味强调政治家的任务“偏重于改造社会制度”，艺术家的任务“偏重于改造人底灵魂”，而且指出“革命阵营存在于旧中国，革命战士也是从旧中国产生出来，这已经使我们底灵魂不能免地要带着肮脏和黑暗”，因此“艺术家改造灵魂的工作，因而也就更重要，更艰苦、更迫切”。〔2〕 艺术家的地位和高度相较于政治家更高。

而以延安为中心的解放区，不但有着完整的政权机构而且有着完整的意识形态的信仰系统；而且它无论在政治上还是在意识形态上都具有追求单纯和整齐划一的特点。尽管如此，我们还是有必要解析革命延安的价值构成。革命的延安信仰马克思列宁主义，把革命的集体主义的阶级政党价值观作为具体的价值目标。而从革命队伍的构成来看，其主体部分是农民。农民的思想意识和价值观念不能不影响到其价值目标的选择和实现的过程。同时，由于这一政权存在于多种政治力量的夹缝之中，为了生存的需要，它压缩自己的

〔1〕 艾青：《了解作家，尊重作家》，《解放日报》副刊《文艺》第100期(1942年3月11日)。
〔2〕 王实味：《政治家·艺术家》，《谷雨》第1卷第4期(1942年3月15日)。

理想主义追求而俯就现实，都使得它可能在实现理想主义价值目标的过程中，采用某种实用主义的策略。如：普遍采用战时共产主义政策，牺牲个体自由，张扬集体主义精神；强调政治的主导地位，推崇作为政治家的领袖；强调对于革命参与群体的褒扬、鼓励，避免对于它的过度的批评；而具体到文学艺术上，也相应地要求文艺服从于政治的需要，并为政治服务。这一切都在特殊的语境中形成比较系统化的政治伦理和艺术伦理。

当30年代的组织左翼进入延安之后，它与延安的革命政权形成了新的组织左翼，并具有了政权权力和话语权力。自由左翼的个性主义价值观念就在这样的背景之下，与延安政权价值观念发生了冲突。自由左翼的文人知识分子以惯有的骄傲感对工农政权中知识分子的处境表示了不满，对在延安已经确立的政治家和艺术家的既存关系提出了挑战。自由左翼的一些作家和意识形态主管领导人之间的论争，实际也是知识分子价值观念与政党政权价值和农民价值观念冲突的表现。欧阳山创作于新中国成立后的长篇小说《圣地》中就很生动地呈现了整个延安地区从国统区来的知识分子与乡土革命者的矛盾，乡土革命者对知识分子的敌视，和知识分子对乡土革命者的批评。[1]

自由知识分子的个性批判精神在延安的初期几乎不受约束地张扬着，极有可能影响到了延安革命政权的稳定。一个刚刚从跌跌撞撞中走来的政权，终于获得了喘息的机会之后，也想到了要进行政权建设，和与之相应的文化建设。于是，他们对那些从国统区来的知识分子采取了欢迎和容忍的态度。这从毛泽东对丁玲热情溢于言表的欢迎就可见出一斑。但延安政党政权的生存危机和所信奉的单纯的集体主义意识形态，都决定了延安不是上海，更不是重庆。当共产主义革命家聚集到延安以后，在井冈山时期就已经形成的社会观念与文学/文化观念在这里被借助于政权的力量加以强行推广。这里对文学艺术的需要是一种比较纯粹意识形态化的，它要求文学艺术直接服务于革命意识形态的生产，而不是生产文学自身和新文化式的个性精神。

面对自由左翼知识分子的激烈的批评，组织左翼于是从话语和组织两个方面对自由左翼的价值观念进行“收拢”。

在话语层面，组织左翼对于借助于文艺表达而呈现出来的自由左翼的价值

---

〔1〕 参见方维保：《碰撞与调适：1942年的延安文学生态》，《广州大学学报（哲学社会科学版）》2008年第8期。

观念进行了否定性的定性。他们认定知识分子的个性就是“小资产阶级劣根性”，是非常危险的存在：“小资产阶级思想不但不能克服，而且必然以他们自己的本来面目来代替党的无产阶级先进部队的面貌，实行篡党，使党和人民的事业蒙受损失。”[1]那些杂文和小说被认为刻画了“黑暗丑恶病态”的延安，“把‘自己的阵营’画成已经同流合污，画成黑暗，画成阴森可怕！”就王实味的两篇文章来说，“足足写了几十个‘肮脏’‘黑暗’，随处散布着灰色的字句……对于延安，则更找尽了一切不好的形容词：‘寂寞’，‘单调’，‘枯燥’，‘污秽’，‘丑恶’，‘包脓裹血’，‘冷淡’，‘漠不关心’，‘升平气象’，‘自私自利’，甚而至于‘陷于疯狂’，把作为中国革命根据地的延安，写成了‘人间地狱’”。[2] 组织左翼显然站在政权的立场上，以革命政权的价值准则否定了“暴露文学”的价值，并将其推向反面。

在这样的对立中，左翼自由知识分子在话语上具有优势，但革命的政党依赖政权的支持掌握了话语的最终控制权。这是那些一厢情愿的知识分子所没有充分理解的。当他们正在提倡“暴露文学”的时候，革命的政权也正在酝酿着通过政权的力量对于文学话语进行整合，以实现和保持原已存在的意识形态的纯洁性。

两种价值观念的冲突的解决，就发生在1942年的延安。其解决或整合的基本的方法，是通过怀柔的方法，使之回到既定的规范之中。在王实味失去了自由的同时，毛泽东找到丁玲、萧军谈话。在这两场谈话中，他有批评有爱护。但萧军愤然离去，丁玲留了下来。他说：“丁玲和王实味不一样，丁玲是同志，王实味是托派。”[3]这句让丁玲感动终身的话语有泾渭分明的界定和甄别，也有因类比修辞所造成的连带性威慑，当然更主要的还是挽救。最终，他以他的领袖的精神感染力迅速征服了丁玲，迅速瓦解了她建构于30年代的关于个性解放和自由的精神信仰。当丁玲走出窑洞之后，便迅速加入了批评王实味的浩大声势之中，并成为一个佼佼者。领袖的“谈话”魅力自此之后也成为了一种文艺工作的固定范式。显然，丁玲、艾青等都不失时宜地改变了生存的和文学表达的策略。当他们顺利地坐到设立于延安那座

---

〔1〕《中国共产党中央委员会关于若干历史问题的决议》(1945年4月20日中国共产党第六届中央委员会扩大的第七次全体会议通过)，中共中央书记处编：《六大以来——党内秘密文件》(上)，北京：人民出版社，1981年版，第1198页。

〔2〕艾青：《现实不容歪曲》，《解放日报》1942年6月24日。

〔3〕丁玲：《延安文艺座谈会前前后后》，《丁玲文集》第五卷，长沙：湖南人民出版社，1983年版，第20页。

简陋的窑洞中的“座谈会”的会场之中时，他们作为左翼自由主义知识分子的精神也实现了让渡。

而具体到文学，则是制定了具体的明确的文学/文艺的规范，将政治权力与文学和文艺的创作形成更为紧密的关系，在政治权力与文学之间建立直达的通道，避免了因为文艺的艺术要求或者说形象要求而形成的不确定性，以防止它可能脱离政治的视线，而使权力——“党和人民的事业”蒙受损失。毛泽东的《在延安文艺座谈会上的讲话》就是这样的标准性和典范性的文本。毛泽东继承发扬了列宁在《党的组织和党的文学》中所阐述的“党的文学”原则，对文学/文艺的党性原则做出了最具有影响力的强调，他在《讲话》中，不仅提出了文艺服从于政治，而且具体化服从于党在一定革命时期内所规定的革命任务，要求党员、文艺工作者要站在党的立场，站在党性和党的政策的立场。这样，文艺和政治的抽象关系就被落实到具体的党的实际政策上来，更具有可操作性，也更简单化。正如邵荃麟在《论文艺创作与政策和任务相结合》中所认为的：“政治的具体表现就是政策。”〔1〕而其他的方面，比如作家应该表现什么题材，表现什么人物，作家应该具有什么样的立场和世界观，怎样获得这些世界观，等等，这些方面的问题自然都围绕着党性这一原则来区别，按照政策这一原则来实施。《讲话》从修辞上来看，它可能涉及了文艺创作的诸个方面，如创作主体、创作内容、知识结构等等，但与其说它是在指导文艺，不如说是在指导文艺的创作主体——作家，它是在对作家的创作行为进行从宏观到微观的规范。这样就实现了对于作家创作独立权的“回收”，从而实现了权力的集中化。左联时期身处上海的蒋光慈和鲁迅可以借助于当时当地特殊的政治和文化语境而获得例外的待遇，在延安这样的“例外”再也不会发生了。一个叛离出国民党统治区的知识分子，不大可能从延安——这个他曾经的理想之地重新叛离出去，因此只能接受彻底的“改造”，经历“洗心革面”“脱胎换骨”的“沉重”和“痛苦”，〔2〕经过思想“突变”的“空白”，〔3〕把自己铸炼成“一个高尚的人，一个纯粹的人，一

〔1〕 邵荃麟：《论文艺创作与政策和任务相结合》，《解放日报》1945年6月2日。

〔2〕 陈明在《丁玲在延安——她不是主张暴露黑暗派的代表人物》里说，在延安整风运动中，丁玲写了两本学习心得，《脱胎换骨》和《洗心革面》。《中国现当代文学的一个耀眼的巨星——丁玲文学创作国际研讨会文集》，长沙：湖南文艺出版社，1994年版，第44页。

〔3〕 转引自吴敏：《试论周扬等延安文人的思想突变》，《中国现代文学研究丛刊》2002年第4期。

个毫不利己专门利人的人，一个脱离了低级趣味的人”，[1]一个像那个来自加拿大的医生白求恩和烧炭工人张思德那样把自己的思想和身体义无反顾地献给革命的人。

《讲话》假如在“五四”的文化语境中，是可以作为一家之说，成为整个“五四”话语的一部分的。但是由于他的写作者的特殊的政治地位以及发表的特殊语境，从而形成了一种“权力的阐释”。1944 年周扬编辑的《马克思主义与文艺》就是以《讲话》精神为“指导线索”，汇聚了马克思、恩格斯、普列汉诺夫、列宁、斯大林、高尔基、鲁迅、毛泽东等人有关文艺的论述文章的片段和语录，其目的用周扬的话来说，就是“从本书当中，我们可以看到毛泽东同志的这个讲话一方面很好地说明了马克思、恩格斯、列宁等人的文艺思想，另一方面，他们的文艺思想又恰好证实了毛泽东同志文艺理论的正确”。把毛泽东文艺理论放到了马克思主义的集大成者的地位上，使《讲话》不仅成为马克思主义传入中国的过程中而形成的权威性话语的一次大汇聚，“更重要的是用马克思主义的权威性来树立毛泽东文艺思想的正确性和权威性”。[2]

毛泽东以领袖的身份阐释“五四”新文化运动，并将文艺与革命的需要相结合，具体规范了文艺所要表达的内容、作家应该具有的素质、作家和知识分子应该有的地位。到《讲话》，革命现实主义第一次真正实现了权力的话语化和话语的权力化。革命权力真正实现了对革命现实主义的权力化整合，使其不但作为一种文学的创作方法，而且作为一项文艺乃至文学的管理政策。革命现实主义也真正具有了确定的内涵，具有神圣的经典的不可冒犯性。这一时期出现的周扬和何其芳等理论家，都通过对毛泽东文艺思想的阐释而获得权威的理论地位。知识主体通过到农村、到士兵中去接受改造，从而清洗了作为主体的精神个性，而把自己置换为被革命意识形态认可的工农主体。

伴随着这样的调适，也是革命文学中的自由左翼个性主义修辞向体制化的组织左翼的集体主义修辞的转换。“转变”成为描述这一时期知识分子精神轨迹的最重要的关键词。虽然带有启蒙和斗争意识，但更多地着眼于

---

〔1〕 毛泽东：《纪念白求恩》，《毛泽东选集》第二卷，北京：人民出版社，1991 年版，第 660 页。

〔2〕 李今：《苏联文艺政策、理论译介及其对中国左翼文学运动的影响》，《中国现代文学研究丛刊》2002 年第 1 期。

颂扬革命理性精神的是在“座谈会”之后被创作出来的丁玲等人的作品。知识分子形象开始退出叙述，而革命生活，诸如土改斗争成为故事的主导性内容。丁玲的《太阳照在桑干河上》、周立波的《暴风骤雨》、贺敬之等的歌剧《白毛女》和孙犁的《白洋淀纪事》都是这样的代表作。而带有乡土性的内容，如《暴风骤雨》中大量的对东北语言和风俗的描述，则受到了高度重视。在革命叙事的洪流中，知识分子写作只有在融入其中之后，才获得写作的合法性。何其芳在到达陕北之后，修正了他的《画梦录》中的现代主义感伤，写成了《我为少男少女们歌唱》；而田间则一开始就把乡土社会作为自己的表现对象，把红色抗战者作为自己歌颂的英雄来崇拜，创作了《给战斗者》这样的诗作和大量的“枪杆诗”、“墙头诗”，被闻一多称为“鼓点”式的旋律；而艾青在沉重中焕发出昂扬的格调，他的《黎明的通知》《向太阳》《火把》等诗作，是解放区最具有诗情画意的白话诗作。无一例外的是，他们基本都是与革命主流融合后的自觉的歌唱。这一时期的创作也开创了 1949 年后“颂歌文学”的先声。

相对于被不断匡正的知识分子的价值观念和文学话语，民间价值观念和文学话语在政权的倡导之下，与革命意识形态结合，并呈现出大规模发展的态势。秧歌剧（如《兄妹开荒》）、民歌（如《东方红》和《南泥湾》）和改编的旧剧（如《逼上梁山》）隆重登场，并普遍地受到欢迎。革命的价值观念在民间形式的承载之下，被广泛地传播着，对当时的革命的实际生活和革命观念在工农兵中的成长和壮大起到了很好的作用。民间形式也受到了知识分子的重视，革命斗争的理念、革命启蒙的思想和民间意识形态获得了奇妙的结合。赵树理的《小二黑结婚》《李家庄的变迁》和阮章竞的长诗《漳河水》都普遍地采用了民间的形式——山西的板话、陕北信天游等，在“老百姓喜闻乐见”的形式中，曲折地传达了作家革命启蒙的意念，他们试图通过革命的启蒙使贫苦愚昧的农民走向革命；通过大团圆的结局，证明革命洪流的历史理性。而孔厥、袁静的《新儿女英雄传》，马烽、西戎的《吕梁英雄传》和李季的长诗《王贵与李香香》等则主要着眼于对革命斗争精神的渲染，通过对革命英雄的塑造为启蒙后的农民树立一个光辉的榜样。能够将这两个方面进行完美结合的是赵树理的创作。因此，赵树理的创作和他的短篇小说《小二黑结婚》成为一个时代文学的象征。赵树理的创作在 20 世纪 40 年代后期受到周扬、陈荒煤等左翼评论家的高度赞扬，被认为是毛泽东《讲话》发表之后，文学“实践毛泽东思想的一个成果”[1]；“赵树理是解放区文学的方向，是衡量解放区文学创作的一个标尺”。[2]

三 集体主义叙述伦理及其制度化

上海时期和国统区的种种限制退隐了，革命的集体主义的阶级政党价值观在这一孤悬的区域中得到了很好的实验，也使中国现代左翼文学组织和它所奉行的苏式革命现实主义观念得到了很好的实践。革命现实主义就在这样的政治格局中走向了它的延安时期。对于自由的个性化的30年代自由(个性主义)左翼文学来说，延安时期是一个左翼知识分子与政党国家集体主义之间的碰撞时期，当然也是一个相互磨合，并最终以左翼知识分子改变自我的个性主义以适应环境的时期。

假如没有那支既伤痕累累又坚忍不拔的红军队伍的1936年的到来，陕北的延安也许将永远保持它一如既往的沉寂。体制化的革命现实主义的文学实践将很难说在短暂的时间内能够找到生根发芽的土壤。这一时期对中国现代文学的当代化至关重要，因为它奠定了当代个性主义的左翼知识分子与政党国家之间关系的基本格局，也形成了当代文学的基本的制度，更为当代文学的创作倾向确立了总体的方向。在当代，由于集体主义的国家体制的蓬勃，个性主义受到了致命的压抑，并形成了集体主义价值观念的独尊地位。此时，“‘否定自我’不仅已成为文学主题的认定的常识，而且发展到对知识分子本身的否定”，“追求对群体形象特别是工农民众群体形象的塑造，这种变化的深层思想基础是社会解放主题对个性解放主题的替代甚至否定”。在革命文学叙事中“都不再把人看作是一个独立的生命世界，而是作为一个阶级的分子，作为阶级大机器的一个部件，只有在这机器中个人方有其价值”。“‘纯化’过程即是一个社会价值不断牺牲个人价值的自我否定过程。”[3]

但是，由于艺术创作的特殊性，文学想象中的集体主义与个性主义的紧张关系一直存在。因为只要文学创作存在，艺术的想象存在，个性主义的价

〔1〕 周扬：《论赵树理的创作》，《解放日报》1946年8月26日。

〔2〕 陈荒煤：《向赵树理的方向迈进》，1947年在晋冀鲁豫文艺工作者座谈会上的发言，《人民日报》1947年8月10日。

〔3〕 张福贵：《从文学史到思想史：中日“无产阶级小说”的形象关联和思想关联》，《吉林大学社会科学学报》2003年第5期。

值观念就不会消亡。个性主义的价值观念,它会以潜隐的方式存在于创作活动、理论活动和文学想象之中,在服从于集体主义的权威价值观念的前提之下,它会经常地在文学话语中伸展自己的根系。"十七年"时期,无论是关于胡风文艺思想的批判,还是关于人性、人道主义的论争,关于"现实主义——广阔的道路""现实主义深化"的论争,以及有关《我们夫妇之间》《青春之歌》《达吉和他的父亲》等文学艺术作品的论争,也都与个人主义和集体意志之间的较量有关。而"双百方针"和 20 世纪 60 年代的"调整",则显然是照顾到了集体主义和个性主义的平衡,尤其是照顾到了在集体主义价值之下的个性主义价值的适度的保存和生长。文学艺术领域的国家观念和政党的意志以及其背后的阶级的价值利益,只有融入个性主义的价值观念,才能保持它的生命力和创造力。

怎样在宏观价值共识的框架下,整合集体主义和个人主义价值观念,并在创作想象中保持相应的自由度和个性?成为中国当代文艺和文学的一个中心的话题。这可能涉及宏大政治层面的政策和法律规范,也涉及具体的创作观念和思想观念的重塑。20 世纪 80 年代的伤痕反思文学,都是在集体宏大叙事的背景之下,讲述个体和个性的受难,并张扬着个性的价值理想。王蒙等人的创作,显然是这种调适的典范。

集体主义的价值观念,在新的时代里,已经调整了它的内涵,其中所包含的不仅仅只是阶级的价值,而且有国家的和民族的价值利益,甚至还应该包括整体意义上的公民观念。尤其是中国共产党成为执政党之后,所有的有关集体主义和个性主义价值观念的冲突,不再仅仅是左翼内部的问题,而是新兴国家政权与整个社会民族的关系。在自由左翼和组织左翼之外,还存在着价值观念更加复杂的价值诉求。作为国家政权,不能仅仅如同处理左翼内部价值分歧那样,去处理社会公众的价值分歧。这就要求文艺政策和文艺理论,既具有更宽容的姿态,也需要有更强的整合能力,才能塑造一个全民的价值共识。

在新世纪,宏大的集体主义退守"上层建筑",而将个性和具体还给艺术家。它只坚守价值的底线,而不干涉具体的个体的创作和想象。这种价值共识的达成,必然更多向民族和传统寻求文化资源,调整国际主义的集体主义。个性主义在这样的背景之下,才可能获得更大的空间;或者直接被结合进集体主义的价值伦理序列之中。

第二节 “革命文学”民族价值观与阶级价值观的整合——以“国防文学”论争为中心

马克思主义有着西方基督教文化的背景，虽然它是反宗教的，但却继承了基督教的世界主义观念，和对于人类社会整体的拯救意识。

马克思主义认为，无产阶级是一个国际阶级，即所谓“无产阶级无祖国”。无产阶级有着世界主义和国际主义的价值诉求，它追求在世界范围内解决阶级问题和民族问题，所以号召“全世界无产者和被压迫民族联合起来”，[1]“历史向世界历史转变”。[2] 他在《共产党宣言》中进行了详细阐述：“资产阶级，由于开拓了世界市场，使一切国家的生产和消费都成为世界性的了。……过去那种地方的和民族的自给自足和闭关自守状态，被各民族的各方面的互相往来和各方面的互相依赖所代替了。物质的生产是如此，精神的生产也是如此。各民族的精神产品成了公共的财产。民族的片面性和局限性日益成为不可能，于是由许多种民族的和地方的文学形成了一种世界的文学。”[3]无论是“五四”时期还是30年代，“世界”和“全人类”的思想，一直是中国左翼所信奉的重要价值维度。李大钊说：“他们的目的，在把现在为社会主义的障碍的国家界限打破，把资本家独占利益的生产制度打破。此次战争的真因，原来也是为把国家界限打破而起的。因为资本主义所扩张的生产力，非现在国家的界限内所能包容；因为国家的界限内范围太狭，不足供他的生产力的发展；所以大家才要靠着战争，打破这种界限；要想合全球水陆各地成一经济组织，使各部分互相联结。”[4]陈独秀给《新青年》的题词写道：“我们的任务——世界革命”，“打倒军阀，打倒列强”。中国共产党自创立之时就奉行英特纳雄耐尔（Internationalism）国际主义；并以自己是国际政党（共产国际）为荣，强调自己的革命是世界革命的一部分。这种世界革命的情怀，可以追溯到“五四”知

〔1〕《远东各国共产党及民族革命团体第一次大会宣言》，《先驱》第10号（1922年8月10日）。
〔2〕马克思、恩格斯：《马克思恩格斯文集》第一卷，北京：人民出版社，2009年版，第541页。
〔3〕同上书，第35页。
〔4〕李大钊《布尔什维主义的胜利》，《新青年》第5卷第5号（1918年11月15日）。

识界流行的世界主义思潮。"五四"时期最流行的口号是"改造中国与世界"。青年毛泽东在与新民学会的通信中写道:"以'改造中国与世界'为学会的方针,正与我平日的主张相合,并且我料到是与多数会友的主张相合。以我的接洽与观察,我们多数的会友,都倾向于世界主义。试看多数人鄙弃爱国,多数人鄙弃谋一部分一国家的私利,而忘却人类全体的幸福的事,多数人都觉得自己是人类的一员,而不愿意更繁复的隶属于无意义之某一国家,某一家庭,或某一宗教,而为其奴隶;就可以知道。这种世界主义,就是四海同胞主义,就是愿意自己好也愿意别人好的主义,也就是所谓社会主义。凡是社会主义,都是国际的,都是不应该带有爱国的色彩的。"〔1〕有学者认为:"从政治革命转向社会革命,意味着从国内革命转向世界革命。世界革命并不是国家之间的战争,而是世界的无产阶级联合起来,反对世界资产阶级。早期中共党人蔡和森即认为,社会革命为无产阶级革命,革命对象是国际帝国主义。中国受国际资本帝国主义的经济压迫,外国资本家早已是中国无产阶级的主人,中国的资本阶级就是国际的资本阶级,中国的阶级战争,就是国际的阶级战争。对中国知识分子而言,这样一种世界革命逻辑,与中国救亡图存的目标正相吻合,故而具有相当的吸引力。'救亡图存'是近代中国知识分子的最高诉求。无论是'前五四'的思想启蒙,还是'后五四'的社会革命,均是近代中国救亡图存系谱中的一环。"〔2〕在革命文学家蒋光慈的叙述中,他的革命者在对敌人进行复仇的时候,也想到全人类:"对于一二恶徒的怜悯,就是对于全人类的背叛。"菊芬本来家世富庶,她革命是"为着被压迫的人们,为着全人类"。〔3〕

中国左翼利用阶级性,向整个世界的无产阶级吁求价值支援,并把自己作为整个世界无产阶级革命的一部分。所以,我们能够在李大钊等人热情洋溢的政论文章中,感受到世界主义的热情。这种世界主义的价值虽然不是普遍的人性论,但是从阶级的层面,获得了一个普世性。它摒弃了国家、民族的界限,它以跨国家、跨民族的特点为族群界定的对象。它虽不普适于所有人群,但是,其跨国家民族的特性,仍然可以称为一种有限的普世性。政治领域中,这种普世性的世界主义比较明显,如中国共产党的"保卫苏联"的口号。而中

〔1〕《和森兄子升兄并转在法诸会友:一九一九年十二月一日》,载《新民学会会友通信集》第三集,北京:人民出版社,1980年版,第148—149页。

〔2〕王奇生:《高山滚石:20世纪中国革命的连续与递进》,《华中师范大学学报(人文社会科学版)》2013年第5期。

〔3〕蒋光慈:《蒋光慈文集》第一卷,上海文艺出版社,1988年版,第279、419页。

国左翼文学创作中的世界主义价值观，虽然不多，但是还是时有体现的。如胡也频的小说《到莫斯科去》就体现了这样的价值观。中国左翼作家后来经常引述捷克作家伏契克在其《论英雄与英雄主义》一文的一段话，可以说是这种价值观的体现。伏契克说：“英雄，就是这样一个人，他在决定性关头做了为人类社会的利益所需要做的事。”[1]

但是，从马克思主义本身来说，它虽然是一种普世性理论，但也考虑到了基本的民族问题。因为民族界限是现实的，而国家界限也是如此。正如本尼迪克特·安德森所注意到的：“马克思在他那篇令人难忘的对1848年革命的阐述中，竟然没有说明那个关键性的词语的意义：‘当然每个国家的无产阶级都必须先处理和它自己(its own)国家的资产阶级的关系。’”[2]安德森进一步问道：“我们又怎样解释‘民族资产阶级’(national bourgoisie)这个词被用了一个世纪以上的时间，却没有认真地从理论上使‘民族’这个形容词的相关性合理化。如果以生产关系来界定，资产阶级明明是个世界性的阶级。那么为什么民族资产阶级这个词在理论上是重要的?”[3]显然，马克思注意到了阶级的民族性问题。但是，20世纪20年代前后，中国的马克思主义一直把无产阶级作为一个世界阶级看待，也一直将马克思主义理论作为一种超民族的价值观。就中国革命以及中国“革命文学”来说，尽管它一开始就高举着反对帝国主义的旗帜，因为它兴起于“五卅”的反对日本帝国主义的工人运动；但是，革命和革命文学的价值理念中，民族主义却是位居其次的。因为，中国的共产主义革命是世界范围的共产主义革命的一部分，中国的“普罗革命文学”(尤其在理论上)所奉行的也是世界主义和国际主义的价值观。

但是，20世纪30年代中后期，由于日本侵略危险的日益迫近，中国民族危机空前加深，这不但促使中国共产主义革命不能不将民族主义价值观念整合进入自己的世界主义价值观，当然也促使中国的普罗文学首先从理论上将民族主义整合进入自己的阶级价值观念。这整合的节点，除了茅盾在《子夜》等小说中有所涉及外，大规模的转化应该是“国防文学”的论争。

---

〔1〕【捷克】伏契克：《论英雄与英雄主义》，转引白贺绍俊《呼唤文学意义上的“文化英雄”》，《光明日报》2011年10月17日。

〔2〕马克思、恩格斯：《共产党宣言》，《马克思恩格斯选集》第一卷，北京：人民出版社，1972年版，第262页。译文如下：“每个国家的无产阶级当然首先应该先打倒本国的资产阶级。”

〔3〕【美】本尼迪克特·安德森：《想象的共同体：民族主义的起源与散布》，吴睿人译，上海人民出版社，2008年版，第3页。

在中国现代政治思想史和文学史上，1936 年春夏之交曾发生过“国防文学”论争，过去经常将其称为“两个口号”的论争，即周扬等人提出的“国防文学”口号和鲁迅、冯雪峰等人提出的“民族革命战争的大众文学”之间的论争。“国防政府”和“国防文学”的口号，是由周扬等人在中国国内率先提出的。在 1936 年春天左联解散以后，针对“国防文学”口号，当时发表意见的不仅仅只有鲁迅等人，还有中国托洛茨基派和中国国民党人，只不过他们没有提出针锋相对的口号而已。在这场论争中，鲁迅等人、中国托派和国民党人，所发表的言论大都针对“国防文学”这一口号，因此，称之为“国防文学”论争是比较合适的。之所以被称为“两个口号”之争，其实是由鲁迅的特殊的文学史和政治史的地位造成的。

历史尽管充满了诡秘的叙述，但是真相永在。我们不能苛求身处特殊语境中的历史人物，但是，我们却可以还原历史的真相，并通过历史真相的还原，分析他们真实的动机及其历史效果。对于“国防文学”之争，过去我们只纠结于鲁迅与周扬之间的纠葛，只纠结于鲁迅与托派之间的纠葛，其实都不全面，我认为，应该结合当时的历史语境，也即马克思所说的“历史地”看问题，全面分析其中涉及的三个主要方面——周扬派、鲁迅派和托派，他们各自提出的主张、提出主张的动机；特别是应该结合当时民族危机的历史语境，考察有关各方的观点立场在民族危机下的价值意义，以及这一论争在中国左翼革命文学价值结构演变中的意义。

一　“国防文学”口号的民族主义立场

“国防文学”口号在 20 世纪 30 年代中后期在中国的提出，有着复杂的国际和国内政治文化背景。

“国防文学”的口号首先提出于当时的苏联，有着国际主义的文化背景和价值诉求。20 世纪 30 年代中期，国际共产主义运动尤其是苏联处于空前的危机之中。日本在蚕食中国华北的同时，其战略发生了改变。在中日签订《塘沽协议》后，日军战略重点转向准备对苏作战和防范英、美。德日结盟，日本积极准备进攻苏联。因此，苏联处于日本和德国的两面夹击之中，于是，共产国际动员世界各国共产党“武装保卫苏联”。共产国际在动员各国共产党武装保卫苏联的同时，苏联在国内提出了“国防政府”的口号。苏联及其领导人斯大林提出的“国防政府”动议，也就是反侵略的战时政府。国防政府，建立战时征集机制，动用一切的人员、物资，为保卫国家服务。苏联的"国防政府"，既是一个国家机器，又是一个民族共识机构。由于苏联当时并没有其他的民族分裂势力，也没有阶级分裂力量，因此，这个"国防政府"其含义相对比较单纯。

"国防文学"的口号是为了适应这种战时动员机制而提出的。苏联文学管理组织"赤卫海陆军文学同盟"于20世纪30年代提出了"保卫文学"的口号，汉语也可以翻译为"国防文学"。"赤卫海陆军文学同盟"有着强烈的官方的背景（当然当时的苏联并没有一般意义上的民间文学组织），所提出的这个口号，当然也是为了用文学的形式，达到保卫民族和国家的目的。口号的提出者，具有显著的国家立场，在苏联甚至还创办了一个专门的《国防文学》杂志。

"国防文学"是政府要运用文学的传播和动员功能，以达到对于整个民族的动员。这个所谓的文学概念，其实是一个苏维埃体制下的政治向文学领域的延伸。换一个角度来说，也就是文学为了向政治靠拢，而对于政治概念的复制。文学概念与政治概念的一体化"整合"，是苏联文学理论的一大特色，它反映了苏联特殊的政治意识形态。

"国防政府"同时也是20世纪30年代中期苏联对华的一项外交政策。苏联在1927年之后通过中共发起了对于国民党政府的"阶级斗争"，但是，进入30年代中期，国际形势发生了变化。德国对于苏联的侵略威胁日益加剧，德国的盟国日本也正积极北进，准备由中国东北进攻苏联。为了避免双线作战，它亟需开辟中国战场，拖住日本。同样为了这样的目标，它需要缓和或暂时搁置中国国内的阶级斗争，凝聚中国国内的抗日力量。因此，斯大林通过共产国际，提出了在中国建立"国防政府"的意见。于是，苏联通过共产国际，转而支持中共与国民党政府达成暂时的妥协，并组成统一战线性质的"国防政府"，以中国的抗日战争来缓解日本进攻的威胁。

苏联此一对中国政府的外交政策，对于中共来说，由于它与共产国际的隶属关系和它所信奉的国际共产主义的意识形态，则自然演变为中共的国际主义义务。这与中共此前所信奉的国际主义是一致的。但"国防文学"在中国的引进，也有着中国当时的民族政治背景。

中国的民族危机正日益紧迫。1931年，九一八事变之后，日本加紧侵略中国；1932年1月28日，日本海军陆战队进攻上海闸北，一·二八事变爆发；1932年3月，日本关东军在东北建立伪满洲国；1933年1月，日军进占山海关，开始向中国关内进攻；1935年1月中旬，日军制造了"察东事件"，后成立了"华北自治委员会"。中国的民族危机一方面空前加深，中国国内的抗日情绪正如野火般蔓延。另一方面由于日军的战略变化而有所缓解的国民政府，也想趁机消灭共产党，将日本军国主义的这股祸水引向苏联，而解决中国的民族内部危机问题。

在中国遭遇民族危机的时刻，中国共产党的处境也正岌岌可危。长征途中的红军，正被国民党的大军围剿，随时有着覆灭的危险。他们希望打通通往苏联的通道，获得苏联的援助，以生存下去。这个时候的中共急需一个喘息的机会。"国防政府"和"国防文学"的概念正是在这样的背景下而由身在上海的文艺理论家、中共文化领导人周扬引入和重新阐释于中国。

当共产国际动员各国共产党"武装保卫苏联"的时候，长征途中的红军，也提出了"武装保卫苏联"的口号。同时，作为共产国际支部的中共，迅速观察苏联的战略意图，由中共领导人、驻共产国际代表王明在苏联发表了"八一宣言"，即《抗日救国倡议书》。1935 年底，中共中央召开了瓦窑堡会议，回应王明的决定，决定按照共产国际在西班牙的活动模式，以建立统一战线为方式抵御法西斯国家的侵袭。该年底，毛泽东发表《论反对日本帝国主义的策略》，奠定了这条统一战线的确立方式和理论基础。

"国防文学"的口号是周扬等人于 1935 年提出的。王明的"八一宣言"最初传达到上海，由上海的中共文化界领导人周扬等人执行，解散了"左联"。解散"左联"这一政治—文学组织，实际上就是对于"国防政府"的回应。1934 年 10 月和 1935 年初，周扬、周立波分别发表文章，把"国防文学"介绍到中国，并由"国防文学"又衍生出"国防戏剧""国防诗歌""国防音乐"的口号。这个口号显然是左翼文化界为贯彻"国防政府"而制定的文化政策。在政治上，他们也提出了诸如"一切为了国防""一切服从于国防"等口号。周扬说："国防文学运动就是要号召各种阶层，各种派别的作家都站在民族的统一战线上。"[1]周扬显然主张泛民族统一战线。同时，"国防文学"的激进论者也曾以此口号划界，提出了不是"国防文学"就是"汉奸文学"[2]的论调。

周扬等人提出"国防文学"口号，适应了民族抗战的呼声。显然，"国防政

---

〔1〕 周扬：《国防文学——略评徐行先生的国防文学反对论》，《周扬文集》第一卷，北京：人民文学出版社，1984 年版，第 174 页。

〔2〕 力生：《国防戏剧之敌——汉奸戏剧》，《生活知识》第 1 卷第 10 期。《生活知识》第 1 卷第 11 期"国防文学特辑"认为，今后文艺界就剩两派，"一派是国防文艺，一派是汉奸文艺"。

府”和“国防文学”既有民族危机的推动,也有阶级斗争的策略考量。王明也认为:“工人阶级在统一战线里决不能一刻放松了对于别的任何阶级的批评。”[1]但是,在“民族正义”与“阶级正义”发生冲突的时候,首先选择民族正义,是这一口号的主流意义。尽管也有回应中共的国际主义义务的成分,但由于“国防文学”的口号,提出于民族危机中的中国语境,特定的时代使其民族主义色彩更加浓厚。

不过,相对于正激烈进行的国内阶级斗争,周扬等人的立场显得“右倾”了。不管周扬是否明了其中的策略性,都至少让左翼文化人“看上去”认为他是“右倾”的。

二 左翼内部的“阶级正义”力量

周扬等人提出的“国防文学”口号,其主要的内涵就是“国防政府”,只不过是以文学的名义而提出的。“国防政府”和“国防文学”口号的提出,立刻遭到了国民党人的反对。国民党中宣部在《告国人书》中,直接将“国防文学”论者斥责为“赤色帝国主义的汉奸”。大概是因为,国民政府的战略,可能就是要将日本这股祸水引向苏联,并趁机消灭中共和红军。而“国防政府”和“国防文学”则打乱了蒋介石的战略部署。

“国防文学”之所以引起左翼内部的论争,也主要源于其“国防政府”的政治内涵。“国防政府”和“国防文学”口号的真正的反对者来自左翼内部。这里需要对左翼作一个一般性的解释。左翼,一般指的是“左联”所代表的反对国民党的文化阵线,但是,在1927年以后的阶级斗争中,除了左联文化人,还有中国托派,他们也是一股反对国民党及其政治和文化的力量;甚至也包括信奉早期马克思主义的所谓“第三种人”和“自由人”。就是在左联内部也比较复杂,同样它也包括了周扬等主要从事行政领导的共产党知识分子,也包括鲁迅等与共产党关系密切而又具有自由主义倾向的知识分子。

(一)“国防文学”的反对者——中国托派

反对“国防文学”最为激烈的是中国托洛茨基派(也即左派反对派)。

“国防政府”和“国防文学”的提出,无论是在国际还是在中国国内都遭

〔1〕 本社同人:《新文化需要统一战线》,《文学运动史料选》第三册,上海:上海教育出版社,1979年版,第272页。

遇到激烈的反对。国际的反对者是苏联共产党的反对派，托洛茨基派。托洛茨基认为，国防政府是斯大林为了延缓他的专权统治而采取的一项策略。托洛茨基是苏联革命的元老，其政治理论和文学理论在中国左翼文学界有着巨大的影响。因受到斯大林的整肃，托洛茨基于1926年被流放，后就建立了托派反对派。他专注于反对斯大林主义，并倡导“继续革命”。在中国抗战时期，托洛茨基依然坚持自己的主张，反对斯大林，并反对斯大林的在中国建立“国防政府”的政策，号召中国的革命者继续坚持阶级立场，在中国由工人阶级“独立抗战”。不过，面对中国的民族危机，托洛茨基也提出过“联合抗战”的主张，这样的主张与斯大林的“国防政府”的概念是相似的。

但是，托洛茨基的“继续革命”和“联合抗战”的两项主张，到了中国托派那里，就只剩下“继续革命”了。中国托派是托派国际的分支机构，主要的成员都是从中共分裂出来的人员。其中最有影响力的是“五四”新文化的先驱、中共创始人陈独秀、谭平山。中国托派执行托洛茨基的主张和政策。斯大林与托洛茨基之间的你死我活的斗争，被复制到中国；中共与中国托派之间就处于敌对状态。中国托派主张抗战，但反对中共的“放弃阶级斗争”“阶级合作”和“改宗三民主义”，[1]反对与国民党政府的联合抗战；反对斯大林主义，也反对他的利用中国以达到“保卫苏联”的目的。在陈其昌给鲁迅的信中，也指责中共的国防文学主张，是出卖无产阶级的阶级利益，是无产阶级的叛徒。托派认为，“1927年大革命”的失败，就是合作带来的恶果。再次合作，无疑是将无产阶级投入阶级敌人的口中。陈其昌在给鲁迅的信中，斥责斯大林和中共的“联合战线”“藏匿了自己的旗帜，模糊了群众的认识”，“其结果必然是把革命民众交刽子手们，使再遭一次屠杀”。[2]

托派后来甚至说：“说要我们民众停止独立的抗战活动，而统一到蒋介石领导下去进行抗日，那不是资产阶级的走狗，就是日本帝国主义的奸细。而目前中国斯大林党与各色的所谓救国团体，正演着这种走狗奸细的角色。”[3]

不管中国托派是否明了中国共产党人的“国防政府”和“国防文学”口号的

---

〔1〕 王凡西：《双山回忆录》，北京：东方出版社，2004年版，第189—190页。
〔2〕 鲁迅：《答托洛茨基派的信》，《鲁迅全集》第六卷，北京：人民文学出版社，2005年版，第607页。
〔3〕 《为日本帝国主义侵略华北告民众书》(1937年7月20日)，转引自唐宝林《中国托派史》，台北：东大图书公司，1994年版，第223页。

策略性，但出于他们与斯大林的仇恨、与中共的敌对本能，他们都从口号本身出发，认为其是“国家主义”的，是寻求与国民党政府妥协的“阶级投降主义”。从他们的一贯逻辑来看，国民党政府是出卖民族利益的，而对国民党政府的妥协，必然出卖了民族利益。

因此，中国托派显然认为自己才是真正的“革命者”和“爱国者”，而国防文学论者则是“走狗”和“汉奸”。

（二）“国防文学”的反对者——鲁迅

中国左翼文坛的精神领袖是鲁迅。他的最亲密的追随者是胡风，其次才是冯雪峰。鲁迅对于周扬等左翼文化领导人不发宣言就解散“左联”，有着强烈的不满；他对于国民党政府的阶级仇恨无法忘却，对于“民族统一战线”，对中共的政策“不大明了”，甚至“怀疑”。[1]

鲁迅担心“革命者”再次“上当”，他提出，革命者既不能做“异族的奴隶”，也不能做“自己人的奴隶”。[2] 而且鲁迅等人还认为，“国防文学”之“国防”有着维护资产阶级“国家机器”的嫌疑，这是他们所不能接受的。[3]

“国防文学”之“国家”一词，英文是“nation”。Nation 一词，在英文中是“民族”的意思。但是，在现代中国，往往将其翻译为“国家”。如张东荪等人的国家主义，其实就是民族主义。[4] 而国家主义，从一般的意义上不但包含了“民族”，还包含了“国家机器”。“国家本是一种人为的制度”，[5]在两个口号论争中，郭沫若注意到了这个问题，他也从英文 national defence 开始解释“国防文学”的概念。但他又没有延续他早年的理解，而是一笔带过，认为只要有了统一的“规约”，就可以用。[6] 在他的解释中，显然将中共的抗日统一战线的范围覆盖了当时的国民党政府。而胡风也注意到这个“国防文学”的概念，其实是从苏联拿来的，在苏联“国防”就是政府的国防；而移用到中国，则造成了混乱，也就是将国民党政府包含进了抗日民族统一战线。这是他们所无法

〔1〕 冯雪峰：《回忆鲁迅》，鲁迅博物馆、鲁迅研究室、《鲁迅研究月刊》选编：《鲁迅回忆录》下册，北京：北京出版社，1999 年版，第 655 页。

〔2〕 鲁迅：《半夏小集》，《鲁迅全集》第六卷，北京：人民文学出版社，2005 年版，第 617 页。

〔3〕 胡风：《胡风回忆录》，北京：人民文学出版社，1993 年版，第 60 页。

〔4〕 李璜：《释国家主义》，载少年中国学会：《国家主义论文集》第一集，上海：中华书局，1923 年版，第 1 页。

〔5〕 郭沫若：《国家的与超国家的》，《郭沫若全集文学编》第十五卷，北京：人民文学出版社，1990 年版，第 182 页。

〔6〕 郭沫若：《国防·污池·炼狱》，载《文学运动史料选》第三册，上海：上海教育出版社，1979 年版，第 338 页。

忍受的。所谓“国家主义”,也是中国托派所厌恶和反对的。中国托派认为,鲁迅对于国家主义有着天然的厌恶。这是确实的。

鲁迅等人认为,这样的口号显然有着因抗战而模糊阶级界限、因抗战而“阶级投降”的嫌疑,即所谓“政治原则上的阶级投降主义”。[1] 甚至连冯雪峰也说:“个别的革命作家也曾经写过了放弃阶级立场的文章。”[2]正因为如此,他才对于“国防文学”的提法不满,进而提出“民族革命战争的大众文学”,也就是要突出革命阶级在抗日民族统一战线中的领导地位。鲁迅在后来的《半夏小集》中所念念不忘的是“内奸”,是那些出卖阶级利益的人。他认为,“统一战线”一出,那些最早的叛徒,获得了利益。好像他们才是先知先觉的“联合抗战”的先驱。显然,鲁迅所愤恨的叛徒既包括那些早期的共产党叛徒也包括周扬等人。

鲁迅的担心和主张,与当时中国托派的主张非常相近。托派的感觉是正确的,他“有着真诚的革命者对于阶级斗争的坚定,对于无条件地投降于国家主义的厌恶”。[3] 托派与鲁迅有着相似的主张,即支持对日抵抗,但也在阶级基础上批评国民党政府。[4] 冯雪峰于 1952 年在《新观察》杂志连载的《回忆鲁迅》中,不但引述了他与鲁迅之间的谈话,还分析了《半夏小集》以证实自己的观点。他认为,鲁迅是一位坚定的阶级战士。[5]

但从《答托洛茨基派的信》等三篇文章中,我们又能看到,鲁迅对于“国防文学”的妥协,甚至是认同的。从后来的胡风的回忆录以及鲁迅和冯雪峰的手稿,我们可以看到,《答托洛茨基派的信》和《论现在我们的文学运动》,都是出自冯雪峰之手。病重的鲁迅对于《答托洛茨基派的信》几乎没有做出什么反应,[6]而对于重复“国防文学”主张的第二篇文章,则已经“不耐烦”了。[7]这三篇文章中的关于“国防文学”口号的认同性的、重复性的阐述也是出自冯雪峰之手。而《答徐懋庸》这封信中的对于“国防文学”认同的内容也是出于冯雪

---

[1] 胡风:《胡风回忆录》,北京:人民文学出版社,1993 年版,第 56 页。

[2] 冯雪峰:《回忆鲁迅》,鲁迅博物馆、鲁迅研究室、《鲁迅研究月刊》选编:《鲁迅回忆录》下册,北京:北京出版社,1999 年版,第 656 页。

[3] 王凡西:《双山回忆录》,北京:东方出版社,2004 年版,第 190 页。

[4] Gregor Benton. *Luxun, Leon Trotsky, and the Chinese Trotskyists, East Asia History*, June1994 (Institute of Avanced Studies Austrilian National University), p.92.

[5] 冯雪峰:《回忆鲁迅》,鲁迅博物馆、鲁迅研究室、《鲁迅研究月刊》选编:《鲁迅回忆录(下册)》,北京:北京出版社,1999 年版,第 677 页。

[6][7] 胡风:《鲁迅先生》,《新文学史料》1993 年第 1 期,第 6—38 页。胡风在出版的《回忆录》中删除了此段。

峰之手，这可以从后来发现的冯雪峰的手稿和鲁迅的手稿看出。而这封信的结尾对于徐懋庸和周扬的激烈的攻讦，才是鲁迅自己写的。在《答徐懋庸》的文末，鲁迅他讲了一段意味深长的话：“临末，徐懋庸还叫我细细读《史太林传》。是的，我将细细的读，倘能生存，我当然仍要学习；但我临末也请他自己再细细的去读几遍，因为他翻译时似乎毫无所得，实有从新细读的必要。否则，抓到一面旗帜，就自以为出人头地，摆出奴隶总管的架子，以鸣鞭为唯一的业绩——是无药可医，于中国也不但毫无用处，而且还有害处的。”〔1〕

这段话针对徐懋庸以及周扬是毫无疑问的，但是，鲁迅“好像”是读过徐懋庸所翻译的《史太林传》，但是鲁迅读过《史太林传》却得出了——“抓到一面旗帜，就自以为出人头地，摆出奴隶总管的架子，以鸣鞭为唯一的业绩”的结论。在斯大林传中，鸣鞭者是托洛茨基或者布哈林等人吗？显然不是，因为在这部书翻译过来的时候，托洛茨基这些人也早已被斯大林打倒。唯一的所指应该是斯大林了。因此这篇文章细细品味的话，与其说批判了周扬，还不如说是在批判斯大林。只不过他没有直接批判斯大林而是让徐懋庸等人充当了被批判的替身而已。在这篇文章中，甚至表现出“托派也是抗日一分子”的意思。

这恰恰说明了鲁迅对于自己观点的坚持，以及鲁迅对于冯雪峰与周扬的“妥协”矛盾的心态，既坚持自己的观点，甚至坚持自己的性格，但又要照顾冯雪峰的处境，而不能不放任冯雪峰继续使用自己的名义来与周扬派“沟通”和“妥协”。

与由冯雪峰代笔的《答托洛茨基派的信》等三篇文章相比较，鲁迅在逝世之前所发表的《半夏小集》很显然更能证明他的基本立场。鲁迅显然站在自己的立场上，念念不忘用“纳款”“通敌”〔2〕来暗指“国防文学”派。

三 “阶级正义”与“民族正义”的纠缠与动荡

在“国防文学”论争中，无论是在鲁迅与周扬之间，还是在鲁迅与托派之间，还是在周扬与托派之间，冯雪峰都扮演了重要的角色。

冯雪峰在鲁迅与周扬之间扮演了一个被动调和者的角色。

鲁迅和中国托派对于“统一战线”的怀疑，在共产党人的内部也是普遍存

〔1〕 鲁迅：《答徐懋庸并关于抗日统一战线问题》，《鲁迅全集》第六卷，北京：人民文学出版社，2005年版，第550、558页。

〔2〕 鲁迅：《半夏小集》，《鲁迅全集》第六卷，北京：人民文学出版社，2005年版，第618页。

在的。面对“国防政府”和“国防文学”的口号，当时的共产党人意见也存在着分歧。澳洲学者班国瑞认为：在中共的抗日统一战线主张中，毛泽东主张既联合又斗争；而王明则主张一切服从于国防，所谓“无摩擦联合”。[1] 显然冯雪峰从延安到上海，所秉持的是毛泽东的路线，而周扬所奉行的则是王明的方针。其实，王明也认为：“工人阶级在统一战线里决不能一刻放松了对于别的任何阶级的批评。”[2]但作为“统一战线”和“国防政府”的始作俑者，他给人的印象是“一切服从于国防政府”的阶级投降主义者。

当冯雪峰到达上海之后，他显然也认为“国防文学”的口号太过于“右倾”，也太过于丧失“原则性”；他的观点与鲁迅一拍即合。但冯雪峰的特殊的身份，又使得他不能伸张自己的观点，更不能反对周扬等人的观点。因为无论是周扬还是冯雪峰都扮演了共产党人的角色。但是，他又必须传达一部分共产党人的忧虑，尤其是要照顾到鲁迅的主张，因此，他与鲁迅、胡风一起提出了“民族革命战争的大众文学”的口号。口号主张在民族革命战争之下的文学统一战线，不能忘却了阶级斗争，要抗战，但也要坚持无产阶级的主导。这是在名词上的修正，当然也包括由此所带来的表述内容的修正，即，坚持无产阶级革命文学的价值理念，既主张抗日统一战线，甚至是泛民族统一战线，又强调抗战中的阶级斗争。

但“民族革命战争的大众文学”的口号的提出，遭遇了“国防文学”的强烈反弹，造成了左翼内部两派之间相互对垒的态势。周扬等人认为新提出口号造成了两个口号并行，分散了注意力，分散了力量，说严重一点也造成了左翼的分裂。当时的处于中间的一些左翼人士，比如茅盾，也认为没有必要新提出口号，一个口号比较好。周扬甚至专门拜访鲁迅，要求鲁迅收回这个口号。周扬等人控制的刊物和胡风等人控制的刊物，出版专版提出自己的观点，彼此攻讦，闹得不可开交。鲁迅很显然支持“两个口号”并行，而周扬则相反。但旁观者看得比较清楚，郁达夫说：“口号的名目，或有出入，但最后的理想，最大的目标，当然是只有一个。”[3]

---

〔1〕 Gregor Benton. *Luxun, Leon Trotsky, and the Chinese Trotskyists, East Asia History*, June1994 (Institute of Avanced Studies Austrilian National University), p.92.

〔2〕《新文化需要统一战线》，《文学运动史料选》第三册，上海：上海教育出版社，1979 年版，第 272 页。

〔3〕 郁达夫：《国防统一战线下的文学》，《郁达夫文集》第六卷，广州：花城出版社、香港：三联书店，1983 年版，第 306 页。

在这样的形势下，作为“民族革命战争的大众文学”这一口号的始作俑者，也是这场论争的点火者，和作为一个负有特殊使命的共产党人，冯雪峰就只能在两派之间进行调和，充当一个和稀泥的调解人的角色。但他又不能否定鲁迅的主张，所以就尽量地以鲁迅的名义，将两种观点向一起拉，让它们变成一个观点。

于是出现了以鲁迅名义发表的《答托洛茨基派的信》《论现在我们的文学运动》甚至《答徐懋庸》这三篇文章。从这三篇文章中，我们可以看到，所谓“鲁迅的观点”几乎与“国防文学”主张是完全一致的。他们都主张，在民族统一战线的大旗下，只要不是汉奸，都可以联合。“新的口号的提出，不能看作革命文学运动的停止，或者说‘此路不通’了。所以，决非停止了历来的反对法西斯主义，反对一切反动者的血的斗争，而是将这斗争更深入，更扩大，更实际，更细微曲折，将斗争具体化到抗日反汉奸的斗争，将一切斗争汇合到抗日反汉奸斗争这总流里去。决非革命文学要放弃它的阶级的领导的责任，而是将它的责任更加重，更放大，重到和大到要使全民族，不分阶级和党派，一致去对外。这个民族的立场，才真是阶级的立场。”〔1〕

在以鲁迅名义发表的这三篇文章中，甚至只是说“民族革命战争的大众文学”的口号，只是弥补“国防文学”的“不足”，而并没有否定的意思，更没有动摇“国防文学”作为主导口号的地位的意思。而这种“让步”，并没有获得“国防文学”派的理解和谅解。冯雪峰以鲁迅名义写作的《答托洛茨基派的信》和《论现在我们的文学运动》甚至被周扬派的杂志拒绝发表，后来虽然发表了，其中一篇还被加了一个很长的批驳性的编者按，甚至还出现了后面徐懋庸直接写信辱骂胡风的事情。

显然，冯雪峰是有自己的观点的，而且他的观点与鲁迅是几乎相同的。但由于上海特殊的形势，尤其自己共产党人的角色，他只能被动地充当调停者，一个不讨好的“检讨者”，一个由自己所点起的论争之火的“灭火者”。

在鲁迅与托派的关系中，冯雪峰则扮演了一个主动出击者的角色。

鲁迅对于托洛茨基及其革命和文艺理论向来保持着尊敬，哪怕是托洛茨基在其祖国被迫害和流放都是如此；鲁迅对于中国托派的领袖陈独秀向来保

〔1〕 鲁迅：《论现在我们的文学运动》，《鲁迅全集》第六卷，北京：人民文学出版社，2005 年版，第 612 页。

持着尊敬，无论是他身为共产党的总书记还是“走麦城”而成为中国托派的领导人也都是如此。鲁迅与中国托派对于“国防政府”与“国防文学”的看法更是有着相似性。他们都主张抗战，都反对与国民党政府的妥协，甚至他们在反对的时候所使用的政治术语都如此的相似，即主张“反蒋抗日”，而不是“拥蒋抗日”。正因为如此，托派陈其昌才给鲁迅写信，陈述自己及托派的主张，并将鲁迅引为“知己”“同志”。

但是，陈其昌的信引来了以鲁迅名义的辱骂。在《答托洛茨基派的信》中，“鲁迅”将“汉奸”的嫌疑加诸托派的身上，并由其刊物印刷的精美而怀疑其收了日本人的资助。在这封信中，“鲁迅”还盛赞了托派的敌人——中国的毛泽东和苏联的斯大林。信中说：“史太林先生苏维埃俄罗斯社会主义共和国联邦，在世界上任何方面的成功，不能说明托洛斯基先生的被逐、漂泊、潦倒，以至‘不得不’用敌人金钱的晚景的可怜吗？”[1]这段话直接攻击托洛茨基。显然，这封信出乎托派的意料之外，当然也出乎当时很多人的意料之外。“鲁迅”将己所不欲的东西而施于人，显得很残忍，很不地道。

从后来鲁迅和冯雪峰的手稿，以及胡风的回忆录中，我们可以看到，这封信完全是由冯雪峰一手操办的。就在《答托洛茨基派的信》发表后，冯雪峰再次起草了《答徐懋庸》的信。冯雪峰在这篇文章中除了大段阐述“民族革命战争的大众文学”与“国防文学”的相似性之外，还在其中一些不经意的段落里，对于《答托洛茨基派的信》在社会上引起的怀疑作出了回应和坐实。《答徐懋庸》一文在回答《社会日报》的质疑时说：“最近的则如《现实文学》发表了OV笔录的我的主张以后。”[2]发表在《现实文学》杂志上的文章，是《答托洛茨基派的信》《论现在我们的文学运动》。《答徐懋庸》明确认领了这两篇文章。当然，从后来冯雪峰的手稿中，我们可以看到，这部分是冯雪峰所起草的，可以说表达了冯雪峰的一以贯之的思想；但是，病后清醒的鲁迅则是仔细“审定修改补充”的这篇文章，他也许并不完全同意冯雪峰在这两篇文章中的意思，但也没有反对。可能正如冯雪峰在回忆录中所指出的，鲁迅在政治上“支持共产党所指示的总的革命的方向和战斗”。[3]

---

〔1〕 鲁迅：《答托洛茨基派的信》，《鲁迅全集》第六卷，北京：人民文学出版社，2005年版，第609页。

〔2〕 鲁迅：《答徐懋庸并关于抗日统一战线问题》，同上书，第555页。

〔3〕 冯雪峰：《回忆鲁迅》，鲁迅博物馆、鲁迅研究室、《鲁迅研究月刊》选编：《鲁迅回忆录》下册，北京：北京出版社，1999年版，第655、659页。

班国瑞认为,《答托洛茨基派的信》的写作者冯雪峰的“泼污”托派的动机,是为了保卫他自己、鲁迅以及其他的“民族革命战争的大众文学”口号的支持者,以免遭对手“国防文学”派说他们是托洛茨基主义的指责。[1] 胡风也证明,延安的中共领导怀疑鲁迅是同情托派的;“国防文学”论者也将托派“栽污”到鲁迅的头上。[2] 那些反对鲁迅的人,曾于1933年2月期间曾攻击“现实主义”作家胡秋原,说胡秋原无区别地既“崇拜”斯大林,又“同情”托洛茨基,而且“非常尊敬”克鲁泡特金,并且“惋惜”陈独秀和邓演达的遭遇。据陈胜长说,鲁迅认为这些攻击胡秋原的话,暗中也是攻击他的政治态度的,于是在3月5日著文回答这个攻击。[3]

但是,我认为虽然在“国防文学”的论战中,鲁迅和冯雪峰被指称为“托派”,鲁迅却没有打击中国托派的理由,而冯雪峰却有。鲁迅虽与中共有着亲密的关系,同情和支持中共,但他仍然是一个自由主义的文化人,即使他的观点立场与托派相似,被骂为“托派”,他也没有必要为此而通过辱骂托派与其划清界限。但冯雪峰却不同,他是共产党人,他身负有打击斯大林的政敌托洛茨基的职责,也负有打击中共的政敌中国托派的职责。他在鲁迅病重之时,模仿鲁迅的笔调,以鲁迅的名义发表了这封信,以达到给予中国托派以重击的目标。他直接加诸以“汉奸”嫌疑,为后来王明、康生等人抹黑托派做了铺垫。当然,他也为自己洗刷了托派的嫌疑,这一点对于冯雪峰的政治生命来说尤其重要。当然,他也通过这封信而将鲁迅与托派变成了敌对的两个方面,从而完成自己这次上海之行的任务。冯雪峰要实现“一石三鸟”的目标,他只能通过鲁迅之手。鲁迅之手的效果,无论是对托派的打击还是对于自己的洗刷,都要比冯雪峰自己出马要好得多。当然,也可能冯雪峰也在为鲁迅进行政治洗刷,原因是鲁迅在“国防文学”论争之前就被认为有托派嫌疑,而冯雪峰到达上海的目的之一,就是为了防止或劝说鲁迅放弃其“托派立场”。假如冯雪峰这一使命是真实的话,他在鲁迅病重之时借用鲁迅的名义所发表的这篇文章,显然就

---

〔1〕 Gregor Benton. *Luxun*, *Leon Trotsky*, *and the Chinese Trotskyists*, *East Asia History*, June1994 (Institute of Avanced Studies Austrilian National University), p.101.

〔2〕 胡风:《鲁迅先生》,《新文学史料》1993年第1期。胡风说:“‘国防文学’派放出流言,说‘民族革命战争的大众文学’是托派的口号。冯雪峰拟的回信就是为了解消这一栽诬的。”该文收入《胡风回忆录》时被删除。但郑超麟却注意到了,在他的回忆录中摘取了这段。见《郑超麟回忆录》(下),北京:东方出版社,2004年版,第354页。

〔3〕 陈胜长:《托洛茨基的文艺理论对鲁迅的影响》,《香港中文大学中国文化研究所学报》第21卷(1990年),第285—311页。

有了“政治立场绑架”的意图了。

冯雪峰的基本价值立场，是阶级正义，既与鲁迅相同，也与托派相似；但他却是打击托派的主要实施者。假如说他与周扬之间的争执所涉及的主要是价值立场之争的话，而他对中国托派的主动攻击，却基本可以判定为左翼内部的政治斗争，其意义在本文的论述之外。

四 基于民族价值立场的历史评价

在“国防文学”论争中，所有的参与者都动辄以“内奸”“汉奸”称谓对手，而以“爱国者”“革命者”自诩。在阶级斗争和民族斗争激烈的时代，这种论争话语是不足为奇的。当时很多的政治家、文学家在论争中都使用过这样的话语指斥过对手。但这种话语，也确实是很具有杀伤力的。不过，历史的评价并不能因为当时的一方加诸对手以这样的称谓而给予一锤定音的定性。

“国防文学”论者，不管其所提出的主张和口号有着怎样的国际背景和自己的目的，但是，在民族危机的关头，“国防政府”和“国防文学”的口号及其泛抗日民族统一战线的主张，对内有利于民族和解和民族团结，对外有利于抗击日本侵略者。从这个角度来说，这个口号是民族主义的口号，也是一个爱国主义的口号。他们不是“汉奸”，而是“爱国者”。尤其是在民族利益和阶级利益两种价值观对立的状态之下，选择以民族利益为重，这是难能可贵的。但是，这个口号所主张的泛民族统一战线思想，由于模糊了阶级和政党的界限，所以他们被指责为“内奸”，而历史证明他们不是“内奸”，而是坚定的阶级论者。而且，这个口号对于凝聚战时的民族精神和文学精神，也都是有益的。正如茅盾在论争中所说的，“非常时期”需要的文学是“国防文学”；而且“提高民众对于‘国防’的认识(使民众了解最高意义的国防)，促使民众的抗战的决心，完成普遍一致的无力抵抗侵略的行动”，则是各种体裁必须都有的一个“中心思想”。〔1〕

对于中国托派，从他们的主张和后来的历史来看，他们也都是民族主义者，也都是“爱国者”，而不是“汉奸”。但是，他们主张阶级的独立抗战，反对与国民党政府的妥协和联合，从阶级论和当时的阶级斗争来说，他们确实坚持了无产阶级的基本价值底线，可以称得上是最为坚定的“革命者”；但是，他们的

---

〔1〕 波(茅盾)：《需要一个中心点》，《文学》(第6卷第5号)1936年5月1日。

主张在民族危机的紧要关头，显然不利于民族抗战，不利于民族生存危机的缓解，所以说冯雪峰在《答托洛茨基派的信》中说他们的行为“只能让日本人感到高兴”，未必不是说到了要害之处。

同样，鲁迅的主张与中国托派的主张非常相似，他当然也是一个坚定的“革命者”。同时，我们也不怀疑鲁迅是一个坚定的民族主义者，一个“爱国者”。鲁迅很多有关爱国主义的言论，都说明了这一切。同样，他所坚持的对于国民党政府的不妥协的立场、斗争的立场，同样在民族危机的时候，也是不利于民族和解和团结抗战的。但即使如此，也不能说他是一个“汉奸”或“卖国者”。他对于冯雪峰所起草的对于“国防文学”主张的默许，正反映了他对于自身所坚持的立场的犹豫，以及对于“国防文学”主张的某种程度的支持。

从上述可以看到，其实相互指责对方为“内奸”“汉奸”的各方，他们都是坚定的“革命者”，也都是坚定的“爱国者”。只不过他们所提出的主张所坚持的价值立场，在复杂的国际和国内形势之下，在民族危机之下，他们所起到的作用以及实际的历史效果还是有差异的。

我们不能不注意到，面对民族危机，“国防文学”的口号，显然更受到当时人们的欢迎。因为“国防文学”的口号，其价值基点是立足于民族大义的。由于国内的阶级斗争，大规模的内战以使得民族撕裂，生灵涂炭，民族和解正是民众之所愿。正因为如此，这个口号虽然国民党政府斥之为“汉奸”，但却得到了文化界比较普遍的支持；在左翼内部，也得到了茅盾，甚至郁达夫的支持。尽管它提出的最初的动机，可能出于中共在内战中处于劣势下的自保，但是它却是民族生存危机之时的一种正确的主张，是一种基于民族大义的主张；而且它不但对于抗日民族统一战线，而且对于消弭文艺界自大革命失败以后所形成的对立和裂痕，都起到了极大的作用。而鲁迅则依然纠结于阶级利益，对于民族利益有“忽视”之嫌。这也是他在后来备受诟病的源头之一。不过，鲁迅在冯雪峰的“调解”之下，提出了“民族革命战争的大众文学”的口号，既照顾民族利益又不放弃阶级利益，从客观上对他的立场是有纠偏作用的。中国托派更是固守阶级利益，其价值的基点在于阶级正义，由于它拘泥于理论概念而罔顾民族危机的现实，并且对于其他阶级的联合抗战“恶毒”攻讦，因此，它的“独立抗战”的主张不但不能实现，而且有损于民族抗战的策略，在“客观上”是有损于民族的利益的，尽管他们都是坚定的爱国者。正如周扬在答胡风派徐行的文章中所说：“无条件地藐视民族情感，如果不是出于一种汉奸意识，就至少

有帮助汉奸，在心理上有叫大家做亡国奴的危险。”〔1〕

通过这次论争，左翼文学界和政治界开始将阶级价值观与民族价值观进行有效的整合，将阶级文学和阶级政治转化为一种阶级的民族政治和文学。

中国现代左翼“革命文学”，从它发生起，就如同现代红色革命一样，其基本的价值立场在于争取阶级正义。但是，它所提倡的阶级革命毕竟是在中国民族的范围来进行的，因此，带有共通性的阶级价值观与现代民族语境一直有着相互调适、在阶级价值观中容纳民族价值观念的问题。可以说，虽然在第一次国共合作期间，中共也提出了“反帝”“反封建”的口号，阶级价值观和民族价值观的冲突并不显著，相互的吸纳也还是没有很好的机会。只有当20世纪30年代日本侵略中国的大背景下，中国左翼革命文学吸纳民族价值观念的契机才得以出现。而1936年前后所出现的“国防文学”论争恰恰就是左翼革命文学内部两种价值观念相互冲突的表征。正是通过这次论争，民族价值观最终实现了与左翼阶级价值观的融合，也使得左翼革命文学单一的阶级价值发生了结构性嬗变，成为阶级—民族的双核结构。

第三节　“革命文学”的人民伦理秩序与道德情感

文学作为一种“人学”，情感性是其主体与生俱来的表现形式。而且这种情感是有倾向性的，即有伦理性和道德感。无产阶级革命文学强调文学不仅要求建构文学的阶级立场，从文学的主体性上设置文学的创作法则，而且还要从主体(创作和批评主体)上设置情感的阶级道德规范。这种伦理性的情感倾向性，它用“人民性”来进行表述。

“人民”以及“人民性”是无产阶级革命文学的一对重要概念。作为一对有着丰富的历史积淀的概念，“人民”可以被阐释为“公民”“民族”“人类”和“工农兵”等；同样，“人民性”也有着“公民性”“民族性”“阶级性”与“人性”等多重内涵。〔2〕在“人民性”的文化阐述中，它显然来源于“人民”，可以看作是对于“人

〔1〕周扬：《国防文学——略评徐行先生的国防文学反对论》，《周扬文集》第一卷，北京：人民文学出版社，1984年版，第173页。

〔2〕方维保：《人民、人民性与知识良知》，《文艺争鸣》2005年第6期。

民”(实体)集体本质特性的概括;但“人民性”作为一种文化想象的共同性,它更多地取决于其想象主体的情感和道德倾向,因此其含义就更具有了想象主体的道德主体性。20世纪中国革命文学主体,在无产阶级革命的政治维度上,重新对“人民”和“人民性”进行了阶级论阐释。作为革命文学的政治倾向性的表现,“人民性”主要是“从社会主义这种意识形态对文学的要求引申出来的”。[1] 它所表述的是革命文学主体面对“人民”在进行叙述时的情感、立场以及叙述中的道德伦理机制。革命文学观念在政治和文学范畴内建构了一套有别于经典人道主义和启蒙主义人民性思想的价值伦理体系。

一 人民伦理秩序的形成史

伦理起源于血亲宗法制社会的家族内部秩序。“伦”,次序之谓也,“伦理”似乎便是指长幼尊卑的道理,比如中国有“天地君亲师”的古训。现代社会重建伦理秩序,将情感与道德建构于正义公平之上。但阶级社会并不具有伦理的超越性,它将传统的血亲伦理置换为阶级伦理,并将公平和正义与阶级伦理结合,形成了阶级论背景下的伦理秩序链条。

中国古代文化很早就建构起了有关“人民”的知识系统。《尚书·五子之歌》中说:“民惟邦本,本固邦宁。”《孟子·尽心下》中孟子也说:“民为贵,社稷次之,君为轻。”在这里,“民”是国家社稷的基础,是国君之外的所有的国民。同时,古代文化中还将“民”与“君”“仕”“士”相对提出。也就是说,国君之外的人群又被划分为几个社会阶层:“民”,就是“黎民”“百姓”;而知识分子则是“士”,并且“学而优”则成为“仕”(官僚)。知识分子和人民分属于不同的社会阶层,知识分子当然不是“民”。在“民”之外,中国古代又提出了“人”的概念。孔子说:“仁者,爱人。”又说,“仁者,人之所以为人之理也。”这里所说的“人”则是比较抽象的人群合称,“爱人”也就是对人的生命的关爱,孔子并且把“仁爱”看作是“人之所以为人”的本体特征。自唐代太宗以后,为避其“世民”之讳,在其后唐代大部分时间内,论者都以“人”替“民”行文。柳宗元在其名篇《捕蛇者说》中就说“以俟观人风者得焉”。“这一小小的改变逐渐成为中国古代学人的传统,使自先秦以来本来就相通的人本说和民本说合为一体。同一意义上使

---

〔1〕 陈顺馨:《社会主义现实主义理论在中国的接受与转化》,合肥:安徽教育出版社,2000年版,第43页。

用‘民本’和‘人本’两个概念。”在现代汉语中“人民”作为一个合成词，在意义上也已经紧密结合。但中国儒家哲学提倡“民本”，是要求统治者施仁政，有体念生命的哲学维度，在政治法则层面上重视人民对政权的作用，但却没有将其上升到主体地位，更不要说民权意识了。因此，在文化上，无论什么时代君主与知识分子与人民之间的尊卑秩序一直都是存在的，所谓的“父父子子”“君君臣臣”就是这种秩序的表达。

“人民”是文艺复兴运动以后的现代西方知识界的理论聚焦点。14到16世纪的意大利文艺复兴运动，最早关注的是从宗教桎梏下解放出来的“人”的权力，从而开启了伸张个体人性和生命意志的人本主义思潮。但作为集体意义上的“人民”“人民性”则来源于18世纪的关于“民族”的讨论。德国学者赫德(Johan Gottfried Herder)将民族(nation)视为一种“具有特殊性的语言和文化团体”，一个争取政治自主性之特殊社群，“具有主权之人民(a sovereign people)”。[1] 从18世纪后半叶开始，经由启蒙时代和法国大革命，“nation”一词事实上和“人民”(peuple, Volk)、“公民”(citoyen)这类字眼一起携手走进现代西方政治词汇中。对“人民”进行系统阐释的是法国人卢梭。他将“人民”阐释为“公民”。卢梭从“社会契约”这一角度论述了“人民”的公民特征，他说：“这一由全体个人结合而成的公共人格，以前称为城邦，现在则称为共和国或政治体；当它是被动时，它的成员就称它为国家；当它主动时，就称它为主权者；而以之和它的同类相比较时，则称它为政权；至于结合者，他们集体地被称为人民；个别地，作为主权权威的参与者，就叫做公民；作为国家法律的服从者，就叫做臣民。”[2]卢梭在现代的时间维度上将公民的共同体看作“人民”。这样的“人民”是“公民”的理论在俄罗斯民主主义理论家别林斯基那里得到了一定程度的延续。别林斯基认为：“‘人民’总是意味着民众，一个国家最低的、最基本的阶层，‘民族’意味着全体人民，从最低直到最高的、构成这个国家总体的一切阶层。”[3]别林斯基将人民作为全体民族成员的概称，人民当然也就是具有现代性意义的公民了。波斯波洛夫和列夫·托尔斯泰也倡导过“真正的人民性就是全民性”。[4] 这与中国传统儒

[1] 【德】赫德：《诗歌中各民族的声音》，转引自[苏]彼斯波洛夫主编：《文艺学引论》，长沙：湖南文艺出版社，1983年版，第566页。

[2] 【法】卢梭：《社会契约论》，何兆武译，北京：商务印书馆，2003年版，第21页。

[3] 【俄】别林斯基：《别林斯基论文学》，梁真译，北京：新文艺出版社，1958年版，第82页。

[4] 刘宁主编：《俄国文学批评史》，上海：上海译文出版社，1999年版，第504页。

家的将“民本”看作是“国家之本”的观念倒是有相似之处，但在民权观念上当然是大异其趣的。

“人民”和“公民”显然是相对于国家而言的权力主体。所谓的“人民性”也就是公民性，一种有关基于现代民族民主观念的公民实体的建构想象，界定的是人民与国家之间的关系。但是，“nation”所指涉的是一种理想化的“人民全体”或“公民全体”。在此意义上，它又是和“国家”非常不同的东西：nation是(理想化的)人民群体，而“国家”是这个人民群体的自我实现的目标工具。于是，“人民”与“民族”一样都被定义为“想象的共同体”。〔1〕但俄罗斯知识分子所界定的“民族性”则更多地带有乡土情感，别林斯基就将它理解为“某一民族、某一国家的风俗、习惯和特色”。〔2〕在这里，民族性就是民族基于共同的语言、地域文化、政治信仰、风俗习惯甚至种族的共同性。而这一切的特点都是从人民的生活中提炼出来的，因此，人民性也就是民族性。从文化本质上来说，前者基于启蒙伦理，而后者则基于乡土情感。更为重要的是，现代文化中的“人民”的公民观念和“人民”的民族观念确实打破了宗法制社会的等级尊卑秩序，建构了一种基于“天赋人权”之上的新的伦理秩序。

俄罗斯民粹主义对“人民”有着自己的一套价值体系。从卢梭开始，“人民”的“公民”的意义就包含着对社会底层倾斜的人道主义倾向，包含了人本主义的生命哲学。从文化史来看，“可以肯定的是，民粹主义的始作俑者是卢梭，不是俄国那批‘要做鞋匠’的青年军官和平民知识分子。法国人说，谁也没有像卢梭那样，给穷人辩护得那样出色”。平民知识分子别林斯基、杜勃罗留波夫、赫尔岑等人“在睡觉以前不是祈祷，而是阅读马拉和罗伯斯庇尔的演说”。俄国革命党人“用俄语复述当年卢梭以法语呼喊过的一切，让·雅克的平民社会观才获得了一个举世承认的学名——hapoghuiocmto‘民粹主义’”。〔3〕虽然如此，真正的民粹主义不是出现在法国，其真正的代表也不是卢梭，卢梭思想代表的是启蒙主义，其“回到自然”说并不是民粹主义所理想的农民“村社”，而是抵制异化的策略。法国不是民粹主义的“故乡”，倒是俄国一大批平民知识分子将民粹主义发扬光大，形成一种有着广泛影响的社会政治运动。

---

〔1〕吴叡人：《〈想象的共同体〉导读》，载本尼迪克特·安德森：《想象的共同体：民族主义的起源与散布》，吴叡人译，上海：上海人民出版社，2008年版，第2页。

〔2〕【俄】别林斯基：《论俄国中篇小说和果戈里君的中篇小说》，《别林斯基选集》第一卷，满涛译，上海：上海译文出版社，1979年版，第190页。

〔3〕朱学勤：《道德理想王国的覆灭》，上海：上海三联书店，1994年版，第111页。

在俄罗斯民粹主义那里，知识分子与人民一直是两个各自独立的主体。他们的“人民”虽然在启蒙理性之下有时候被指向“全体人民”，但大多数的时候则被倾向性地指向那些“鞋匠”，那些生活在社会下层的贫民，尤其是那些处于苦难中的俄罗斯农民。正如有的学者所看到的：“知识分子受到两种力量的压迫：沙皇政权的力量和人民自发的力量。后者对知识分子来说是一种隐秘的力量，知识分子自身与人民是截然不同的，它感到自己有负于人民，它希望为人民服务。‘知识分子与人民’这一命题纯然是俄罗斯命题，西方很难理解。”〔1〕在绝大多数俄罗斯民粹主义理论家的表述里，人民和知识分子都是分裂的两个方面，从来就没有成为一个整体。正因为这样，才有知识分子的自卑意识和对人民的崇拜，知识分子普遍地产生了“人民化”的思想，也就是试图通过某种方式以转化自我的身份。跻身人民的行列，获得“人民的身份”，这是一种焦虑和渴望。

俄罗斯民粹主义是一种知识分子哲学，它站在同情农民的立场上，来想象人民及其集体品格；但同时也将人民（农民）与知识分子之间进行了隔离，使人民和知识分子成为不同的两个社会群体和阶层；而且由于它的自我罪恶感，也使它调整了传统宗法制社会中的知识分子与人民之间的伦理位序。

中国新文化知识分子以及后来的革命知识分子在对“人民”及其伦理位序的理解上有着同构性。他们把知识主体和“人民”看作是两个各自独立的主体，而且“人民”优于知识分子。

新文化先驱最初都有着启蒙政治的“公民”观念。陈独秀所谓的“国民”、周作人所谓的“平民”都具有现代西方的“公民”之意；鲁迅等人的“树人”的观念以及国民性批判思想，也基于对国民素质的塑造。〔2〕但是，中国文化传统中的“人民”是“黎民百姓”的基本理解，被新文化知识分子所继承。蔡元培的“劳工”、李大钊的“庶民”所指都鲜明地指向了“下层民众”，即穷人、劳工阶级和农民。〔3〕在鲁迅等激进知识分子的话语中，“智识阶级”是不同于统治阶级也不同于“民众”的一个特殊的阶层。鲁迅小说《祝福》和郁达夫小说《春风沉醉的晚上》中的那个“我”就是这样的一个处于两个阶级夹层中的“中间物”。

---

〔1〕 文池主编：《俄罗斯文化之旅》，北京：新世界出版社，2002 年版，第 169、171 页。
〔2〕 参见陈独秀的《文学革命论》、周作人的《平民文学》和鲁迅的《狂人日记》等。
〔3〕 参见蔡元培为 1920 年第 7 卷第 6 号《新青年》“劳动节纪念号”扉页题字、李大钊《庶民的胜利》等。

新文化知识分子的对人民的主流思想显然与俄罗斯民粹主义有着不谋而合之处。

“五四”新文化先驱对于人民人格的想象是双重的：一方面模糊地宣布“劳工神圣”，鲁迅的小说《一件小事》中的车夫也有着受人尊敬的高贵人格；另一方面，又有着愚弱国民性的阿Q式的人格。“人民”既是崇高的神祇，又是需要教育和启蒙的“大众”。“人民”是需要教育的，显然使人民脱离了神祇的地位。其实，这个时候的人民是现实层面的“群众”。群众脱胎于“群氓”，这是一个没有方向的需要引导的大众群体。“五四”前后的一批知识分子都曾陷入启蒙主义与民粹主义相互纠缠、对立的矛盾深渊。中国左翼知识分子也存在着这样矛盾。在对待人民主体上，胡风、丁玲等一方面对人民主体有着无限的崇拜和景仰之情，但又难以忘怀人民几千年来的“精神奴役的创伤”。同时，产生于人本主义背景下的“五四”人民性，本有着人性的维度。民粹主义的人民同情思想，蕴含着丰富的人性内涵和生命意识。这与“五四”新文学的“人间本位主义”是一致的。“五四”一代文学家通过大量的创作展现了人性的丰富性。但是，新文化启蒙思想的矛盾性在于，一方面它力图展现人性的“内面的深”，另一方面在政治策略上又强化着国家意识形态的整体性。这造成了集体意义上的国家启蒙伦理对于个体人性伦理的优越性。

中国革命文学理论话语继承了俄罗斯共产主义人民性的文化遗产，将人民性表述为阶级性。在将人民定义为无产阶级的基础之上，确定阶级性就是无产阶级的阶级共同性，一种阶级实体的社会公共属性。在30年代文坛所爆发的左翼文学界与新月派等社团流派之间的有关文学的阶级性与人性的剧烈的论战中，鲁迅的《文学与出汗》《论文学的阶级性》以及瞿秋白、成仿吾、周扬等人的一系列文章，通过对阶级性的重要的内涵和政治文化特征的归纳，对“五四”遗产进行了选择性认同和伸张。

首先，革命文学，在批判“五四”的时候，直接将启蒙转化为了阶级革命；并进一步强化了革命的集体理性对于个体人性的压抑。它将阶级性从人性的社会属性中抽出，并把人民性等同于阶级性，最终人民性被简单化为一个与人性观念相对立的概念。无产阶级的人民性被革命理论描述为一种集体主义的社会共同性，它排斥个体性，尤其是个人主义。虽然鲁迅等人并不排斥吃喝拉撒睡等人的基本属性，以及诸如情感、性爱等人性需求，但是，无产阶级的人性却与资产阶级的人性有着决然的区别，所谓“从喷泉里淌出的是水，从血管中流出的是血”。

其次，启蒙意义下的国民性弱点受到压抑，人民的崇高性得到张扬。人民的形象和人民性成为单纯到透明的革命本质理念的载体。无产阶级因为自己的社会财富状况、社会地位、语言、习俗以及精神和物质诉求都不同于资产阶级，因而具有类似于民族性的阶级共同性。在这样的阶级共同性之中，无产阶级因为受压迫而具有强烈的改变自己处境的欲望和现代社会中才能具有的组织性、纪律性和斗争精神。而且，苏联和中国马克思主义者在历史唯物主义的理论背景之下，认为在历史进化的链条中，人民、阶级是“先进生产力的代表”，符合历史发展的趋势，必将成为历史的主宰和未来历史的主人。

但作为非主流的革命文学理论对于人性和个人性的包容，以及启蒙诉求依然存在。左翼文学创作中的所谓“革命罗曼蒂克”模式，是对僵化的人民阶级性的突破。在蒋光慈、茅盾等人的小说中，诸如个体的冲动以及个人主义，单纯幼稚的社会理想，爱情的力比多的纷乱等等丰富和复杂的人性因素得到了全方位的表现。在这个意义上，左联文学家又继承了“五四”新文学的人民性。同时，革命文学领域的人民性与阶级性在理论上也曾经存在着“沟通”。40年代的人民派诗人尤其是理论家胡风有着鲜明的人民阶级性思想，但他在强调人民性作为阶级的集体品格的同时，他也张扬个人意志的作用，他将鲁迅的“创作总植根于爱”作为一面旗帜，领悟和创构了“主观战斗精神论”。“伟大的作品都是为了满足某种欲求而被创造的，失去了欲求，失去了爱，作品不能够有真的生命。”〔1〕他的“主观战斗精神”和与之相应的“自我扩张”和“自我斗争”，显然带有很浓厚的生命哲学的色彩和个人主义精神痕迹。胡风企图用生命哲学来构筑自己的诗学理论体系，并且试图调和生命哲学的人本思想和抗战国难时代强烈的人民性诉求之间的矛盾。他在某种程度上触及了人性和人民性之间共同的生命本质。但是，胡风矛盾的是：一方面是对僵化的阶级性的坚持，另一方面又试图发掘文学的个体性和生命意志。这就使他无法在理解人性和人民性、阶级性的关系上获得合乎逻辑的理论支撑。

---

〔1〕 胡风：《为初执笔者的创作谈》，《胡风评论集》（上），北京：人民文学出版社，1984年版，第244页。

正是在这样的背景之下，当俄罗斯民粹主义思想和马克思主义的阶级论进入中国后，"人民"迅即被阐述为底层阶级或者无产阶级。

早在苏俄时代，列宁就把"民族文化"划分为两个对立的文化：一种是民主主义的和社会主义的，另一种是资产阶级的。[1] 前者属于工人和农民阶级。老牌的革命家托洛茨基就认为："人民是谁？首先是农民，部分地是城市的市民群众，其次才是工人，因为可能还无法从农民的原生质中把他们区分出来。""我们的艺术是一位知识分子，他摇摆于农民和无产者之间，既不能与农民，也不能与无产者有机地结合。"[2]中国左翼文化中，"人民"的界定是与左翼的民族国家想象和政党策略密切相关的。在中国左翼文化词典中，"人民"这个概念是变动不居的。在这样的政治言说中，人民作为一个集体概念，它对人群的覆盖是随着政党政治的不同历史时期的策略变化而或大或小的。"人民"外延的伸缩又说明了它的非"公民"特性，因为在现代意义上，除非在法律上被剥夺了公民权，否则并不因为他是政治上的"敌人"而不享有公民的资格。

直至1978年后，随着改革开放，重新界定了知识分子的"人民"身份。而这样的界定的一个基本前提就是，体力劳动是劳动，精神劳动也是劳动。在"劳动"这一共同属性的认同之下，知识分子才变成了"人民"。概念是历史界定的，知识分子与人民的关系也是在历史中确定下来的。从中国革命史中"知识分子"与"人民"的关系来说，知识分子在中国红色革命的政治言说中，一直是一个很特殊的社会阶层，所谓"小资产阶级"：既不是大地主大资产阶级，当然也不是工农阶级，而是一个介于二者之间的一个社会中间层。这一阶层在政治上有可能倒向资产阶级，因为他本就是资产阶级的边缘人；但其被压迫的地位，又决定了其有可能是工农阶级和革命政党的暂时"盟友"。因此，这是一个"动摇的""依附的""防范的"对象。他们的人民权的获得，是随着革命政党不同历史时期的策略变化而变化的。

在革命的政治言说中，唯一不变的"人民主体"是农民和工人，尤其是城市里的产业工人，即无产阶级。早在苏俄时代，列宁的名言"艺术是属于人民"中

---

〔1〕【俄】列宁：《关于民族问题的批评意见》，纪怀民等编著：《马克思主义文艺论著选讲》，北京：中国人民大学出版社，1982年版，第443页。

〔2〕【苏联】列·托洛茨基：《文学与革命》，刘文飞等译，北京：外国文学出版社，1992年版，第2—3页。

的“人民”，指的正是这些“广大的劳动群众”。[1] 毛泽东的《中国社会各阶层分析》和《湖南农民运动考察报告》中对此也有着很明确的界定。因为人民是被剥削的“无产”阶级，他们是创造历史的动力，是拥有未来社会的人群；尤其是他们因为处于社会的最底层而爆发的不满和仇恨是革命政党取得政权的依靠。人民与“历史趋势”和“历史必然性”相联系，并成为历史进化链条上的“先进力量”，成为历史车轮的推动力量和决定力量，“人民”被崇高化为神圣的神祇。

从上述的中国现代左翼语境中的知识分子与“人民”之间的关系历史看出，知识分子在中国左翼语境中，从来都只是“人民”中的特殊的“一部分”，从来就不属于“人民”——社会底层。“人民”在新中国建立以后的阶级论框架中，“人民大众”“人民群众”既不是指全体国民，同时也不是先天上具有种族特征的群体：从阶级尺度看，人民是无产者（“资产阶级”的对立面）；从文化尺度看，人民则被界定为“知识阶层”的对立面。这是中国左翼革命出于革命的需要所设定的。[2] 相对于人民的稳定的文化内涵，知识分子则是一个召之即来挥之即去的主体，一个在阶级分层中角色定位游移不定的主体。作为中国革命文学的一个基本范畴，“人民”在长期的演变中形成了复杂的内涵，但是其对下层劳动主体的指称却从来都没有缺席。

同时，在人民、民族和革命政党之间，建构起一种以人民替代民族、以革命政党代替人民和民族的结构。“人民”也就是工农兵，本是民族的一部分。无论是中国传统文化的所谓“民本”观念，还是西方的现代民族观念，都将民众作为“国家之本”。现代中国革命的知识分子混合地继承了这样的观念，他们“把‘民众’一词界定为以新民族国家为蓝图的、哲学上的和理想主义的含义，如赞美民间诗歌是探索民众精神的取之不尽的源泉等，接下去推理，‘民众’就成了‘民族’的代名词”，依照这样的逻辑他们“便呼吁抓紧抢救民众的文化，主要是农民和其他下层阶级所享用的文化，搜集他们记忆的口头资料，并把它们看作是整个民族的财产”。[3] 在40年代的文学的民族形式问题的讨论中，这样的

---

〔1〕 陈顺馨：《社会主义现实主义理论在中国的接受与转化》，合肥：安徽教育出版社，2000年版，第58页。

〔2〕 陶东风：《大众化与文化民族性的重建——社会理论视野中的58、59年新诗讨论》，《文艺研究》2002年第3期。

〔3〕 董晓萍：《民族觉醒与现代化——西方民俗学30年回眸》，《民俗研究》1998年第2期。

替代结构在左翼理论家的话语中是最常见不过的了。在同样的逻辑中，将革命政党论证为人民的代表和人民意义上的民族的先锋队。因此，人民、民族和革命政党经常会出现三位一体的现象。

现代革命政治的阶级论，继承了“五四”的对于人民和知识分子的二分观念；但却“扬弃”了其具有阶级超越性的“公民”观念，而且批判了基于精英知识分子优越立场的启蒙思想。瞿秋白等革命理论家还从艺术方面将“五四”新文化的参与者（主要是学生和大学教员）界定为“小资产阶级”的或封建主义的知识分子，将其文学界定为小资产阶级的知识分子的“贵族文学”，并进行了激烈的批判。这种对于“五四”的“反动”，在俄罗斯民粹派之后，再次调整了“人民”和知识分子的伦理序位，不仅使人民优越于知识分子，也优越于一切社会阶层，成为伦理序列中的最高“尊格”。这一方面是由于中国现代知识分子，包括革命知识分子的自我罪恶感、自卑感，另一方面也是由于无产阶级的阶级论使“人民”（主要是工农大众）被赋予了先进生产力的代表的历史先锋地位。在阶级的立场之下，结合着社会进化的理论，最终在“人民”、“领袖”、革命政党、知识分子和“反动派”之间形成了一个尊卑有序的等级序列，也在人民（实体）性与人性之间安排了一种伦理序列。

中国现代无产阶级革命文学，是阶级论在文学领域的衍生物，由现代无产阶级革命政治所确立的伦理秩序也自然地成为其文学想象中的人与人关系的伦理秩序。也就是确立了仇恨和赞颂的对象，确立了其在文学想象和文本表述中的份额及其角色地位，甚至修辞色彩。

二 人民性伦理与文学想象的道德情感机制

无产阶级革命政治和文学对卢梭时代的启蒙主义和俄罗斯民粹主义的“人民”和“人民性”进行了重新阐释，确定了“人民”的伦理内涵。因为有了“人民”而衍生出了“人民性”。“人民性”可以指称人民集体的共同品性。但，它更多的时候用来指称对于“人民”的情感立场和道德反应。

道德与情感，起源于对于传统血亲宗法制社会的伦理秩序的认同和反应。在阶级论的伦理秩序中，则是基于阶级立场的对于无产阶级的情感皈依和对于敌对阶级的情感憎恨。道德不是有关对错的，而是有关善恶的现象。“人们称某些品质和行为为道德的或不道德的，正当的或错误的，善的或恶的，他们对它们表示赞成或反对，对它们进行道德判断和评价。他们感到自己在道德上必须做某些事情，或不能做某些事情，他们认识到某些规范或法则的权威，承认它们具有约束的力量。"[1]而感情就是良心，是道德感。"道德感，即一种对于正邪是非的感觉，一种所有理性生物的自然本性。""感情的对象不仅包括呈现给感官的外部存在，而且包括这些感情自身。怜悯、仁慈、报恩以及相反的感情，都通过反省带到心灵面前，成为心灵的对象。"[2]

在中国古代，也有所谓的"民为贵"和"民惟邦本"等思想。正如有的学者所看到的，这是"一个关于价值法则和政治法则的判断"，也许"在价值法则方面，民本和人本是相通的，它们都把尊生爱人、保民养民作为最高价值，把有利于人民作为最终的判断标准"。[3] 但是，作为一种贵族知识分子的言说，对于"苍生"的体念，总体是站在统治主体的立场所作出的价值选择和在生命的意义上所作的道德选择，这也并不排斥中国知识分子面对"人民"所焕发出的道德使命感。

文艺复兴的人民—公民思想，在伦理秩序上具有超越性；但这一人权平等思想正是对于中世纪伦理秩序反叛的成果，它在建构新的伦理秩序的同时，焕发了强烈的道德正义感以及对于下层社会的人道主义同情。所以，在雨果的《巴黎圣母院》等作品中，才出现了强烈的美丑对照和分明的爱憎。俄罗斯民粹派在崇拜人民的同时，情感倾向性也表现出强烈的同情人民思想。民粹主义的人民性思想的产生源自对俄国乡村人民苦难的深切关怀，它所要表达的是资产阶级知识分子对晚期沙俄统治下人民苦难生活的深切同情。人民性是资产阶级人道主义在社会意识形态上的表现。人民性思想具有人本的精神，它产生和成熟于激烈的社会对抗中，因此，人民性包含着生命主体的平等意识，包含着人性的因素。正如别尔嘉耶夫所说："全部的俄国民粹主义都起源于怜悯与同情。在70年代，忏悔的贵族放弃了自己的特权，走到人民中间，为他们服务，并与他们汇合在一起。"[4]

基于对人民实体的倾向性想象，俄罗斯民粹主义者将人民性赋予了"人民精粹"的思想。他们将它与人民的优良品行相联系。别尔嘉耶夫说："民粹主义是俄罗斯的特殊现象……斯拉夫主义者、赫尔岑、陀思妥耶夫斯基和70年

[1] 【美】弗兰克·梯利：《伦理学导论》，何意译，桂林：广西师范大学出版社，2001年版，第4页。
[2] 同上书，第24页。
[3] 夏勇：《民本与民权——中国权利话语的历史基础》，《中国社会科学》2004年第5期。
[4] 【俄】尼·别尔嘉耶夫：《俄罗斯思想》，雷永生、邱守娟译，北京：三联书店，1995年版，第102—103页。

代的革命者都是民粹主义者。把人民看作真理的支柱,这种信念一直是民粹主义的基础。”〔1〕民粹之意,乃是人民的精粹,谁是人民的精粹呢?民粹派知识分子认为自己是人民的精粹,农民也是人民的精粹,在民粹主义者那里,人民是一个活在精神中的形象,它是浪漫主义想象的成果,带有强烈的情感皈依的色彩。这种引申义上的民粹主义表现为把没有知识文化的底层劳动者(不仅仅是农民)无条件地神圣化,认为只有他们才是道德高尚、心地善良、灵魂纯洁的。

在俄罗斯民粹派那里,人民是想象的共同体,而人民性则是想象共同体的德性,也是知识分子与人民之间的关系德性,是知识分子与人民之间的情感伦理问题。文学的人民性观念,也就是在此基础上建构起来的一种道德美学。在文学想象中,人民性思想体现在对人民(主要是底层农民)的现实主义观照和人道主义同情。它是社会阶层的贫穷和富裕的巨大反差之下,知识分子的基于人道主义精神的同情和悲悯。它不仅仅是政治法则上的权力伸张,更主要的是价值法则上的道德追求和伦理追求。俄罗斯民粹派批评家斯卡比切夫斯基将文学的“人民性”定义为对人民共同利益的现实主义式的反映:现实的诗人的真正任务是要研究人民,深刻地体验人民的共同利益、他们的欢乐和忧虑。而要做到这一点,就要做一个人民的诗人。因此文学中的现实主义和人民性这两个概念是完全一致的,它们之间只有一点差别,那就是:文学中的现实主义是一条人所共知的道路,而这条道路的目标就是人民性。〔2〕从艺术创作的角度来说,人民性是艺术家的道德存在。尤其在俄罗斯民粹主义理论家那里,它不是对人民特性的具体的概括和描摹,它是作家的价值姿态,是一种作家的题材选择倾向和情感表达倾向。人民性所要表达的是作家对人民的一种深刻的“悲悯和同情”,正是这种深刻的道德情感使人民文学具有神性的光辉。从美学的角度来说,正是深切的同情和怜悯使文学具有了诗性的异彩。勃洛克说:“即便我们久已不再对人民顶礼膜拜,我们也不能背弃或不再关心人民,因为我们的爱和思想素来倾向人民。”〔3〕

中国新文化知识分子将中国传统的苍生体念、俄罗斯民粹派的道德情怀

〔1〕【俄】尼·别尔嘉耶夫:《俄罗斯思想》,雷永生、邱守娟译,北京:三联书店,1995年版,第102—103页。

〔2〕刘宁主编:《俄罗斯文学批评史》,上海译文出版社,1993年版,第452页。

〔3〕【俄】勃洛克:《人民与知识分子》,转引自刘小枫《象征与叙事——论梅烈日柯夫斯基的象征主义》,《浙江学刊》2002年第1期。

与西方的启蒙道德相结合,形成了其对于人民的双重情感。

一方面是同情和悲悯,所谓"哀其不幸怒其不争"。他们观照人民的生活,并对底层人民的生命境遇表现出深切的同情。"五四"新文学奉行"为人生"的创作理想。[1] 这种"人生"其主流显然是"贫民的"而不是"平民的",即表现底层社会的生存和生命状态。它可以分为两个方面:一是贫民阶层的人生状态的表现。鲁迅的《阿Q正传》《祝福》等小说和被称为"抹布主义"的文学研究会作家叶圣陶等的创作,都展现了底层社会尤其是农民的悲惨的生活状态观照。二是对作为贫民的知识分子的生活状态的表现。鲁迅的《伤逝》《孤独者》、郭沫若的《行路难》以及郁达夫、庐隐等的创作,则关注知识分子的贫民生活和自我人生困境。这两个方面的创作,无论是对非知识阶级的贫民还是对知识分子自我的观照,都着眼于"贫民"的阶级考量之上。在两个方面的创作中都充满了人道主义的同情。"五四"新文学的基于"贫民"阶级之上的对于知识分子和工农阶层的包容,与俄罗斯民粹派与农民的"同是天涯沦落人"的"人民"立场是相似的。也正是基于这样的包容,形成了"五四"新文学的人民性政治立场。

另一方面,他们又将劳工阶级作为顶礼膜拜的神祇,作为情感救赎的恩主。新文化知识分子有着与俄罗斯民粹派相似的救赎冲动。俄国知识分子群体的一个传统是怀有强烈的自省和自责意识,受俄国民粹主义思想的影响,在十九世纪俄国社会生活与文学艺术中,一直存在着一种"忏悔的贵族",它们一方面为俄国的严重落后和下层人民的悲苦境地而悲哀,一方面又为自己的渺小无力而自责,俄国白银时代著名宗教哲学家布尔加科夫说:"俄国知识阶层,特别是它们的前辈,在民众面前固有一种负罪感。"[2]这一种"社会的忏悔",当然不是对上帝,而是对"民众"或"无产者"。"五四"时代的中国知识分子,深感自身的脆弱和无力,希望通过人民,以救赎国家民族,也自我救赎。中国现代也存在着这样的一个"忏悔贵族"群体。蔡元培提出了"劳工神圣"的口号,鲁迅面对着人力车夫生出"仰视"的崇拜感受,郁达夫甚至为自己接触了一个烟厂女工而感到灵魂受到了洗礼。40年代张申甫提出"反哺论",在"智者对于愚者,富贵者对于贫贱者,实在都是欠有债的"的逻辑前提下,他把知识分子与

---

〔1〕 即使是创造社的唯美主义"为艺术"创作观,在实际的创作中所表现的仍然是现实的人生,是小资产阶级的人生状态。因此,它的本质仍然是"为人生"的。

〔2〕 文池主编:《俄罗斯文化之旅》,北京:新世界出版社,2002年版,第169、171页。

民众定位为母子式的关系，认为知识分子对于无知、穷苦的人民大众，必须饮水思源、感恩图报。[1] 中国现代知识分子，尤其是历次政治运动中受到整肃的知识分子，更是有着自我贬低的“臭老九”意识。人民，作为一种形象，它一方面是听取知识分子忏悔的牧师，另一方面也承担了知识分子实现现代国家理想的责任。“人民”与“知识分子”之间形成了伦理的尊卑关系。而这一切，“这种替代或篡改都是由知识分子自己完成”，究其原因，“则是20年代开始的对‘五四’知识分子改造社会困境的深切体察。他们需要一股更为有力的力量或者说社会阶层来改变自己的软弱无力的处境。”[2]

阶级论背景下，“人民性”被阐述为知识分子言说的价值倾向和道德立场。30年代的左翼革命家和文学家是“五四”新文学的激烈的反抗者甚至是埋葬者。他们厌恶“五四”知识分子对于人民大众的“廉价”的同情，在理论上将无产阶级与小资产阶级知识分子进行了阶级的隔离，严格区分了人性与阶级性，并倡导无产阶级文学的基于阶级论意义上的人民性。它激烈地否定了“五四”文学的情感模式，严厉地斥责它的小资产阶级的个人主义和人性，将资产阶级人道主义的人民同情视作自私无聊和庸俗。用诸如“卑鄙”“肮脏”“杂种”“自恋狂”等道德语言来评价和攻击它，强化知识分子的道德自卑感和不洁感。在将知识主体的贵族道德伦理妖魔化的同时，马克思主义文艺理论在创始期就注意到了人民的被表述特征，因此，它极为强调作家知识分子的阶级立场和阶级情感，正如鲁迅所说的，要做革命文学首先要做“革命人”。而所谓的“革命人”的阶级立场和情感塑造，最主要的还是建构一种道德的自觉。革命文学的人民性思想，主要在“无产阶级阶级性”方面重建知识主体的价值认同和道德良知。

阶级论的道德哲学，把无产阶级及其理想追求作为“至善”的道德目标，作为知识主体投注道德情感的对象。

作家的德性，主要体现在“为人民服务”的“为”字上。在“立场”上，正如《讲话》所说：“就必须站在无产阶级的立场上，而不能站在小资产阶级的立场上。今天，坚持个人主义的小资产阶级立场的作家是不可能真正地为革命的工农兵群众服务的。”在“方法”上，采取“人民大众所喜闻乐见的形式”；在姿态

〔1〕 张申甫：《知识分子与新的文明》，载《中国现代思想史资料简编》，杭州：浙江人民出版社，1982年版，第720页。
〔2〕 尤西林：《现代性与时间》，《学术月刊》2003年，第8期。

上，先要“做农民的小学生”，“在教育工农兵的任务之前，就先有一个学习工农兵的任务。提高的问题更是如此。”[1]作为一种叙述伦理，革命文学的伦理倾向性在于站在无产阶级和革命政党的立场对人民进行正面的浪漫想象并认证对于它的历史推论。它要求革命文学家在对民众进行表现的时候，主张从“历史的必然趋势”去表现民众。人民的形象必须被塑造为有“自信力”的高大的“工农兵”的形象。人民不再是懦弱的子民，而是具有斗争精神的社会集体。因此，知识话语中，人民同情的思想消失了，剩下的只有人民精粹的思想。在伦理化的理论背景下，出现了典型的民粹主义的人民优越论。它只允许对人民进行精粹想象，而不能对人民进行“落后”想象。“人民”都是符合民粹主义理想的文学艺术“人物”，是伟大的具有道德优越性的“人民新人”的形象。知识主体首先要摆正自己在革命伦理中的位置，其次要调整好自己的情感倾向。这样才符合革命文学的叙述道德，符合无产阶级文学的阶级立场和道德观念。

在对待民族的情感上，由于前述的对于人民和民族的替代性结构的存在，对人民的情感也就是对无产阶级或工农的情感，也就是对民族的情感。中国无产阶级具有乡土特性，有着农耕文明的排外性和对于现代都市文明的道德憎恶，不过，它又是具有现代性的阶级理论及其道德规范的压抑对象。但是，当把“人民”/无产阶级视作民族的唯一主体的时候，中国乡土文化的道德傲慢就转换为一种有着现代性名号的阶级正义，并借助于“人民”“民族”所唤起的情感激流而受到赞美。一种有关民众的民族的情感模式得以建立：对民族传统的赞美甚至形式的使用就是一种道德行为了，相反，对于民族传统的批判就是一种不敬和冒犯，并成为道德的瑕疵。至此，阶级人民性的世界性也被转换为民族的地缘性文化崇拜，并被顺理成章地表述为“爱国主义”。

在对待革命政党的情感上，由于前述同样的替代结构的存在，对人民和民族的情感也就是对革命政党的情感。革命的人民道德倾向性，被阐述为党性。苏联文学理论家日丹诺夫就认为，存在着一种“布尔什维克文学”，这种文学有着“在巩固人民的道德和政治的统一上面、在团结和教育人民上面的伟大历史使命与作用。”[2]中国现代革命文学的人民性向党性的转换，在30年代就已

〔1〕 毛泽东：《在延安文艺座谈会上的讲话》，《毛泽东选集》第三卷，北京：人民出版社，1991年版，第856、859页。

〔2〕 【苏联】日丹诺夫：《关于星与列宁格勒两杂志的报告》，人民文学出版社编辑部编：《苏联文学艺术问题》，北京：人民文学出版社，1953年版，第69页。

经开始，左联对文学创作的干预，充分体现了党对文学的要求以及实现。而真正完全的实现则是在延安的1942年以后。袁盛勇认为，延安的文学实质是“党的文学”，是“党的齿轮和螺丝钉”。[1] 毛泽东继承发扬了列宁在《党的组织和党的文学》中所阐述的“党的文学”原则，对文学/文艺的党性原则做出了最具有影响力的强调，他在《讲话》中，不仅提出了文艺服从于政治，而且具体化到服从于党在一定革命时期内所规定的革命任务。文学在表现人民和无产阶级的时候，作家要以党员的身份，站在党的政治利益的立场上，依照党的人民想象进行复制和想象。文学党性的重要表现之一，是为党“教育人民”服务。通过党—人民叙事和人民—领袖叙事，以体现党和领袖的领导、引导的先锋队地位和伦理长者地位。文学表现的人民情感，就是一种“齿轮和螺丝钉”的归属感，就是一种文学对于党的利益的服从意识，就是一种对于革命政党主体及其领袖的伦理崇拜。

因此，在人民性就是阶级性的前提之下，文学的人民性因此成为知识分子与无产阶级的阶级关系之中所呈现的情感德性，也就是民族道德情怀和革命政党道德情怀。

在阶级论之下，人民性道德，也就是一种利他主义的情感状态。瞿秋白早在30年代就提出了“为什么而写?”的命题。[2] 正如他所说，这是一个“艺术内容上的目的”问题。毛泽东的《在延安文艺座谈会上的讲话》中也提出了“为什么人服务?”的问题。他们的回答是共同的，就是为“无产阶级”，为“人民”，为“工农兵”和为“民族”、为“党”。在这样的问答中，创作主体自己是被排除在外的，个人也是被排除在外的。因此，阶级论道德是一种集体主义和集团主义哲学，它所建构起的是对于集体、集团的情感依附和归属感；而对于个人及其情感生活，它所建构的则是一种道德的背离感。通过中国革命文学论争和革命文学创作史可以看到，由于阶级性是相对于人性而提出的，它对于具有个体私人性的诸如情爱、亲情等人性，一直持相对敌视的态度。在二元对立的阶级论框架中，人民性中的人性元素受到理论狙击，文学艺术中，包括革命文学中的人性表现丧失了伦理的合法性。人民性历史上的人本性和体念生命的人道主义精神，以及相关的人类生活也因此都被归属于资产阶级的文化范畴和生

---

〔1〕 袁盛勇：《“党的文学”：后期延安文学观念的核心》，《中国现代文学研究丛刊》2005年第3期。

〔2〕 史铁儿（瞿秋白）：《普洛大众文艺的现实问题》，《瞿秋白文集（文学编）》第一卷，北京：人民文学出版社，1998年版，第472页。

活态度，属于一种近乎“堕落”的道德，创作主体在情感上则施之以厌恶和丑化。阶级性范畴内的无产阶级情感只有在“同志式”的前提下才具有合法性。只有那些被认定为无产阶级取得政权必不可少的“暴力”行动，才具有书写和褒扬的道德性，创作主体则施之以赞颂和美化。

同样，在阶级论之下，人民性的文学道德还是一种对于无产阶级艺术形式的情感状态。艺术形式，包括语言、结构以及叙述等，本有其阶级的超越性，也同样有着伦理道德的超越性。但是，阶级论认为，艺术形式也有其阶级性。瞿秋白认为，“五四”的自叙体就是一种小资产阶级的自言自语；侠义文学，则是封建阶级的“毒素”。他将“五四”文学看作是“神奇古怪的怪现象”，是“第一个等级”的“‘五四式’的白话文学和诗古文词——学士大夫和欧化青年的文艺生活”。〔1〕他更在《大众文艺的问题》中把“五四”以来的白话文称为“新文言”和“野蛮的”“龌龊的”文化而加以全盘否定。而大众语，则因为其为大众所使用，并与无产阶级生活和生命状态相关，因此它就是一种无产阶级的语言。在40年代的民族形式讨论中，传统的民间的艺术形式，被定位为民族的也就是工农兵的形式。因此，作家的人民性还表现在使用“老百姓所喜闻乐见”的语言和形式，这样才是符合其无产阶级道德准则的。许多作家因为没有使用这种语言形式，而产生强烈的反省意识和道德不安。革命文学叙述需要设置苦难的最初情节，这是埋设拯救的期待；它设置最终的“胜利”的传奇，这是在文学幻想中完成对许诺的兑现。没有这样情节，拯救、承诺和感恩将无从着落。设置这样的情节，正是革命文学家在实现其对于革命及其未来梦想的承诺。正如罗兰·巴尔特所发现的，革命文学“通过一整套相互依赖的术语的科学描述功能和一种价值判断结合在一起(无产阶级/资产阶级、进步的/反动的)”，“语言过程中的命名就意味着判断，并且是不可废除的判断。善与恶成为语言本身之内的末日审判式的分离，语言变成净化的工具并且作出审判。”〔2〕

至此，文学作为一种社会生活的政治伦理责任被扩张，并建构了一套集体性的人民伦理，一种忠诚于人民、忠诚于党、忠诚于领袖的道德观念体系——人民品格优越论。在多重主体的交流中，一切的所谓生活、创作、接受以及文

〔1〕 史铁儿(瞿秋白)：《普洛大众文艺的现实问题》，《瞿秋白文集(文学编)》第一卷，北京：人民文学出版社，1998年版，第462页。

〔2〕 方生：《后结构主义文论》，济南：山东教育出版社，1999年版，第85页。

化的源和流都围绕着"人民"这一伦理的尊格;作家的立场、姿态、艺术形式等都被伦理化为一种道德文本,并在整个的人民话语的语境中,接受社会政治和自我的道德监督机制的审视。别林斯基在谈论"道德良知"的时候说:"人是为自觉而生的,因此,只有有了自觉,他才可能是幸福的;因此,自觉是他的正常的、自然的,从而是怡然自得的状态,表现为人和他自己之间的平衡,他和他自己之间的平衡与和谐。""善的良知是自觉的状态。"〔1〕革命文学的人民性观念,所要建构的就是作家对于人民及其表述形式的政治和文学的"自觉"和"良知"。文学中是否表现了"人民"? 在什么样的立场上表现"人民"? 用怎样的艺术方式表现"人民"? "人民"的艺术表现是否符合阶级性、民族性、党性和政策性? 文艺具有怎样的价值? 文学艺术涉及的所有环节所有元素都不仅仅是文学的问题,而是有关政治伦理和文学伦理的问题。这种"良知"会形成革命作家的道德自律,一种自我约束机制:"艺术的,也是道德的;反乎艺术的,可能不是不道德的,但不可能是道德的。"〔2〕

阶级论观照下的人民和人民性、文学想象中的社会各个阶层,构成了一个社会伦理序列,资产阶级、知识主体与人民——工农兵在文学想象中享受不同伦理地位,并接受不同的情感待遇;创作主体也在文学的表达中依照这一伦理序列,施以不同的情感立场,或爱或憎;同样,文学的叙述和表达也都有一个价值目标问题和道德情感问题。写什么还是不写什么,这样写还是那样写,都不仅仅是创作方法和表现内容的问题,而是情感立场的道德与否的问题。人民性作为一种想象共同体的德性,由知识分子实现自我救赎和投射安慰情绪的精神象征物转化为革命政党实现文化和政治目标的道德戒律。

道德有其约束和褒扬机制。在文学的人民性道德中,它往往体现为通过对创作主体道德情感的唤醒以实现对叙述内容和表达方式的抑制和张扬。于是,文学叙述成为一种道德化的叙述。在道德的视野中,在内容方面,最具有道德两极性的是阶级性和人性、人民和反动派;而在叙述方面,最具有道德两极性的是散乱的叙述和整体性叙述。体现为内容和叙述相结合的叙事,主要

---

〔1〕【俄】别林斯基:《〈道德哲学体系试论〉》,《别林斯基选集》第一卷,满涛译,上海:上海译文出版社,1979年版,第430页。

〔2〕【俄】别林斯基:《孟采尔,歌德的批评家》,《别林斯基选集》第二卷,满涛译,上海:上海译文出版社,1979年版,第62页。

抑制个人性的人性的内容和张扬集体性的暴力性的内容；建构人民与敌人的对立二元结构和人民与领袖的同位二元结构，以抑制个人性的散乱的叙述和结构而张扬集体性的整体性的叙述和结构。"道德规则是无条件的规则"，它所规定的是"作为有限理性主体的人无条件地应当做的事情"。〔1〕

中国现代革命文学，从本质上来说，是一种伦理文学，它与中国传统文化的伦理精神是一致的。虽然它激烈地反对传统的宗法制伦理文化，但是它在内在机制上却契合着中国传统文化的基本精神，即"以德育代替宗教的优良传统。"〔2〕革命文学从一开始就承担着教育人民、团结人民、打击敌人的职责；承担着伦理教化，在人民中建构革命的伦理道德机制的责任；在文学的叙述中承担动员人民参加革命的责任。在《李家庄的变迁》《林海雪原》中，都有着贫苦人民苦难深重和深仇大恨的叙述，而这样的叙述为共产党的出场拯救提供了伦理上的合理性和合法性。在《青春之歌》《红旗谱》中，则讲述了知识分子和革命农民，怎样冲破封建的家族伦理的束缚，怎样摆脱个体奋斗的局限性，而在革命的斗争中融入集体主义的革命大家庭的伦理必要，知识分子脱胎换骨融入集体主义的伦理必要。

革命文学的伦理叙述，从一般的意义上来说，应该分为两个层面，一是它的伦理内容以及这种伦理内容的现代价值；二是它的叙述伦理。革命文学形成了一个以"革命"为中心的伦理文化场域。在伦理内容的表达方面，革命文学渗透和表达着历史进步的历史伦理，和自由、正义的社会伦理；革命文学对于革命内部的价值关系，表现和调节着个人主义与集体主义的关系伦理。经过"左联"时期的批判，特别是经过延安时期的碰撞和调适，集体主义成为革命文学价值体系中的权威话语。在革命文学的价值体系中，世界主义和民族主义是一种混合式的存在，世界主义占据着上风。但经过"国防文学"论争，革命文学界调适了其世界主义，在民族危机的背景下，使自己转向中国民族主义，文学想象在延安时期转变为民族文学，濡染了更加浓厚的民族文学色彩。

革命文学叙述伦理在人民和人民性上得到了集中体现。"人民""人民性"观念确立了无产阶级较其他社会阶层的至高无上的伦理序位；确立了文学想

〔1〕 童世骏：《没有"主体间性"就没有"规则"——论哈贝马斯的规则观》，《复旦学报（社会科学版）》2002年第5期。

〔2〕 张岱年：《中国文化与中国哲学》，载深圳大学国学研究所主编：《中国文化与中国哲学》第一辑，北京：东方出版社，1986年版，第1—15页。

象中处于不同伦理序位中的社会各个阶层所应享受的叙述地位、伦理地位、情感待遇;确立了创作主体及其文学叙述的价值目标和道德情感立场。“人民性”的艺术选择伦理,将文学表现内容和表现形式伦理化。创作主体在文学的表达中依照这一伦理序列,施以不同的情感立场。革命文学借助于文学叙述以实现它的价值目标。通过文学的想象,“革命文学”建构了一套融合中国传统文化和马克思列宁主义哲学的伦理机制。它调节着个体与集体、知识分子与工农、革命领袖与群众等众多社会主体之间的关系,并借助于中国传统文化机制,将这种伦理机制深化为群众的文化心理机能。在文学的叙述伦理上,革命文学通过“典型化”等范畴规范了政治与文学之间的关系,规范了新权威主义中心人格的塑造,甚至规范了社会各个阶层在文学叙述中的伦理序位,以及语词运用、情节安排、人物出场顺序、环境的描写等方面的技术序位。人民性作为一种想象共同体的德性,在革命文学叙述中,由“五四”知识分子实现自我救赎和投射安慰情绪的精神象征物,转化为革命政党实现文化和政治目标的道德戒律。

革命文学的伦理想象和叙述,对于建构中外融合的伦理价值观有着重要的意义。从纵向的角度来说,革命文学的伦理机制与中国传统的伦理本位文化有着明显承续关系;而从横向的角度来说,它又受到了俄罗斯苏联革命文学的影响。中外两种伦理文化的融合,政治伦理文化与个体伦理文化的包容和共存,都为当今伦理文化的建构提供了借鉴。

革命文学作为一种人学,它从人与人关系的角度,从作家与文本关系的角度,阐释了中国革命的伦理情感机制。较之于革命教条,它的想象性建构显然更细致入微,更具体,也更有案例性;它对于传播中国革命的伦理规范,建构中国革命的道德情感,更是有着润物细无声的浸润性。它在中国革命中的作用是无可替代的。

第四章
“革命文学”价值结构的文化维度

文化，是指人类的普遍的社会实践。一般来说，它涵盖了语言文字、文学、艺术、教育、宗教信仰、社会制度、社区活动、社会习俗、行为方式、历史传承等多个方面。[1] 毛泽东说：“我们中国是处在经济落后和文化落后的情况中。在革命胜利以后，我们的任务主要地就是发展生产和发展文化教育。”[2]构建无产阶级文化体系，并在无产阶级文化中实现无产阶级的阶级利益最大化，是中国现代革命文学的自始至终的价值追求。而所谓的大众文化，就是大众的日常生活文化。在大众文化中，审美过程与日常生活交织在一起，彼此不分。

现代革命文学的大众化运动，它从肇始就认识到文化在无产阶级革命中的作用，就开始从文学出发展开了广泛的社会文化运动。就如同“大众”是一个内涵庞杂的政治群体一样，“大众文艺”也是一个内容极其庞杂的文艺和文化形式。但是，无产阶级革命文学，通过对于大众的理论和政治教导，凝聚了一个想象中的政治群体；同时，通过对于资产阶级的大众文艺和文化的重新阐释，塑造了一个具有无产阶级意识形态特色的大众文艺和文化。

对于革命文学的文化价值的研究，是基于其特殊的文化本质而言的。而对于革命文学来说，假如不能实现其文化价值，则显然会使其价值结构不完整。传统意义上的以语言学为媒介的文学研究，并不完全适用于革命文学的研究。对于革命文学，我们必须采取一种“混合型的文化研究”。正如赖大仁所说：“这种研究虽然并不排斥文学，但显然已不重视文学的独特性，而是恰恰

〔1〕 参见陈华文：《文化学概论》，上海：上海文艺出版社，2001年版，第1—14页。
〔2〕 毛泽东：《中共中央给中华全国文学艺术工作者代表大会的贺电》(1949年7月1日)，《毛泽东文艺论集》，北京：中央文献出版社，2002年版，第129—130页。

要模糊和消解以往的那种‘文学性’。”[1]“对文学研究来说，文学不再是文化的特殊表现方式……文学只是多种文化的象征或产品的一种，不仅要与电影、录像、电视、广告、杂志等等一起进行研究，而且还要与人类学学者在非西方文化或我们自己的文化中所调查了解的那些日常生活的种种习惯一起来研究。”[2]本章将着重讨论革命文学对于无产阶级文化利益的认知，无产阶级大众文化的建构过程，这种文化的运行机制，以及在当代背景下，这种文化的价值所在。

第一节 “大众文艺”的再阐释及文化价值的发现

一 “白话文运动”时代的“大众文艺”

中国20世纪文艺的“大众化”和“大众文艺”是个漫长的话题。当梁启超在讨论“小说与群治之关系”的时候，他就已经发现了文学对于“化民成俗”方面的巨大作用。其后的白话文运动和“五四”新文化运动，在梁启超等晚清文学革新运动的基础上，对文学的社会文化价值又有了新的认知。

“五四”新文化运动是中国现代文化上的民权运动。基于对中国古典文化的文学形式和道德形式的“贵族性”和“等级性”的认识，新文化先驱对中国传统文化进行了全面的激烈的批判，对西方的文化和艺术进行了大规模的引进。新文化的激进西化在某种程度上切断了中国文化传统的脉络。中国传统文化和文学从社会历史发展的角度来说，它是封建主义的，并且在现代化的世界历史趋势中，存在着封闭和落后的农业文明世纪末症候。但是，中国传统文化和文学是中国民族(尤其是汉民族)数千年文明积累的成果，它深深联系着中国民族的民族性。而现在要将这样的文明彻底抛弃、这样的文学彻底抛弃，而重造一个与西方文明相似的文明形式，无疑是割裂了中国民族的民族性。新文化面临着困境：一方面是被定义为先进和进步的西方文化和文学，一方面是与中国民族性密切相关的旧文化和文学。当时两派的对立是激烈的：一是激

〔1〕 赖大仁：《文学研究：终结还是再生？——米勒文学研究“终结论”解读》，《学习与探索》2005年第3期。

〔2〕 【美】希利斯·米勒：《全球化对文学研究的影响》，《文学评论》1997年第4期。

进派。彻底否定旧文化，包括旧的士大夫文化（诗词歌赋）和民间文化（戏曲），试图在西方的民主和科学的理念上建构民族文化。陈独秀、李大钊、周作人等人不但要将传统的士大夫文化和文学——明前后七子以及桐城派所谓的“十八妖魔”彻底铲除，而且也要对中国传统的民间文化——传统戏曲、《水浒传》、《西游记》进行一次肃清，在大众语言和文学语言上要彻底废除文言。二是复古派。林纾、章士钊等人则要保持中国传统的文学和文化，最重要的是传统的道德礼仪和文言不能废。

怎样建构一种包含了现代性的民族性，成为迫在眉睫的问题。而新文化先驱的智慧也就在这种激烈的对抗中得以展现，那就是在将中国传统文化区分为“传统的士大夫文化”和“民间文化”[1]的基础上，提出了能够达到民族性和民权民主性“双赢”的白话文运动。

胡适是白话文运动的主将。他自始至终抓住中国的民族语言——汉语白话不放，要用这个来重写新文学。他还身体力行，运用民族语言——白话创作出了《尝试集》。胡适的语言形式革命，可以有四个好处：一是体现了现代民权思想。白话是下层的语言，通过语言革命使平民社会获得表达的权力，以及相应的文化权力。它符合新文化的民主与科学的潮流。二是连接了民族性。白话是中国民间社会自古以来所使用的活语言，是中国民族性的民间状态，对于白话传统的继承，实际上是延续了中国民族的民族血脉。他的《白话文学史》就是对这种民族历史血脉的追溯，也是在民族性的历史流传上给新文学运动提供了合法性论证。白话文在民权意义上迎合了激进主义新文化的西化心理，同时又在民族性上避免了极端保守的守旧派的民族性责难。它更易于为知识分子阶层所接受。三是它使启蒙的目标成为现实。中国的，为平民百姓所使用的，大众易学的白话语体，能够使大众接受教育。大众有了文化，能够识字，能够写作，或者能够读懂文学和文艺，甚至能够参与写作，他们才能够接受现代化思想。而只有接受了现代思想，才能真正成为“人”，才能成为“国民”。进一步地推导，大众成为国民，则“民国”就可以实现了。因此，启蒙和白话文都连接着新文化知识分子的现代民族国家理想。四是白话语体更利于建构“国语的文学”和“文学的国语”。整合白话文和西方翻译语体，形成“现代白

〔1〕 郭沫若：《“民族形式”商兑》，载林默涵总主编：《中国抗日战争时期大后方文学书系·第二编·理论·论争》第一集，重庆：重庆出版社，1989 年版，第 280 页。

话”;再通过文学的方式将国民的生活(“人的生活”)[1]内容结合进语言之中,最终形成丰富的活的“国语”,一种现代民族语言。而用“国语”写就的,具有“人间本位主义”的文学,也就是现代民族的“国语的文学”了。这种“国语的文学”其实也大略可以表述为“大众文学”了。

白话文运动的中心是“平民”和“大众”。大众,显然有着胡适所说的“国民”的含义。胡适的“国民”,也就是现代意义上的公民。新文化先驱试图通过精英知识分子的大众化运动,以建立起具有现代素质的公民群体,以达到对整个民族精神进行更新换代的目标。“五四”运动后期的“深入民间”的社会革命运动,就是这种大众化运动(包括“平民教育运动”)在社会活动领域的延伸和具体实施。同时,由于启蒙和教育的对象主要为下层平民,也就是“贫民”,因此,大众的含义在“五四”后期正逐渐向“工农”滑动,到 20 年代中期,郭沫若干脆将“平民”等同于“贫民”了。而所谓的“国语文学”也存在着向 30 年代“革命文学”语境中的“大众文艺”滑动的倾向。

可以说,从晚清到五四,文学一方面具有强烈的平民化倾向,比如对于文学语言的白话化,并收集和创作了大量的歌谣;另一方面,知识分子的精英话语和精英价值观依然占据文学的主流。

二 左翼文学家重置“大众文艺”内涵

20 年代中后期,新文化运动进入落潮期,主要的原因是新文化陷入了价值的困境。胡适之后的“五四”新文化,尤其是新文学采用了白话语体,其民族性自不待言;但是,“五四”文学所运用的白话具有强烈的欧化倾向,所以,它被瞿秋白称为“新文言”。这是一种比较典型的青年知识分子话语:“中国现代文学以青年学生作为接受对象,形成了追求个性和创新、关怀社会和感伤抒情的艺术风格。从文体看,现代新诗和现代话剧主要是以青年学生为读者群。”[2]从文学社团看,新潮社、创造社、湖畔诗社、弥洒社、浅草社、太阳社、《中国新诗》诗人群等社团,它们的文学观念、文学活动都带有鲜明的青年文化特点。[3]以学校为依托的青年知识分子,组成文学社团,从事着意气风发的文学活动和政治活动,他们年轻、聪慧,对外在的世界充满着强烈好奇,具有强烈的叛逆精

〔1〕 仲密(周作人):《平民的文学》,《艺术与生活》,石家庄:河北教育出版社,2002 年版,第 5 页。
〔2〕 王本朝:《中国当代文学制度研究》,北京:新星出版社,2007 年版,第 6 页。
〔3〕 杨洪承:《文学社群文化形态论》,合肥:安徽文艺出版社,1998 年版,第 45 页。

神，认同西方文化，并要以此创造一个崭新的新世界。他们创作的文学，适合自己的口味。青年知识分子的个性、才情都得到了张扬。这种青年文化显然是理想主义的知识分子的精英文化，并天然地具有贵族性。这种资产阶级知识分子的文化贵族话语，导致了新文化的国民平权思想的无法继续伸展，一是它的知识阶级的文化圈子，使其迷恋于知识分子的情感和情感表达方式；二是它的语言表达方式无法为更为底层的民众所接受，因此，启蒙的理想受到话语形式和情感形式的阻碍。

“五四”新文化新文学为即将到来的“革命”大众化运动提供了足以继承的遗产，也为反叛的力量提供了足够的攻击目标。“五四”的平民主义价值一翼，在 20 年代末期的革命文艺的大众化运动中得到了义无反顾的“彻底”的贯彻。

20 年代末期的革命文艺大众化运动，直面“五四”新文化的困境，提供了一套阶级论的大众化策略和实施方案。革命文学大众化运动，在阶级论的立场上形成的知识理论体系，对“大众”进行了重新的阐释，并定位为“无产阶级”；将“国民性”改写为“阶级性”，将“大众文艺”定位为无产阶级的民间文艺。

大众文艺，即所谓的“popular culture”或“popular art”，在英语环境中所指称的就是资本主义的流行时尚和带有享乐性质的世俗文化。中国现代语言中的所谓“大众文艺”，根据首倡者郁达夫的解释，“取自日本目下正在流行的所谓‘大众小说’”，而“日本的所谓的‘大众小说’，是指那种低级的迎合一般社会心理的通俗恋爱或武侠小说等而言”。但郁达夫并不想将文艺“隶属于一个阶级”，而是要将文艺归属于大众，即“西洋人所说的‘By the people，for the people，of the people’”。〔1〕郁达夫所谓的大众文艺，显然就是“艺术属于人民”。这里的“人民”或“大众”，就是全体人民。而郭沫若随后的考察也与此相同，即它“made in Japan”，即由日本制造然后传入中国的。它的基本内涵与资本主义欧美的大众文化非常相似。郭沫若在《新兴大众文艺的认识》一文中认为，日本的大众文艺实为反动的无聊的低俗小说，即“所谓‘大众’要是把无产阶级除外了的大众，是有产有闲的大众，是红男绿女的大众，是大世界新世界青莲阁四海升平楼的老七老八的大众！那么这样的大众文艺，结果要和‘made

〔1〕 郁达夫：《〈大众文艺〉释名》，《大众文艺》第 1 期（1928 年 9 月 20 日）。转引自《郁达夫文集》第七卷，广州：花城出版社、香港：三联书店，1983 年版，第 314 页。

in Japan’的东洋货正当得是难弟难兄了。”[1]依据这样的大众定义，则“大众文艺”其实就是资产阶级的市民阶层的文化形式了。其实，无论是西方还是日本，大众文化都包含了底层无产阶级的文化，它是不同阶层的世俗性的文化形式。但郭沫若却将“大众”定义在包括“有产有闲的”“红男绿女的”“大世界新世界青莲阁四海升平楼的老七老八的”的身上，[2]而这些所谓的“大众”恰恰就是习惯意义的“国民”，它是对整个国家社会公民的总称。郭沫若等人是在日本文化的背景上，否定了所谓的“大众文艺”，当然也否定了“大众”。

而“大众文艺”是在“革命文学”论争和日本“新兴文艺运动”大规模输入中国的背景下提出的，建立无产阶级革命文艺的强大动力，推动着从理论上将“大众”与“大众文艺”进行重新阐释。革命文学论者 开始就在对“大众”的理解上进行了有效的“身份”定位。在20世纪20年代末期所爆发的“革命文学”论争中，革命文艺界所反复纠缠的革命文艺的“革命人”问题，其实就是出于对于创作主体的身份敏感，以及出于对创作主体的身份所带来的价值取向的敏感。1930年郁达夫、陶晶孙编辑出版了期刊《大众文艺》，并以此为阵地展开了对“新兴文学”，也就是“无产阶级革命文学”的讨论。[3]革命文艺论者在将“大众”与“国民”进行了区分之后，运用阶级论，将“大众”由国民的所指窄化为“无产阶级”。冯雪峰明确指出，所谓的大众文艺之“大众”，“并非一般堕落腐化的游散市民”，大众“是被压迫的工农兵的革命的无产阶级”。[4]在这样的话语中，“大众”就不再是“popular”而是“mass”，是有着所谓的团契精神的群众。但是，这样的身份定位需要理由。革命文学论者提供了历史与道德两个依据。郭沫若将“大众”或曰国民进行了二分，一部分是“无产阶级”——即理想中的代表着“历史前进的方向”的阶级；另一部分则是郁达夫笔下的“大众”，那些被叙述成与历史想象中的“无产阶级”相对立的“有闲大众”。[5]与这样

[1][2] 郭沫若：《新兴大众文艺的认识》，《文学运动史料选》第二册，上海：上海教育出版社，1979年版，第364页。

[3] 1930年郁达夫、陶晶孙编的《大众文艺》出版，是年3月出版的第二卷第三期“新兴文学专号”上，发表了文艺大众化座谈会的记录。这一编辑活动引发了革命文学论者对于“文艺大众化”的讨论。

[4] 画室（冯雪峰）：《我希望于〈大众文艺〉的》，载文振庭编：《文艺大众化问题讨论资料》，上海：上海文艺出版社，1987年版，第25、32页。

[5] 参见郁达夫《我希望于〈大众文艺〉的》一文。他说：“‘文艺是必须要带有普遍的大众性的’这一意见，我到现在也还是主张。所以我觉得‘只许我文艺不许你文艺’的这一种态度是不对的。”《郁达夫文集》第六卷，广州：花城出版社、香港：三联书店，1983年版，第73页。

的“区分”密切相关的是道德的评价，日常生活中庸俗不堪的“红男绿女”，“老七老八”的“大众”因为有闲无聊而道德堕落；相反，“无产阶级”的“大众”因为穷苦、“被压迫”并且是“新兴阶级”，[1]因此，其道德具有崇高性。最后得出结论，有闲阶级是不配冒有“大众”之名的。[2]于是，“大众”就实际上在阶级论上被撕裂成了两个对立的阶层——“无产大众”和“有闲大众”，“有闲大众”因为道德的堕落而丧失了“大众”的冠名权，而“无产大众”由于其阶级的历史优越性和道德优越性而专有了“大众”的名与实。在这样的理论逻辑和道德逻辑里，“大众”自然为“无产大众”所取代，甚至是“工农大众”所取代——“你要清楚你的大众是无产大众，是全中国的工农大众，是全世界的工农大众！”[3]

革命文学论者几乎是众口一词地将“大众”定位为“无产阶级”。但也出现了一些歧见。潘汉年说：“因为工农大众是我们革命的主力军，我们的普罗文学运动的任务，假如不能争取与鼓动他们中间的识字分子，这是多么错误！”[4]他所说的大众只是无产阶级中的“识字分子”，这大概是就“大众文艺”的作者而言的，可能是指称“工农大众”知识分子。而陶晶孙则说：“我们晓得大众乃无产阶级内的大多数便好了。”[5]这个观点很奇怪，“大众”是无产阶级中的大多数。尽管潘汉年等人见解有歧义，但也基本是将“大众”等同于“无产阶级”。

“大众”和“大众文艺”在阶级论上实现了重新定义，它的主体也实现了变换，有闲阶级主体的退出，使无产阶级主体实现了独占；而且在这样的“变换”中，“民族”作为一个母概念也如前所述被“无产阶级”这个子概念所独享，所以，无论是 30 年代大众化讨论，还是 40 年代的民族形式论争，还是在延安时期和 1949 年后毛泽东的经典著作中，革命文学大众化理论一般都是“民族”和“大众”与“无产阶级”混合使用的。但“民族”和“阶级”是两个不同的主体，其相互的关系是知识界所心知肚明的。所以才出现了“两个口号”论争中鲁迅坚持在“国防文学”口号之外再提出“民族革命战争的大众文学”的现象。“与‘国

---

〔1〕〔2〕 郭沫若：《新兴大众文艺的认识》，《文学运动史料选》第二册，上海：上海教育出版社，1979 年版，第 364 页。

〔3〕 同上书，第 365 页。

〔4〕 潘汉年等：《我希望于〈大众文艺〉的》（1930 年 5 月 1 日），载文振庭编：《文艺大众化问题讨论资料》，上海：上海文艺出版社，1987 年版，第 999 页。

〔5〕 陶晶孙：《大众化文艺》，载文振庭编：《文艺大众化问题讨论资料》，上海：上海文艺出版社，1987 年版，第 633 页。

防文学’口号相比,‘民族革命战争的大众文学’的口号,在关注民族矛盾的同时也注意到了阶级矛盾,这里包含了对抗日统一战线中无产阶级领导权的重视。”[1]而从一般的阶级逻辑来说,“民族革命战争的大众文学”口号中的“大众”“民族”是修辞的同义反复,但在鲁迅的话语中,“大众”又明白无误地指称“无产阶级”。“大众”的双重所指造成了一般意义上的逻辑“谬误”,但这却使革命理论话语获得了在“民族”“大众”“无产阶级”之间自由滑动的阐释空间。而作为一个沉默主体的文艺,其话语权和阐释权的旁落几乎就是宿命,这为知识主体和政党主体提供了更大的操控的空间。当大众在无产阶级和民族之间自由滑动的时候,大众文艺的价值取向也很容易以无产阶级文艺的价值主体替代民族文艺的价值主体。

郭沫若用“无产阶级”一词的历史道德含义把郁达夫的世俗国民大众从“大众化”讨论的语言空间中驱逐了出去之后,其空缺则由一个阶级化的政治主体“工农大众”来填补。这一修辞动作,“其背后的意味无疑十分深长——‘无产大众’为‘大众’一词蒙上了一层历史道德的神秘色彩,而‘工农大众’则对应了‘大众’在左翼政治实践中的现实所指”。[2]一个社会族群的价值,取决于其在历史进程中的作用,无产阶级作为先进阶级,其已经或正在促进着历史的嬗变,因此,无产阶级的历史创造作用无疑是巨大的,而且是“最后的”。由于无产阶级在历史中的未来性和道德性,书写它的文艺无疑更具有历史价值。经过这样的论证,文学和文艺书写的价值天平即刻开始向“无产阶级大众”倾斜。

三 “大众文艺”的主体与表达悖论及其解决之道

确定了“大众”的含义,就决定了“大众文艺”的外延和内涵。在郭沫若借给大众正名而将大众文化和大众文艺区分成两个对立的文化和文艺形式,使“无产大众”的文化和艺术获得了“大众文化”和“大众文艺”的独家冠名的时候;瞿秋白也将“革命的大众文艺”与“努力的在宣传宗法主义和市侩主义”的“现在市面上的大众文艺”分离开来。他直接将所谓“大众文艺”定义为“工农

〔1〕 朱晓进:《政治化思维与三十年代中国文学论争》,《中国社会科学》2002年第6期。
〔2〕 曹清华:《身份想象——20世纪30年代的“文艺大众化”想象》,香港《二十一世纪》2005年6月。

大众文艺”。[1]

但是，“大众文艺”的修辞困境在于，它可同时表述为“大众自己创作的文艺”和“作家或艺术家创作的充分大众化的文艺”。前者的创作主体是“大众”，后者的创作主体是“作家或艺术家”，也就是所谓的“知识分子”。对这两个问题的明确界定将直接涉及“如何实现文艺大众化?”即大众化的途径问题，以及“大众化”的方向、目标；对于这两个问题的回答，也直接关系到对于大众文艺价值的判断。

从文艺的审美价值来看，其价值质量只在于文本本身，与创作主体无关。但既然革命文艺以无产阶级作为价值主体，而且，它还是“身份决定价值”论者，那么，在考察大众文艺的价值质量的时候，就不能不考察其创作主体的身份及其对于价值质量的影响。

在大众化讨论的初期，激进的革命知识分子就把工农兵自己的创作看作天然的“大众文艺”。既然“大众”一开始就作为大众文艺的价值基础，“大众文艺”的创作主体当然首先应该是大众。也就是说，“大众文艺”首先是“大众”自己的创作。正如郁达夫所说：“真正的大众文学，必须是为大众而说的关于大众的事情，由大众出身的作家自己来写，才能成功。”[2]在这里郁达夫强调了作家的身份属性对于创作价值的重要性。革命文学以工农大众的创作作为文艺价值的高标，源于新文化知识分子对自己的创作的原罪感。20 世纪 30 年代的革命文学论者则进一步强化着这种罪恶感受。所以，当大众成为最高神祇的时候，大众文艺也就成为了最高的文艺形式。冯乃超在《大众化的问题》中提出，“大众文学作家，应该是大众中间出身的”的主张[3]；郑振铎对大众文艺的定义是“大众自己的写作……即为大众而写，出于大众之手的大众自己的创作”[4]；瞿秋白认为，现阶段革命文艺尚属于“非大众的革命文艺”，而其“前途”是“革命的大众文艺”。所以他呼吁“在大众之中创造出革命的大众文艺出来，同着大众去提高文艺的程度，一直到消灭大众文艺和非大众文艺之间的区

---

〔1〕 史铁儿(瞿秋白)：《普洛大众文艺的现实问题》，《瞿秋白文集(文学编)》第一卷，北京：人民文学出版社，1998 年版，第 474 页。

〔2〕 郁达夫：《艺文私见》，上海：复旦大学出版社，2004 年版，第 186 页。

〔3〕 乃超：《大众化的问题》，载文振庭编《文艺大众化问题讨论资料》，上海：上海文艺出版社，1987 年版，第 634 页。

〔4〕 《〈北斗〉杂志社文学大众化问题征文》，《北斗》第 2 卷第 3、4 期合刊。转引自文振庭编：《文艺大众化问题讨论资料》，上海：上海文艺出版社，1987 年版，第 425 页。

别，就是消灭那种新文言的非大众的文艺，而建立‘现代中国文’的艺术程度很高而又是大众能够运用的文艺”。[1] 由此可见，“大众”在革命文艺理论家那里一开始就被明确地确定为大众文艺的创作主体，是阶级主体且是“第一”主体；也是大众文艺获得其价值质量的唯一途径。

既然“身份决定价值”，那么，大众化的应有之义就是大众文艺创作的主体身份的大众化。为了繁荣大众文艺，就得培养大众作家。1930 年左联成立后，开展了大规模的工农兵通信运动，轰轰烈烈地展开了平民夜校、工厂小报、壁报、短小通俗的报告文学创作活动。瞿秋白在《再论大众文艺答止敬》中虽然也承认“现在就要求每个作家作施耐庵，这是不可能的”。但他主张“革命的施耐庵们将要在斗争和工作的过程之中产生出来。”[2]革命的文学理论家要在大众的文化活动和革命活动中创造和铸就大众创作主体。

文艺的工农兵创作，在本质上是“五四”新文化运动“国民文学”观念的延伸。在这样的话语里，充满的是启蒙知识分子的启蒙理想。因为在现代民族国家中，工农大众是受教育程度最低下的。当然，革命文艺理论家是从革命动员的立场来讨论文艺大众化的，他们认为，接受了教育的工农大众才能够接受无产阶级革命的理想；接受了教育的工农大众才能够认识阶级的自我，实现阶级的自觉，才能最终参加到革命的运动之中来。因此，虽然工农写作的大众化已经不同于“五四”的国民启蒙，具有了革命知识分子所赋予的阶级立场，但它主要还是一个教育和启蒙的问题，而不是文学或文艺问题。

但是，被预设为大众文艺的创作主体和价值主体的工农大众，由于缺少起码的教育，他们不识字，更不要说文学创作了。他们所熟悉的，大多是其日常艺术形式，诸如城市中工人阶级的民谣和顺口溜，乡村中口口相传的民歌民谣和旧的戏剧、戏曲、舞蹈、大鼓书等。就是他们能够即兴创作，或者在培养识字之后能够创作，但从精英主义的艺术审美价值来衡量的话，其价值简直不值一提。于是，革命文艺论者，就开始在身份决定价值的前提下，将这样的大众文艺认定为有价值的文艺。瞿秋白说：“这种工作开始的时候，一切初期的、极端幼稚的、外行的大众文艺的尝试的作品，也已经是大众文艺。可以说是最坏的

---

〔1〕 宋阳(瞿秋白)：《大众文艺的问题》，《瞿秋白文集(文学编)》第三卷，北京：人民文学出版社，1998 年版，第 20—21 页。
〔2〕 瞿秋白：《再论大众文艺答止敬》，同上书，第 40 页。

'文艺',但是始终是文艺。"[1]

但是,大众创作的文艺,在精英主义的审美主义看来,其价值是极其有限的。尽管革命文学知识分子执念于革命的大众,但是,却不能不失望地看到,大众的基本素质低下导致了大众文艺的流产。现实的困境使"大众文艺是大众创作"论者不得不从大众创作能力的实际出发,从当时文艺创作的实际出发,将"大众文艺"或者"文艺的大众化"的实现落实到知识分子作家身上,从而使大众文艺成为"知识分子创作的大众化的文艺",试图通过知识分子的大众文艺创作来实现无产阶级大众的文化利益。

从一般意义上看,"大众化"有两个层面,一个是政治文化层面,一个是文艺层面。在政治文化层面,要实现知识分子创作的大众化,首先需要解决的是主体的思想意识和立场问题,也就是作家意识的"大众化"。30 年代左翼精英虽然极力否定"五四"的成果,把它作为"死去的时代",但是在本质上他们还是继承了"五四"的平民主义的精神遗产。左翼革命知识分子的大众化之"大众"在政治上具有马克思主义的阶级论性质,它所指称的往往是共产党人所说的无产阶级和贫苦农民,是"受压迫阶级"。因此,"大众化"也就是工人农民化,知识主体的工农身份化或思想意识工农化。假如说新文化时期的大众化是为了造就国民,使之为现代民族国家基础的话,那么 30 年代左翼理论家所提出的"大众化"则是为苏俄式社会主义阶级国家进行的"人民"贮备。在这样的背景之下,"文艺大众化"开始与"无产阶级革命文学"的口号合流。1928 年创造社提出"无产阶级文学",其主题就是呼吁"文艺青年"/知识分子获得"无产阶级"的阶级意识,全身心地融入"无产阶级"这一理想阶层。最有代表性的是李初梨的《怎样地建设革命文学》一文,它要求"文艺青年":"第一,要你发出那种声音(获得无产阶级的阶级意识)。"[2]瞿秋白也说:"普洛文学作家要写工人,民众和一切题材,都要从无产阶级观点去反映现实的人生,社会关系,社会斗争。"[3]这样的大众化或者说无产阶级化,在具体的革命实践和文学实践中,是通过政治的"思想改造"和文学想象中的"自我身份"的转换来实现的。这

〔1〕 瞿秋白:《再论大众文艺答止敬》,《瞿秋白文集(文学编)》第三卷,北京:人民文学出版社,1998 年版,第 40 页。

〔2〕 李初梨:《怎样地建设革命文学》,《文学运动资料选》第二册,上海:上海教育出版社,1979 年版,第 44 页。

〔3〕 瞿秋白:《普洛大众的文艺生活》,《瞿秋白文集(文学编)》第一卷,北京:人民文学出版社,1998 年版,第 476 页。

在40年代的胡风的理论和毛泽东的理论中都得到了更加详尽也更加有成效的理论和实践的论证。毛泽东《在延安文艺座谈会上的讲话》把大众化作为知识分子思想改造的重要方式。毛泽东重新定义了大众化:"但是什么叫做大众化呢?就是我们的文艺工作者的思想感情和工农兵大众的思想感情打成一片。"〔1〕而胡风的所谓"自我扩张",也是作家自我与客观世界的冲突后的交融,他虽然强调了作家的自我,但是他同样强调作家的思想情感与生活(尤其是人民生活)的一致性。在这样的阐述中,"大众"自然转换为接受主体,而知识分子作家则转换为创作主体。也只有在这个意义上才有所谓的"大众化"。所谓的"化",是指现存的某种本质在主体的促使下向某个理想本质的转变。

而在文艺层面,则是指"文艺"的"大众化",也就是知识分子尤其是革命知识分子的创作向着无产阶级文学理想转化。所以,毛泽东在《在延安文艺座谈会上的讲话》中提出,革命的文艺家要向工农大众"学习",深入了解他们的生活,"学习"他们的艺术形式。也就是依照无产阶级大众的阅读欣赏能力改造知识分子的文艺形式,依照无产阶级的大众文艺的样式来创作文艺,使之如同无产阶级自己创作的文化和文学形式。从工农大众的语言和文化艺术中借鉴艺术形式,来进行创作,并使其能够欣赏。在风起云涌的30年代,革命文艺的大众化基本只是革命知识分子亭子间的乌托邦构想;而到了条件允许的40年代的延安,由瞿秋白等人所倡导的文艺形式的大众化终于结出了硕果,延安文艺充分地向民间倾斜:出现秧歌剧、广场文艺运动,旧的戏曲、民谣大量地被新文化知识分子改编;就是纯文学创作,也充分地吸收工农大众的语言形式,出现了赵树理的小说、李季的长诗《王贵与李香香》等一大批优秀的"为老百姓喜闻乐见"的大众化的艺术作品。

知识分子身份及其话语的大众化,在某种程度上实现了无产阶级的文化利益。但是,"身份决定价值"的价值论迷雾,一直萦绕在革命文学的发展历程中。知识分子创作的大众文艺,虽然已经足够大众化,但其价值利益依然在于知识分子自身,知识分子不但其阶级立场可疑,而且其为大众的价值理想也是可疑的。在革命文艺的政治逻辑里,知识分子及其话语与大众及其话语存在

---

〔1〕 毛泽东:《在延安文艺座谈会上的讲话》,《毛泽东选集》第三卷,北京:人民出版社,1991年版,第851页。

着一条永远无法逾越的鸿沟。革命文艺的价值理想与知识分子文艺的价值理想，也永远无法相互沟通，无法彼此携手共进。

正如我们在前文所论述的，无产阶级革命文学的价值理想是文艺创作全盘彻底的大众化，不但创作话语，而且创作主体的身份的大众化。也就是说，革命文学的价值理想，不但是写大众，用大众话语写，而且是大众写。而当知识分子成为大众文艺创作的主体的时候，大众文艺已经脱离了它的原初的价值理想。创作主体的错位一直伴随着革命的大众文艺，也使得中国现代大众文艺在实现它的价值理想的过程中一直处于两难的困境之中。而摆脱这种困境的出路，就在于彻底消解审美主义的文学和文艺，以无产阶级的文艺形式作为最高的价值理想，将文学推入广泛的文艺领域，将文艺推入更广泛的大众日常文化之中。

第二节　“革命文学”扩张的路径选择

“五四”新文化运动的价值目标是要通过启蒙而建构“国民”主体。而继起的“革命文学”的文艺大众化，有着与“五四”时代不同的价值理想。它需要通过“革命”的启蒙，建构无产阶级本位的文化权力。20年代初期，由于对文学以及文字困境的清醒的认知，无产阶级革命文学理论家们提出了“文艺大众化”或“大众文艺运动”的口号，从而使“革命文学”走向了“革命文艺”，走向革命大众的日常生活，实现了大众话语的扩张。由于大众化主要是为了解决横亘在大众与文艺之间的媒介问题，因此，文艺大众化主要是语言、艺术形式、题材等形式问题。但是，文艺大众化有着鲜明的价值追求。鲁迅就认为：“文字在人民间萌芽，后来却一定为特权者收揽。”“文字是特权的东西。”[1]不仅文字是如此，文学艺术也是如此。正是基于对于这种特权的打破，使得无产阶级普罗大众获得文化权力，左翼文学界才长期致力于大众语和大众文艺的倡导。正如郑伯奇所描述的：“以前关于大众化问题，虽有种种不同的意见，但却是站在知识阶级的立场而出发的。他们唯一的关心，却是在于这一点，知识分子的左翼作家怎样才可以为工农劳苦大众所理解，所欢迎？于是题材，形式，言语乃

〔1〕 鲁迅：《门外文谈》，《鲁迅全集》第六卷，北京：人民文学出版社，2005年版，第94页。

至作家生活等等,成了他们论争的焦点。”[1]

在无产阶级本位的价值理想的驱动之下,在“五四”新文化的大众化基础之上,“革命”文艺大众化进行了一次话语载体的拓展旅程:从书面的文言到白话,从文字到口语,从文学到文艺,从文艺到文化生活。

一 “大众语”:书面语的“二次革命”和“革”书面语的命

语言在表达的层面,可以分为两类,一类是书面语,主要是用于书写,它的介质是文字;一类是口语,主要是日常的语言交流,它的介质是声音。文学是语言的艺术。在一般意义上,文学包含书面语文学和口语文学;但是,在文学的发展中,文学往往与语言文字联系了起来。在关于文学的一般性理解中,文学的本体是文字性,它是一种文字语言的艺术。革命文艺大众化,首先是倡导“大众语”革命。这种大众语革命,主要针对的是书面语的革命。革命文艺的书面语的革命分为两个层面:一是书面语的进一步“俗化”,二是“革”书面语而走向口语文学。

(一) 书面语的“通俗”化

在一般意义上,文学包含书面文学和口语文学;但是,在文学的发展中,文学往往与语言文字联系了起来,文学的范畴也渐渐地被理解为文字的文学。

在大众化讨论中,革命文学理论界模糊地感觉到,文学在一般意义上是一种书面语言艺术,最低级的表达和阅读都需要借助于文字。书面语诉诸文字,只有识字才能阅读。而面对着大众普遍的受教育程度比较低的情况,最急迫的问题就是要排除文字的障碍。

“五四”新文化运动的主流是白话文运动。而白话文运动,实质就是书面语革命,它以口语入文,它所着眼和最后完成的是书面语的口语化。胡适的“文学改良”就是要在文学的叙述语言上吸纳“俚语俗字”,实现语言的口语化、俗化;[2]所谓“文”“言”的合一,也就是要求在书写中,尤其是在文学书写中使用口语化的言语。书面白话经过新文化先驱的论争,获得了它在文学书写中的合法性和合理性。

“五四”新文学运动虽然实现了语体的革命,即由文言向白话的历史性变

---

〔1〕 何大白(郑伯奇):《文学的大众化与大众文学》,《北斗》第2卷第3、4期合刊。转引自文振庭编《文艺大众化问题讨论资料》,上海:上海文艺出版社,1987年版,第428页。

〔2〕 参见胡适:《文学改良刍议》,《新青年》1917年第2卷。

革，但是，它的变革是在书写语言层面上的；而且，其文学话语也保留着充分的知识分子特征，只不过是由旧知识分子变成了新的欧化知识分子特征而已。也就是说，“五四”新文学所实现的书面语的革命，仍然局限在话语的知识分子的层面，它所吸纳的口语，虽然有人民（底层）的语言，但主要的还是知识分子的语言。其总体的话语风格是知识分子化的。因此，瞿秋白称之为“新文言”。在大众语讨论中，许多论者胶着于文学语言的阅读障碍，而对大众语持有悲观主义的看法。鲁迅说：“大多数人不识字，目下通行的白话文，也非大家能懂的文章；言语又不统一”，“现在是使大众能鉴赏文艺时代的准备”，“此刻就要全部大众化，只是空谈”。〔1〕 鲁迅的虚无主义很显然发自书面语言的阅读特性。胡适在30年代也反思了“五四”文学的大众化的不彻底及其所带来的弊端。胡适认为：“大众语不是在白话之外的一种特别的语言文字，大众语只是一种技术，一种本领，只是那能够把白话做到最大多数人懂得的本领。”他说：“现在许多空谈大众语的人，自己就不会说大众的话，不会做大众的文，偏要怪白话不大众化，这真是不会写字怪笔秃了。白话本来是大众的话，决没有不可以回到大众去的道理。时下文人做的文字所以不能大众化，只是因为他们从来就没有想到大众的存在。因为他们心里眼里全没有大众，所以他们乱用文言的成语套语，滥用许多不曾分析过的新名词；文法是不中不西的，语气是不文不白的；翻译是硬译，做文章是懒做。……这样嘴里有大众而心里从来不肯体贴大众的人，就是真肯‘到民间去’，他们也学不会说大众话的。”〔2〕虽然胡适抨击了“五四”新文学语言上的恶劣倾向，但他所理解的“大众语”，就是大众自己的语言，也就是白话；他继续秉持着“五四”的白话文立场，而且依然是从书面语出发来进行反思的。

革命文艺大众化继承了“五四”的书面语革命，并将其深化和拓展，形成了书面语的“二次革命”。它所提出的方案，就是改造“五四”的文学语言的过度知识分子化，在“大多数人都不识字”的情况之下，大众也能看懂和理解。换句话说，就是不但要将知识主体剥离他的语言，而且要彻底地“大众化”。为了突破书面语言的障碍，革命文艺大众化设计了几种方法：

其一，语言通俗化。原则之一是通俗性。郭沫若振臂力呼：“通俗！通俗！

〔1〕 鲁迅：《文艺的大众化》，《鲁迅全集》第七卷，北京：人民文学出版社，2005年版，第367页。

〔2〕 胡适：《大众语在那儿》，《大公报・文艺副刊》第100期（1934年9月4日）。《胡适全集》第四卷，合肥：安徽教育出版社，2003年版，第576—577页。

通俗！我向你说五百四十二万遍的通俗！”[1]原则之二是概括性。毛泽东在《新民主主义论》中认为，文化必须“为全民族百分之九十以上的工农劳苦民众服务”。[2] 因为“大众”是指全国人口百分之九十以上的工人、农民、士兵（还包括一小部分城市小资产阶级），所以他所谓的“大众语”应该是占全国绝大多数人口的工农兵语言的提炼，或者说共同语。原则之三是可懂性。冯乃超认为，“首先要有能使大众理解——看得懂——的作品”。因而，文艺必须如列宁所言“属于大众，为大众所理解，爱好”。[3] 其中最重要的特点就是“可懂性”。

通俗化和可懂性的实践，在 20 世纪 30 年代的革命文学实践中是不成功的。只有到 40 年代的延安，在“大众文化，实质上就是提高农民文化”[4]的口号下，延安政权和知识分子很快将大众语转化成了“农民语”。赵树理将山西地方农民的土语结合进了他的《小二黑结婚》等小说之中，形成了具有方言和土地气息的文学语言。同样还有李季的《王贵与李香香》将陕北民歌改造成了革命故事的吟唱，其中陕北方言和农民语言的融合也形成朴素、易懂的风格。

其二，汉语拉丁化。汉字难写难认，与西方文字差异大。为了在短期内大幅增加中国人民的识字率，亦有利于中西方交流，所以就有人提出废除汉字实现拉丁化。新文化运动的一些知识分子就曾主张废除汉字，比如鲁迅等提出“汉字不灭，中国必亡”的说法；其中刘半农、鲁迅等都曾大力提倡语言的拉丁化。所谓汉字拉丁化就是指以拉丁字母代替汉字记写，将汉字改造为全音素文字。中国共产党人受苏联少数民族文字拉丁化运动的启发而掀起了拉丁化的运动。瞿秋白 1929 年在苏联起草了《中国拉丁化的字母》；1930 年瞿秋白、吴玉章等人又与苏联共同草拟了“北方话拉丁化新文字”。1931 年他由苏联回到上海后写了《新中国文草案》。这个方案以后经中国世界语者和中国左翼世界语者联盟引进、宣传和推广。汉字拉丁化的最为重要的成果是世界语的推广。瞿秋白在上海大学担任教务长和社会学系主任期间，就积极提倡世界语，并开办了世界语班。鲁迅非常支持拉丁化新文字运动。他说：拉丁化新文字“只要认识二十八个字母，学一点拼法和写法，除懒虫和低能儿外，就谁都能写

[1] 郭沫若：《新兴大众文艺的认识》，《文学运动史料选》第二册，上海：上海教育出版社，1979 年版，第 366 页。

[2] 毛泽东：《新民主主义论》，《毛泽东选集》第二卷，北京：人民出版社，1991 年版，第 708 页。

[3] 左联执委会：《中国无产阶级革命文学的新任务——1931 年 11 月中国左翼作家联盟对于中国无产文学的决议》，《文学运动史料选》（第二册），上海：上海教育出版社，1979 年版，第 234 页。

[4] 毛泽东：《新民主主义论》，《毛泽东选集》第二卷，北京：人民出版社，1991 年版，第 692 页。

得出，看得懂了。况且它还有一个好处，是写得快”。[1] 郭沫若也认为：“现在已经不是新文字应该要还是不应该要的时候，而是我们应该赶快学习，赶快采用的时候了”，“我们应该集合群策群力来使这项事业完成”。[2] 1935年，文化界人士蔡元培、鲁迅、茅盾等688人提出《我们对于推行新文字的意见》。意见书中说：“中国已经到了生死关头，我们必须教育大众，组织起来解决困难。……中国大众所需要的新文字是拼音的新文字。这种新文字，现在已经出现了……便是北方话新文字方案。……我们深望大家一齐来研究它，推行它，使它成为推进大众和民族解放运动的重要工具。”[3]

其三，提高工农的识字水平。突破障碍的最有效方法就是绕过障碍。但是，中国人口庞大，汉字历史悠久，文化积淀深厚，汉字拉丁化并非易事。“但这教育大众的工作，开始就遇着一个绝大难关。这个难关就是方块汉字，方块汉字难认、难识、难学。”[4] 1940年11月发表的《陕甘宁边区新文字协会成立缘起》就分析其中的原因，该文认为，“五四”新文化运动以来中国广大人民的文化水平仍然很落后，除了因为政治经济的落后外，“汉字的难于学习，确是最大的原因之一”。但是，“汉字虽然已经不合时宜，必须采用拼音文字，但汉字有悠久的历史，不是轻易可以废弃而必须使其逐渐演变，才能完成文字改革”。[5] 要懂得文学作品，要能够创作文学作品，仍然需要通过文字这一媒体形式。所以，在20年代末期到30年代的左联时期，左翼文艺家就成立了很多的识字班，中共的革命过程中也举办过很多识字班类的组织，倡导工人、农民识字。在这些识字班中，有世界语(即新文字)识字班，更多的还是汉语的识字班。从后来的历史看，这些识字班中具有教育作用的还是汉语识字班。让工农掌握文字，使得他们可以看书学习，提高科学文化素养，可以掌握革命的道理，可以“当家作主人”。从文艺发展的角度，这也为他们能够欣赏文学和创作文学打下基础、作好准备。

(二) 从书面语走向口语

早在五四时代，很多的新文化先驱就注意到了“口语文学”的问题。周作

---

[1] 鲁迅：《门外文谈》，《鲁迅全集》第六卷，北京：人民文学出版社，2005年版，第99页。

[2] 郭沫若：《请大家学习新文字》(1935年12月)，《郭沫若全集(文学编)》第十六卷，北京：人民文学出版社，1989年版，第185—186页。

[3][4] 倪海曙：《中国拼音文字运动史简编》，北京：时代出版社，1950年6月再版，第138—139页。

[5] 同上书，第164—166页。

人、刘半农等都曾经发起收集民歌的运动。这实际上拓展了文学的范畴，将其内涵和外延不但涵盖了传统的书面语文学也包含了口语文学。但正如我上文所述，“五四”的贡献主要在于书面语的革命，其虽注意到了口语文学（文艺），但是其主流依然是书面文学而不是口语文学。它在文学的范畴意义上，也基本维持了传统的对于文学的界定。

至于20世纪20年代末期，普罗文学大众化运动中，革命文学论者开始反思“五四”文学的语言弊端。瞿秋白认为，“五四”一代文学的语言，是“古文的文言”“梁启超式的文言”“‘五四’式的所谓白话”“旧小说式的白话”并存。〔1〕其中“五四”式白话，即所谓“新文言”，是主流。但，这种言语的小资产阶级的贵族性，尤其是它的“杂种”性——“是中国文言文法，欧洲文法，日本文法和现代白话文法以及古代白话杂凑起来的一种文字”，而且，“根本是口头上读不出来的文字”，甚至不如“旧小说的白话”。〔2〕这种“欧化倾向”的“新文言”文学，无论是情感还是文字语言对无产阶级来说都非常地隔膜。文学的创作和阅读欣赏，依然都是以识文断字为前提的。

而且，通过大众化的世界语实践，发现拉丁化也非易事。而且，中国的汉字太过于古奥，笔画结构语法非常的繁难，太过于难学。对汉字，瞿秋白抨击最为激烈。他认为，汉字“是混蛋糊涂十恶不赦的”“野蛮的”“中世纪的茅坑”，是“僵尸”。〔3〕鲁迅也认为“汉字是愚民政策的利器”，是“劳苦大众身上的结核”，“倘不先除去它，结果只有自己死”。〔4〕因此，知识界提出了两套方案：一是“文”“言”合一，施行白话，以白话为语言的正宗。二是废除汉字，实行拉丁化。而这两个方面，都不是急功近利所能完成。废除汉字和拉丁化，对有着数千年汉字传统的且人口众多的中国来说，很显然是不现实的；要让中国数亿人口的不识字人群都识字，也不是一蹴而就的。因此，大众语的构想很快转向了汉语基础上的“大众语”建构的想象，不是在文字的基础上，而是在口语的基础上。

面对着“五四”文学话语的知识分子化的现实，和文字的知识分子特权问

〔1〕 瞿秋白：《大众文艺的问题》，《瞿秋白文集（文学编）》第三卷，北京：人民文学出版社，1998年版，第15页。

〔2〕 同上书，第16页。

〔3〕 同上书，第27页。

〔4〕 鲁迅：《关于新文字——答问》，《鲁迅全集》第六卷，北京：人民文学出版社，1981年版，第160页。

题，以及汉语文字的习得障碍，唯一的办法就是重新阐释文学，或者说进行文学的“二次革命”，将文学的范畴由书面语文学拓展为日常口语文学。

传统意义上的文学艺术是借助于语言文字进行表达和传播的，大众也是通过语言文字来接受的。而语言就其本体意义来说，一般包含“听”“说”“读”“写”四个方面，主要的就是声音和文字。就文学来说，中国文学传统中，民间文学一直是其中的一脉，而民间文学大多是口语文学。早在“五四”时期，胡适等人就发现了民间文学和口语文学相关联的事实。因此，胡适写作的《白话文学史》从某种程度上来说也就是口语文学史。

瞿秋白等大众语的倡导者，在探讨大众语的时候，基本都是从整体语言，尤其是从口语的角度来说的。在口语的层面上，不识字的大众就可以不受限于阅读的障碍了。因此，最理想的状态是，“大众语”是“说得出，听得懂，写得来，看得下”的大众语。瞿秋白认为，这种“大众语”是在文言、白话之外的“俗话”。〔1〕 而所谓的“俗话”就是，“新兴阶级在五方杂处的大都市里面，在现代化的工厂里面，他的言语事实上已经在产生一种中国的普通话（不是官僚的所谓国语），容纳许多地方的土话，消磨各种土话的偏僻性质，并且接受外国的字眼，创造着现代的政治技术科学艺术等等的新的术语。这种大都市里，各省人用来互相谈话演讲说书的普通话，才是真正的中国话”。〔2〕

尽管建构比较困难，但“大众语”还是在40年代的抗战时期结出了硕果。国统区和解放区都出现了以口语为主要传播媒介的艺术创作，如大量出现的朗诵诗、街头诗和街头剧等大众语艺术形式。赵树理的小说、李季的诗歌，虽然依然是书面语文学，但是，其中显然受到了口语文学的极大浸染，形成了民间口语化的书面语文学。

（三）大众语：阶级共同语和“普通话”

从清朝末年到民国，知识界普遍认为，中国语文是“文”“言”分裂的，书写的文字是不说的，而说的话却不是文字的。这样的分裂为地主阶级对文化的垄断创造了条件。“五四”白话文运动，在平等人权的层面，提出了“言”“文”合一的白话文及其文学。白话文运动中的“国语”，就是在白话文的基础上建构

〔1〕 瞿秋白：《普洛大众的文艺问题》，《瞿秋白文集（文学编）》第一卷，北京：人民文学出版社，1998年版，第480页。

〔2〕 瞿秋白：《大众文艺的问题》，《瞿秋白文集（文学编）》第三卷，北京：人民文学出版社，1998年版，第17页。

民族共同语。但是,虽然看上去,“五四”时代在谈论“国语”的时候,将口语和文字综合讨论;瞿秋白的“俗话”主张,也将书写语言的俗化和口语主张放在一起讨论;甚至它们革命的向度都是一样,都是向着底层民间吸收语言的养分,都是向着底层民间的需要而改革语言和文学。但是,“大众语”却不是“国语”,不是民族共同语。

20世纪30年代的“革命文学大众化”所理解的“大众语”就是“阶级共同语”。“大众语”中的拉丁化、“大众语”中的通俗化、“大众语”中走向口语文学的主张,其真实的动机在于建构跨民族的阶级共同语。瞿秋白的“俗话”主张有着显著的无产阶级革命的价值理想。瞿秋白的一切语言和文学主张都立足于无产阶级的阶级利益,是为了使旧中国不识字和学汉字困难的广大民众学会用拼音文字来阅读和写作,用口语就能够抒情达意。旧时代作为书面语的“文言”脱离现实生活,即所谓的“言”“文”分离,正体现了封建时代地主知识分子的在语言方面的特权;而瞿秋白等人将“五四”的国民平权的理想落实于无产阶级的身上,更彻底地打破了知识分子的文化特权。“大众语”的最大的贡献就在于,它将语言由书面语扩展到了口语,将语言由知识分子化的“雅语”突破到了“俗语”,从而将语言的主体由特权阶层转移到了底层的无产阶级。

革命文学理论家所理解的“大众”就是“无产阶级”,因此,所谓的大众语也就是无产阶级语言。大众语必须是工农兵语言,“要以工农大众为我们的对象”。[1] 但同样的困境在于,无产阶级作为一个阶级,它是一个庞大的松散的社会阶层。虽然作为一个阶级,甚至一个集体,但仍然有地分南北的差异和行业工种的不同,以及民族身份的差异等等,因此,他们的语言差异也同样是巨大的。但是,语言是民族的,地方的,也是跨阶级的。阶级共同语脱胎于民族共同语,它的建构离不开民族共同语。瞿秋白所描述的“大众语”显然并不是全无产阶级(包括农民阶级)的共同语,因为它有着浓烈的地方性;而且,这样的语言也不是纯粹的农民语言和方言,同样糅合了知识分子的“五四”白话。瞿秋白自己就注意到,除了大众的教育程度比较低的原因外,方言是最为重要的障碍;大众文艺的语言主要是方言,至于城市工人阶级的“普通话”,更是五方杂陈。瞿秋白在剔除了封建阶级和资产阶级的文言和白话之后所建立的

---

〔1〕 成仿吾:《从文学革命到革命文学》,《文学运动史料选》第二册,上海:上海教育出版社,1979年版,第21页。

“俗话”，虽然声明不是“国语”，但是它具有鲜明的民族共同语的性质。这种“俗话”具有茅盾所指出的种种致命的缺点，比如用大都市上海的市井语言为中心的“普通话”构想，并不具有民族意义上的“普通性”，因为它是“上海白做骨子的‘南方话’”。[1] 尤其是用阶级共同语代替民族共同语，在语言的功用上也丧失了语言作为交流工具的普遍适用性。因此，无产阶级大众语最后就只能落实到基本原则的界定。但是瞿秋白立足于阶级论立场上的民族共同语的思考是有意义的，它不仅仅是为无产大众文艺在寻找一种语言形式，更重要的是它指出了民族共同语形成的内在机制和未来建构的方向甚至是方法。但是，无产阶级的“大众语”作为一种阶级信念，其存在是有理由的，但作为一种语言形式，却自始至终就是一种乌托邦。

二 从民间书面语文学走向说唱表演艺术

文学是语言的艺术，无论是书面语文学还是口语文学都是如此。大众文艺显然是以大众语为基础的，当大众语由书面语而向口语扩张的时候，书面语文学也向着口语文学扩张它的地盘。而要具体理解这种扩张，还需要理解 30 年代大众化和 40 年代民族化讨论中的关键词——“文艺形式”。所谓的“文艺形式”，在大众化和民族化的讨论中，有着两个方面的含义：一是指书面语文学的形式问题。书面语文学，主要是以文字为载体；但是，旧的戏曲、小调等也形成了书面语文学——戏剧剧本和唱词等；二是指文艺的不同门类，如文学、戏剧、说唱艺术等。因此，我们讨论革命文艺大众化也必须在这两个层面上来进行。

（一）大众文艺形式：书面语文学形式中的口语文学的重新认定

30 年代的大众文艺运动，首要的就是对“五四”的反思。“五四”文学的形式是抒情的，心理化的，它虽然如鲁迅那样采用了一些旧的白话描写的方法，旧的章回小说的叙述方式，但总体是欧化的，而且是一种知识分子情感趣味的体现。瞿秋白谴责说：“绅士智识阶级”“在体裁方面尽在追求着怪癖的摩登主义”，“自己发明的欧化的小说，诗歌，戏剧，弄些象征主义，表现主义，印象主

---

〔1〕 止敬（茅盾）：《问题中的大众文艺》，《文学运动史料选》第二册，上海：上海教育出版社，1979 年版，第 400 页。

义……等类的魔道玩要玩要。”[1]“五四”新文学所建构的是纯文学的传统，而这正是为革命文学理论所批判的，因为它所体现的是知识阶级的趣味和特权，而不是无产阶级的。

面对20年代文学表现形式的“废墟”，瞿秋白等革命文学理论家提出了一个综合运用现有形式改造书面语文学的“大众化”方案——“为老百姓喜闻乐见”的民间文艺表现形式。

革命文艺从大众化出发，虽然对旧的形式不满，但是还是认为“革命的大众文艺在开始的时候，必须利用旧形式的特点——群众读惯的看惯的那种小说诗歌戏剧——逐渐加入新的成份，养成群众的新的习惯”。[2] 茅盾也认为，旧小说之所以为大众所喜欢，主要不在于其“文字本身”，而是“旧小说内容所包含的宇宙观人生观为大众所固有”。[3] 因此，只要将其中的旧的宇宙观和人生观剥离，形式是可以利用的。于是旧形式，包括一些旧的士大夫文化形式(如章回小说[4])也借助于“大众”的身份而获得了重新的论证和认同。

但，30年代瞿秋白所谓的对于旧形式的利用，并不是“投降主义”的，他汲取了被他激烈否定的“五四”的启蒙主义精神，主张对带有封建主义因素的旧形式加以改造，创造出大众化的“新形式”。他说：“第一是依照着旧形式体裁而加以改革；第二，运用旧式体裁的各种成份，而创造出新的形式。”“一切故事，小说，小唱，说书，剧本，连环图画，都可以逐渐的加进新式的描写叙述方法。”[5]总之，“我们要写的是体裁朴素的东西”。[6]

瞿秋白的大众文艺思想，其中之一翼就是：在旧的艺术形式中放进新的无产阶级革命的内容，然后在此基础上，创造适合于大众所需要的内容和形式统一起来的艺术表现形式。这种所谓的运用旧形式以“养成”大众文艺形式的观点，在40年代的“民族形式”的讨论中得到延续和深入。

二三十年代对“五四”新文学和民间文艺表现形式的讨论是立于比较纯粹

---

〔1〕 瞿秋白：《欧化文艺》，《瞿秋白文集(文学编)》第一卷，北京：人民文学出版社，1998年版，第492—493页。

〔2〕 瞿秋白：《大众文艺的问题》，《瞿秋白文集(文学编)》第三卷，北京：人民文学出版社，1998年版，第18页。

〔3〕 止敬(茅盾)：《问题中的大众文艺》，《文学运动史料选》第二册，上海：上海教育出版社，1979年版，第400页。

〔4〕 章回小说本为民间文艺形式，但历史的发展中，渐渐转变为一种士大夫文艺形式。

〔5〕〔6〕 瞿秋白：《普洛大众的文艺生活》，《瞿秋白文集(文学编)》第一卷，北京：人民文学出版社，1998年版，第471页。

的阶级论的基础之上的。它潜伏着将无产阶级文学艺术等同于民族文学艺术的动机。40年代，在空前的民族危机和民族对立中，提出了“民族形式”的问题。这一问题仍然是二三十年代大众化讨论的延续，它虽然在表层话语上标示着“民族形式”的符号，而从参与谈论的人员以及论点来看，它也是将民族形式替代以无产阶级文艺大众化；在民族名义下的讨论延续着二三十年代的“五四”新文学和民间形式的老问题。甚至，在民族主义的旗帜下，二三十年代大众文艺的融化新文学的精神也被狭窄化，而只剩下了对民族形式，也即传统文艺形式的讨论了。向林冰等人主张“旧瓶子装新酒”，并以此作为“民族形式的中心源泉”。[1] 在改造旧形式中，在“扬弃”之中建构民族形式，这样的观点得到了参与论战的大多数左翼知识分子的认同，包括艾思奇、周扬、罗荪等延安知识分子的支持。虽然这样的所谓“民族形式”遭到了胡风等左翼重要的理论家的反对，但在解放区延安政权的支持下得到了迅速的行政化实施。但是必须注意到，毛泽东在谈到古代文化和外国文化时说：“民族形式可以掺杂一些外国东西。”[2]“古为今用，洋为中用。”[3]“剔除其封建性的糟粕，吸收其民主性的精华。”[4]但是在1958年3月成都中共中央会议上，他又说：“中国新诗的出路。第一条，民歌，第二条，古典，在这个基础上产生出新诗来，形式是民歌的，内容应是现实主义和浪漫主义对立的统一。现在的新诗不成形，没有人读，我反正不读新诗。”[5]毛泽东在理论上是主张中西融合的形式，但是在个人志趣上却是以古典和民间为正宗和正统的。

民族性是建基于文化和文学传统之上的。中国的传统文学，从创作主体的身份来说，可以分为文人文学和民间文学。而民间文学形式，主要的是口语文学的积淀。就是那些书面语文学的旧文学中，也大多是在民间口语文学传统下形成的。因此，所谓的民族形式问题，其实质还在于建构民间正统；[6]而所谓的民间正统，也就是口语文学的正统。中国文学传统的民间文学，哪怕是

〔1〕 向林冰：《论“民族形式”的中心源泉》，《文学运动史料选》第四册，上海：上海教育出版社，1979年版，第425页。
〔2〕 毛泽东：《同音乐工作者的谈话》(1956年8月24日)，原载1979年9月9日《人民日报》，转引自纪怀民等编著：《马克思主义文艺论著选讲》，北京：中国人民大学出版社，1982年版，第598页。
〔3〕 毛泽东：《致陆定一》(1964年9月27日)，中共中央文献研究室编：《毛泽东书信选集》，北京：人民出版社，1983年版，第598页。
〔4〕 毛泽东：《新民主主义论》，《毛泽东选集》第二卷，北京：人民出版社，1991年版，第707页。
〔5〕 陈晋：《毛泽东与文艺传统》，北京：中央文献出版社，1992年版，第322页。
〔6〕 参见方维保：《论左翼文学的人民伦理秩序及其道德情感的形成》，《文史哲》2011年第5期。

形成书面的旧的章回小说、戏曲剧本等，其本质都有着口语属性，都有着表演艺术的属性，当然主要的还是口语属性。当大众化确立了口语文学的正统地位的时候，所谓的文学的民族形式问题，所谓的艺术形式的大众化问题，最终都归结到了对于书面语文学的突破，并暗示着向口语文学的迈进。虽然“大众化形式”的讨论，基本局限于讨论书面语文学的文艺表现形式问题。

革命文学大众化的讨论和实践，将文学的表现形式从纯粹的知识分子的纯文学的表现形式，扩展到了对文本意义上的不同艺术门类艺术表现形式的相互借鉴方面。尤其是对旧文学的艺术表现形式和其他艺术门类表现形式的借鉴和“沟通”，开拓了艺术表现的思路，将文学的价值由书面语文学推向口语文学。当然，大众文艺形式讨论中对于民间、口语文学形式的肯定，是继承了“五四”的一方面的传统，但是，它同样是基于“阶级文学”的价值立场，而不是“国民文学”的立场。

（二）走到说唱艺术

大众文艺形式的讨论实际上是将文学扩张到文艺的范畴，将书面语文学变成了口语文学，也就是将文学变成了文艺。

文学是知识分子的精英美学的体现，它一般被表述为“纯文学”；而其他的活跃于民间的艺术形式，则被命名为“通俗文艺”。“五四”知识分子大量采集民间文艺形式，吸收民间文艺的菁华。但“五四”文学主流仍然操持着学生腔和书生气，“五四”文学的历史功绩主要表现在纯文学的书面语文学创作上，而不是通俗文学和文艺上。20 世纪 30 年代革命文学论者在讨论大众语的时候，他们越来越认识到，在当时的背景之下的“大众文学”，很难突破精英美学的限制；尤其是很难突破“大众书面文学”所带来的传播障碍。因此，鲁迅主张“现下的教育不平等的社会里，仍当有种种难易不同的文艺，以应各种程度的读者之需”。[1] 而这种“不难”的文艺，恰恰是无产阶级大众日常享用的文艺形式，也就是“大众文艺”。鲁迅在《门外文谈》中还将“文学家”和“作家”进行了区分，他认为，“文学家”大抵就是用文字写作的知识分子，而“作家”却是那些用口语进行创作的底层民众。所以，他说：“在不识字的大众里，就一向是有作家的。”[2]于是，“大众文学”的讨论迅速转向了“大众文艺”的讨论。

---

〔1〕 鲁迅：《文艺的大众化》，《鲁迅全集》第七卷，北京：人民文学出版社，2005 年版，第 367 页。
〔2〕 鲁迅：《门外文谈》，《鲁迅全集》第六卷，北京：人民文学出版社，2005 年版，第 102 页。

在艺术的领域内，传达意识形态观念和人类情感意志的语言方式是多样的，如绘画、音乐、戏剧、摄影、舞蹈，当然也包括文学。在30年代，革命的文艺理论家视野中的文化形态是五方杂陈的。它包括“五四”时期就已经被指认的所谓的文艺的“旧形式”，即民间的戏曲、评书、山歌、秧歌舞蹈、插绘本连环画、小调和章回小说之类，还有就是在新文化中成长起来的白话新文学（包括话剧）。这些艺术形式，从载体形式来看，可以划分为书面形式和口头形式以及综合艺术形式；从文化承载来看，可以划分为民间文化（folk culture）和士大夫文化，以及民间和士大夫文化的交叉状态的文化，还有就是在“五四”新文化运动所形成的知识分子新文化等。

面对着这样的旧文化形态，“五四”新文化采用了比较明确的“否定”的态度，包括民间文化和士大夫文化都被政治性地一概“打倒”。但“五四”的文化政治学是辩证的，即它要打倒的是旧文化，特别是封建的士大夫文化和迷信文化；同时，它又对“旧文化”尤其是“旧文化”中的民间文化进行了研究和从民族性根源上进行了继承。但“五四”是两条腿走路，一条是民间文化和文艺的研究和张扬，另一方面又建构起了知识分子文学和文艺的传统。

30年代的革命文学运动，对“五四”新文学和文艺进行了义无反顾的否定，但又继承了它对于民间文化和文艺的重视的传统。而对着“五四”新文学和文艺形式被否定后所留下的空白，大众文艺形式的建构就只能寄希望于这些民间文艺和“旧形式”了。这基于两个方面的理论根据：

一是广大工农群众的文学趣味更多在于旧形式，因此，大众文艺要照顾工农群众的审美习惯和欣赏能力，就必须尽可能利用这些大众所爱戴和能理解的旧的艺术形式。“所以普洛大众文艺所要写的东西，应当是旧形式体裁的故事小说，歌曲小调，歌剧和对话剧，因为识字人数的极端稀少，还应当运用连环图画的形式，还应当竭力使一切作品能够成为口头朗诵，宣唱，讲演的底稿。”〔1〕

二是广大的工农群众的接受能力主要在观赏（视、听和行为）方面。在文艺的范畴之内，除了文学之外，还包括绘画、剪纸以及吹拉弹唱、表演、舞蹈等视觉和行为艺术。它们中的很多门类并不借助于文字阅读，绘画、剪纸诉诸直

---

〔1〕 瞿秋白：《普洛大众的文艺生活》，《瞿秋白文集（文学编）》第一卷，北京：人民文学出版社，1998年版，第471页。

观的视觉,吹拉弹唱诉诸听觉,而表演和舞蹈则是行为艺术。而一般的听觉和视觉以及触觉的低层面上,它是不要培训的。尤其是那些没有精英化的民间日常文艺形式,更是底层大众表达情感的熟练的载体。

因此,鲁迅提倡连环画,主张用绘画来影响民众;瞿秋白提倡朗诵诗,柯仲平就创作出了大量的有影响的朗诵诗作;延安时期还演出了许多的根据旧戏剧改编的剧作,演出了许多秧歌剧;此外还包括许多街头舞蹈和表演等。瞿秋白要求不从狭义的欧美习惯的“诗歌,小说,剧本等的东西”去理解文艺,而应该从“广义”上去理解,将“说书,演义,小唱,西洋镜,连环画”“移动剧场,新式滩簧”“唱诗”等都看作是文艺的形式。〔1〕瞿秋白指出:“革命的大众文艺,应当运用说书,滩簧,小唱,文明戏等类形式。”“利用流行的小调,夹杂着说白,编成记事的小说,甚至于创造新式的歌剧;利用纯粹的白话,创造有节奏的大众朗诵诗;利用演义的体裁创造短篇小说的新形式,大众化的最通俗的论文等等。”〔2〕瞿秋白还提倡“街头文学运动”,“做体裁朴素的接近口头文学的作品:说书式的小说,唱本,剧本等等”。〔3〕

将文学扩张为文艺,将狭义的文艺扩张为广义的文艺,这样就绕过了文字障碍,大众文艺将触角伸向多种多样的艺术范畴之内,将知识分子的表达从狭隘的文学拓展向各式各样的艺术,在审美上突破知识分子的精英美学而建构了一种“大众美学”,即一种俗文艺的美学。赵树理的小说,从文学的角度是小说;但结合当时的文学艺术大众化的背景,它其实就是一种综合艺术。在小说书写中,加入民间快板等说唱艺术,从叙述的如唱一般的语调、如表演一般的人物,到如戏一般的故事,等等,都可以将其归入说唱艺术的范畴。延安时期的赵树理的创作是很容易改编为说唱艺术形式的,换句话说,它本身就是一种说唱艺术的“底本”。

(三) 从“文艺”走向“大众的文化生活”

文化是一个复杂到难以界定的概念。但大体的所指还是比较明确的,那就是,文化是人类生活的历史积存。1871 年,英国文化学者泰勒在《原始文化》一书中认为:“文化,文明,就其广泛的民族学意义来说,是包含全部的知识、信

〔1〕 宋阳(瞿秋白):《再论大众文艺答止敬》,《瞿秋白文集(文学编)》第三卷,北京:人民文学出版社,1998 年版,第 39 页。

〔2〕 瞿秋白:《大众文艺的问题》,同上书,第 18 页。

〔3〕 瞿秋白:《普洛文艺大众的现实问题》,《瞿秋白文集(文学编)》第一卷,北京:人民文学出版社,1998 年版,第 481 页。

仰、艺术、道德、法律、习俗以及作为社会成员的人所掌握和接受的任何其他的才能和习惯的复合整体。”[1]确切地说，文化是指一个国家或民族的历史、地理、风土人情、传统习俗、生活方式、文学艺术、行为规范、思维方式、价值观念等。革命文艺大众化所涉及的领域，就是与高级文化（精英文化）相对应的“大众文化”，主要是指普罗大众日常的习俗、仪式，以及包括衣食住行、人际关系各方面的生活方式。

革命文艺家所表述的革命的大众化文艺，其边界是模糊的，几乎所有的生活形式，甚至只要沾上一点文艺气息的文化娱乐活动，都可以算作是文艺了。瞿秋白说：“可以输入欧美的歌曲谱子，要接近于中国群众的音乐习惯的，而要填进真正俗话的诗歌；又可以创造一种新的俗话诗，不一定要谱才可以唱的，而是可以朗诵，可以宣读，有声调节奏韵脚里面能够很动人很有趣的；可以模仿文明戏而加入群众自己的参加演出；可以创造新式的通俗歌剧，譬如说用‘五更调’‘无锡景’‘春调’等等凑合的歌剧穿插着说白，配合上各种乐器。”[2]瞿秋白是在大众能够接受的前提下，要建构一种融合中国传统士大夫文艺表现形式、民间文艺表现形式，以及“五四”新文艺表现形式的大众化的“新文艺形式”。抗战时期，无论是国统区还是解放区都出现了瞿秋白当年所提倡的“街头文学运动”，其中包括柯仲平等人的朗诵诗，以“好一记鞭子”为代表的街头戏演出，以及延安经常进行的街头歌舞、朗诵、快板说书、戏剧戏曲演出等等。瞿秋白甚至把“工农通讯”也看作是普洛文艺的一部分。[3]他是在广泛的文化的意义上来讨论大众文艺的。这其实是将文艺扩展到了日常的生活生产之中。

一方面，由于这些口语文学和说唱艺术等表演艺术都具有生活化的特征，文艺大众化运动向表演和说唱艺术等民间艺术形式的拓展，最终就演变为一种从文字文学出发而落脚于文化领域的农民群众的艺术生活运动。另一方面，革命文艺中所倡导的旧戏曲、说唱艺术，如快板书、秧歌和秧歌剧、地方戏曲，等等，都经历过许多年的生活沉淀，早已化为大众（主要是农民）的日常生活的一部分。不识字的、文学性修养比较弱的农民大众和城市里

---

〔1〕【英】爱德华·泰勒：《原始文化》，连树声译，上海：上海文艺出版社，1992年版，第1页。

〔2〕瞿秋白：《普洛大众的文艺生活》，《瞿秋白文集（文学编）》第一卷，北京：人民文学出版社，1998年版，第471—472页。

〔3〕瞿秋白：《普洛文艺大众的现实问题》，同上书，第481页。

的工人和市民阶层，他们的日常的文化生活主要就通过这些艺术形式来实现，他们的情感也主要通过这些艺术形式来表达，因此，这些口语文学和说唱艺术等表演艺术都具有生活化的特征。换句话来说，这些本来就是他们生活的一部分。

这种大众化的文艺其边界是广阔的，甚至失去了它与生活之间的界限。只要是群众日常的文化活动都可以称之为大众化文艺。革命文艺大众化就是要将文学和文艺改造成群众的一种日常文化享受。郭沫若说：“大众文艺的标语应该是无产文艺的通俗化，通俗到不成文艺都可以。”〔1〕所谓“通俗到不成文艺”的文艺，就是日常生活，换句话说就是将日常生活看作是文艺，将文艺看作是日常生活。

革命文艺大众化中所强调的民间形式，为老百姓所喜闻乐见的文艺形式，都是与老百姓尤其是无产阶级的大众的日常文化生活密不可分的。革命文艺理论家所强调的革命文学、革命文艺也都是不但能够用文字写出来，让老百姓能够读得懂；而且要让老百姓能够说唱和表演，成为他们日常文化生洁的一部分。这些文艺作品中，不但需要兑入老百姓日常的生活内容，而且要让他们能够自编自演。

相对于文字艺术而言，革命文艺的大众化更注重说唱和表演艺术，原因就在于说唱和表演艺术可以更容易进入百姓日常生活的领域。虽然也具有说唱艺术特点的赵树理的小说很受重视，但是考察延安时期的文化生活，更受重视的还是那些说唱和表演艺术。革命的文艺领导者通过党政的倡导和支持，经常举行大规模的歌咏活动和秧歌剧表演活动。1958 年的新民歌运动由大众自己去创作、整理和演出，能写的就写，不能写的就口编，每个大队出一个“郭沫若”，百姓人人都是诗人，也就是诗人已经化到了百姓之中，诗歌也就成为日常的表达，成为一种文化生活。“文革”中的样板戏文艺运动，不但中央经常组织演出，而且，各省各县各乡各村，都组织了剧团，人人都是演员，个个都是戏剧家。劳动之余，跳舞唱歌演戏。这种扩张甚至包括日常的生活仪式。如为婚礼制订出一套新的婚姻礼俗，在乡村的婚礼上，朗诵移风易俗的诗歌；农民在田间地头一边干农活一边唱着新的革命歌曲；士兵在

〔1〕 郭沫若：《新兴大众文艺的认识》，《文学运动史料选》第二册，上海：上海教育出版社，1979 年版，第 366 页。

打仗的时候，把鼓动战斗的诗歌刻在枪的木把上(枪杆诗)；农民和工人，在城市或乡村的墙壁上用石灰刷上口号诗(墙头诗)；农民收割之后，跳一段有政治色彩的地方舞蹈。

革命文艺大众化着眼于将文艺从阳春白雪的文字的纯艺术的殿堂，拓展为老百姓的日常文化生活；日常的娱乐、日常的生活方式，日常的受教育和革命启蒙的方式。文艺走向了生活，扩展为更加广泛的文化生活方式，文艺的审美标准在生活中也就被稀释了。所有的文艺最后都可以演变为一种文化生活运动，大众文艺运动当然也就蜕变为大众文化运动。它不是要将生活审美化，而是要将审美生活化；具有精英意味的文学艺术变成了大众文化；从具象的文学想象体系向日常体验和话语实践层面转化。文艺成为“人民”最多、最欢乐的享受和娱乐。这种文艺活动，就是一种文化生活。革命的道德诉求和价值观念也就化入了无产阶级大众的生活之中，成为他们日常的空气和食粮。

综合上述，我们可以看到一个“革命文艺大众化”对文学施行扩张的清晰的路径：在语言层面，“大众语”针对“五四”新文言施行了“二次革命”，从将书面雅语变革为日常俗语，再从文字走向口语；在文学层面，“大众文艺”将书面语文学扩张为口语文学，将文学扩张为文艺，将文艺扩张为民间综合艺术；而在文化层面，大众文艺运动则将文艺扩张为日常的生活方式，将文学从文本语境带向了社会文化运动。革命文艺大众化立足于无产阶级大众的语言能力和审美习惯，不再拘泥于文学——文学的书面语言(文字)、文艺的门类界限和文学的表现形式，而是将触角伸入语言的整体、艺术的整体和表现形式的整体，甚至是整个文化领域。在这种同步或逐步的扩张进程中，文学最终被稀释为广泛的文化生活。

第三节　群众文艺运动:“革命文学”的价值神话和高峰体验

20世纪二三十年代的革命文艺大众化运动，其能指是空洞的。就如同当时的理论家所看到的，大众文艺并没有取得多少创作实绩。抗战的兴起，为大众文化提供了舞台，大众文艺在民族的危难中结出了硕果。从抗战开始，革命的大众文艺掀起了数次具有神话性质的群众文艺高潮，第一次是延安文艺，第二次是新民歌运动，第三次是"革命样板戏"。

革命大众文艺是"大众文艺"之一种，但它又是一种特殊的文艺和文化。无产阶级大众，作为一个"组织化的群体"，其"形成一个独特的存在，受群体精神统一定律的支配"〔1〕；而中国的"革命大众文艺"恰是实现无产阶级大众精神统一的艺术和文化主体。它在自身运行、信仰价值实现和组织控制上，都有着不同于资本主义大众文艺的鲜明的特点。

一 "大众文艺神话"的生产制度

革命文艺作为一个"战线"，从它诞生的时候起就被作为这一"价值武器"来看待，而且它比政治理论具有更大的想象的空间。为了实现无产阶级文化领导权这一价值目标，其权利从宏观到微观都有着系统的介入。

文艺的生产本是一种极端个人化的行为，它是作家的私人性创作；但革命文艺生产被"政府"征用，政府首先要做的就是对艺术生产及价值增值进行宏观的战略掌控，它会制定一个系统的规划，而且还会动用一切的生产资源，来实现以无产阶级大众的价值利益为名的计划。

革命文艺为文学艺术发展制定和实施了一个系统化的"战略蓝图"。这一战略蓝图首先在意识形态层面设计了两极对立的价值结构。单一权力的获得往往是在两极对立中实现的。在政治的层面，是"无产阶级"与"资产阶级"、"革命"与"反革命"之间的对立关系。蓝图的设计者并且给出了一个赢利的预期，就是通过"东风压倒西风"，并最终实现人类社会最美妙的社会理想。在文学艺术层面，革命文艺复制了政治层面的二元对立结构，建构了无产阶级革命文学和资产阶级"反革命"文学，"工农兵（人民）文艺"与封建主义文艺、资产阶级文艺之间的对立的价值关系。作为主动的叙述者，革命的大众文艺从一开始就有计划地对异质价值进行清场运动。1949 年后，对俞平伯的学术思想的批判，主要在于对资产阶级学术思想的清理，对电影《武训传》的批判则主要在于对于封建主义思想的清理，而对胡风"反革命集团"的批判，则主要在于左翼内部的清理。这种文艺领域的有计划的价值观的清理，在"文革"期间达到高潮：例如，江青通过《军队文艺座谈会纪要》提出了"文艺黑线专政论"，对自 20

---

〔1〕【法】古斯塔夫·勒庞：《乌合之众——大众心理研究》，桂林：广西师范大学出版社，2007 年版，第 46 页。

世纪30年代后的左翼文学传统进行了再否定，再在开列了一系列的“大毒草”名单之后，将文艺领域变成了一张具有绝对意识形态的纯粹的“白纸”。作为这一现实战略的另外一个组成部分，在完成清场之后，意识形态权力才开始按照自己的预想在这张“白纸”之上“画最新最美的图画”——无产阶级的大众文艺。新民歌、革命样板戏就是这一革命文学和文艺的样板。

战略规划从一般意义上来说，是宏观的。它虽是权力性的，但并不能形成直接的大众文艺的生产，也不能形成完全的价值渗透或者说价值实现，于是它制定了具体的执行机制。

太阳社创造了政党与文艺团体合一的革命文学组织模式，“左联”延续和扩展了这种模式，严密的政党组织使松散的文艺团体获得了更高效的运作方式，从而保证了政治蓝图和文化蓝图的实现。延安时期，中国共产党在延安召开了文艺座谈会，规定了文艺的方向，动员了文艺的力量。延安边区由政府出面发动大规模的秧歌剧运动、旧戏改造运动以及新民歌运动。设立演出队、宣传队以及艺术培养机构——鲁迅艺术学院和文化协会。1958年的新民歌运动就更加有着周密的组织计划了。领袖毛泽东在多次会议上倡导收集民歌；中共高级领导人和文化领袖郭沫若、周扬多次开会、作报告宣传动员，甚至在会议报告后面附上民歌作品。1958年4月14日，《人民日报》发表社论《大规模地收集全国民歌》，在全国范围内展开“新民歌运动”，提出的口号是“村村有诗人”，“村村有李白鲁迅聂耳”。[1]全国自上而下动员，然后是各级政府机构自下而上申报，再就是由郭沫若和周扬从民歌中选择比较优秀和能够表现社会主义意识形态的作品，出版了《红旗歌谣》。样板戏也采取了同样的方式。1948年11月28日《人民日报》在题目为《有计划有步骤地进行旧剧改革工作》的社论指出戏剧改革的方向、改革的方针和标准；随后成立了“戏曲改进委员会”“中国戏曲研究院”等专门机构，政务院发布了《关于戏曲改革工作的指示》，北京等地还举办了戏曲改革讲习班，文化部在1952年、1963年举办了盛况空前的两届全国戏曲观摩演出大会。毛泽东出席戏曲活动，接见演员，对剧本提出修改意见，对戏曲活动及其机构提出批示。江青等直接介入创作过程，以一些具体的创作流程干预创作。《人民日报》等主要的报刊则发表文章，进行宣传鼓动和号召定位。全国则由政府机构组织各个级别的演出团体——

[1] 《大规模地收集全国民歌》，《民间文学》1958年5月。

“京剧团”等，到工厂、农村和部队巡回演出。

在“战略蓝图”的总体框架内，在行政机构的指导之下，“无产阶级革命文学”的设计者还建立了一整套更加具有战术意义的写作或生产的技术性规范。具体如革命政党对文艺的干预，文艺对于政治目标以及政策的策应；文艺家获得素材的方式——“从群众中来，到群众中去”；以及语言的运用、形式的运用等等，都给予细致的规定。经历从延安时期到“十七年”时期的实验和归纳，终于凝聚为“七十年代”的“手册式”管理模式：

文艺生产者（参与者）实行“三结合”——“领导出思想，工农兵出生活，作家出技巧”。这一创作流程的关键是“领导”。而“领导”分为两个层面，一是“领袖”，二是技术官僚。领袖给出思想和价值，而技术官僚负责对领袖的思想结合具体政治环境进行阐释和细化，并监控具体的创作过程。“工农兵出生活”，在对工农兵以外的生活进入艺术的合法性进行否定的同时，确立它的价值主体的地位；不过，由于“工农兵”是一个被阐释的群体，因此，它的生活也是被给定的。在“文革”中，作家是身心二分的，他的存在意义主要在于“技术”。在革命样板戏的创作过程中，就经常把一些“反动权威”找来，让他们给一些演员和剧作者贡献技巧。汪曾祺就是被从劳改农场调来参与《沙家浜》的创作，被监视使用。姚雪垠也是这样，他“奉旨”写作了《李自成》。作家是被精心挑选过的革命的“工作员”，写作要有写作的资格，资格由革命机关进行认定。

“三结合”典型地诠释了作家、工农兵和领导之间在写作/生产过程中的关系。“领导出思想”就意味着：工农兵作为价值核心被空心化。

在更为微观的也更为技术性的创作细节上，施行“三字经”。最典型的当属于“三突出”——“在所有人物中突出正面人物，在正面人物中突出英雄人物，在英雄人物中突出中心人物”；与此相应的还有一系列的“三字经”：“三铺垫”“三围绕”“三对头”“三打破”，等等。这种技术性的规范，保证了“标准产品”的批量化生产。

大众文化的价值权力对创作过程的参与程度远远超出了上述的两个方面，还包括对作品内容等进行审查、对某些字词句的修改、对创作人员的调动、对演出和出版条件的提供等。

在组织化的大众文艺生产过程中，评价监管系统也至关重要。最具有震撼意义的是用“社论”的形式对某个作品的创作技巧和创作倾向进行评价。延安时期，通过周扬和陈荒煤的文章，将赵树理的创作确立为解放区文艺创作的“方向”；新民歌运动时期，通过郭沫若等的文章将其评价为“未来文艺”。1966年12月26日，《人民日报》发表社论，将八个戏树立为“样板”，通过对样板戏进行纵向的历史性叙述。

至此，革命意识形态掌握了文学生产、流通乃至消费的所有流程，关于“写什么”“怎么写”“谁来写”“为谁写”以及“怎样欣赏”等等的问题，都有价值权威以政治指令的形式下达了标准规范。从宏观的战略策划，到琐碎的、具有技术性特点的创作和评价系统，它对文艺创作的各个细枝末节和环节流程都进行了考虑，以保证干预的有效性。在行政权力的全程干预中，每个到场者都是组织结构中的人，都受约束于组织网络；组织结构通过金字塔式的行政可以有效地实现动员和干预。全党参与，全民参与，所有的行政资源都被调动了起来，意识形态的生产和繁殖自然达到了前所未有的“繁荣”局面。

二 大众文艺的高潮——广场庆典及其仪式效应

在有组织的动员之下，大众文艺形成了规模庞大的经常性的庆典式活动，大众普遍参与，成为史无前例的群众文艺运动，瞿秋白等人早年所热烈期待的革命大众文艺神话实现了。

这种文艺运动的首要的特点当然是它的集体性。30年代革命文艺所期待的大规模的群众创作模式，在这一时期实现了。在战时的延安，最具有代表性的是由延安鲁迅艺术剧院集体创作的新歌剧《白毛女》，吴伯箫笔下沙场秋点兵式的集体秧歌剧等群众性集体文艺活动很常见也很上规模。1949年后条件更好了，政府更是经常组织大规模的全国性的群众文艺活动。1958年前后的新民歌运动中，“上海自称拥有70万人的文艺大军，成立了200个工人业余创作小组和1 000个农民创作组。清华大学此时也成了著名的群众文艺创作的典型。全校1万名学生，创作了5 000多首诗，3 000余首歌曲，1 500个剧本，2 000篇小说、散文、特写、曲艺，3 000多幅漫画”，“许多班做到了人人是诗人”。在乡村，农民也被动员起来参与集体的文化和文艺活动。“村村都要有自己的李白、鲁迅和聂耳”，[1]并出版了《红旗歌谣》。“文革”时期在小说和诗歌创作上，从1972年到1975年，各个出版社出版了数量相当可观的集体作

〔1〕 罗平汉：《“文艺大跃进”：村村要有李白》，《半月选读》2009年第9期。

品。各级各类厂矿企业事业和政权部门都成立了写作组，并以惊人的速度繁殖革命文艺产品，如“上海造船公司文艺创作组”等创作了《大海铺路》《虹南作战史》等。

集体演出活动对“大众文艺”的体现是直观的。延安解放区，经常举办大规模集体演出活动，秧歌剧《兄妹开荒》、新民歌《东方红》和《南泥湾》，以及改编旧剧《逼上梁山》、新创歌剧《白毛女》等都曾采用集体参与的形式演出。在露天的广场上，领袖、士兵和农民群众都一起观看，甚至还参与到剧情中去，而秧歌剧和民歌等则是干部、群众和士兵同场共舞合唱。“文革”中，遍布城乡的乡村剧团的演出，从演员到导演也都是来自基层的群众，一村男女老少一起观看或和唱也是常有的盛景。

革命文艺大众化运动的高潮往往都是一些大型的庆典和群众集会。每年的固定的政治节日，都要举行隆重的庆典活动。这些庆典包括阅兵、游行、文艺演出等等方面，所有的民众都放假，参与庆典的工作。其实，每一次全国性的文艺活动都是一次庆典式的活动，甚至每次的斗争会也都是庆典性、广场性的，从延安时期开始，越到后来，这样的庆典规模越大，次数越多，情绪也越火爆。可以说，全国的群众每天都在节日里，每天都在庆典中，每个人也都在文艺中。从创作到演出，从观众到演员到导演，角色往往是互动的，大家往往都既是观众又是演员。创作和演出与参与往往不再是个人的事情，而是一种集体的行为艺术。

在当时的政治层面上，群众文艺运动受到领袖毛泽东的特别关注，他把它看作是群众路线的标志。文化程度较低的劳动者摆脱了纸面文字和文学的阅读限制，而能够沉浸到他们比较熟悉的民间文化（民歌、旧小说、戏曲）之中。郭沫若在为新民歌欢呼的同时，还进一步鼓励说：“我们是走社会主义道路，用多快好省的方法来采集和推广民歌民谣，不仅不允许‘踌躇’，一定要鼓足干劲。”[1]参加集体的文艺创作或演出或欣赏，都具有象征性的价值立场的意义。

（一）群众文艺运动所创作出的作品，普遍的具有旧式的民间综合艺术的特征

从延安时期开始，纸面文学越来越沉寂，而表演、演唱、歌舞等综合性的艺

---

〔1〕 郭沫若：《关于大规模收集民歌——答〈民间文学〉编辑问》，《人民日报》1958年4月21日。

术越来越受到重视和欢迎,集体艺术活动越来越成为社会生活的主流。延安的"大众化"的文艺形式多种多样,有墙头诗,有诗歌朗诵,有现代舞蹈,有话剧,有西洋歌剧,但是最多的最受到欢迎的却是传统的旧形式,如旧戏剧、秧歌剧、民歌以及后来成为"文革"忠字舞的秧歌舞。而纯文学的丁玲的小说《太阳照在桑干河上》受到文化上层的冷落,在工农兵中的影响也不大;而真正有影响的是李季的《王贵与李香香》,它显然融合了民歌的说唱美学。赵树理的《小二黑结婚》等作品之所以受到广泛的认同,主要还是因为它们使用了旧的综合艺术形式。赵树理经常采用旧小说的章回体的形式,旧人物——金旺、兴旺是旧式的流氓,二诸葛、三仙姑都是旧式农民,就是小二黑也带有旧式小说的脂粉气;他的曲折的情节和大团圆的结局,也都适合中国百姓传统的欣赏习惯,而且这种九九归一式的情节神话,在最终的结局上承诺了革命政权主体对于农民的引导和拯救。赵树理的山西土语方言,以及小说的对于民歌与戏曲表现方式的运用,某种程度上使其不完全是"小说"而是"综合文艺",它综合了听觉艺术、视觉艺术、行为艺术和阅读艺术的特点。它可以阅读,可以观看,也可以听,也可以说,可以唱。30 年代以来文艺大众化所追求的对于大众艺术的综合性的种种要求都在这里达成了。1958 年的新民歌运动,所使用的也完全是旧民歌的形式——民间的顺口溜、旧诗词的仿制、魔幻想象和夸张手法等。这些民歌也都不是纸面艺术,而是歌唱和表演艺术。"文革"样板戏,也出现过交响乐(如交响乐《沙家浜》)、芭蕾舞剧(芭蕾舞剧《红色娘子军》),绝大多数是戏剧,而且是普及最广的京剧;"阳春白雪"的交响乐和芭蕾舞以及改编成的京剧或电影等,也都是流行的大众文艺形式,其主流仍然是旧剧和戏曲等表演和演唱艺术。

(二) 这种集体的文艺作品,看上去规模非常庞大,种类也非常的多,但"熟悉""简单"却是其重要的美学特征

大众文化的娱乐往往是通过惰性的形式实现的。它并不强调创新,它只是沿着传统的熟悉的方式进行。西方大众文艺中的街头舞都是一些简单的重复性的非洲土风舞。它简单易学,容易创作,也容易理解。革命的大众文艺与西方大众文艺在艺术形式上具有同构性,熟悉、简单,容易进入。旧形式,在话语层面上,其语言、程式以及意识形态,都是底层百姓所熟悉的,因此,底层大众进入也就十分的方便。新文学的那种语言、形式以及深层意义的接受障碍,在这里都不存在。郭沫若认为:"民歌的好处是天真,率直。这是很值得诗人

学习的地方。”[1]同时，简单也容易控制。简单透明，才容易被查看和掌握；而复杂则“会揭示各种困难、不可能、不协和、非逻辑、无理性、错迕、逆反、缺憾、怀疑，等等”，因此，“对世界的简单解释”则可以消除一切复杂的、深入的思考和探究。[2] 毛泽东明确提出“不要隐晦曲折”。[3] 五十年代，在中国文艺界产生重大影响的别林斯基的“艺术就是形象思维”，到了“文革”时期，却被作为“神秘主义”而受到批判。郑季翘认为，“形象思维”是不能取代“抽象概括”的，并且“正是一个反马克思主义的认识论体系”；他把形象思维称作“直觉主义因而也是神秘主义的体系”。[4] 一位汉学家认为，批判“形象思维论”对创作具有重大的影响，“任何艺术作品、任何新的形象或典型的描写都被认为是以抽象概括为基础的。作家再也不能借助含意模棱两可的隐喻或直感知识来逃脱思想控制了”。[5]

（三）群众文艺运动创作出的大众文艺作品同时又是高度程式化的

民间舞蹈的舞步和动作有着固定的一成不变的编排程式。根据旧秧歌改编的“文革”“忠字舞”，采用程式化的十字交叉的步伐、下探上扬的手势、喜悦欢乐忠诚的面部表情，整体表现葵花向阳的造型。流行的京剧几乎完整地继承了一整套传统的表演程式，人物脸谱化，好人或者革命者，是浓眉大眼、一身正气，而且都身着同一服饰；坏人全是贼眉鼠眼，或猥猥琐琐，或面露凶光。好坏忠奸一看就可以知道。“中心人物”都有着固定的强劲的手势、坚定的步伐、高亢的唱腔。叙述方式是“好”“坏”（“革命”与“反革命”）二元对立结构；塑造程式是“三突出”“三铺垫”。故事情节也有着固定不变的模式：赵树理创作以及革命小说和样板戏的情节，一般也都有着“访贫问苦”—“发动群众”—“危机拯救”—“胜利”的千篇一律。主题也高度地一致，一般都是“歌颂自己的党和领袖”“歌唱劳动和斗争中的英雄主义”“歌唱他们对于更美好的未来的向往”。[6]

---

〔1〕 郭沫若：《关于大规模收集民歌——答〈民间文学〉编辑问》，《人民日报》1958年4月21日。
〔2〕 杨小滨：《民间美学与极权话语——〈红旗歌谣〉及其他》，香港《二十一世纪》1998年8月。
〔3〕 毛泽东：《在延安文艺座谈会上的讲话》，《毛泽东选集》第三卷，北京：人民出版社，1991年版，第872页。
〔4〕 郑季翘：《文艺领域里必须坚持马克思主义的认识论：对形象思维的批判》，《红旗》1966年第5期。
〔5〕 【美】佛克玛：《文艺创作与政治》，载麦克法夸尔、费正清主编：《剑桥中华人民共和国史（1966—1982）》（下），北京：中国社会科学出版社，1990年中文版，第679页。
〔6〕 郭沫若、周扬：《编者的话》，载《红旗歌谣》，北京：红旗杂志社，1959年版，第2页。

大众文艺作品，在创作活动、剧情演绎和演出活动中，都形成了许多固定的套路，也形成了固定的唱念做打的程式，以及在特定场合演出的曲目剧目唱腔桥段等。这实际上在整个社会文化生活中形成了固定的程式。每一次的创作、演出都表达着特定的政治含义，也就是说每一次的创作表演都在进行着仪式。在人类学意义上，参加这样的集体文艺活动，实际上就是参与了一场精神洗礼的仪式，而且不是单个个体的、单个区域的，而是全民的。

仪式是人类集体记忆和经验的简约化和抽象化形式，它具有固定的行为形式和刻板的、既定不变的程序。卢卡奇说：“为了达到巫术的目的，这种集中是以压缩的、凝聚的、突出本质的方式来表现所有的环节。”〔1〕通过程式的表演，可以诱导受众沉迷在艺术所营构的环境之中。在大众文化场境中，大众可以通过简单的二元冲突宣泄仇恨，通过“大团圆”的结局获得情绪的抚慰和对幸福的体验。更为重要的是，集体仪式遵从相似律，因此，更能够获得一致性的效果。在同构的仪式中，参与者可以“意识到自我的社会性和集体性，以及社会对个体的强迫性的角色指定”。〔2〕个体参与集体文艺活动，所表达的是对于“社会主义”的支持，对于“领袖”的热爱，也是自我成为“无产阶级和社会主义大家庭之一员”的具体体现。通过“怀疑—认识—获得帮助—感恩”这样的情节程式的仪式化行进，大众最终对革命信仰主体、政党主体和领袖主体给予了认同，在这样的象征性体验中最终达成民间美学的“偶像崇拜”“英雄神话”和“乐园幻想”。〔3〕

资本主义大众文艺，是一种广场中的大众自发文艺形式。这样的文艺形式，具有巴赫金所说的狂乱、悖论和叛逆的特征，具有多重对话的特征，它是主流话语之外的，或者说与之相对立的一种民间话语形式。革命大众文化，也具有广场性，是露天的、众多主体参与的集体活动。在这样的集体活动中，围绕着某个主题，可以形成娱乐效果，参与主体可以是多元的，如党政干部、学生、工人、农民、小有产者和知识分子；在参与的过程中，多人同场也可以形成庆祝的狂欢效果。但无论是“从上到下”还是“从下到上”，都形成了一种有效的控制机制：一是主题的同一性。行政机构制定主题，规定体裁

〔1〕【匈】卢卡奇：《审美特性》第一卷，徐恒醇译，北京：中国社会科学出版社，1986 年版，第 49 页。
〔2〕王成兵：《试论个体认同与集体认同之间的内在关系》，《理论学刊》2007 年第 8 期。
〔3〕杨小滨：《民间美学与极权话语——〈红旗歌谣〉及其他》，香港《二十一世纪》1998 年 8 月。

以及规范欢乐形式。因此，它不会出现多重声音，而自始至终是一个声音。其次是有效的欢乐控制。大众文艺是娱乐和消费至上的，但革命大众文艺的组织者依靠“从上而下”组织结构进行有效的动员，也进行着有效的控制，可以使娱乐和狂欢保持在规定的范围之内，同时监视可能存在的非理性的失控情绪和溢出价值。赵毅衡认为：“大众意识形态的最佳源泉便是民间文化，因为俗文学至少提供了一种人人都感到安全的表现与结构模式。社会的亚文化系统并没有自己的独立道德价值系统。……亚文化文本是为大众消费而产生的，而要求大众认同一种反主流文化规范的异见，几乎不可能。”〔1〕其实，我倒是更加认同巴赫金的观点，大众文化有它的叛逆性，但是革命大众文化采取了成功的操控，消除了它的不协调性，激发了它的顺从性、归属渴望和程式进入的快感，从而成功收获了大众的信任和忠诚。正如巴赫金所言：“乌托邦理想的东西与现实的东西，在这种绝无仅有的狂欢节世界感受中暂时融为一体。”〔2〕

第四节 “大众文艺”的社会文化价值

革命文学的大众化和大众文艺，是一种价值选择，也是一种社会实践。“大众化”和“大众文艺”概念提出于“后五四”时代背景之下。“大众化”在文学的三重扩张中，在广义语言上从雅语走向俗语；从书面语文学走向口语文学民间综合艺术；从文本语境走向社会文化运动。这是一个从核心价值出发的综合性解决策略和方案。通过30年代的“文艺大众化”讨论和40年代的“民族形式”问题讨论，及至延安时期的“赵树理方向”和1949年后的“全民文艺运动”，革命文学不仅在理论上进行了充分的探讨，也在实践上进行了充分的实验和建构。“革命文学”立足于无产阶级利益的价值立场，将文学扩展到广阔的文化领域，从文化的角度判断其价值内涵，也是应有之义。“革命文学”的文化价值，站在今天的角度来观察，大体体现在这样的几个方面。

---

〔1〕 赵毅衡：《无邪的虚伪：俗文学的亚文化式道德悖论》，香港《二十一世纪》1991年12月。

〔2〕【苏联】巴赫金：《拉伯雷研究》，李兆林、夏忠宪等译，石家庄：河北教育出版社，1998年版，第12页。

一 民间文化和民族本土文化的价值

大众文艺和大众文化肯定和弘扬了民间文艺和文化的价值，并一定程度上肯定和弘扬了民间意识形态的价值；将其放在中国近现代文化交流的背景下，也就是放在近现代西方文化对中国文化的强势介入的背景下，大众文艺和大众文化具有民族主义的本土文化价值。

革命文艺的大众化运动，大多采用的是底层民间的文艺形式。在30年代，瞿秋白就提倡中国民间文艺形式，并在他的创作中，用中国民间符号替代欧化的文艺想象。如在散文《一种云》的结尾，他呼唤出场的是“雷公公”和“电闪娘娘”，[1]他用中国民间熟悉的民间信仰符号来表达中国革命的意愿。延安时期，这种民间信仰符号的运用更加广泛，长诗《王贵与李香香》中不但运用了陕北信天游的形式，而且，在结尾还暗含了女娲抟土造人的神话传说。赵树理的小说《小二黑结婚》《李有才板话》以及后来郭沫若编纂的《红旗歌谣》等，都运用了诸如山西民歌快板书和各地的民歌民谣的歌唱形式，而且表现了中国民间的信仰生活。甚至是“文革”时期的“忠字舞”，看上去它是一种政治舞蹈，其实也包含着汉民族的原始风俗舞蹈的内容。大众化的文艺还塑造了具有民间意识形态特征的人物。《红旗谱》中的朱老忠，《铁道游击队》中的林忠、鲁汉都沾染着太多的水浒英雄的习气；《小二黑结婚》中的小二黑散发着旧小说中才子的脂粉气；《沙家浜》中的胡传魁是草莽英雄，而地下党阿庆嫂同样是海派江湖的符号。就是前文所述，在《沙家浜》和《智取威虎山》中，民间暗符号（江湖黑话）的运用也都彰显了民间意识形态的价值。尤其是传统艺术结构模式被大量的保留，并得到了传承。以章回体结构、情节化叙事和大团圆结局为主要特征的传统民间文学叙事在《小二黑结婚》《李家庄变迁》《敌后武工队》《野火春风斗古城》《吕梁英雄传》等小说，在《沙家浜》《智取威虎山》等样板戏中，在诸如《我来了》等新民歌中都是不变的范式。就是在所谓的新歌剧《白毛女》和现代芭蕾舞剧《红色娘子军》中所讲述的故事，也是在民间文学中常见的“英雄救美”故事的翻版。无论是延安时期还是六七十年代，传统的戏剧戏曲受到了极大的重视，尽管样板戏最初有不少的西洋形式，如西洋歌剧、芭蕾舞、交响乐，但是后来都变成了京剧或被大量的中国乡土民歌小曲等所替代。这

---

〔1〕 瞿秋白：《一种云》，《北斗》（第1卷第2期《笑峰乱弹》）1931年10月20日。

些艺术形式，包括章回小说和京剧，大多都是底层艺术形式。就是如京剧等过去高等级的传统艺术形式，其实经过数百年的历史，也已经沉入底层，变成了老百姓的日常艺术形式。

革命的大众文艺使得地域文化在某种程度上得到了复活。最初的革命的大众文艺，具有显著的中国北方农民文艺的特征。40年代，乃至五六十年代最走红的文艺流派，诸如山药蛋派、荷花淀派所彰显的都是北方乡土的文化；大众喜闻乐见的大秧歌，都是山西和东北民间流行的艺术形式；就是《白毛女》中所运用的民歌和谣曲，也都是河南、天津一代的民歌民谣。只是到了60年代以后，江南一带的民间艺术才进入大众文艺领域，黄梅戏《天仙配》展示了鄂、皖一带的民间文化；而《沙家浜》则展示了带有一定海派文化特色的江南文化。同时，边远的少数民族民间文艺也开始汇入洪流。如歌剧《阿诗玛》《马兰花开》、闻捷的诗歌，以及得到整理的各少数民族的民间传说和史诗等。

革命的大众文艺，非常注重对乡土民风民俗的表现。德国哲学家诺贝特·埃利亚斯认为，诸如"就餐""擤鼻涕""吐痰"等之类的小事、琐事，"几乎总是意味着人类生活本身的改变"，这些看似微不足道的日常琐屑之事，可能就构成了代表那个现在使人感到陌生但是当时确实存在过的某种"典型行为"，"表现了另外一种心灵和情感特征"。[1] 从革命的大众文艺中，我们可以充分感受到底层百姓的生活状况，包括衣食住行婚丧嫁娶等文化风俗；可以感受底层百姓的情感状态，包括喜怒哀乐内心世界；可以发现一个时代的一个占人口绝大部分的阶层和它的社会诉求，对于现实的感受和对于未来的期待，也可以感受到他们的信仰状态和人生哲学。在这种群众运动中，更是呈现了现代中国特殊的民间文化形态，诸如群体政治及其组织结构、文化娱乐和消费的精神；当然，在这些民间文艺中，民间的、民族的历史渊源得到追溯和重写。在大众文艺中，乡土的民风民俗得到了表现；乡土的信仰得到了表现；传统的乡土艺术形式焕发了新的生机。而且，这些乡土艺术形式，如民歌民谣、民间歌舞和旧的戏曲戏剧都被改编和运用于大众日常文化生活之中。大众文艺的、传统的、乡土的、地域的艺术形式中包含着丰富的

---

〔1〕【德】诺贝特·埃利亚斯：《文明的进程——文明的社会起源和心理起源的研究》，王佩莉译，北京：三联书店，1998年版，第123、125页。

原始文化信仰、原始艺术形式、原始的想象，它有着显著的文化人类学的价值。

从大众文艺的文化性质上来评价，革命文艺大众化运动中所展示出的民间文化，在很大程度上是中国农民的民间文化。它肯定不是城市中的民间文化，因为城市中的民间文化大多被定义为资产阶级的或商业的小市民文化，在革命文学话语中，这种城市文化是负价值的。由此可见，革命文艺大众化运动，肯定或认同的就是农民的文化。但是，这种文化又不是乡土社会中的乡绅文化。在革命文学话语中，乡绅文化类属于地主阶级的文化，而地主阶级的文化又与中国知识分子的文化在某些方面具有等同性，它也是负价值的。由此可见，革命文艺大众化运动中的民间文化肯定的是纯粹的底层赤贫农民的文化。就是各个地域的艺术形式，各个少数民族的艺术形式，也都是在底层或受压迫人民的政治规约下才得以呈现的农民文艺和文化。由于现代中国社会的特殊性，中国现代的大众文艺运动中的大众文艺普遍以农民（乡村）的文艺形式，作为大众文艺的主要形式，因此，所谓的大众化也就有了文艺的农民化和乡土化的特征。“革命文学”总体上倾向于表现民间尤其是农民的生活内容，善于发掘民间的尤其是农民的艺术形式，喜欢动员农民参与文化艺术活动，因此，现代大众文艺也就有了考察农民文化生活状态、考察乡村社会结构和文化心理的价值。

革命文艺大众化中，确实存在着民粹主义的倾向，至少在话语表象上有着民粹主义特征。革命的大众文艺在文化领域驱逐了知识分子的话语，也驱逐了知识分子的精神意识，将文化由高级知识精英的专利变成了广大民众可以普遍享受的生活。它将为“五四”新文化所普遍质疑和批判的众多民间艺术形式和意识形态，请回到文艺的殿堂，并将其奉为神祇；而且在大众文艺运动中，实现了绝对霸权的地位。知识分子的文艺形式遭遇祛魅，而民间意识形态和民间文化生活形态被赋予崇高的意义。如《智取威虎山》《沙家浜》《铁道游击队》《红旗谱》等，都将民间的游侠文化、“土匪”文化等，进行了吸收和“转正”的处理。在中国传统社会，民间的游侠文化和“土匪”文化，虽然在民间受到追捧，但是，正统的士大夫文化一直将其视为社会秩序的破坏者和文化的负价值，所谓的少不看水浒，说的就是这个意思。不可否认的是，大众化确实有着民粹主义的倾向。可以说，大众文艺运动不仅论述了大众文艺的合法性，重新阐释了文学的定义，也重新阐释了审美的定义，而且通过强力实践，造就了一家独大的局面。

革命大众文艺的兴起和实践，一直有着民族主义的背景。正如我在前文所论述的，大众文艺论以底层的民间替代民族，将民间作为民族文化传统的根源和力量的源泉。它将民间文艺作为对抗外来文化入侵的主导力量。从“五四”开始，就存在着对抗外来文化（主要是西方）的民族本位主义思想。30年代，瞿秋白等人所提倡的大众文艺，不仅批判了知识分子精英意识形态，更为主要的是批判了知识分子精英意识形态的欧化倾向。他的理论中包含着很浓厚的民族主义倾向。借助于大众化运动，中国的民族文艺和民族文化得到复活。可以说，整个革命的大众文艺运动的过程，就是中国现代文学本土化的历程。经过从30年代到40年代的理论倡导，经过40年代到五六十年代的文艺实践，中国现代文化（文艺）摆脱了欧化倾向，也摆脱了苏联化倾向，更摆脱了上海的洋场情调。在“五四”之后，革命的大众文艺最大限度地实现了文化的民族化。大众化的革命文艺运动扭转了“五四”后西洋文学（文化）价值观作为核心的地位，本土文化从边缘一变而成为中心，中国本土文化价值得到了弘扬。从某种程度上，它增强了民族文化的自豪感和自信心。革命的大众文艺，所建构的是民族大众的文化乌托邦。

二 大众文艺的政治文化价值

依照一般的文化史家的分类，中国古代的文化可以分为精英知识分子的士大夫文化和民间文化两个层级。“五四”新文化运动在激烈地批判和中断了中国的士大夫文化传统的同时，希望在对民间文化进行启蒙以后，作为文化之源流。胡适、周作人等人都力图从源流上构筑一个民间文学与文化的传统，以论证新文学的合法性，以实现文化的“返本开新”。但是，“五四”新文化在批判传统的士大夫精英文化的同时，又将其改头换面为启蒙精英文化。

革命文化在对“五四”的精英启蒙文化进行了再批判的同时，继承了“五四”民间民粹文化观念，并将其付诸实践和发扬光大。同时，革命大众文艺在批判“五四”精英文化的同时，也将其改头换面为革命的精英文化。在“五四”的文化中，有先驱和导师；在革命大众文化中，同样存在着先驱和导师。“五四”新文化运动的知识分子是文化的启蒙者，革命文艺运动中的知识分子只不过改成为革命的启蒙者而已。无论是“五四”知识分子还是革命知识分子，在对待民间文化的时候，他们都有着同一的文化心理结构。

（一）革命的政治文化与“五四”新文化的合流

中国革命文学从精英文学走向民间、走向乡村的道路选择，联系着中国悠久的农耕文明传统。人类文学的发展，走的是一条逐步科层化、逐步精英化的道路。而我们从革命文学扩张途径中可以看到，大众文艺似乎走的是一条“复古”之路。它将精英化的、科层化的文学艺术，还原到了原始艺术的状态，即艺术与生活界限的消失：生活即是艺术，艺术即是生活。但是，这种大众生活文化，如从主体来考察的话，它实际上存在着一个以无产阶级文化之名现身的“五四”精英知识分子文化的身影。中国现代革命文学是“五四”新文化的继承者。

革命大众文化广泛采用民间艺术成规，但它对于民间文化的封建主义本质有着清晰的认识。1944年1月毛泽东观看了延安评剧院演出的《逼上梁山》后说：“历史是人民创造的，但在旧舞台上（在一切离开人民的旧文学旧艺术上）人民却成了渣滓，由老爷太太少爷小姐们统治着舞台，这种历史的颠倒，现在由你们再颠倒过来，恢复了历史的面目，从此旧剧开了新生面，所以值得庆贺。”〔1〕1948年11月28日《人民日报》发表社论指出：“旧剧是中国民族艺术重要遗产之一，和广大群众有密切联系，加以新剧发展的历史还短，本身尚有缺点，在群众中还没有完全生根，而旧剧在群众中则保持着浓厚的基础，因此改造旧剧是一个非常重要的任务，也是一个非常复杂的思想斗争。”社论还将旧剧依据内容分为“有利”“无害”“有害”三种情况，认为第一和第二类节目是不加修改或稍加修改即可以演出的，第三类则“应该加以禁演或经过重大修改、或在重要关节上加以修改后方准演出”。〔2〕对旧的民间文艺形式，采取所谓“古为今用”的改造，显然带有“五四”启蒙的精神胎记。

文艺家在创作中对“封建主义”因素进行了祛魅处理。赵树理小说《小二黑结婚》中对二诸葛、三仙姑的装神弄鬼行为进行了嘲讽解构；政府对一些具有迷信色彩和宣扬因果报应的戏曲如《杀子报》等进行了禁演，对一些具有迷信色彩的戏剧进行了改造，如昆曲《十五贯》，使之成为一个比较纯粹的公案作品。对封建主义是如此的敏感，以致于只要在作品中有“鬼”的形象都会加以挞伐，1960年孟超写的《李慧娘》因为写了鬼的复仇而遭到批判。“文革”样板

〔1〕毛泽东：《致杨绍萱、齐燕铭的信》，《延安文艺丛书·文艺理论卷》，长沙：湖南人民出版社，1984年版，第70页。

〔2〕《有计划有步骤地进行旧剧改革工作》，《人民日报》1948年11月28日。

戏是完全没有“鬼”的，就是《白毛女》中的“鬼”最后也被证明是“人”。新民歌中，《红旗歌谣》中保存了一些神魔元素，如孙悟空、龙王等形象等，但在强烈的现实指向之下，神魔元素受到了致命的改造，传统神魔的神秘主义和恐怖形象已经转换为具体可感的超人的力量。

现代“大众文艺”的文化价值建构的实质目标在于它的政治文化建构，在于在政治层面通过无产阶级革命政党的文化领导权的实现，而实现夺取国家政权的目的。在革命的大众文艺运动中，革命的精英文化借助于“五四”新文化话语，批判了无产阶级大众及其文化的弱点，解构了其中的封建迷信和帝王思想，实现了对无产阶级大众的启蒙教育；同时，又借助革命的大众文艺形式，革命的知识精英实现了对于无产阶级大众的教育和动员，为其实现革命信仰的政治价值提供了通道和载体。

同时，作为“五四”的民权文化的一部分，革命政治借助于对知识分子文化的抑制，通过倡导和实践大众文艺和文化，实现了大众文艺的无产阶级的文化领导权。

革命文艺大众化，有着鲜明的价值立场。这就是突破语言文字和文学艺术的特权，而实现无产阶级的文化权力。革命的“大众文艺运动”，塑造了一个集体主义阶级大众的文化形象，这个形象是有组织的，有文化的，有政治自觉的，欢乐地享受着生活和艺术的群体。通过大众文艺运动的实践，终于实现了从创作主体到欣赏主体，再到表现主体的全盘的身份的大众化。无产阶级大众成为艺术想象中的核心，成为最主要的制造者、接受者和参与者。从某种程度上来说，无产阶级大众享受到了千百年来未曾享受过的文化生活和文化权力；从某种程度上来说，在大众文艺运动中，无产阶级的阶级文化利益得到了极大的体现。可以说，大众文艺运动实现了建构无产阶级大众在文化领域“当家做主”的文化理想的目标。底层无产阶级的文化权力是这场运动的核心所在。革命文艺“大众化”是一个从核心价值出发的有关文艺的综合性的解决策略和方案。在这一扩张中，纯粹意义上的知识分子化精英文学，最终演变为民间文艺和文化，文学就实现了对于知识分子趣味和专有权力的脱魅；与此同时，民间艺术形式和民间文化，也在“五四”之后实现了民粹意义上的赋魅。革命文学的启蒙目标和革命政党的无产阶级文化领导权的实现目标，也正是通过这样的范畴拓展得以实现。在这样的话语扩张中，革命的理念由“精英意识形态”变为“大众意识形态”；突破了知识分子对于文化的垄断，实现了无产阶级大众的文化领导权；也使得精英审美被大众化，将文学艺术变成文化消费的材料。

革命文学扩展演变为日常文化的目的，不仅是要使文艺本身获得生活原料，而且是要使得人民群众的生活审美化，政治艺术化。在群众文艺运动中，现代革命文学的先驱所确立的价值目标，在表征上得到了集中的实现，可以说创造了一个时代的精神神话。若从审美的角度来考察，群众文艺运动，最终实现了将文学扩张为社会文化的目标，也将高贵的精英化的文学艺术审美稀释或转换为日常的政治生活艺术。革命的“大众文艺”确立了无产阶级和人民大众的文化在文艺想象和文化生活中的主体地位。大众文艺至少在理论上实现了无产阶级的文化权力。

（二）大众文艺的民间文化与政治精英文化的协作

所谓的大众文化，就是民间的日常文化形态。而所谓的大众化，就是将知识分子的精英文化和纯文学变成民众的日常的文化形态，甚至将精英知识分子的意识形态大众化。但是，我们如仔细考察革命的大众文艺的话，就会发现，它实际上被掌握在政治化的精英知识分子的手中。

革命文艺大众化显然借助了民粹主义文艺的衣钵。“大众”本身就是一个变化多端的政治性词汇，无论是“大众文学”还是“大众文化”，都具有极强的政治性。维克多·埃尔在《文化概念》一书中，谈到了“人民文化和大众文化”的问题。[1] 但是，他似乎将“人民文化”当作了“精英文化”，其实在阶级论语境中的“大众文化”，就是“人民文化”。而阶级的人民文化，就是一种政治文化。

大众艺术中加入了具有新社会价值追求的现实生活内容。新民歌都是现实颂歌。《红旗歌谣》300首，共分四部分：党的颂歌；农业大跃进之歌；工业大跃进之歌；保卫祖国之歌。“这的确是一次把神话现实化的尝试。而神话性无疑是新民歌最突出的特质。当然，《红旗歌谣》的神话性最明显地表现在对领袖的崇拜上。”[2]延安的秧歌剧将过去叙述的二流子故事改编成了《兄妹开荒》；评剧《逼上梁山》之所以受到领袖的嘉许，还是因为它表现了农民革命。1949年后，戏剧改革的重点是戏曲表现内容的“现代化”，即是将过去的才

---

〔1〕【法】维克多埃尔：《文化概念》，康新文等译，上海：上海人民出版社，1988年版，第113页。

〔2〕杨小滨：《民间美学与极权话语——〈红旗歌谣〉及其他》，香港《二十一世纪》1998年8月。

子佳人和老爷太太换成“社会主义新人”。八个样板戏个个都是有关现代革命历史和现实的剧作。文学创作中，最盛行的也是有关革命历史和现实的“革命历史叙事”。大众艺术中也加入了新的艺术形式元素。如赵树理的小说运用了现代白话和心理刻画的手法，新民歌中有的作品有着新诗的韵味和句法，样板戏中运用西洋唱腔和音乐，采用芭蕾舞等西洋造型艺术，而且在某些方面“中西融合”还是比较成功的。就是在具有集体参与性的革命文艺的大众文艺运动中，那种有组织的群体文化形式，也与西方意义上的无序的广场文化有着显著的不同。

革命大众文艺中的民间话语和政治话语之间到底是一种什么样的关系？陈思和在论述样板戏的时候，认为其存在着一种“隐形结构”：“除了《海港》那种次劣的宣传品外，大都是来自民间的文化背景。京剧本身是民间文化中的精致艺术，它的艺术程式不可能不含有浓重的民间意味。尽管政治意识形态对这些作品一再侵犯（或可说这些戏的原始脚本，就是国家意识形态侵犯的产物），但是民间意识在审美形态上依然被顽强地保存下来，并反过来制约了这些作品的创作意图。”〔1〕很显然，他认为民间话语与政治话语是对立的，是政治话语侵犯了民间话语，并使之处于隐性状态。

但是在我看来这二者存在着协作，革命大众文化具有民间话语与政治话语二位一体的特征。革命大众文艺中存在着大量的传统文化元素，这些文化元素不是隐性的，而是“明目张胆”的，因为它是借助于“旧瓶新酒”的名义而被运用的，它在新文化逻辑论证中具有合法性。这种同一符号的双重承载，在革命大众文艺中非常流行。

从人物形象上来说，双性同体现象非常普遍。可以分为两种，一种是双性异构。《沙家浜》中阿庆嫂就同时是政治符号（党的地下交通员）和民间符号（江南小镇的茶馆老板娘）；胡传魁也同时是政治符号（“忠义救国军”司令）和民间符号（旧戏曲中的那种逗人发笑的草莽英雄）。〔2〕《智取威虎山》中的杨子荣就同时是土匪头子老九（民间符号）和地下党（政治符号）。《铁道游击队》中的林忠和鲁汉也同时具备两个身份和两种文化功能。在这种的“双性”同体的现象中，双体是对照的，即政治符号是正面，而民间符号是反面，通过真假对照获得反差，形成戏剧性的惊异体验。在这样的人物身上，政治符号是假借于

---

〔1〕〔2〕 陈思和：《民间的浮沉：从抗战到文革文学史的一个解释》，《上海文学》1994年第1期。

民间符号而获得艺术效果的。

还有双性同构的现象，这在延安文艺和“十七年”文艺中常见的“中间人物”身上表现得非常充分。赵树理的《小二黑结婚》中的二诸葛、三仙姑具有“双性”，一面是民间符号乡村游民，一方面是政治符号“落后农民”；《李有才板话》中的李有才作为一个先进人物，则一面是政治符号先进农民，一方面则是乡村流氓。五六十年代，在赵树理、柳青、浩然等人的小说中的中间人物的形象诸如小腿疼、吃不饱（《“锻炼锻炼”》），糊涂涂（《三里湾》），马大炮、弯弯绕（《艳阳天》）等也都具有这样的双重性。这种双体同构，政治符号通过民间符号表达政治伦理的价值判断，而民间符号获得出场的许可，造成话语的幽默效果。

但不管政治符号与民间符号之间的关系如何，都是互相借用。政治符号在借用民间符号的时候，虽然具有启蒙和批判的意味，但也难免被对象化，从而形成自我的变异和向对方靠拢，这在李有才的形象上表现得特别明显。

同样的现象还出现在情节模式上。革命大众文艺对传统的情节模式几乎是没有什么批判地全盘接受了的。可能是源于对形式因素的“体”“用”分裂的认知。赵树理小说式的情节模式很显然是民间文化符号，当它被利用的时候，便具有了双重的符号功能，一方面承载着形成它的历史文化信息，另一方面它又承载着当下的政治信息。两种信息在情节模式这里会合，简约为同样的理念，如大团圆，民间的惩恶扬善——政治的斗争地主与翻身解放；逆转，民间的皇帝危机拯救——政治的政党主体和领袖的最后一分钟营救；曲折的有一定长度的情节，民间的九九归一的因果报应幻想——历史必然性的信念。政党政治通过借用传统的民间文化模式，成功传达出了革命精神和历史认知，也彰显了政治文化与民间文化的同构性。

而在传统民间文化与现代政治文化的“竞合”（既竞争又合谋）中，“传统意义上”的知识主体则只能充当布厄迪所称的那个“渗透在文学场内的‘特洛伊木马’”，只能“通过依附于非文学场智能的经济、政治、宗教等势力，来确立他们在文学场中的权力”。〔1〕

〔1〕【法】皮埃尔·布厄迪：《艺术的法则——文学场的生成与结构》，刘晖译，北京：中央编译出版社，2001年版，第257页。

在革命大众文艺时代，传统意义上的知识主体已经不存在身份的必要性。周扬在赞扬群众文艺时说：“现在群众文艺创作如此发展，我们的国家简直说得上是一个诗国。民间歌手和知识分子之间的界限会逐渐消泯。到那时，人人是诗人，诗为人人欣赏。”[1]他显然抹去了知识分子与工农群众的界限，在将“民间歌手”诗人化的同时，使知识分子在文学艺术领域的特殊作用的基础被解构。在这样的情况下，要么，知识分子“从群众中来”，然后再“到群众去”，最后当然是消逝在群众中，成为政治群众的同体。大众文化中的赵树理风格的“中间人物”最终为“高大全”式人物所代替；赵氏风格的三重文本也让位于民间—政治合谋的单一话语——“新民歌运动”和“样板戏”。

“文艺大众化”是在革命文艺界面临着众多问题的情况下提出来的，如作家的身份观念问题，大众语言问题，革命的动员问题等，而出现于革命政权时期的以“赵树理方向”“新民歌运动”和“革命样板戏”为象征的革命文艺大众化运动解决了革命文艺界诸多矛盾缠绕的问题。

现代知识分子写作，它的故事和语言具有太多的现代性，以致于被瞿秋白骂为非驴非马的“骡子文学”。经过大众化，新文言以及“骡子文学”都退场了，而被“五四”启蒙文学家所批判的传奇文学和方言土语等农民语言，借助着中国带有民粹主义倾向的革命运动和革命文艺的大众化运动，最终回归文学场，成为表达革命意识形态的有力工具。文艺创作中的知识个性被驱逐了，在一定的叙事模式之下，情节和故事都已经有了预定的指向，再加上所表现的内容和所表达的思想都已经确定，知识主体的存在也就无足轻重了。在群众性的文艺运动中，“权威话语与民间话语一道彻底扫荡了知识分子话语，并决定了此后 20 年文学运动的方向和基本姿态”。[2] 故事是简单的，人物是脸谱化的，语言是抽象的单调的；在不间断的重复中，简单的故事、人物、语言，被经典化。像所有的宗教经典一样，每一部样板戏和每一件革命文学作品都具有宗教式的布道的功能。在一个整体性的文化场境中，这样的布道功能会诱发出在场者迷狂于一信仰或一具有神性的形象。

革命的大众文艺运动，经常容易被理解为是“形式”主义的，原因在于它极

---

〔1〕 周扬：《新民歌开拓了诗歌的新道路》，《红旗》1958 年创刊号。

〔2〕 李新宇：《1958：“文艺大跃进”的战略》，《文艺理论研究》2000 年第 5 期。

为重视大众文艺的一般形式问题。其实，大众文艺在革命知识分子的引导之下，已经成为传播和传达革命信仰的重要的通道和载体。无产阶级的利益代言人中国共产党，通过大众文艺形式，传播了马克思主义的社会革命理想，传播了马克思主义的美学观念。同时，中国革命政党通过大众文艺形式，了解和掌握了中国无产阶级的生活状态、利益诉求，并用自己的革命理想“教育”和鼓动了最广大的普罗大众。仔细观察中国“革命文学”的扩张历程，也就是大众化的过程，你会看到，它实际上就是“党推进马克思主义中国化，实际上就是坚持马克思主义与中华传统文化的有机融合”〔1〕的过程。

革命的大众文艺正是通过民间艺术形式这一有意味的形式，实现了对于大众的深层意识的协作性引导。革命文艺的大众文化，显然具有政治文化价值。革命文学大众化，对于“五四”的知识分子情感和表现方式的激烈否定，对于民间文艺形式，尤其是农民文艺形式的肯定，对于无产阶级大众审美习惯的重视，甚至夸张性的认同，使得旧的形式（包括旧的艺术门类和旧的表现形式）都受到了很大的张扬。革命文艺大众化，所给予的总体印象是民粹主义的。而民粹主义在近现代中国从来都不仅是一种社会思想，而更为主要的是一种政治文化运动；民粹主义文化运动的背后，从来都充满了政治文化的考量。

革命文艺所倡导的大众化，并不是一般意义上的民间文艺和文化形式，它要比民间文艺有着更深隐的目的性。它就是要通过民间文艺形式，通过老百姓所熟悉，所喜闻乐见，所乐于参与的形式，使得民众参与进行，接受革命的“教育”。因此，革命文学的文化价值还包括它的政治教育价值。革命文学意在对于革命群众进行革命启蒙，所以革命文学中渗透或直接承载了大量的革命动员的知识，甚至对于启蒙群众的多种方式和方法。革命群众可以通过对于革命文学的阅读，通过对于革命文艺的观赏，以及通过那些承载着革命意识形态和已经构成程式的革命化的生活仪式的演绎，获得对于革命的认识，对于革命信仰的皈依，对于现实革命行动的参与，等等。

革命文艺的大众化，无疑为实现无产阶级对于文化的改造和渗透，对于传统家族文化的替代，起到了巨大的作用。它通过这种文化渗透，树立无产阶级

---

〔1〕 刘云山：《认识中国共产党的几个维度》，中国共产党新闻网 http://cpc.people.com.cn/n/2014/0710/c64094-25263821.html 2014 年 7 月 10 日。

及其政党在大众中的威信和地位，为无产阶级获得意识形态话语的独享权，以及在政治领域的独享权力，提供了坚实的基础。革命的大众文化，通过一种全民文艺形式，营构了一个全民一体的愿景。同时，由于这种大众文化，具有组织功能，也具有信仰功能，也当然具有了凝聚人心、聚合人群的功能，因此，它同样具有在政治上引导人群的功能。这种被引导的人群，展示了一种整齐划一的、统一的形象，向外可以展示力量、震慑敌人，对内可以吸附游离分子。大众文艺运动有着政治动员的动机和意识形态引导的双重意义。

第五章
“革命文学”价值结构的内在机制

所谓的“结构”，依照《现代汉语词典》的解释，就是“各个组成部分的搭配和排列”。[1] 它所表述的也就是各个要素之间的关系形态。这种“结构”之所以存在，依赖于一种“机制”，包括诸要素及其组织的序量、张量等。结构主义认为，“结构”就是内部各个要素之间的相互依存和整体统一的有机关系。亚里士多德说：“一种东西要成为美的东西，无论它是一种有生命的东西，还是一个由部分构成的整体，其组成部分的排列要有某种秩序，而且还要有某种一定的大小。美是同大小和秩序有关的。”[2]事物一方面以整体而存在，另一方面又是有机的存在。客观事物存在的形式就是结构。

正是这种结构和机制的存在，为革命文学独特的价值结构提供了理论的基础，也为我们解读革命文学价值结构内部各维度之间的关系提供了理论的可能性。四个维度的生成，因为在绪论部分已经述及，这里就不再讨论。本章重在讨论这四个维度之间的关系，以此讨论“革命文学”的价值结构的运行机制，以及“革命文学”作为文学意识形态结构的整体的价值意义的生成机制。

第一节　现代“革命文学”价值结构的“整体性”

马克思主义对于世界的认知，是一种宏观的总体性的结构观照。所以，西

---

〔1〕 中国社会科学院语言研究所编辑室编：《现代汉语词典》，北京：商务印书馆，1983年版，第577页。

〔2〕 【古希腊】亚里士多德：《诗学》，转引自范明生：《古希腊罗马美学》，北京：北京师范大学出版社，2014年版，第326页。

方马克思主义倾向于认为，“马克思主义也是一种结构主义”，因为，“马克思主义和结构主义都是观察世界(包括人)的整合的和整体的方法”。[1] 卢卡奇和阿多诺都非常重视马克思主义的整体性。有学者认为：“内在的整体性是马克思主义的生命线，是科学对待马克思主义的基本前提。因此，理解这种整体性及其内在结构具有重要的理论和实践意义。马克思主义的内在思想结构可以概括为‘一体两翼’格局。”[2]马克思主义的整体性，体现在中国“革命文学”中，则表现为其价值结构的整体性。

一 “革命文学”价值结构的形态稳定性

结构，某种程度上来说，它是形式主义的，甚至可以描述为一个几何图式，如同结构主义绘画艺术一样。之所以如此，就在于结构具有一个稳定的结构形态。革命文学的价值结构也具有这样的一种稳定的结构形态。

文学艺术的价值结构，从一般意义上来说，就在其艺术审美价值。但是，革命文学的价值结构，是在中国红色革命的历史进程中形成的。它不是从文学走向文学，而是从社会革命走向文学的。因此，从一开始它就将红色革命的功利的价值诉求带入了文学。它打破了文学审美的自足形态，在一种先锋性的、实验性的创作中，建构了革命文学及其价值结构。从某种意义上来说，革命文学的价值结构是文学审美价值与社会文化价值相互结合的产物。有人认为，革命文学的价值结构是“外向型”的，[3]这是有一定道理的。确实，革命文学的价值结构将社会文化价值纳入其价值结构之中，而不是说其价值结构始终是敞开的。革命文学的价值结构如同所有的结构一样，一旦形成结构，就形成了稳定的系统，社会文化价值被纳入革命文学的价值结构以后，它就成为结构中的重要的要素，并和其他维度发生关系，相互作用和交流，并成为整个结构的子系统。但是，革命文学具有自己稳定的结构形态，它的内部是可以自足的，但并不等于它是封闭的。革命文学的价值结构相对于纯文学的价值结构，可能更具有敞开的特性，它作为整个社会文化语境中的一个子系统，与其他子系统之间是“可以互相作用和交流”的。

---

〔1〕【美】罗伯特·修斯：《文学结构主义》，刘豫译，北京：生活·读书·新知三联出版社，1988年版，第5页。
〔2〕王福生：《马克思主义的整体性及其内在结构》，《天津社会科学》2013年第6期。
〔3〕敏泽、党圣元：《文学价值论》，北京：社会科学文献出版社，1997年版，第186页。

还有一个层面，就是从接受美学的角度，突出读者（革命文学叙述中的“人民”）在结构重构中的作用。这让我想起了罗兰·巴特的“作者已死”的理论。罗兰·巴特强调读者不是被动地阅读文本，而是主动地在阅读中介入作品的再创造，完成结构的多元化、语言的多义化的拓展。[1] 在罗兰·巴特的理论里，接受主体解构了作者中心。其实，在革命文学中，是存在着“为无产阶级服务”“为工农兵服务”以及“为人民服务”的价值目标的，但是，革命文学中的无产阶级和工农兵，他们对于创作的参与，经常的是变身成为“作者”，而不总是被动地处于受体的地位；就是有的时候，他们作为观众或受体参与创作，也还是将意见重新反馈到作者那里。所谓的“到群众中去”“从群众中来”讲的就是这个道理。因此，革命文学并不存在真正的读者中心的问题，也就是说群众（读者/观众）并不构成对于作者中心的解构。革命文学的信仰价值，传播的是作者的精英立场；革命文学的社会文化价值，也是如此。换句话说，革命文学中的读者主体——人民群众，并不构成对于革命文学价值结构的解构。

在认识革命文学的价值结构的时候，经常会遭到来自审美中心主义的诘问：革命文学中大量的社会革命内容的表现不是审美的，或者说对于艺术审美来说是没有意义的，它甚至导致革命文学的非艺术化和社会学化。其意思就是说，要将革命文学价值结构中的信仰维度和社会文化维度驱逐出其价值结构。

如果单从社会文化价值，或者单从审美价值来观照，革命文学中大量的信仰叙事和社会文化叙事，造成了诸种维度之间的关系破碎和相互悖离，尤其造成了其价值对审美价值的背离。但是，一个显而易见的事实是，正是这种看似破碎和悖论的结构，形成了一个有目的的价值整体。假如我们将革命文学的信仰价值和社会文化价值驱逐出去，那还是革命文学吗?！正是革命文学的信仰价值和社会文化价值与审美价值、伦理价值的有机结构，造就了革命文学的价值整体。这不是说存在的就是合理的，而是说，凡是存在的都已经被赋予了一个稳定的价值结构。革命文学的价值结构也是如此。正如罗伯特·休斯所说：“结构主义是在事物之间的关系中，而不是在单个事物内寻找实在的一种

---

[1] 参见【法】罗兰·巴特：《一个解构主义的文本》，王耀进、武佩荣译，上海：上海人民出版社，1997年版。

方法。”[1]革命文学的价值结构研究，就是一种结构主义的研究，它非常重视整体结构之间的关系的论证。我们把革命文学作为一个整体的观念，它的四个维度都在这整体中运行活动，它虽然由四个维度所构成，但它却是由各种关系组成的有机系统。

革命文学的价值结构是一种历史积淀的产物。革命文学的价值结构不是一蹴而就的，而是有一个过程。在革命文学的初期，革命文学的价值结构是流动的，并没有获得一个稳定的形态；它的四个维度都是存在的，但是，它的文学审美维度及其所表达的伦理价值，还是不稳定的。而在延安时期以后，在社会革命体制的催生之下，才逐步获得了它的稳定的形态。但是，即使是在革命文学的初期，革命文学的四维结构中的诸要素也都是同时具备了的，只是没有获得稳定的形态或者说稳定的要素关系而已。我们研究革命文学的价值结构，看上去显然是一种共时研究，但是，这种研究也是提取了革命文学不同时期的共同价值诉求及其形态关系以后获得的。革命文学的艺术价值之所以能够形成，就在于这一秩序和结构。

二 “革命文学”的价值结构作为整体表意系统

在革命文学的价值结构中，主要有信仰价值、审美价值、伦理价值和文化价值四个子系统构成。每一个子系统，都是一个独立的表意系统。但是，整个革命文学价值结构又是一个整体性的表意系统；作为价值结构其具有表意功能，也就是说，革命文学的价值结构是作为价值话语而存在的。

对于革命文学的价值结构来说，我们首先应该做的就是阐释其整体性的表意功能。在革命文学的价值结构中，整体大于部分之和，其整体的意义功能遵从亚里士多德的“整体在先”原则。从逻辑上来看，革命文学价值结构的每一个维度，都必须借助于整体才能进行说明；在程序上，我们只有把握了革命文学价值结构的整体，才能深入部分和认识部分。而且，“当讨论任何部分和结构时，我们一定不能认为质料是关注的对象，也不能认为讨论就是为了质料，作为整体的形式才是目的。”[2]按一般系统论的创立者路德维希·冯·贝塔朗菲(Ludwig Von Bertalanffy，1901—1972)的理解：“‘整体大于部分之

---

〔1〕【美】罗伯特·修斯：《文学结构主义》，刘豫译，北京：生活·读书·新知三联出版社，1988年版，第5页。

〔2〕苗力田主编：《亚里士多德全集》第五卷，北京：中国人民大学出版社，1997年版，第22页。

和',这句话多少有点神秘,其实它的含义不过是组合性特征不能用孤立部分来解释。因此,复合体的特征与其要素相比似乎是'新加的'或者'突现的'。然而,如果我们知道了一个系统所包含的所有组成部分以及它们之间的各种关系,那么就可以从组成部分的行为推导出这个系统的行为。我们也可以这样说,如果我们可以把总和想象为逐渐构成的,那么必须把作为部分及其相互关系总体的系统想象为瞬间构成的。"[1]也就是说,革命文学的整体不是价值维度的"简单总和",而是一个"实体的混合构成新的实体"或一个"复合物"。

革命文学价值结构这个复合体是设想为瞬间形成的整体,即它的不可分割性。革命文学价值结构诸元素的每一成分都有其特性,但是,信仰维度、文学审美维度、伦理维度和文化维度的价值相加却并不能形成整体的革命文学的价值结构。革命文学价值结构诸元素的内部性质,取决于其整体的性质。革命文学价值结构的整体特性具有不可分解性,它的特性并不总是包含在各个元素之中的。我们认识革命文学的价值,既要分析其内在的各个要素、分析这些要素的价值属性,同时,更要从整体上来认识它。割裂地分析,将无法得出其价值所在,也会将其价值属性扭曲。在革命文学的叙述中,传统知识分子的介入世事的冲动、革命的政治信仰,以及个人的性格气质、情怀,甚至知识结构、家庭背景等精神元素都会融汇到作家的创作之中,集中呈现出或激扬奋发或平和冲淡的叙事姿态。即使在具体的叙述视角和叙述模式中,也能体现出伦理价值。后期革命文学所普遍采用的全知全能视角,就是一种真理性叙述,高蹈的叙述者站在高处,怀着评判的尺度,立场鲜明地对所叙述的人和事,进行价值评判。这种叙述中,其叙事伦理包含着鲜明的价值倾向。再比如有的学者分析王蒙小说叙述中的伦理倾向:"王蒙的小说创作,大体采用了三种叙事视角:返视性视角,给'未来'赋予美好的伦理价值;流动视角,进入每个人物的灵魂深处,引发身临其境的伦理同情;全知加角色内聚焦视角,创造了一种不受中介阻碍而逼近人物的幻觉,使得对人物的评价更为自由,从而比由作者直接加以评价更能赢得道德上的优胜。不同的叙事视角,共同映衬着王蒙以'和解'为核心的叙事伦理倾向。"[2]在这里,政治信仰、文化思想、个人情怀

〔1〕【美】冯·贝塔朗菲:《一般系统论:基础、发展和运用》,林康义、魏洪森译,北京:清华大学出版社,1987年版,第51页。

〔2〕梁振华:《和解的视角与姿态——王蒙小说叙事伦理新探》,《中国现代文学研究丛刊》2011年第9期。

与叙事以及叙事伦理，是胶合在一起的，为一个整体。我们不能将其分割，而必须将其进行综合分析，才能完整呈现。

革命文学的价值结构，是一个内部胶合的权力关系网络。革命文学，是在整体上作为文化符号而存在的。其价值也是由结构整体所滋生的。从价值论的角度来说，所有的结构都是有用的。由思维所构成的革命文学价值结构，也是可以利用的。革命政党和文学家在对于结构的整体的利用中，显示它的价值。革命文学家通过对革命历史的讲述，传达革命意义上的真善美等涉及信仰、伦理、审美和文化的意义。而作为一个价值符号，它的价值也是由整个结构自然呈现的。任何形式都是有意味的，革命文学的价值结构，就是作为一种形式符号，它也会呈现出意义。尽管革命文学家一直强调革命文学的社会功利性、强调其工具性，但是，离开革命文学的整体结构也是无法呈现其价值意义的。

革命文学的价值结构是在红色革命和红色文艺活动中形成的，由于革命文学和革命政治组织的不间断的倡导，从而使之成为一个流传时间长久的文学和文化现象，并积淀为一个具有极强表意功能的符号。革命文学的信仰，是渗透在革命文学的言语、叙述、主题以及所有的创作行为中的灵魂，也就是说，它存在于革命文学价值结构的脉络之中。革命文学具有极强的观念性，且其观念性是先验的，其运行是合目的的。在革命文学价值结构的运行中，存在着列维-斯特劳斯所谓的“普遍法则”[1]或者黑格尔所谓的“绝对理念”。这种普遍法则非常类似于基督教神学中的上帝的存在，但是，它却不是神秘主义的，而是历史唯物主义的对历史发展规律的把握。革命文学的价值结构中所存在的“普遍的法则”，就是革命文学的社会革命信仰。正是这一法则使其成为一个整体，并控制着革命文学创作的思维活动，也确定着革命文学价值结构之诸元素并使之处于确定的关系之中，并向着特定的目的演进。革命文学的价值结构是总体性的，其价值结构的表意也是总体性的，具体来说，革命文学的价值结构就是一种价值话语，只要革命文学叙述出场，它的价值倾向就会抵达。

同时，革命文学价值结构，作为一个整体表意系统，与广泛的社会文化领域内的其他表意系统或结构，发生着对话关系。革命文学的价值结构是在批判资本主义和封建意识形态中建构起来的，资本主义和封建意识形态，以及资

---

〔1〕 参见【德】列维・斯特劳斯：《结构人类学》，陆晓禾等译，北京：文化艺术出版社，1989 年版。

本主义和封建主义的国家意识形态，是与它发生对立关系的“他者”。所以，革命文学价值结构的意义，还在于它与“他者”的对话中，呈现出它的独立性和深远的历史文化意义。也就是说，革命文学的价值结构作为子系统，与文化中的其他价值话语形成联系，生成意义。

三 “革命文学”价值结构的“完形发展”特征

认知心理学认为，人对事物的认知有两点：认知是一个过程，具有发展特性；认知趋向于整体。这就是格式塔，也就是“完形”。其实，革命文学价值结构，无论是其内部关系，还是其整体发展态势也都趋向于“完形”。

肇始于20世纪20年代中后期的革命文学运动之中的革命文学的价值结构，随着现代共产主义革命运动的历史发展而逐渐整合成形，虽然期间各个维度之间的关系伦理经历了数次动荡，但其内涵的四层次结构却被确定了下来，并结成关系紧密的“互联互动的价值系统”。革命文学在20世纪的不同历史时期虽然有所不同，但其价值内核自始至终保持其“内在序列的恒定性”“系统运作的稳定性”和“结构的完整性”。这种结构关系，而且正如索绪尔所说：“语言既是一个系统，它的各项要素都有连带关系，而且其中每项要素的价值都只能是因为有其他各项要素同时存在的结果。”[1]这种价值系统虽然外在于革命文学的本体，但是，又塑造着文学的想象，定义和塑造着革命文学的形象。

但是，这里所谓的“恒定性”“完整性”和“稳定性”，又是相对的。作为一种在社会革命中发展起来的文学艺术的价值话语，其内部各要素之间的关系，并不总是处于均衡和和谐状态。革命文学价值结构内的各个元素，都是自私的，尤其是核心元素的权力一直有着伸张自我的强烈愿望，这造成了革命文学价值结构内部的紧张关系。在革命文学的初始阶段，革命文学的价值传达与文学审美之间的伦理关系尚未确定，导致革命家出身的革命作家往往极端强调文学的工具性，把文学作为传声筒，而蔑视文学独特的审美运行机制。宣传功能的膨胀的结果，就是文学性的空前下降；反过来，由于文学性的空前下降，导致了信仰传达的失效。在左联时期，鲁迅和茅盾等人敏锐地发现了这一弊端，并着手建构二者之间的关系伦理。他们强调文学具有宣传作用，但是单纯的

---

〔1〕【瑞士】费尔迪南·德·索绪尔：《普通语言学教程》，高明凯译，北京：商务印书馆1985年版，第160页。

宣传文字并不是文学，从而调整了信仰传达和文学审美性之间的关系。这种信仰传达和文学审美性之间的紧张关系，以后几经起伏，延安时期的文学，显然这种紧张关系依然存在。同样，在文学艺术的审美性和大众文化价值之间，怎样建构二者之间的合理的伦理关系，也存在着一个波动的过程。瞿秋白等人从一开始就将文学艺术放到整个无产阶级文化中去考量，主张文艺的大众化和生活化，但是，当文艺变成了大众日常生活的时候，文艺也就被生活化了。当文艺被生活化以后，文艺的审美性又受到了质疑。因此，无论是在文艺的审美性与宣传功能还是大众文艺化和文艺大众化，都存在着紧张的伦理关系。但是，我们同样看到，革命文学价值结构中的强势元素，存在着相互妥协退让，以求和解和完美表达的愿望。因此，每当革命文学的宣传本能越位的时候，革命文学理论总是会站在文学审美的立场上进行纠偏；同样，每当革命文学过于生活化和大众化的时候，革命文学理论也会站在文艺的立场上发出警示；而且，每当革命文学在信仰传递的过程中走偏，它也就会以概念失效的方式或以理论重申的政治批判的方式使得其回归。

我们必须认识到，革命文学价值结构内部要素之间关系的和谐是有一个过程的，它不是一蹴而就的。但是，我们同时也必须认识到，革命文学价值结构内部各要素间总是存在着一个趋向完美的动力，也就是说它们之间总是在不断寻找合适的合作关系，且不断地从矛盾对立走向彼此适应。例如在革命历史建构方面，革命文学在叙述中，不断地探索和想象社会主义社会和无产阶级人格，并不断地进行着合理想主义的现实建构；并不断地运用伦理规范，调适政治信仰价值与文学审美价值之间的紧张关系，使不同的价值主体之间相互让步又相互妥协，并不断使之达到最理想的状态。

在整个革命文学的发展过程中，其价值结构也从一个严重倾斜的阶段，走向相对平衡的阶段；革命文学的创作，也从最初的生硬的结合，到有机地处理多方面之间的关系，并且最后建构一种叙事的伦理，以约束创作的叙述行为。整个结构，也从不稳定走向稳定。无论是内部关系还是整体结构总是向着完美趋近。革命文学的整体价值结构，对共产主义革命意义的表达，也越来越自如和充满活力。

但是，革命文学的价值结构的演变有其特定的拓展模式，在它完成自我延伸的逻辑之前，不可轻言完成。不过，正是通过结构的完形功能，才使之虽不能走向最终和谐，但却可以通过其富于张力的结构运行，创造了波澜壮阔的左翼革命文学思潮；才造就了像茅盾、蒋光慈、殷夫、丁玲、赵树理、孙犁、梁斌、杨沫等一大批革命文学作家和《子夜》《太阳照在桑干河上》《小二黑结婚》《红旗谱》等一大批优秀的革命文学作品。

第二节　现代“革命文学”价值结构的间性关系

间性理论，在社会科学和人文科学领域指的是不同的文化、不同的文本和主客体之间的共存和对话关系。在间性视域下，我们可以从两个方面来论述革命文学价值结构的内部间性和外部间性关系，即它们之间的共存、交流互识和意义生成等特征。[1]

探讨现代革命文学的价值之结构，也就是讨论其内在的各个构成要素，及其相互之间的关系。在绪论部分，我们已经讨论得出，现代“革命文学”的价值结构具有四个维度，即政治信仰维度、文学审美维度、道德伦理维度和社会文化维度。笔者认为，革命文学价值结构不同维度之间存在着有机的运作机制：普罗的政治信仰是核心维度，决定着审美思维和价值选择的主导方向；革命现实主义是普罗政治理想的保障机制和形式基础；文艺大众化则保证革命理想能够从文学扩展到文化领域；人民性的伦理道德情感从主体方面为政治信仰提供道德情感机制的支援。

一　“革命文学”的文学本体价值

革命文学的价值，来源于其价值本体。本体论，本是存在论，主要是指文学艺术和哲学对于人类存在——从哪儿来？到哪儿去？——进行思考的形而上学。但是，近现代美学和哲学越来越倾向于将本体定义为艺术的自身特性。文学本体论，在20世纪西方文学批评中，用以指关注文艺形式的理论。索绪尔说：“文学研究的主体不是笼统的‘文学’，而是文学性，就是使一部作品成为文学作品的东西。”[2]所谓文学性，就是使文学区别于其他学科的本质属性。从本体论角度来说，它包括文学的语言、结构和形式，文学的手段和方法等方

〔1〕 郑德聘：《间性理论与文化间性》，《广东广播电视大学学报》2008年第4期。

〔2〕 【瑞士】索绪尔：《普通语言学教程》，载张首映主编：《西方二十世纪文论》，北京：北京大学出版社，1999年版，第131页。

面。美国“新批评”提出“文学本体”论，注重“架构—肌质”的研究，也就是对于形式的研究和分析。[1] 法国结构主义和俄罗斯形式主义都是这种艺术形式本体论的集大成者。

而价值本体论，与文学本体论又有不同。它把文学的价值看作是一个既内在又外在的系统，而主要建构于与文学本体相对应的文学的社会效用评估。文学的主要价值可以说是审美价值，但是，文学的话语一旦投放于社会人群，其价值又不仅仅局限于审美价值，还有文化价值、伦理价值，等等。多重价值的产生当然也是由于文学文本之中，在鲜活的形象之中蕴涵着多重的文化内容。

传统的审美中心主义价值观，将文学艺术的价值本体定位于审美。但是革命文学的价值结构，是经过重新构建以后形成的新的文学本体。“革命”与“文学”，其价值追求是有差异的。“革命文学”的价值，是将“革命的政治信仰”与“文学的审美”进行了整合后所形成的价值本体。

文学和艺术，其本体在于语言及艺术形式自身，其本体性的价值当然也在于语言及其艺术形式的美。传统的审美中心主义文学理论，更注重艺术修辞所造就的审美效果。这种文学本体论，其价值体系是单一的，它建立于象牙塔式的割裂的关系之中。康德的关于审美的定义的“无目的的和目的性”的论断，就是将艺术的价值看作是自足的、封闭的体系。但是，一切文学艺术，都是社会关系的产物。文学艺术也是如此。因此，将它视作封闭的体系，这是一种理想主义的假设状态，一种实验室状态，而不是真实的状态。现代格式塔(Gestalt)心理学也认为，经验和行为具有整体性。完整的现象具有它本身的完整特性。格式塔心理学揭示了审美中心主义的谬误。文学的审美感动是一种总体的感觉。在这整体的感觉之下，包含着多种社会历史内容所形成的触发机制。

因此，文学的审美内涵，并不仅仅只有形式的美感。一种美感的存在，是多重社会内容触发的结果。同样，文学的价值，也是多重的。文学意识几乎是必然地与社会文化的其他方面发生着关系，并将其内在化和本体化。马克思主义的社会学和文学理论主张从“历史的”“审美的”两个方面去看待文学艺

---

〔1〕【美】色兰姆：《纯属思考推理的文学批评》，载赵毅衡编：《“新批评”文集》，北京：中国社会科学出版社，1988年版，第97页。

术，其实就是将文学艺术放到广泛的社会历史场域内，在多重关系之中去思考它的本体存在及其本质。正如结构主义哲学家霍克斯（Terence Hawkcs）所说：“在任何情境里，一种因素的本质就其本身而言是没有意义的，它的意义事实上由它和既定情境中的其他因素之间的关系所决定。”[1]中国现代革命文学，受到马克思主义的影响，同时也受到中国特殊的时代氛围和历史文化的影响，一开始就将“革命文学”置于广泛的社会文化背景之中，重构了文学的本体，也就是重构了文学的价值结构体系。

“革命文学”的价值，对应着文学的本体的多重性，而具有多重价值的本体内涵。只不过，它由于自身的特殊性，而抬高了其中一个或几个价值维度的地位。具体来说，革命文学的价值体系，重视和保持了文学的审美价值维度，同时，又敞开其“结构”的大门，将社会历史领域的政治信仰价值、道德伦理价值和社会文化价值纳入其中，形成了新的不同于审美中心主义的文学价值的结构体系。革命文学的价值结构体系，是在打破传统的文学的审美中心主义之后重构的一种带有社会文化背景的价值结构形态，是在打破了原有的文学价值审美本位论之后所重构的新的价值本体论，是一种新的文艺价值结构。

二　政治信仰价值与文学审美价值的间性关系

在革命文学价值的四维结构中，政治信仰维度和文学审美维度，是最为重要的两个维度。革命文学价值结构中的“政治信仰价值”与“文学（审美）价值”、社会文化价值与文学审美价值之间的关系，一般被表述为“文学”与“政治”、“文学”与“生活”、“文艺”与“革命”之间的关系。

革命文学的信仰价值和文学审美价值这两个方面，在审美中心主义和工具主义的文学理论中，向来都被视作相互对立的维度、相互对立的价值观念，张扬信仰和观念的价值，则意味着损害文学审美价值；而张扬文学的审美价值，则可能导致意义和观念无法很好地表达。在革命文学的实践中和理论上，文学的审美价值和革命信仰价值好像就成了一对“必然”对立的范畴和价值的两面。

毋庸讳言，中国革命文学的早期从苏联拉普进口“革命文学”概念的同时，

---

〔1〕【英】特伦斯·霍克斯：《结构主义和符号学》，瞿铁鹏译，上海：上海译文出版社，1997年版，第8—9页。

也引入了它的机械唯物论和庸俗社会学。这种僵化思维和急功近利的观念，直接将文学阐释为宣传的工具。但是，这种庸俗社会学之所以能够在中国被接受，也有着中国文化的基础。中国传统儒家文学理论所主张的“文以载道”，它的现代化的表述方式就是内容与形式的二分。“五四”新文学虽然反对传统的“文以载道”，也即反对文学工具论，但是，它却将启蒙的重任加予文学的躯体之上，它在文学思维上继承了内容与形式二分的认知传统。“革命文学”赓续了“五四”的精神图式，又接受了苏联拉普的急功近利的观念，甚至将其更加激进化，文学的工具化更加严重。

革命文学理论家成仿吾、周扬、瞿秋白等人，都存在着这种激进工具化的倾向：文学艺术要服从于政治宣传需要，甚至以文学艺术作为图解特定时期政策的工具，也就是说以政治需要和现实的宣传功用，来作为判断文学价值的标准。缺少策略的不适当的政治信仰价值和宣传功用的强调，造就了它的强势地位，冲击了文学审美价值在价值结构中的地位，且最终将文学审美边缘化、媒介化、载体化、工具化。很多革命文学家缺乏对千百年来已经形成的文学信仰的敬畏之心，甚至出现了“乱砍滥伐”的现象。在革命文学作品中，“政治信仰往往体现为占主流话语，革命成功后则体现为官方话语，其关键词多涉及宏大主题，重视媒介（文学被作为媒介）的社会效益和宣传效果。”〔1〕它以马克思的社会学说为理论来源，以特定时期的政党理论旨趣和现实需要为准绳，采用社会学的操作方式，来进行文学生产和意识形态生产。它只考虑文学媒介的现实性、时代性和功利性，而并不考虑媒介的适用性。作家只是作为媒介的管理者。文学就如媒介一样成为单纯的意识形态的生产机械。文学创作，成为一种社会生产订货。作家是来料加工者。当文学被作为传播媒介和信息载体的时候，文学审美就消失了。文学价值标准的失衡导致了革命文学中“政治信仰”和“文学审美”之间关系的紧张和失衡。

同时，革命文学价值结构中政治信仰价值和文学审美价值之间的关系恶化，原因在于审美中心主义的质疑。文学艺术是有媒介作用的，鲁迅所承认的文学的宣传作用，也就是认同文学的载体和媒介作用。但是，无论是革命文学内部还是它的反对者，都存在着过度强调文学审美价值的强大力量。他们不认同文学的媒介作用，更为激进的则将文艺的媒介作用视为对文艺审美性的

〔1〕 田萱：《跨语境媒体批评理论模式的建构》，《当代传播》2009年第5期。

伤害。在胡秋原、苏汶等人的理论中,都反对文艺的社会功用,所谓的"勿侵略文艺",甚至无视文艺的社会文化价值和政治价值的存在,无视文艺作为媒介的社会传播功能。也许这些理论当时存在着各种各样的动机,但是,在事实上,它们都没有正视文艺的价值结构。

文学工具主义价值观和审美中心主义价值观,都是造成革命文学价值结构中,革命信仰价值与文学审美价值对立的原因。但是,在上述的两个原因中,主要的原因还在于革命信仰价值和文学宣传功用对于自身价值地位的过度张扬,打破了价值结构内部关系的均衡,也破坏了它们之间互融共存的关系。中国左翼文学史上爆发的数次"文学艺术与社会生活(宣传)"之间关系的论争,也大多数由于二者之间的紧张关系所造成的。这种紧张关系,导致了革命文学价值结构一直处于被迫论证的窘境,加剧了其形态的不稳定性。

现代革命文学在革命政治信仰和文学信仰两者之间寻找通道,或者说,试图寻找到一个对话妥协的机制。

30 年代,当激进的"宣传论"出现的时候,鲁迅和茅盾等人很快就意识到它的谬误。鲁迅说,革命文学"当先求内容的充实和技巧的上达"。〔1〕周扬虽然是宣传论的主将,但作为文艺家也认识到文艺审美价值的重要。他在《文学的真实性》一文中指出:"文学的'真实'问题……而根本上是与作家自身的阶级立场有着重大关系的问题。"〔2〕在周扬那里,很显然有一个逻辑链条。这个链条简化的说法就是,文学的本质就是要追求"真实性",无产阶级政治就是文学的真实性,因为"无产阶级的主观是和历史的客观行程相一致的",〔3〕所以,文学的真实性就是无产阶级的党性、"阶级性"。既然文学性就是真实性,而真实性就是党性,那么,文学家的世界观和创作方法也就是党性的了。周扬的文学本质论,将政治信仰与文学信仰等同了起来,并企图以真实性作为二者等同的叠合媒介。鲁迅、茅盾、周扬以及一大批的革命文学理论家和创作家其实都意识到了,革命文学必须具有革命的政治信仰价值,但是也必须具有作为文学的审美价值。

文学与政治分属为两种不同的文化形态,政治的信仰与文学的信仰当然

〔1〕 鲁迅:《文艺与革命》,《鲁迅全集》第四卷,北京:人民文学出版社,1981 年版,第 84 页。
〔2〕〔3〕 周扬:《文学的真实性》,《现代》第 3 卷第 1 期(1933 年 5 月)。

也不同。政治信仰，既追求长远的理念又追求现实的政治目标，同时，就长远的理念而言，它主要以理论形态而存在，具有观念性和抽象性的特征；而从现实而言，它具有实践性和体制性特征。而文学的信仰问题及其价值则在于审美。文学的价值主体，在文学的立场上就是文学的自身能动性；无论是叙事还是抒情，都具有具象性和现实超越性的特征。尽管它也表现现实，但是，它与现实之间总是隔了一层。从两者的一般存在形态来看，显然处于对立的两极。假如贸然结合的话，必然形成内部的对立和矛盾。

但是，无论是文学信仰还是政治信仰，从价值观念来说，它们都具有抽象性，它们都具有诉诸心灵的特性。但这也不能就认定，在具体的文学层面，它们就不存在矛盾。最为关键的问题是，怎样或者在一个什么层面上将二者结合起来？现代的象征主义文学给我们提供了经验。象征主义有着极为强烈的信仰表达的冲动，但是，它并不在文学中直接地表达，而是将哲学观念渗透在物象之中，透过物象来表达自己的存在主义的人类信仰。同样的，革命文学的政治信仰的表达和价值的体现，也需要借鉴象征主义的经验。革命文学家中，苏联的马雅可夫斯基，中国的革命诗人穆木天、徐迟、何其芳等也都是从象征主义走向了革命现实主义。

中国现代“革命文学”是一种特殊的文学现象，其价值结构的构成元素，及其核心价值与一般的文学现象又有所不同。社会文化价值和政治信仰价值，以极大的力量冲击着这一结构中各元素之间的关系。存在决定了本质。“革命文学”是在中国红色革命的风暴中造就的，从其缔造的初始动机到其形成后的特征来看，审美都不是首要的。它首要的价值诉求在于，表现红色革命的历史现实和传达马克思主义的社会革命理念。“革命文学”是在马克思主义社会及文学理论中国化的过程中形成的。马克思主义作为一种社会文化信仰，在“革命文学”中被表述为“普罗文学”的概念。无产阶级及其革命政党的社会理想和平等、民主诉求是其主要价值内涵。

在马克思主义的立场上，革命文学虽然承认文学自有其自身的生命逻辑，但其自身却不是核心价值所在。在阶级论的立场上，革命文化和文学的核心价值在于其对于无产阶级未来社会理想的信仰，就是文学想象中的无产阶级的阶级价值立场。无产阶级及其革命政党的社会理想和平等、民主诉求——社会主义和共产主义的共同理想，是其主要价值内涵。马克思在讨论商品的价值的时候说：“一个商品究竟是处在一个形态上，或是处在对极对立的形态上，完全是由该商品在价值表现中的地位而定。”[1]革命文学中的诸种价值，从文学的立场说，其审美价值应该是第一位的，但是，作为一种特殊的文学形态，它的信仰价值，相对于文学审美价值，其地位要重要得多。它在结构中的地位是处于主导性的、核心的；它建构着革命文学理性思维和价值选择的主导方向。革命文学的价值结构又是一个以革命信仰为中心的权利结构，它具有胡秋原所说的“同一种中心意识”和“独裁文坛”的权利伸张欲望。[2]

在正常情况下，也就是文学审美占据主导地位的情况下，文学审美与政治信仰（革命的理念、革命的生活、革命的政策等）的表达，并不构成对立。文艺天然地就具有传播功能，也就具有“宣传”作用。它充当革命信仰的载体并没有什么不妥。在革命文学论争中，关于文艺与“宣传”的关系，其实是个伪命题。

问题主要在于：怎样很好地承载？文学之所以为文学，就在于其艺术审美，其价值也在这里。现实创作的作家主体，显然不是简单的媒介管理者，他还需要考虑文学自身的承载能力、审美效果等。革命文艺的社会历史化审美中有着非常强悍的宣传本能，因而造成了革命信仰传达的粗糙化和非艺术化。因此，在文艺形态中，革命现实主义文学必须是革命信仰的“道化肉身”，它必须有血有肉，有它的丰满性。换句话说，在革命文学价值结构框架内，文学对于革命信仰的传达，还有一个有效性的问题。在文学的范畴之内，其有效性只能来自审美。就是革命文学的伦理价值的实现，甚至是文化价值的实现，也需要依靠有效的文学支撑。虽然二者处于一种对立的紧张关系，假如能够改变单纯的“宣传”强势，改变简单地将文学视为政治信仰的包裹皮的庸俗社会学观念，通过渗透的、润物细无声的手段，来达到传达政治信仰的目的，这并不见得就会损害文学的审美价值。左翼文学中也出现过许多的优秀的、优美的文学作品，世界文学史中也有着许多具有鲜明的政治信仰的创作，都说明二者之间的对立并不是绝对的。文学创作中承载政治信仰，是一个自然的过程。它需要创作主体对于政治信仰的理解和感受，只有经过创作主体的内在融合之后，才能做到了无痕迹的表现。任何强行的“征用”，都只会生产出廉价而无聊的政治波普，而不会产生艺术。文学虽然是语言艺术，如政府公文一样，但是，

---

〔1〕【德】马克思：《价值形态》，载《资本论》第一卷，郭大力、王亚南译，北京：人民出版社，1957 年版，第 4 页。

〔2〕胡秋原：《阿狗文艺论》，《文化评论》创刊号（1931 年 12 月 15 日）。

政府公文可以简单地将语言视作媒体、载体，而文学却不能视之为简单的媒体和载体，文学中的一切的价值，如政治信仰价值、伦理价值、文化内涵等，都是融于语言、结构形式之中的。这是一种整体话语的表达。

革命的政治信仰与左翼的革命现实主义文学存在着一种相互依存的关系。政治信仰在进入文学叙述之中时，“信仰叙述在打开与‘神’对话的维度之后，在文学叙述和审美方面表现出了一种审美的独特性。”〔1〕显然，政治信仰虽然是社会历史层面的东西，但是，它同样涉及深层的带有神性意味的关怀。这是由“五四”以后中国社会文化领域内对于主流信仰的吁求机制决定的。但是，文学中的信仰叙述并不是信仰的简单的承载，而是在文学叙述进程中实现的。而且，在这种信仰叙述中，其中还必须埋藏有唤醒阅读大众信仰的文化因子，可能包含中国传统的儒家文化遗传基因，也包含着中国原始信仰的文化遗传基因。因此，这种信仰叙述，它并不是看上去那么简单，它比我们想象的要复杂得多。有关灵魂的叙述从来都不简单。在左翼信仰叙述建构时期，它充斥着倾诉性，是一种愤怒的控诉姿态。而当革命政权建立之后，它则呈现为一种神圣的姿态。

革命信仰是革命文学价值结构的核心，它是革命文学的驱动力，革命信仰的传播是革命文学得以建构的目的。很多革命文学家是在革命信仰的驱动下，投身革命文学的创作的。蒋光慈在《自题小像》中写道：“跑入那茫茫的群众里！……歌颂那痛苦的劳动兄弟。”“从群众的波涛里，才能涌现一个真我。”〔2〕诗歌“它的主体应当是群众，而不是个人”。〔3〕红色革命文学30年代的主将蒋光慈将“群众”作为红色革命文学的价值核心。这种传统在40年代的革命文学中，同样得到了继承。阿垅说，诗人“必须是民族战士”，“诗人必须是人民号手和炮手”和“时代的发言人”。〔4〕七月派将人民视作文学价值核心，将诗人和诗歌视作时代的代言人。文学自觉地成为时代的代言人，自觉地充当革命信仰的肉身。

革命信仰也是革命文学的有机的灵魂。政治信仰价值是革命文学的灵魂，革命文学是革命信仰的肉身，是革命信仰最合适的寄托所在。革命的政治

〔1〕 荆亚平：《立于人类精神深层的缪斯之舞——新时期小说宗教信仰研究》，杭州：浙江大学博士论文2005年，摘要页。
〔2〕 蒋光慈：《自题小像》，《新梦 哀中国》，北京：人民文学出版社，1983年版，第61页。
〔3〕 蒋光慈：《关于革命文学》，《太阳月刊》第3号（1928年3月1日）。
〔4〕 阿垅：《今天我们需要政治内容，不是技巧》，上海《希望》第1集第3期（1945年8月）。

信仰，是革命文学的生命元质，它起着统帅和指导的作用。虽然看上去是二元论的，其实，它们之间是不可分割的。革命文学得以存在的基础是其对于无产阶级政治信仰的传达，革命文学天然地体现着革命的政治信仰。革命文学毕竟不是单纯的宣传品，革命的政治信仰是通过文学想象而彰显的。因此，在其价值结构中，文学的审美依然是其价值本体的本质内涵之一。革命文学只有建构革命文学的审美主义的理想才能彰显其作为信仰的魅力和作为艺术的价值。

三　审美价值和伦理价值的双重建构

在革命文学的价值结构中，革命文学的信仰价值与审美价值之间，革命文学的社会文化价值与审美价值之间，都存在着紧张的关系。革命文学向文化维度的倾斜和日益扩张，最终导致了其审美的泛文化化、泛生活化、泛政治生活化；革命文学的信仰表达的过度，最终导致了其审美的教条化和平面化。从文艺的贵族本性和审美中心主义的角度来看，其审美价值是贫弱的。虽然我们从结构的整一性的角度来论述，它们谁都离不开谁，但是，一个结构内部的关系过于紧张，或者互融性太少而排异性太多，也会导致结构的崩溃。

革命文学之所以能够保持其结构的整一性，还在于其一开始就建构了一种对抗—妥协的结构模式，建构了一种融合审美和伦理的社会美学和大众日常生活美学。

革命信仰与文学审美之间、大众生活化与文艺审美之间的紧张关系的调节，有赖于建构一种合理的伦理关系。任何一种伦理，首先都基于认知。维特根斯坦在《逻辑哲学论》中认为，“伦理学与美学是一回事”。他说：“哲学家们的大多数问题和命题是由于我们不理解我们语言的逻辑而来的。（它们是属于善和美同一这一类的问题的。）”〔1〕革命文学首先论证了传统审美中心主义的封闭性、自私性、狭隘性和阶级腐朽性。在阶级论和进化论的逻辑构想中，将其论证为落后的和反动的意识形态。30 年代的文学阶级性论争，就从道德的角度，打倒了审美中心主义的伦理正当性和存在的合法性。它将社会历史的宏大叙事纳入文艺的审美范畴，并赋予其崇高地位；它将人民的日常生活，进行了民粹主义的处理，同样赋予了其高尚性。我们知道，文学审美向社会历

〔1〕【奥】维特根斯坦：《逻辑哲学论》，郭英译，北京：商务印书馆，1993 年版，第 38 页。

史的敞开，是中国文化的传统，也是“五四”文学的传统，但是，革命文学的社会历史美学，其在道德意义上的美学地位的确立，却是革命文学的功劳；而文学审美向日常生活文化的敞开，在中国传统的民间文艺中也早已存在，“五四”新文学的白话文历史的重写，就是重申了这一民间文艺传统，但是，革命文学的大众生活美学，其在道德意义上的美学地位的确立，却是瞿秋白和毛泽东的功劳。这种社会历史美学，确认宏大的社会历史，它是最为震感的美学体验；它所确认的集体主义社会历史规律，有着形而上的浸透人心的感染力。这种大众生活美学，它给予人们以自由平等的承诺，打破了封建主义和资产阶级知识分子对于审美的垄断；它确认了大众日常生活的艺术性和审美性。革命文学的社会历史美学和大众日常美学，显然有着现代民权主义的伦理正义性。

革命文学的社会历史美学和大众日常美学，显然是两者相对抗和妥协的产物。任何一种革命文学假如只有“革命”而没有“文学”的话，都不是“革命文学”；假如只有“大众日常生活”，而没有“文艺”，也不是“革命文艺”。任何一种权力假如想通过文学去实现的话，它都必须照顾到文学审美的利益特征。革命文学必须建构一种协调革命与文学之间关系的伦理机制。在革命文学的价值结构中，存在着多种价值主体及多种价值需求。各要素之间的关系，也有一个巴赫金所谓的“圆桌会议”，它们之间存在着一个谈判和对话机制。在谈判的过程中，由于社会文化语境的影响，各要素在机制内部的角色地位并不总是平等的。它们在特定的文化语境中，有强弱之分。各要素之间角色的强弱牵制所形成的张力，造就了不同形式的价值及其多样性；这种不同形式的价值及其多样性，主要表现为革命文学发展历史中不同历史阶段价值需要的偏重不同，而形成同一价值体内部的相对倾斜和价值色谱的差异。但是，革命文学的政治信仰无疑处于强势，它在对话中的强势地位，造就了它独特的美学——社会历史美学和大众生活美学。

而社会历史美学和大众生活美学，就是这样的一种协调机制。只有这样的伦理才能弥合文学艺术审美与革命政治信仰之间的缝隙，才能弥合精英主义与民粹主义的对立，才能弥合文人文学与民间文学之间的紧张，才能使文学顺畅地承载革命信仰的内容，才能使得整个革命文学的价值结构保持一个内在矛盾不断而外在统一的整体性。

社会历史美学和大众日常美学的伦理首先就是诉诸作家主体。传统的作家主体，几乎是天然对于审美有着亲和性，这是千百年来由文字的美感所培养出来的伦理感受，更不用说"五四"时期，文学审美依然有着某种程度的理性的自觉了。因此，要实现革命信仰对于文学审美地位的置换，就必须重构主体，消除其在伦理上对于革命信仰强力侵入的抵触和拒绝。正如我在第一章中所论述的，革命文学通过对创作主体的再造，消除了传统文人在表达上的伦理障碍和拒斥心理，同时也再造了一种无产阶级文学话语。它在作家的思想意识上树立了为人民大众服务的意识，建立了以表现无产阶级革命和以无产阶级艺术形式表现为荣誉、以表现自我和非无产阶级生活内容和表现形式为耻的道德感受。社会历史美学和大众日常美学，在审美价值方面所要建构的是民间化的艺术形式；在伦理情感维度上，它既包含着阶级的、民粹的人民情怀也包含着民族主义的自豪感。它的奋斗目标充满了利他主义的、集体主义的道德自信和崇高感。革命文学的社会历史美学的社会历史判断，也是一种伦理判断和美学判断。正如程光炜所指出的："'新'与'旧'的甄别，实际已包含了审美的体验，所以，当他用诗一般的语言揭示中国革命历史选择的正确性时，这段论述已不单单是一个'政治范畴'，它还是一个'审美范畴'。"〔1〕关于"大众"和"小众"的判断已经不仅仅是一个社会学的数量判断，而是关于社会历史的判断，也是一种伦理判断和价值判断；同样，它的价值判断，也都是伦理判断和审美判断。关于"好"与"坏"的判断中，所包含着的也是一种审美体验。它具有衡量和裁决美丑善恶的功能。

革命文学的革命现实主义美学，就是社会历史美学和大众日常美学，它在文学的诸种元素中充当着调节器的作用。在信仰层面上，它是普罗革命理想的文学想象的保障机制和载体，为无产阶级政治理想提供形式基础。文艺大众化也就是其社会文化价值的具体体现，主要在于保证和驱动无产阶级革命理想能够从文学扩展到整个的文化领域。人民性的伦理秩序和道德情感则居间沟通调停，在各维度之间形成价值互补和融通；从主体的内在方面形成自然的规训，使无产阶级政治和文学审美之间形成价值互补。在不同价值维度之间，它是各个价值维度之间有机关系的调节器，它确立了信仰价值与文学审美价值的伦理秩序，并自身也建构相应的情感立场、价值判断与道德机制。正是革命信仰价值的有力介入，使得革命现实主义美学具有了鲜明的政治倾向性，它既是打击敌人的利器又是维护革命信仰的后盾。它不仅是作家艺术家的内

---

〔1〕 程光炜：《左翼文学思潮与现代性》，《海南师范学院学报》2002年第5期。

在道德诉求，也是创作的基本致思逻辑和操作形式。革命文学的价值系统都显示出结构的完整性和趋于成熟圆满的自我调节功能。正是如此，才形成了革命文学价值结构内各个元素之间的共同一致、相互依存，以及相互渗透的特性。也就是说，革命文学价值结构内部诸要素存在着一种间性关系。经过长期的文学创作实践，革命文学价值结构所包含的各个元素之间，已然形成一种“间性”关系，而不是谁征服谁谁驱逐谁的关系。革命文学价值结构诸维度之间，一方面存在着关系的紧张，另一方面也一定存在着和解和生死联系。任何一个维度都必须借助于其他维度才能说明自己。

革命文学的社会历史美学和大众日常美学，都属于政治文化美学的范畴。革命文学承载了马克思主义的信仰。无产阶级革命文学，就是为无产者的利益而战斗的文学。普罗文学的战斗品格是由其无产阶级信仰所决定的。鲁迅说：“无产文学，是无产阶级解放斗争的一翼。”[1]革命文学的政治性，也是由其价值目标和政治信仰所决定的。它的宏大历史建构，它的日常生活叙事和抒情，都洋溢着政治美学的情怀和策略。革命文学产生并发展和完善于现代社会的红色革命之中，这决定了其价值结构的政治品格和社会文化性质。革命信仰，当然是红色革命政治文化长远目标和现实追求；其伦理维度，也是基于一种政治伦理；而文学审美，首先是就是一种政治的审美；而其文化维度，就是建构一种整体的世俗性的政治文化。

根据马克思主义结构主义的结构理论，一个文化意义的产生与再造是透过作为表意系统（systems of signification）的各种实践、现象与活动来表达的。革命文学的价值结构就是政治文化的表意系统。革命文学的社会历史美学和大众日常美学，就如同其价值结构一样具有独断性和唯一性。

---

〔1〕 鲁迅：《对于左翼作家联盟的意见》，《鲁迅全集》第四卷，北京：人民文学出版社，2005年版，第241页。

第六章
现代“革命文学”的现代性意义

判断一种历史现象的价值，必须将其放到历史发展的进程中看，它到底为历史做出了哪些贡献？它的这些贡献到底是促进了历史的进步还是造成了历史的退步？它的这些贡献到底是促进了文明的发展还是造成了文明的倒退？对于革命文学的价值我们也应该作如是观。

马克思主义向来都是从历史进步的角度评价历史文化现象的，其评价主要有两种尺度：一是历史尺度，二是价值尺度。但是，马克思主义的历史尺度和价值尺度，是一体化的。也就是要“历史地”看问题，把一切社会文化现象（包括文学想象）放到具体的历史文化语境中，放到历史发展的进程中，放到历史发展的规律中去考察，辩证地分析研究，去衡量和判断其价值。虽然价值评价由“历史评价主体的利益追求、需要结构、发展程度、社会关系等所决定，它随着历史评价主体实践活动和社会生活的变化而变化”，[1]但是，它的历史尺度决定了其评价的客观性。马克思主义的社会历史美学，在历史维度上，它涉及对于历史进步理想的认同；在审美上，涉及对于宏大叙事和文艺的社会教化功能。评估“革命文学”的价值系统，不能脱离必要的“语境”。

马克思主义的社会历史美学，包含着强烈的现代性诉求。但它又与当代社会文化中所讲述的现代性话语有所区别，它既是现代性又包含着对于现代性的反思。运用马克思主义的历史尺度和价值尺度来评价中国革命文学的价值，就要在中国民族民主的历史进程中，在中国文学与中国民族民主进程的关

---

〔1〕 赵家祥：《马克思历史进步评价尺度理论的历史考察》，《贵州大学学报（社会科学版）》2010年第6期。

系中，在中国文学文化与世界历史文学思想的关系中，考察和判断其价值。

第一节　“革命文学”的思想启蒙和新人塑造的现代性

西方的现代性发端于文艺复兴的启蒙运动。而文艺复兴的启蒙运动，面对着的是中世纪的基督教神学和社会体制。因此，现代性启蒙所强调的首先是人的解放和重建。而在重建人的过程中，需要对被基督教神学禁锢的人，进行价值评估。“重新估价一切”，成为最为流行的怀疑主义的启蒙口号。因此，现代性启蒙，具有强烈的反传统精神，具有否定传统的批判精神。在这场启蒙运动中，在中世纪一直受到压抑的科学精神，在这时候开始派上了用场。科学技术以它无可置疑的论证，摧毁了神学神秘主义，为人的解放奠定了基础，为人本主义找到了根据。哈贝马斯指出：“人的现代观随着信念的不同而发生了变化。此信念由科学促成，它相信知识无限进步、社会和改良无限发展。”〔1〕因此，韦伯和泰勒都认为现代性来源于科技传统。“即所谓现代性，就是着重于西方自启蒙运动以来发展出的一套关于科学技术现代化的理论，这个传统 Charles Taylor 称之为‘科技的传统’，这个理论的出发点在于所谓现代性的发展是一种不可避免的现象。”〔2〕运用科技手段和科学精神观照传统，传统便处于蒙昧状态。同时，伏尔泰、卢梭以降的西方启蒙思想家，在科学精神的大旗之下，将个人（个性）主义和民权契约精神推到了前所未有的重要位置。

从现代科学精神和人学精神观照传统，祛除其蒙昧，解放个人，是西方现代启蒙主义的本质特征。中国发端于晚清鼎盛于“五四”的科学启蒙精神，承续了西方的启蒙现代性，陈独秀所谓的“德先生”和“赛先生”就是它的体现。梁启超、陈独秀的启蒙主义和周作人的启蒙主义是有差异的。但在面对传统的时候，他们都是一致的，那就是“否定”传统、“批判”传统，并且断然将未来“人国”的建设与传统断裂开来。同时，启蒙主义的科学民主精神在东渐中国后，也被充分中国化了。新文化先驱一方面张扬个人主义精神，强调“人间本

〔1〕【德】尤根·哈贝马斯：《论现代性》，载王岳川等编：《后现代主义文化与美学》，北京大学出版社，1992 年版，第 10 页。

〔2〕【美】李欧梵：《中国现代文学与现代性》，上海：复旦大学出版社，2002 年版，第 2 页。

位主义”，主张建立“人国”；另一方面，它自始至终都将“国”的建立作为价值目标。这种建立现代民主民族国家的冲动，来自近现代积贫积弱备受欺凌的民族灾难记忆。也就是说，中国启蒙主义所解放的个人从来就不是西方式的个人主义，它必须在民族国家范畴之内来定义其范畴和衡量其价值。

中国“五四”文化的现代性难题在于，它以反传统的面容建构现代性，但是，它的现代性又深深地联系着传统性。西方文艺复兴以来所建构的现代伦理，是以个人为本位的文化。在个体与群体的关系伦理中，个体权力被重视和强调。而中国社会的现代性进程，虽然受到西方的极大影响，但依然建构在中国文化土壤之中。因此，中国民族伦理的现代性转型，是不可能割裂与建立在血缘或泛血缘农耕文明基础上的基因链条的血脉联系的。它又明显地不同于西方的个人主义甚至是无政府主义的现代性：它一方面主张建构个体主义，另一方面希望在国家组织机构的框架内管理和压制个人主义，对个人主义充满恐惧；它一方面主张进行广泛的社会文化领域的启蒙，另一方面又主张精神建构，重塑灵魂的深度；它一方面深感知识分子的软弱无力，主张向民众学习，充满了民粹意识，希望民众拯救国家和知识分子，另一方面，它又继承了中国儒家文化的圣人传统，始终念念不忘人民的精神痼疾，主张对人民进行精神启蒙，充当人民的精神导师。也就是说，“五四”所倡导的文化启蒙伦理本身就不完全是个性主义的，它所着眼的是民族集体的启蒙。要从文化传统的角度梳理的话，这实际上是赓续了中国传统的伦理，它淡化个人意识，“强调社会作为整体的功能性意义，以及强调以社会为依托的功能价值观。”[1]家国天下的责任是中国“五四”现代性的重要方面，个人主义也在那个多元的时代并存。

发源于20年代末期的“革命文学”登场的时候，它是以“五四”新文化的批判者的面容呈现的。郭沫若批判鲁迅来标明自己的“双重革命”，实际上，其批判的锋芒指向的仅仅是“五四”前辈的个人主义精神和知识分子精英意识。革命文学对于“五四”更多的是继承。它不但继承了“五四”的启蒙主义精神，而且继承了它的方法论。它继承了“五四”新文化启蒙的批判精神和对于传统的叛逆精神，也继承了“五四”启蒙的民族国家的集体主义。革命文学的政治文化属性，还是一种集体主义的伦理文化。它也汲取了西方个性主义的现代性

---

〔1〕 郑应峰：《澳门市民话剧研究》，广州：华南师范大学2015年博士论文，第30页。

文化营养，但最主要的还是继承了“五四”的民族国家意识和集体主义的文化。

从历史的发展角度来考察“五四”启蒙与革命启蒙的关系，我们看到，革命启蒙的意义，主要还不在于它对于“五四”新文化和新文学的批判，而在于它将“五四”的启蒙主义的现代性设计的推进。可以说，革命文学从种种方面将“五四”的现代性，推进到了一个新的历史阶段。这就是钱杏邨的《从文学革命到革命文学》给革命文学所定下的历史目标。

革命文学对于“五四”的集体主义文化进行了有力的推进。假如说“五四”批判了传统，将其家族伦理文化改造为民族国家文化的话，革命文学则是将其民族国家文化置换为以阶级的集体主义文化为内涵的新的民族国家伦理。在革命文学的叙述中，价值主体发生了换位，知识分子让位于无产阶级，个人让于集体，民族国家让位于阶级国家。“五四”的底层意识和民粹意识，在革命文学中被具体化；“五四”文学中那个朦朦胧胧的人民拯救者，革命文学将其画出了鲜明的形象；“五四”文学中的虚幻的人民性精神，转换为革命文学中具体而强悍的阶级论意义上的人民性精神。革命文学的现代性的意义在于从外而内强调民族国家的社会价值观的实在建构。

这种推进在启蒙上更加显著。革命文学的启蒙意识明显不同于“五四”式的启蒙。“五四”启蒙现代性的主体内涵是国民性批判。这种国民性批判着眼的是整个民族精神的观照。它既有具体性，也不乏抽象性。鲁迅对于阿Q精神弱点的批判，既是批判了国民的劣根性，也是批判了人性的弱点。革命文学继承了“五四”启蒙主义的国民性批判思想，但是，革命文学的批判，并不针对整个民族和人民，而只是针对人民或民族中的一部分人，换句话说，革命文学将国民劣根性落实在小农经济经营者的身上，也就是农民的身上，塑造了一系列的落后的农民形象；并通过对农民的劣根性的批判，彰显了它的现代性意识形态特征。在《小二黑结婚》《太阳照在桑干河上》，甚至在《红旗谱》《新儿女英雄传》等作品中，都有着国民性批判的踪迹，都有着现代性的科学精神。相对于“五四”启蒙文化的普遍的针砭，革命文学的启蒙批判更具有针对性。如果说“五四”启蒙的国民性批判，是一记鞭子的话，在“五四”那里，严厉的鞭笞下是人人有份而又人人无责。而到了革命文学中，它的每一记鞭打都有着具体的对象，有的人无法躲避，而无的人则无需躲避。中国现代革命文学，虽然不是“五四”的启蒙文学，但是，它依然是启蒙文学之一脉。它持有对旧时代、旧社会，以及旧时代的统治者强烈的批判精神，也持有对于人民身上的愚昧和落后的批判精神。“五四”启蒙中的人民的国民性弱点是致命的，是没有前途的，但是革命文学是要将人民身上的愚昧和落后的思想意识进行洗刷，并带他们一起进入新社会。有人说，革命文学是民粹主义的，当然，革命文学是有民粹主义的精神胎记，但是，启蒙自始至终是它的精神本质。所以，从启蒙这一角度来说，革命文学的现代性也是非常显著的。

但是，革命文学的启蒙批判，即使是对于农民的批判，也不是一片漆黑的“五四”式批判，而是着眼于精神清洗后的重塑。革命文学的启蒙批判是乐观主义的，甚至带有阶级的情感偏爱和袒护。革命启蒙对于农民以及柔弱自私的小资产阶级知识分子的批判，还不是革命启蒙的主要贡献，因为“五四”一代的文学思想家早已这么做了，它的主要的贡献在于，在启蒙的旗帜之下，塑造了一个“先进”的无产阶级的群体形象。

“五四”启蒙主义虽然倡导个性主义，但最终的目标是在建构现代民族国家，革命文学看到了“五四”的柔弱个人是无力实现建构民族国家的目标的，所以，它寻找了知识分子以外的力量——集体的无产阶级，希望借助无产阶级的反抗精神和强劲的社会力量，以实现这个目标。“五四”的启蒙文化，带有校园文化和书斋文化的特征，而革命文学则直接走向社会，希望通过广泛的社会动员，来达成目标。具体来说，革命文学将“五四”文化叙述中的软弱知识分子对于人民力量的呼唤付诸实践。于是，“五四”新文学想象的主角——知识分子，在革命文学中被置换为“革命新人”。在革命文学的叙述中，个人被置换为集体，知识分子被置换为人民大众。在革命文学的历史叙述中，集体的人民登上历史舞台，集体的人民和劳动阶级进入文艺的叙述，并使之不再是蹩脚的下等人和配角，而是历史的主人和历史叙述中的主人。尽管这样的新人在20年代末和30年代还有着较为浓郁的知识分子气息，还带有太多的“五四”的精神烙印，但是，经过十多年的努力，这样的“社会主义新人”在40年代延安以后，已经长成，并具有了较为丰满的形象和较为真实的人格。先进的工人形象、先进的农民的形象、先进的知识分子的形象，大量出现于革命文学的历史化的叙述之中。革命文学中的“新人”与“五四”启蒙文学的重要的区别在于，“五四”启蒙知识分子新人大多柔弱，苍白，空乏，缺乏英雄主义气质，即使如鲁迅笔下的宴之敖者也缺乏乐观主义的英雄气概而多了几份阴鸷；而革命文学的“新人”，不但具有社会主义特征，而且具有英雄主义气质。可以说，“五四”时期具有空幻性质的意志超人，在这一时期的革命文学中被落实到了实处。这些具有坚强革命意志和实践精神的新人，活跃在中国作家想象中的社会生活尤其是农民生活之中，成为现实生活中的英雄，并干预着历史发展的进程。可以说，“五四”的新人还是比较表象化的，而到了40年代以后，革命文学的新人已经长成了有精神内涵的人物了。

同时，革命文学如同“五四”启蒙一样出现启蒙导师的形象。在“五四”启蒙叙述中，启蒙导师是绝望的超人；而革命文学则将其转换为一种更具有实际行动能力和号召力的革命“先锋队”和领袖形象。

革命启蒙是中国现代性进程中对于“五四”启蒙的进一步推进；它所塑造的社会主义新人形象，是对“五四”“立人”的现代设计的进一步落实的结果。“五四”启蒙是破坏的，它主要在批判传统和破坏传统威权的层面，彰显其现代性价值；而革命文学则在建构新社会新传统的层面，彰显其现代性价值。革命文学非常有力地回应了“五四”时代的启蒙主义的现代性诉求，并将“五四”的现代性诉求伸张至现实历史生活的层面和文学话语的层面。站在中国现代性演进的角度，革命文学启蒙对于历史的贡献是具有开拓性的。

第二节　“革命文学”的历史理性和史诗美学的现代性

现代性的反传统，是对于历史的断裂，看上去它还要建构一个破碎的世界。在表象上，现代性描述了一个断裂和连续共在的非理性的社会历史景观。其实，这是对现代性的误解。现代性要解构传统性，就必须要打碎旧有的世界秩序；而之所以如此，就在于建构一种新的世界秩序。它在反叛旧时代的宗教理性的同时，建构了一种新的基于科学进化的历史理性，建构了一个关于新世界的文化理想和价值秩序。

现代性的历史理念，起源于现代化社会的对于时间流逝的日益强烈的自觉。基于中世纪的时间停滞，科学主义的进化论，给予了人类以现代社会发展的希望。所以说，“直线矢量的现代时间以追求未来的无限进步信念构成现代性核心”。[1] 启蒙现代性解构传统的时间观念，它“首先是一种时间意识，或

---

〔1〕 尤西林：《现代性与时间》，《学术月刊》2003年第8期。

者说是一种直线向前、不可重复的历史时间意识，一种与循环的、轮回的或神话式的时间认识框架完全相反的历史观"。[1] 并在解构传统时间观念的同时，重新建构了一个乐观主义的通向美好未来的新的时间秩序。它"是在与中世纪、古代的区分中呈现自己的意义的，它体现了未来已经开始的信念。这是一个为未来而生存的时代，一个向未来的'新'敞开的时代。这种进化的、进步的、不可逆转的时间观不仅为我们提供了一个看待历史与现实的方式，而且也把我们自己的生存与奋斗的意义统统纳入这个时间的轨道、时代的位置和未来的目标之中。"[2]显然现代性包含了历史发展的必然性承诺，关于无限进步的未来期许，"一种持续进步的、合目的性的、不可逆转的发展的时间观念。"[3]现代性在历史维度上的本质特征在于新的历史秩序的设计和对于理想的未来社会形态的历史自信。

马克思主义的社会历史观念，是整个西方现代性构想的重要组成部分。中国左翼革命文学接受了马克思主义的社会历史观念，也就是契合了现代性诉求和现代价值准则。左翼革命文学在马克思主义的社会历史观念之上，构建了一个符合历史走向的宏大的社会历史秩序。

革命文学在现代性的历史构想中，建构了一套严整的历史主义的史诗美学体系。中国革命文学发端于军阀混战、家国破碎的历史背景之下。面对着混乱不堪的中国社会，全体中国人民都期望建构一个强有力的社会秩序。也就在这一时期，马克思主义和苏联社会主义的社会历史观念，成为中国人文知识分子重整历史秩序的重要资源，也为中国一般的知识分子所接受。社会科学领域里的马克思主义和苏联社会主义的著作被大量地翻译，它为中国左翼知识分子从宏观规划和构想中国历史的走向提供了蓝图。文学想象得风气之先，率先运用马克思主义社会历史的构想模型，来分析中国当时社会历史的现实和演绎中国社会历史的走向。茅盾、蒋光慈、丁玲等人通过他们的创作，如《蚀》三部曲、《子夜》、《咆哮了的土地》、《水》等小说，对中国社会历史的性质进行了分析，并展示了一个民资资产阶级、小资产阶级乃至农民等广泛社会阶层走向破产的历史大趋势，勾勒了一幅阶级矛盾尖锐、工人罢工农民暴动的社会

---

〔1〕 汪晖：《韦伯与中国的现代性问题》，载王晓明主编《批评空间的开创》，上海：东方出版中心，1998年版，第2页。
〔2〕 汪晖：《关于现代性问题答问——答柯凯军先生问》，《天涯》1999年第1期。
〔3〕 汪民安：《现代性》，桂林：广西师范大学出版社，2005年版，第6页。

历史图景，以及知识分子追求建立苏联式社会主义理想国的历史诉求。左翼革命文学对于历史的叙述，恰恰就是一种新的历史理性的确立。它的对于历史的长时段的、大规模的、全景式的展现，恰恰就是亚里士多德在《诗学》中所定义的史诗。这种史诗性的对于中国社会历史构想的叙述，在40年代以后，得到了进一步的具体化。假如30年代左翼革命文学的历史理性主要在用来否定当时混乱的统治秩序的合法性的话，假如说30年代左翼革命文学对于中国未来社会秩序的想象还比较虚幻的话，那么，到了40年代以后，以《太阳照在桑干河上》《李家庄的变迁》《暴风骤雨》《王贵与李香香》和五六十年代的《创业史》《青春之歌》《三家巷》《红旗谱》，以及六七十年代的《艳阳天》和“样板戏”为代表的作品，则在现代性的历史链条中，将社会主义理想国的现代性构想落实在现实的社会体制上，并通过历史流变的推演，论证了其合法性和现实性。

亚里士多德曾指出，史诗具有理念主宰的性质。革命文学的史诗，就是由现代性的民族国家构想和阶级国家构想所引导的。无论是30年代的左翼革命文学，还是40年代以后的延安文学和五六十年代的社会主义文学，一直都试图在历史的洪流中，展现历史发展的进程，塑造革命历史的浩荡秩序。革命文学在广阔的社会背景之下，依照时间秩序，讲述了革命历史的起源、发展、挫折和走向胜利的庄严进程。在这宏大的历史叙述中，革命理性导引着革命运动的叙述，并指引着中国社会历史由旧时代向新时代的飞跃，由旧时代的半封建半殖民地社会向无产阶级的社会主义社会的转折。革命文学通过宏大叙事，认同着“历史发展的规律”在历史发展中的作用，也表达着对“赤旗的天下”，对未来的共产主义社会所怀有的必胜的信念。它对历史的未来充满了乐观主义的自信，就如同启蒙思想家打破宗教末世说将人类引向天堂一样，它将人类的未来引向了光明。中国现代革命文学，所追求的就是进化的历史价值，它把革命和革命者放到进化的历史直线中，追求历史的进步，在文学的想象中创造新的社会和新的历史。它敏锐地感知着中国近现代社会在时间历史中的落后，试图以一种新的社会历史模式，使得民族、国家和无产阶级，超越于世界民族之林，以摆脱中国历史的鬼打墙和循环论。革命文学接受了马克思主义的社会历史理论，把握了历史发展的脉动，自觉地充当历史的先行者和领跑者。它的历史构想与启蒙思想家所设计的历史发展路径是完全一致的。

革命文学的史诗叙述，建构的是崇高美学。这种崇高美学是以强大的历史理性作为根蒂的，表达的是对历史发展规律的敬畏和自信。文学的美是多重的，既有低沉忧郁的美，也有高昂崇高的美。革命文学的早期多低沉忧郁的美，其成熟期则多高昂崇高的美。但即使是其前期的忧郁的美，也具有英雄主义精神，张扬的是崇高的悲剧美。这种崇高美学同时也是一种集体主义的美学理想，它自始至终对于阶级的集体力量保持着震撼的美学体验。它与个体主义的美学理想是相对的，而不是相反的。在革命文学时代，绝大多数作家是怀着革命的热烈情感来创作的，来塑造壮美河山的形象，来塑造革命英雄的形象的。革命文学的崇高美，是对已经牺牲的革命者的庄严的祭奠，也是对正在行进的革命者的响亮的鼓励，也是后起者的热情的呼唤。在崇高美的英雄人物谱系中，蕴藏着革命文学对于革命成功的坚定信念，也蕴藏着革命文学书写新时代英雄史诗的英雄豪气。

革命文学所热衷建构的史诗美学，既是一种时间向度上的历史美学，即一种符合历史发展构想的历史美学；同时，它也是一种合目的的价值伦理美学，它包含着对于历史的判断和合目的的历史的褒扬。在这种重构的理想主义美学中，还蕴含着形而上学的信仰之美，更蕴含着为实现理想而热情献祭的美。没有精神追求的美，是空洞的美；没有信仰的崇高，是虚伪的。革命文学的崇高，其信念非常明确。革命文学的崇高是一种英雄主义的和乐观主义的美学，其中蕴涵着强大的精神意志。这种意志不是古希腊英雄的个体的意志，而是一种历史的意志和集体主义的意志。这种意志包含了对于革命文学对人类命运的承担，对阶级未来的勇敢承诺。

革命文学的历史理性和新人塑造是现代性历史设计的延续，它有着无可置疑的现代性价值。

第三节　面对质疑：“革命文学”的历史贡献和当代价值

革命文学的价值，在当代文学与思想领域，遭受种种质疑。这其中既有政治的原因，也有出于文学艺术审美方面原因，当然也有时代的变迁和发展方面的原因。世界上几乎所有的优秀文学艺术都曾经遭受过质疑，革命文学艺术也是如此。我们只有面对这些质疑，才能彰显其历史贡献和当代价值。

质疑之一：革命文学是历史文献，是社会学的材料，因此，革命文学没有文学审美价值。

革命文学是一种外向型的社会历史叙事。尤其是茅盾的小说《子夜》等作品，受到法国巴尔扎克的影响，也受到苏联文学的影响，在文学的想象中，注入大量的社会的政治经济分析，试图展现社会现实的真实的状貌，有的甚至有社会学统计资料等内容。作为一种文学现象，它确实存在着审美性不足的情况。

但是，假如放到文学史的发展中去考察，它的无可置疑的创造性，恰恰就在于其社会分析叙事的巨大成功。众所周知，“五四”小说注重的是内向型的自我叙事，这种叙事非常自恋，非常小我，其格局也非常逼仄，小家子气非常严重。而左翼革命文学则跳出了自恋的小我，将笔触伸向了广阔的社会生活，并在社会文化分析的角度进行了前所未有的深度开掘。它极大地扩张了小说的叙事格局，这是“五四”的局限于自我的狭小格局所无法比拟的。茅盾以后左翼革命文学家使得小说从自恋的小我、虚构的大我，真正走向了自我之外的广阔的社会。左翼革命文学秉持宏大叙事，有着壮阔的视野。革命文学极大地拓展了文学叙述的视野。在文学上，革命文学是一种全新的文学样式。革命文学的宏大叙事，汲取了中国传统小说的家国关怀和叙事资源，同时，又从法国现实主义和俄罗斯现实主义获得叙事经验，构建了一种能够容纳现代中国风云动荡的社会生活的叙述方式。其所给予的审美体验，是震撼性的。

革命文学的审美价值以及在当时的读者中所引起的反响，就是在后来的很长时间里依然得到了很好的回应。正如姚斯所说：“第一代读者的理解将在一代又一代的接受之链上被充实和丰富，一部作品的历史意义，就在这个过程中得以确定，它的审美价值也是在这过程中得以证实。”〔1〕革命文学虽然有一部分是比较纯粹的社会学材料，但是，在总体上，它还是着眼于文学艺术的独创的。正如我在前文所论述的，它的文学审美价值，是有目共睹的。我们并不能因为其中一部分社会学材料性过强，而无视它的文学贡献。

质疑之二：革命文学观念先行，导致其文学想象最终成为观念的图解，这导致了革命文学想象的本质化和平面化；“文学工具论”在革命文学中长期非常盛行，这一切都损害了革命文学的审美性。

在革命文学的叙述中，极为重视思想理论观念对于文学想象的介入，“观

〔1〕【德】H.R.姚斯、R.C.霍拉勃：《接受美学与接受理论》，周宁等译，沈阳：辽宁人民出版社，1987年版，第25页。

念先行”是其共同的审美特征。各个时期的革命文学都有着强烈的思想论辩性，现实革命生活中的激烈的论辩，被移植于故事之中，以至于很多叙述成为革命理论的简单的演绎。不过，从审美现代性的流变上观察，借助思想文化以解决社会问题，是现代性思想的一个普遍特征，也是现代美学的一个普遍特征。法国启蒙主义的文学也具有这方面的特征。“五四”文学中的问题文学，以及所谓的“美育”，也都是这种冲动的直接表征。正如有的学者所指出的，“借思想文化以解决问题”“是中国现代美学在创生之初就具有的一种思维范式，它的隐含逻辑是通过审美，经由感性层面对人性进行改造来重建中国人的价值观和信仰体系，最终完成对社会、政治问题的解决”。显然，“这种功利主义的美学范式虽然与审美无利害性这一原则存在巨大矛盾，但在中国现代社会文化语境中却被整合进统一的现代性设计之中。”〔1〕革命文学如近代和“五四”文学一样，都有着“借思想文化以解决社会问题”的社会历史冲动。文学的观念先行，在文学史上不乏其例，不但法国现实主义文学中有这样的事例，就是现代主义文学如《中国新诗》诗人的创作中，也充斥着抽象的理念和极为社会学化的、哲学化的词汇和意象。本质化不是关键，关键在于怎样表现。革命文学中存在着一些较为概念化的作品，但是，也出现了一大批思想内容深刻，表现手法娴熟，既提出问题又有恰切表现的优秀的作品。就如赵树理的《邪不压正》《登记》等作品，虽然图解了政治，也是概念先行，但却是很有表现力的小说。文学的审美，既有“无目的的合目的”的自由超越的审美，也有沉入生活日常的现实的甚至是技术的美学。革命文学的美学是一种现实的世俗的美学，是一种试图在文学的演绎中解决现实思想和文化问题的美学，甚至是一种在文学中解决现实政治问题的美学。

质疑之三：革命文学因为大多为社会历史资料，大多概念先行，所以，革命文学也就没有什么文学史的地位。过去的文学史地位，是政治干预的结果。在新民主主义革命的历史本质论框架中，所确立的鲁、郭、茅、巴、老、曹的革命文学史序列也是无效的。因此，需要推倒这种文学史秩序，将革命文学的历史地位降下来。

一种文学的文学史地位，并不决定于它的审美的高蹈，而在于这种文学的

---

〔1〕 王德胜、潘黎勇：《“借思想文化以解决问题”——中国现代美学的一种逻辑范式》，《文学评论》2009年第4期。

独创性，即相对于这一文学现象的前史，它提供了怎样的继往开来的新质。

革命文学尤其是茅盾等人的文学史地位，确实有意识形态干预的因素存在。但是，革命文学的历史地位的拟定，却有其合理性。革命文学的宏大的历史想象力和整严的秩序化的结构，在中国现代文学史上是一大创造。我们假如将其放入中国文学的发展洪流中，来进行前后的比较的话，就会一清二楚。革命文学的宏大叙事，充满了逻辑的力量，有着结构的骨力。这是中国小说叙事学推进到了一个新的高度。中国传统小说的精粹在短篇小说，而长篇往往就是短篇的结集，长篇则琐碎而芜杂。就是《红楼梦》《金瓶梅》等已经很成熟了的长篇小说，也依然缺乏强有力的结构和叙事。以至于胡适称之为“平淡无奇的自然主义”。[1] 而茅盾等人则汲取了托尔斯泰小说如《安娜·卡列宁娜》《战争与和平》，法国小说如《卢贡—马加尔家族》以及古希腊悲剧等的艺术手法，结构了一个个宏观的场面，也构建了一个自始至终的完整的故事框架。中国的长篇小说只有到了左翼革命文学才完成了定型。可以说，正是到了左翼文学如《子夜》，中国小说才走向了现代化，也走向了小说尤其是长篇小说的成熟。后来的大量的史诗性质的长篇小说，为现代革命历史的书写提供了文学的模型。同时，它也是对现代主义的碎片化叙事进行了历史重构和有力的反拨，革命文学的叙述重建，引导现代文学走出了现代性发端时期的叙述迷茫，以浩荡的秩序重建了古典主义文学的叙述信念。由此可见，革命文学在中国文学史尤其是现代文学史中的地位却是不容置疑的，社会分析小说等所建构的社会历史美学，是中国文艺美学的一大创造，为中国文艺美学的发展做出了巨大的贡献，可以说是里程碑式的地位。

这种宏观历史叙事，对于当代创作来说，依然有着非同凡响的价值。在余华的小说《活着》，尤其是在陈忠实的《白鹿原》等作品，以及当代主旋律文学创作和影视文艺创作中，我们显然可以见到这些作品对于革命文学宏大历史叙事架构的借鉴。可以说，革命文学的社会历史美学建构，在当代文学创作中依然是活着的价值，是有用的价值。

质疑之四：革命文学所传达的社会历史理念，除了导致对知识分子的思想禁锢以外，在思想史上几乎没有什么贡献。它对当代的价值，甚至是反面

---

〔1〕 胡适：《致苏雪林信》，《胡适全集第 26 卷 1956—1962 书信》，合肥：安徽教育出版社，2003 年版，第 563 页。

的。很多人“基本上把十七年为代表的社会主义文学视为‘宏大叙事’的‘乌托邦’和‘伪崇高’，以否定性的态度视之”。[1]

在中国现代思想发展史上，革命文学所构建的崇高的史诗美学对于“五四”知识分子的颓丧和现代性美学中的颓废主义有着救赎意义。革命文学的崇高美学首先是对于颓废的“五四”知识分子的救赎。中国知识分子在近代有着很深的自卑感，深切感受到对于国家民族责任的无力，因此把期望寄托在大众—工农阶级身上。这种源自自卑的期望进入20世纪20年代末的“五四”落潮期，更陷入了空前的精神危机。这种被称为“时代苦闷”的精神危机具体包含着三层意蕴：“社会疏离感”“精神漂泊感”和“人生幻灭感”。[2] 同时，革命文学也是对于大上海商业文化中处于颓废主义美学泥潭中的知识分子的救赎。30年代海派文学相较于“五四”的颓废，更是将它的颓废主义推向了感官化、肉欲化和病态化。因此，无论是“五四”知识分子还是30年代的洋场现代主义知识分子，都需要更为有力的刚性的美学来振奋自己，来作为依靠和归宿。当革命文学出场的时候，它的崇高美学，以昂扬的乐观主义精神，以未来历史的主人的自信姿态，驱散了这种普遍性的沦丧情绪，使得现代文学从忧郁的感官美学走向昂扬的崇高美学。它使得现代文学的审美风貌为之一变。在这种崇高美学之下，不但文艺叙述的伦理内容，而且其叙述的伦理都发生了根本性的改变。所以，从某种意义上说，革命文学观念是对于处于“怀疑”“空虚”和“感伤”“颓废”中的知识分子的救赎，将他们从脱离历史秩序的“个人”的漂泊中救了出来，并将之投入到集体（阶级）的大家庭之中去；将文人从软弱无力中拯救出来，并将其投入到革命家的革命行动中去；将他们从柔弱的忧郁美学中脱离了出来，感受到崇高美学脱胎换骨的洗礼的神圣。在20世纪30年代，“革命作为一个最高的、最后的惟一能指，作为崇高的象征与乌托邦，为30年代追求理想而苦闷颓废的青年提供了伟大的抚慰、承诺和肯定，为迷途的灵魂提供了温暖的、辉煌的归宿”。[3]

诚然，革命文学的强大的历史理性和其美学的整严的叙述秩序，就如同第二章中所论述的，它导致了整体性（集体主义）的权力性叙事的出现，也导致了

---

〔1〕 荆亚平、周保欣：《国家价值观与当代中国文学》，《社会科学战线》2011年第2期。
〔2〕 颜敏：《精神危机：革命文学的征兆》，《文学评论》2007年第2期。
〔3〕 邓招华、李亚辉：《主体的艰难建构——对丁玲上海时期创作的一种解读》，《河北工程大学学报（社会科学版）》2007年第4期。

命定历史观念对于个人（个性）的控制和任意的编排。在它的叙述中，个人和个体的价值在历史理性之下，是渺小的，匍匐的。我们必须看到，革命文学叙事的确存在漠视个体的生命价值和英雄人物神圣化的弊病。学者李跃力认为：“当革命信仰成为主宰个体一切行为的精神力量，成为个体意志中最重要的一部分，个体固然由此摆脱了精神上的无政府状态，具有了高尚、伟大等神性特质，但同时也交付出了精神的自主，从身体到精神都皈依于‘革命’。值得注意的是，革命成为个体心灵深处坚不可摧的‘信仰’，固然有助于革命目标的实现；但当社会历史层面的‘革命’结束了，个体精神中的‘革命’冲动却与其言谈举止、思维方式融为一体、难舍难分，甚而成为一种集体无意识，要清除它绝非一朝一夕之功。”〔1〕

正是基于对于“战时革命信仰后遗症”的反思，当代创作和思想领域，试图还原人性，这是历史的必然选择。就如同我们必须反思现代性一样，我们也必须反思作为现代性文学的革命文学的过于强大的历史理性对于个人的压抑。

但是，正如前文所述，革命文学的集体主义美学压抑个体和个性张扬，是中国传统的家国伦理造成的，也是中国现代持续不断的救亡和革命造成的。这并不能完全归罪于革命文学的集体主义的社会历史美学。同时，将革命文学的集体主义崇高美学放到当代社会文化语境之中，其价值就并不止在于对它的反思，还在于面对着 90 年代以后汹涌澎湃的消费主义思潮，怎样利用革命文学的信仰体系和崇高美学唤回人们的伦理责任，重建人们的信仰体系？

有的学者敏锐地指出：“如果说生命价值是文学叙述的‘底线伦理’，那么，革命意识形态想象中的爱国主义、英雄主义、集体主义和自我牺牲等，应该说是人类的‘高度伦理’的表现形态。我们在召唤文学尊重生命的‘底线伦理’的时候，何必非要以扼杀‘高度伦理’为前提？事实上，在当下社会，当某些‘底线伦理’都岌岌可危的时候，这些‘高度伦理’虽说未必就是救治道德滑坡的药方，但至少应该构成我们国家价值观建设的重要参照。正因如此，我觉得当下中国作家在反省革命叙事传统的同时，还应该以包容的心态和开放的气度，辩证对待革命叙事传统的精神遗产。”〔2〕

关于革命文学的特有美感，我们不能因其张扬崇高的美，就否定它。在革

〔1〕 李跃力：《精神秩序的整一化与革命历史主体的诞生——论革命文学对革命信仰的书写与强化》，《文史哲》2011 年第 4 期。

〔2〕 荆亚平、周保欣：《国家价值观与当代中国文学》，《社会科学战线》2011 年第 2 期。

命文学的发展历程中，它确曾排斥低沉忧郁的美，甚至通过文学体制的设计来压制这种美。但是，这也不是我们今天就以其人之道还治其人之身地拒斥崇高美的理由。在消费主义时代，软性文学发达，低沉忧郁的美遍地开花，而崇高的美却很稀缺。没有一个社会只需要崇高的美，同样也没有一个社会只需要低沉忧郁的美。因此，崇高的美，正是消费主义时代所需要的。还有就是所谓的"伪崇高"的问题。古罗马时代美学家朗吉诺斯在《论崇高》中认为，崇高是"伟大心灵的回声"，它有五个方面："庄严伟大的思想""慷慨激昂的感情""辞格的藻饰""高雅的措辞"和"尊严的结构"。[1] 崇高是古典主义时期的美学范畴。一部艺术作品，它是否是伪崇高，关键还在像别林斯基所说的那样，呈现为崇高的形象，作者是否给它灌注了赤诚的灵魂。崇高是理想主义的高度伦理和高度审美，它并不对现实负责，不能因为现实生活中没有依据，就说它是伪崇高。崇高美学和史诗美学，能够为"五四"漂泊的知识分子提供一个归宿，也可以为当代沉迷于消费主义和感官享乐的大众文化缔造一个家园。

质疑之五：革命文学是一种域外理论在中国的演绎，也是苏联文学模式在中国结出的果实。它缺乏民族性，缺乏本土文化的根底。

革命文学既是马克思主义政治和文艺理论在中国结出的硕果，也显然受到俄苏文学的巨大影响。但是，它却是地地道道的中国民族民主文学。

"五四"新文学，是在反抗传统的西化中形成的。它复制和模仿了西方的文学话语和文化观念。但是，新文学和新文化从其发端始，就包含着强烈的民族民主冲动。它一方面希望引入西方话语，改造中国文化，使之获得新生；另一方面，它也一直存在着民族化的内在焦虑。陈独秀、胡适等人，一直在探索着民族民主文化的途径。他们之所以打倒封建主义的"山林文学""古典文学""贵族文学"，意在建构"国民文学""写实文学""社会文学"，他们的文化行为意在破除文化和文学上的封建主义的垄断，给予人民平等的文化权利。这是现代的民主观念在文学文化上的体现。但陈独秀比较凌空蹈虚，胡适则在考虑给人民以文化权利的同时，建构一种民族的文学。因此，他编纂的《中国白话文学史》，就是要从民间文化这一脉，重建民族文学和文化的道统。

"五四"新文学，虽然有着不错的民族民主文学的理念，但是，文化和文学

---

〔1〕【古罗马】朗吉诺斯：《论崇高》，转引自范明生著《古希腊罗马美学》，北京：北京师范大学出版社，2013年9月版，第609页。

上做得并不好。正如后来瞿秋白所指责的，他们的文学知识分子的气息过于浓烈，西方的文学话语充斥着文学的字里行间。总之一句话，缺少中国的民族气派，人民没有从他们的文学中享受到文化的权利。正是如此，革命文学大力倡导文艺的“大众化”。所谓的文艺大众化，也就是文艺和文化的民族化和民主化。30年代的左翼革命文学，在大众化方面做了很多的实验，但是，除了理论上的贡献以外，也没有多少实绩。而延安以后的革命文学，完成了对于中国文学的改造。不但内容上代之以人民大众的生活，而且在形式上也充分地民间化。也就是毛泽东所谓的“中国作风”“中国气派”的文学开始形成。它的群众文艺运动，使得文学和文艺走向大众的日常生活，从文艺审美的角度，它可能稀释和淡化了文艺的审美性，但是，大众文艺运动却使得人民享受到了平等的文化权利，也使得人民的生活方式审美化。大众是民族的主体，大众在日常生活享受文艺，也就是文艺的民族化，也就是文艺的民主化。延安以后革命文学有政治意识形态性，在政治意识形态之外，它实际上实现了“五四”新文化梦寐以求的民族民主化的目标。它在“五四”的带有文化殖民主义性质的文化和文学话语被抛弃后，实现了文学和文化话语的民族化和民主化。现代性理论家认为，现代性是指“启蒙时代以来的‘新的’世界体系生成的时代。”〔1〕所谓新的世界体系，是指民族民主国家得以建立，殖民主义的世界体系崩溃。中国革命文学的文化价值，正是体现在它在文化上实现了民族的独立，并导致了西方殖民话语的崩溃。

同时，革命文学在文化上击溃了封建主义的文化垄断，实现了文化权利的平等。“五四”文学在理论上，对于封建主义时代所形成的文体等级化、艺术等级化进行了批判。然而，“五四”文学虽然认识到所有的文体都是平等的，但是“五四”创作从来都是知识分子的，传统的审美主义的纯文学备受重视，地位优越，而大众文艺形式的与其他文体的平等的地位并没有落实，也没有受到足够的重视，更没有多少创作的实绩。但是，革命文艺大众化，发扬了“五四”的文体和艺术形式的平等精神。它大力倡导大众文艺形式，并将其付诸实践。革命的大众文艺运动，实现了文艺的生活化，也实现了生活的审美化。革命的大众文艺运动，充分认识到了它对于现代文化的民间传播和民间文化教育所起到的作用。革命文学构建了一个公共文化舆论场。在这个场境中，通过预先

〔1〕 汪民安：《现代性》，桂林：广西师范大学出版社，2005年版，第6页。

的参与者的理念植入，形成了它对于创作的强大影响压力。

质疑之六：革命文学缺乏现代性，它的文学想象排斥现代都市文化，拒绝现代价值；革命文学创作大量的是乡土政治文化书写，更具有封建主义的传统性。

审美现代性，是现代性的否定力量、反思和批判力量。“它使主体在现代化过程中保持着反思能力和超越品格，不至于丧失自觉性而成为盲目的存在”，[1]具体表现为它对于现代化的反感和排斥，以回到传统和回到乡村的方式，对抗现代性的工业化、商业化、都市化等对于人性的异化，表现现代化的危机意识和对个性自由的渴求。中国现代文学中，沈从文的湘西创作，可以说是这种审美现代性的典型文本。

革命文学的审美，看上去是一种传统性美学建构，诸如对于乡土文学的迷恋，你不能不说它具有传统性。但是，革命文学对于城市，尤其是城市的资产阶级的生活方式，它是批判的。革命文学中充满了对于现代都市的恐惧，这在《子夜》《咆哮了土地》等作品中表现得非常充分；就是1949年之后，在《我们夫妇之间》《霓虹灯下的哨兵》《上海的早晨》等作品中，也都可以看到这种恐惧和对于都市的批判。现代性的审美体验，也是反现代性的。在莫泊桑的小说《娜拉》、波德莱尔的诗作《恶之花》和托尔斯泰的《安娜·卡列宁娜》中，对于都市资本主义生活的批判比比皆是；同时，在《查泰莱夫人的情人》（劳伦斯）和《安娜·卡列宁娜》中则在批判工业革命资本主义的同时，还充满了对田园牧歌生活情调的神往。显然，西方的现代性文学，试图用传统的田园牧歌救赎现代化造成的偏颇和精神堕落。现代性美学认为：“从现代生活的角度，波德莱尔的现代性‘同时包含了社会生活的现代性和艺术的现代性：社会生活的现代性成为艺术现代性的源头和内容’。”[2]从心理学角度来看，“现代性乃现代人对现代（时间意义上的）变异的种种体验与认同”，[3]现代性是主体性在现代社会的种种体验的集合体。革命文学对于城市的恐惧，就如同所有的现代性文学一样，一方面它传达了资本主义的恐惧的审美体验，另一方面又企图借用古老的艺术形式和生活方式来达到对于现代性的纠偏和救赎。其文化本质，类似于西方的生态主义。西方现代性美学中的生态主义美学，就用原始的古老

[1] 杨春时：《论审美现代性》，《学术月刊》2001年第5期。
[2] 汪民安：《现代性》，桂林：广西师范大学出版社，2005年版，第6页。
[3] 李自雄：《当前中国文艺理论发展检讨》，《晋阳学刊》2009年第2期。

的美学形式对现代性进行反拨。这种生态主义你说是传统性也是可以的，但是，它又是现代性恐慌下造成的，它也是现代性本身。中国革命文学的乡土社会的留恋，也面临着相同的文化语境。它也是现代性恐慌下的审美体验和艺术想象，当然它包含了对于传统封建主义的欲说还休的反叛和依恋。而从启蒙现代性这一侧面来观察，中国革命文学想象中的乡土，并不仅仅只是回归过去的田园，而是在启蒙之下建构一个政治理想主义的乡土社会。革命文学想象中的乡土，是批判蒙昧褒扬进步的乡土。这样的乡土想象正是现代性的最初设计。

革命文学的乡土想象，就是在当今的社会主义新农村的政治蓝图中，依然有着借鉴的价值和参考的意义。

第七章
“革命文学”的精神传统与当代“国家信仰”重建

阿尔都塞从马克思的再生产理论出发，认为马克思所说的再生产至少包括两个方面：“劳动力的再生产；现存生产关系的再生产。”他说：“劳动力的再生产不仅要求一种劳动力技能的再生产，同时，还要求一种对现存秩序的规则附以人身屈从的再生产，即工人们对统治意识形态的归顺心理的再生产，以及一种剥削和压迫的代理人恰如其分地操纵统治意识形态的能力的再生产。”〔1〕阿尔都塞所说的统治意识形态就是国家信仰。而国家信仰是一种意识形态的表象体系。它界定的是“个人与其实在生存条件的想象关系的‘表述’”。〔2〕

在意识形态表象的背后，隐藏着复杂的社会关系结构和主体认同活动。意识形态可以形成公共领域对私人领域的渗透作用，和公共法则对私人领域的控制。“每一个被赋予了‘意识’的主体，会信仰由这种‘意识’所激发出来的、自由接受的‘观念’，同时，这个主体一定会‘按照他的观念行动’，因而也一定会把自己作为一个自由主体的观念纳入他的物质实践的行为。如果他没有这样做，‘那就是邪恶的’。”〔3〕意识形态对个体的同化和控制，是通过个体的伦理感受和良知机制来实现的。

阿尔都塞的意识形态理论，对于当代国家信仰的建构具有借鉴意义。而本章所讨论的则是，作为革命意识形态的“革命文学”的价值观念在当代国家

---

〔1〕 Althusser：Lenin and philosophy and other essays，trans. by Ben Brewster，New York：Monthly Review Press，1971，p128，p131.

〔2〕【德】阿尔都塞：《意识形态与意识形态国家机器》，载陈越编：《哲学与政治：阿尔都塞读本》，长春：吉林人民出版社，2003 年版，第 352 页。

〔3〕 同上书，第 358 页。

意识形态建构中的作用。

第一节　“革命文学”价值观念参与当代国家信仰建构的可能性

国家信仰，是一个现代民族国家的整体的价值体系。它可以被表述为“国家价值观”。“这里所谓的国家价值观，是从价值观的一般概念延伸而来，主要指一个国家在漫长的历史过程中积累的具有群体认同基础的共同价值信仰。它建基在国民心理、情感和道德义务基础上，是作为一种价值知识、实践准则与价值理想系统而存在的。”〔1〕它与“国家意识形态”和“国家意志”既有相似性又有区别。尤其是与国家意志有着很大的不同，因为它强调的是自愿性的信奉，而国家意志则强调的是强迫性的加予和被迫性的服从。但不管怎么样，国家信仰必须具有民族超越性和全面覆盖性，也就说必须要是“最大公约数”。

新中国建立以后，中国的国家信仰，就是阶级斗争的国家学说。中华人民共和国的国体在宪法中是这样表述的：“中华人民共和国是工人阶级领导的、以工农联盟为基础的人民民主国家。”〔2〕它实践了列宁在《国家与革命》中所阐述的阶级国家学说。虽然这样的核心价值观概念是由中国共产党所提出的，但是作为一个长期执政的党，它的价值观念，其实就是国家信仰体系的概括。马克思主义的共产主义革命经历持久的价值传播和社会实践，在继承了中国传统的儒家哲学、继承了“五四”的现代启蒙精神的基础上，建构了“人民共和”的价值体系。这种价值体系，在王朝崩溃之后，第一次形成了覆盖中国各民族的价值形象，它在“人民”的价值意义上，建构起了现代国家的价值信仰——马克思主义的无产阶级革命的社会主义理想。

中国当代社会从20世纪80年代开始进入新的转型期。“改革开放”之后，“阶级斗争”作为国家信仰的重要一维被放弃了。制度性的阶级信仰的离场，形成国家民族层面的共同信仰的空窗期。

自20世纪80年代始，信仰危机的困惑如影随形。而所谓的信仰危机，其

〔1〕荆亚平、周保欣：《国家价值观与当代中国文学》，《社会科学战线》2011年第2期。

〔2〕《中华人民共和国宪法》第一条，第一届全国人民代表大会第一次会议通过，1954年9月20日。

实倒不是个人层面上的信仰的缺失，而是超越于个人信仰之上的民族国家价值共识的缺失。各种宗教（民间宗教）势力抬头，以至于有的漠视民族文化传统、漠视现代文明规则，甚至越位干政；地方主义、地方民族主义抬头，有的甚至挑战民族共同体的现代民族国家体制；曾经受到压制的个体价值和个人主义，爆发性地复活了，导致了反抗宏大叙事和消解国家价值观的心理冲动；尤其到了新世纪，消费主义文化下的个人主义，其消解宏大叙事的价值倾向就更加的明显。个人主义的膨胀，也导致了以自我为中心和对群体利益的蔑视；个人的消费主义和物质主义追求得到了野蛮生长；当代个人主义和消费主义在对集体经验的反叛中，有的甚至完全不顾社会的公共规则和民族国家的集体利益。这种消费主义和物质主义不但导致了价值追求的精神性匮乏和追求的低层次和物质性，而且，过度膨胀的权力和金钱欲望，扭曲了人们的价值观，并最终导致对民族国家集体责任的丧失和整个社会道德伦理水平的下降。

当然，在日益复杂的当代社会，政治、经济、文化、民族、宗教信仰多元碰撞，是正常的，多元共存也是常态，甚至社会个体出现选择上的困惑和认同的危机也实属正常。但是，精神总是寻找着寄托之所，个体需要有精神归宿，整个民族国家也需要有家园感。构建当代的国家信仰就是给人民提供精神家园。国家信仰是人民的精神家园。中国人在家园中寻找自我的位置，确定自我与天地万物的关系、自我与他人及社会的关系；家园既是形而下层面的血亲伦理、土地意识，又是形而上层面的终极关怀和最后的生命归宿。它诠释着有限与无限，又连接着过去、现在与未来；它既是现实生活的意义，又是诗意的存在，又诠释着个人与整体的伦理关系。因此，必须建构国家信仰，给人民以精神之家园。

这种现象提醒我们，建构既有当代特色又吸纳现代社会观念的民族国家共同价值观，建构一种能够塑造民族国家形象，获得各民族和社会各阶层广泛认同的民族国家信仰，是非常重要的，也是非常急迫的。

正是在这样的背景下，中国共产党提出了“社会主义核心价值观”。社会主义核心价值观，是由中国当代执政党中国共产党所提出的价值指导思想，是理所当然的当代国家信仰体系。它经历了“改革开放”的历史风云，从最初的“四个坚持”，到“三个代表”，到“科学发展观”，再到“坚持马克思主义指导思想，坚持中国特色社会主义共同理想，坚持以爱国主义为核心的民族精神和以改革创新为核心的时代精神和坚持社会主义荣辱观”；党的十八大又提出了

“社会主义核心价值”——“倡导富强、民主、文明、和谐,倡导自由、平等、公正、法治,倡导爱国、敬业、诚信、友善,积极培育社会主义核心价值观”。[1] 社会主义核心价值观作为共产党对国家信仰的最新概括,它既立足于民族的文化传统,又充分吸纳了现代性诉求;既立足于国家民族整体价值要求,又考虑到个体的精神价值;既着眼于宏观的政治设计,又充分注意人民基本伦理取向的建设;既有远大的目标,又落实于当下人民信仰的实际。社会主义核心价值观,强调最大公约数的价值观认同。它不再强调阶级认同,而是强调国家认同、民族传统认同和现代性认同。这是一个迄今为止最具有国家信仰特征的价值体系,它不是单一民族的,也不是单一阶层的;它尊重中国文化传统,同时又面向世界和现代社会。它意在达到最大限度的全民的价值覆盖和同意。

社会主义核心价值观也是当代中国执政党在新的历史阶段所提出的政治理论和价值观念体系。它是中国当代国家信仰的主体内容。社会主义核心价值观作为当代中国的主流意识形态,从历史的维度来说,它来自中国现代红色革命运动,是中国红色革命历史经验的积淀。

中国现代革命文学,自始至终与中国共产党的政治信仰和历史发展有血肉相连的关联性。文学艺术中的社会主义核心价值观念,紧密联系着近现代革命文学的传统。

中国革命文学的精神传统,是建构于中国现代新文化和新文学传统之内的一种特殊的精神形态。中国革命文学的精神传统,就是在革命文学的长期发展演变中所达成的精神共识。它是现代新文化和新文学传统的一部分,也是它的传承和新变。它上延晚清、民国,下续共和国时期。20 世纪 20 年代起的革命文学,历经 30 年代的左翼文艺运动、40 年代的延安文艺和解放区文学的实践,以及 1949 年后的“人民文学”,其历史行程基本同步于 20 世纪中国社会革命,和包含了政治学理论的所有类型的“红色革命”。从革命文学中,我们可以看到一个完整的中国共产革命的历史,从 20 年代始,到 80 年代,文学对中国共产党历史的记载从未中断。回顾革命文学的历史可以看出,中国现代革命文学伴随着现代化历程而发展演变,从某种程度上来说,现代革命文学的历史就是现代共产革命的历史;现代革命文学书写了现代革命历史的发展过

---

〔1〕 胡锦涛:《坚定不移沿着中国特色社会主义道路前进 为全面建成小康社会而奋斗——在中国共产党第十八次全国代表大会上的报告》,2012 年 11 月 8 日。转引自《社会主义核心价值观基本内容》,《人民日报》2014 年 2 月 12 日。

程，传达了现代革命的经验和体验，同时，也在想象中记录和构建着现代革命的历史。它书写了现代革命的梦想及其实现，书写了马克思主义在中国社会的生根发芽壮大的历史过程，也书写了马克思主义中国化的经验。中国的马克思主义信仰，除了政治理论的描述和历史范畴的记载和编写之外，就存在于中国现代的革命文学的叙述之中。中国当代社会的领导者是中国共产党，中国现代革命文学具有鲜明的党派性，它从某种程度上来说，就是共产党的文学。中国共产党的政治文化信仰、它的政治诉求、它的奋斗目标、从现实到长远的策略设计，在革命文学中都有着充分的表现。红色革命文学，就是中国共产党的发展史，也是它的心灵史。革命文学表达着中国共产党的信仰，同时也有着对于共产主义信仰的信念和忠诚。

在政治文化价值方面，革命文学是马克思主义社会革命理想和文学理论与中国红色革命运动和文学实践相结合的产物，[1]它对于社会主义理想和马克思主义基本价值观有着创造性的想象。它自始至终以“普罗”为表现对象和文学想象的形象主体，选择“普罗”以及革命化的知识分子为创作主体；它自始至终把中国共产党的革命实践作为自己的表现内容，在文学想象中渗透和张扬马克思主义的无产阶级革命信仰，承载着社会主义和共产主义的社会理想。它形成了共产主义革命的政治深度介入文学想象和文学深度介入红色政治的传统。它批判“五四”文学的个人主义，张扬集体主义的文学精神；它具有强烈的现实主义精神，它观照时代，批判社会黑暗，揭示人类的精神痼疾；它关怀底层受压迫的人民大众，追求人类的平等和尊严，它具有鲜明的人道主义精神和强烈的爱国主义、现代民族民主精神；它充分表现了中国近现代知识分子的公共精神，和替底层代言、重建理想社会的道义担当精神。它具有理想主义精神，在批判黑暗的同时总是给人民以希望，并敢于赞颂新生的人民政权和社会主义制度；它塑造并赞颂人民英雄，弘扬英雄主义精神，具有阳刚的和浪漫的审美精神。它是一种“自我认同的戏剧”，也是“关于成功的戏剧，这种成功即善良战胜邪恶、美德战胜罪孽、光明战胜黑暗，以及人类最终超脱出自己因为原罪堕落而被囚禁的世界。”[2]它既具有胸怀世界的人类意识，又具有强烈的现代民族国家意识；它既具有强烈的阶级意识，又把它的阶级意识融汇到民族

〔1〕 参见刘勇等：《马克思主义与20世纪中国文学》，南昌：百花洲文艺出版社，2006年版。

〔2〕 【美】海登·怀特：《元史学：19世纪欧洲的历史想象》，陈新译，南京：译林出版社，2004年版，第10页。

共同体意识之中。

在文学审美和艺术趣味方面，“革命文学”将马克思主义社会理论纳入文学的表现，创造了恢宏开阔的文学视野和充满理性分析精神的文学话语；它承续中国传统文学的道德化叙述的传统，创造了有着鲜明的政治倾向性和强烈的道德伦理意识的文学叙述秩序；它将文学创作实践与中国的社会实践相结合，充分展现了中国社会（尤其是底层）的生活状貌，将文学话语融入了中国人民（尤其乡土人民）的生活内容和语言形式，创造了具有中国民族特色的文学形式和价值规范；它将文学从狭隘的自恋的审美模式扩张到整个社会生活之中，创造了大众文艺范式，形成具有广泛参与的大众文化运动。它形成了文学与社会革命相互深度干预并走向广泛融合的社会文化传统。

革命文学的这种精神传统，在纵向上，上接中国数千年的文化传统，下启中国当代的文化和文学现实；在横向上，它既联系着近现代西方社会的现代文明，又联系着中国东方文化。经历近百年的风雨洗礼，革命文学已经形成了稳定的核心价值体系。

中国当代社会的国家信仰，就是以中国共产党的意志为核心的民族国家意志。革命文学就是中国马克思主义革命的文学，它与以马克思主义为灵魂的社会主义核心价值有着血肉联系和历史渊源。革命文学是当代以社会主义核心价值观为基本内涵的国家信仰的“前史”，也是它的历史来源。在基本价值方面，中国现代时期革命文学的价值观念与社会主义核心价值观是一脉相承的。

历史传统不仅是我们“了解我们往哲的伟大的精神的重要书册”，[1]一种知识性的存在，历史的价值“更重要的仍在于当后人重新解读它时，它所提供的与当代精神沟通的智慧与情感”。[2] 研究现代革命文学的精神传统，将有利于我们揭示中国自古以来的精神传统，及其随着时间的河流进入当代的历史流脉；尤其是研究它可以帮助我们揭示当代精神文化现象的历史根源，揭示其在当代的社会主义文化实践中的价值和意义。革命文学不但是现代文学的宝贵资源，也是中国红色革命的宝贵财富。作为信仰文艺的中国现代“革命文学”，它不但包含着中国在民族国家的重建过程中对自我的想象以及对“他者”

〔1〕 郑振铎：《插图本中国文学史》，北京：朴社，1932 年版，第 1—12 页。
〔2〕 郭彩云：《大动荡时代背景下的个人话语——徐訏四十年代小说研究》，重庆：西南大学硕士研究生论文，2003 年，第 4 页。

的界定,也为革命政治信仰的缔结和塑造提供了非常宝贵的经验。在中国当代国家信仰的建构中,红色革命文学依然是核心的精神资源。

在建构社会主义核心价值观的当代,应充分借鉴革命文学价值系统的价值理念和文学经验,为当代文学和文化的发展服务。革命文学的历史建构,为当代政治权力提供了价值支援和国家意识形态建构经验。革命文学的伦理叙述,也为建构当代的以社会主义核心价值观为中心的伦理文化有着重要的借鉴意义。革命文学的大众化及其所产生的大众文艺,产生于现代政治语境,天然地具有政治文化价值。大众文艺运动,对于当代大众文化水准的提高,对于丰富和发展当代人民群众的文化生活,以及对于当代国家信仰的形成和实现国家意识形态的引导,都有着借鉴价值。

第二节　“革命文学”传统与当代国家信仰的合法性论证

一切当代文化形态,都存在着合法性论证。在文化形态的合法性论证中,历史的说明就是最好的阐释,历史也是最有力的合法性论据。历史是有解释作用的。革命文学对于当代国家信仰也同样具有解释作用。

每一种信仰建构,都有一个需要妥善处理的历史、现实和未来的关系问题。任何一段历史都不能被无视,不管它是正价值的或是负价值的。历史是一种客观存在,虚无主义的无视或鸵鸟政策,都是无济于事的。历史必然要延伸到现实,并将延伸向未来。无视历史的存在,将无法构建现实,当然也无法构建未来。在信仰的重建中,想象着某一种全新的价值体系的移植,想象着“在一张白纸上画最新最美的图画”,注定将无法实现。也就是说,现实的信仰和价值重建,必须建构在历史的基础之上。

国家信仰,是历史统一性的主流话语。它的建构必然基于传统之上。没有传统的凭空的建构,是不可思议的,也是不存在的。国家民族传统是一个民族历久弥坚的民族/国家认同意识。它是一个民族在历史的长河里,摸爬滚打的经验结晶,也是支持这个民族从过去走向未来的活的精神。虽然我们不断地在否定着传统,但传统还是在流传,而正是在这样的否定中,传统在沟通着历史与现实,充实和更新着它的内涵,并呈现着它的历史意义和现代价值。

传统是以时间为线索而进行的记录或者回忆。时间是人们界定人类经验变化承传的线索。有学者认为:“持续三代人”(且“无论长短”,就文化运作而言,15—20年大可以算作一个世代)的“思想范型”便可称为“传统”。[1] 中国当代国家信仰的建构,也必须基于在从古代到近现代的文化传统之上,尤其必须基于中国近现代红色革命的传统之上,否则也是不可思议的。没有历史的信仰,是无根之木。任何信仰都需要一个稳定的价值体系和持续的价值形象。当代国家信仰的建构既必须继承老传统也必须纳入新传统。儒教文化是中国文化的老传统,而新文化的成果则是中国文化的新传统。“一百多年来中国已经形成了现代精神传统。即在中国的现代化过程中产生,又具有动力式结构的一套现代观念,包括‘进步’、‘竞争’、‘创造’、‘民主’、‘科学’、‘大同’社会理想和‘平民’化的人格理想。”[2]这样的新传统既否定着老传统,又孕育着现代革命文化的传统。

因此,要建构当代国家信仰就必须向历史寻找资源,发掘传统的信仰资源。现代革命文学,显然是当代国家信仰的重要的历史资源之一部分。任何一种信仰都不能没有自己的历史,当代中国的国家信仰也需要有自己的历史。革命文学传统,是整个革命传统的文化审美部分。它虽然不是革命历史的本身,但是却一直承担着塑造革命史的作用。同时,它还以审美的方式,构建了革命信仰的价值体系。任何信仰体系的建构,都是一种历史文明积累的成果,很难相信一种没有历史的信仰能够存活下去。中国当代国家信仰的建构也是如此。中国当代国家信仰,是不可能完全从域外移植而来的,马克思主义虽然来自于西方,但是,它经历了长期的艰苦卓绝的中国化过程,并在中国近现代的社会实践过程中,完成了它的本土化历程。因此,重新建构当代国家信仰,就必须尊重中国革命的历史传统,只有在历史传统的基础之上才能实现重建工程。时间不会中断,传统也不会中断。被中断的传统,一定会寻找重新的接续。当代国家信仰就是在时间维度上对于传统的接续。时间历史的合法性论证就是强调人类社会文化传承的自然规律。革命文学不仅提供了承载革命信仰的工具和传输政治理想的渠道,它更能够为当代政治信仰和国家信仰提供历史资源和精神道统。伽达默尔说:“现代的历史研究本身不仅是研究,而且

---

〔1〕【美】爱德华·希尔斯:《论传统》,台湾:桂冠图书股份有限公司,1992年版,第18—25页。
〔2〕高瑞泉:《我们如何走进新世纪?——对“中国现代精神传统”的一个诠释》,《浙江社会科学》2000年第4期。

是传统的传递。”[1]当代以社会主义核心价值观为核心的国家信仰，它是中国近现代红色革命精神传统的当代传递，革命文学的价值传统也很自然地伴随着中国现代革命传统而融入其中，并在其当代形态中得以呈现和发挥作用。文化是一种历史积淀，任何一种新兴的文化都必须有历史的接续中才能持久。

在历时性文化的嬗变中，人类会产生一些普遍的典型的经验反应模式。革命文学在过去为建构中国革命的信仰体系作出了贡献，它同时视为以马克思主义为价值核心的当代国家信仰体系的共识性积淀。革命文学在当代历史中，完全可以成为一种“示范性结构”。[2] 传统是以前时代积淀下来并得到承续的一种文化，一个时代确凿无疑的稳定的观念模式和行为模式。传统强调价值的持久和稳定，而持久和稳定来自历史中的共识的达成。人类的一种经验成为大多数人沿用的模式，就必须有广泛的适应性。传统是传承和统一前人社会经验概念的共识。海登怀特也说：“历史叙事不仅是关于事件和过程的模式，历史叙事也是形而上学的陈述，这种说明昔日事件和过程的陈述同我们解释我们生活中的文化意义所使用的故事类型是相似的。纯粹使用形式主义观点来说，一个历史叙事不仅是它所报道的事件的再生产，也是象征符号的错综，这种象征符号的错综指引我们找到我们文学传统中关于事件结构的图标。”[3]在历史的叙述中，革命文学也给予革命历史以解释，给革命信仰以解释；当然，当革命文学在当代延伸的时候，它是“指引”当代历史和当代国家信仰的“图标”，也就是说，革命文学如革命历史一样给予当代中国国家信仰的建构以历史的道统，当代国家信仰中必须有革命的和革命文学的价值结构。

以社会主义核心价值观为基础的当代国家信仰就是对革命文学传统的继承和发扬。“文化传统包括文学价值传统，体现着人类文化和文学发展的连续性或继承性。人的个体生命是短暂的，但文化和文学的价值传统并不因个体的消亡而中断，它是世代相传的东西。”[4]文学传统是一种流变中的继承延伸和发展演变，无论是源价值体还是新价值体，它们之间存在着血脉的联系。革命文学中的社会主义理想和马克思主义信仰，经过历史的雾霭而积淀新变为

〔1〕【德】伽达默尔：《真理与方法》上卷，洪汉鼎译，上海译文出版社，1999 年版，第 364 页。
〔2〕【美】海登·怀特：《评新历史主义》，载张京媛主编：《新历史主义与文学批评》，北京大学出版社，1997 年版，第 102 页。
〔3〕【美】海登·怀特：《作为文学虚构的历史本文》，同上书，第 168 页。
〔4〕 敏泽、党圣元：《文学价值论》，北京：中国社会科学文献出版社，1997 年版，第 400 页。

社会主义核心价值观的基本的部分。现代时期革命文学的基本的价值理念依然活跃在当代,并呈现出旺盛的活力。当代中国共产党所提出的社会主义核心价值观,既具有世界马克思主义的普世性,又具有中国特色,它是在中国共产革命的历史中形成的。其中就包括中国红色革命文学想象的贡献。德国民族主义文化学者赫尔德认为:"语言又是关于父辈的英雄行为的史诗,从语言中听到得到家族的先祖发自墓穴的声音。"[1]革命文学作为一种语言艺术史诗,它同样为当代国人追溯历史、获得认同发挥着作用。所有的当代信仰都是有历史的,历史的惯性在信仰中起着很大的作用。"一旦传统形成后,它会借助本身所具有的历史惯性加强和凝固民族的特性和文化模式。"[2]同样,作为近现代历史的革命文学,它必然在当代信仰的建构中起到作用。历史是无法回避的,当代国家信仰的建构正复活了这一历史。

无论是从文化心理还是伦理规范的形成角度来说,传统的确认向来都是合法性认证的重要途径。任何一种信仰的建立,都需要一个具有超越客观性或历史正当性的伦理体系的支撑,国家信仰的建构也是如此。信仰来自内化为自觉的、天经地义的良知,而这种良知的形成,不是短时间所能形成的,尤其是对于个体人口众多民族成分复杂、社会阶层差异性比较大的现代民族国家来说,更是如此。利普赛特认为:"政治的合法性就是,任何政权,有能形成并维护一种使其成员确信,现行政治制度对于该社会最为合适的信念。"[3]主流意识形态所追求的政治主张及其科学理论体系合法性,是基于社会公众对于政治系统的认同和忠诚的观念。"政治体制不是通过颁布法律就必然获得合法性的,也不是按照一定的法律规范活动就必定具有合法性。社会大众对政权的认同和忠诚并非统治者单向作用的结果,更非依靠强力威胁就能达成,而是取决于政治体制的价值与其成员的价值是否一致。因此,合法性一方面取决于政府的活动,包括国家政权为强化自己的统治地位而运用意识形态的、法律的和道德伦理的力量为自身所作的种种论证,另一方面其更为实质的内容是国家政权在大众当中获得了广泛信任和忠诚,从而使人自觉地把对政府的服从当作自己的义务。这就需要政治制度不仅要有合法的外在形式和程序,

---

〔1〕【德】J.G.赫尔德:《论语言的起源》,姚小平译,北京:商务印书馆,1998年版,第100页。

〔2〕李宏图:《西欧近代民族主义思潮研究——从启蒙运动到拿破仑时代》,北京:上海社会科学院出版社,1997年版,第129页。

〔3〕S. M. Lipset. *Some Social Requisites of Democracy: Economic Development and Political Legitimacy*, *American Political Science Review*, V.53 (March 1959), p.86.

更要有内在的道义价值。"[1]

在这样的合法性论证中,或者说在这样的道义价值建构中,信仰就至关重要了。合法性来自认可和忠诚,而信仰首先所建构的就是认可和忠诚。而忠诚的获得,则有赖于历史传统。革命文学所彰显的忠诚和其构建的革命历史传统,为忠诚和认可打下了基础。因此,合法性也来自传统,革命文学传统虽然只是文学的,但是,它是一种政治信仰叙事,因此,当代政治合法性的形成具有同政治论述一样的意义,甚至更大的意义。传统是在历史中形成并被习惯性遵从的文化习俗。由于在历史中已经被论证或验证,因此,它已经长久地存在于人们的思想和灵魂中,成为一种约定俗成的思维定式和行为惯性。它在被服从的时候,是不需要被讨论和质疑的,它只需要被遵从。它会积淀为一种理性,作为人们的行为方式,并会被用来作为评价的标准和遵守的规范。人民对传统的遵循,也是信仰。它是一种文化,一种杜赞奇所谓的"为组织成员所认同的象征与规范"。[2] 革命文学所传达的精神理念,由于其经受的历史洗礼,在今天已然成为一种传统,所有由传统所带来的天然的合法性,在它的身上都具有。中国当代国家信仰对于革命文学传统的纳入,显然将增加其合法性和作为信仰的魅力。

第三节　"革命文学"传统与当代国家信仰的符号生产

文艺是一种符号艺术。政治也是一种符号艺术。现代政治哲学认为,民族国家信仰的塑造主要有两种途径,一是国家强力机器,二是意识形态机器。中国传统王朝的国家信仰的塑造,多依赖于国家的强力机器。而现代民族国家信仰的塑造,仅仅依赖于国家强力机器是不够的,而且也是愚蠢的。西方马克思主义者阿尔都塞认为:"除了强制性和镇压性国家机器之外,还有意识形态国家机器。它包括宗教的、教育的、家庭的、法律的、政治的、工会的、传媒的(出版、广播、电视等)、文化的(文学、艺术、体育比赛等)等诸多方面。"它以

〔1〕 白钢、林广华:《论政治的合法性原理》,《天津社会科学》2002年第4期。
〔2〕 【美】杜赞奇:《文化、权力与国家:1900—1942年的华北农村》,王福明译,南京:江苏人民出版社,1996年版,第5页。

意识形态方式发挥作用。[1] 阿尔都塞所说的"意识形态国家机器"就是国家信仰。他所说的国家意识形态生产就是意识形态符号的生产。他所说的意识形态控制也就是意识形态符号的控制。

革命文艺作为一种特殊的艺术形式,无疑在过去而且也可以在当代充当国家意识形态机器。从历史来说,革命文学参与中国共产主义革命历史的建构,也参与了中国革命信仰的建构。文学起源于历史的书写,同样也对于历史具有构建价值。革命文学就是文学介入历史生产的范本。

现代革命文学的最大的特点之一就是它的"反复的历史性的思考"。[2] 革命文学虽然不是中国现代革命历史本身,但它却是中国红色革命历史的载体。同时,革命文学也是中国共产主义革命历史的塑造者。正如海登·怀特所说:"所有的诗歌里都含有历史的因素,每一个世界历史的叙事里也都含有诗歌的因素。我们在叙述历史时依靠比喻的语言来界定我们叙事表达的对象,并把过去的事件转变为我们叙事的策略。"[3]中国当代学者也意识到:"文学与历史是分不开的。文学以自己的方式参与历史建构和传承。这不仅适用于历史题材创作,而且也适用于一切文学作品和文学研究。"[4]在革命文学的历史叙述中,我们不仅看到了中国共产主义革命的历史,而且在它的叙述策略里,我们还看到了一个中国社会历史发展的进程,看到了它对于中国社会历史生动的规划,对于现实的批判,和对于未来的展望。革命文学所展现的革命历史,更具有理想主义的特征,也更具有形而上的特征。历史、文学和信仰,从新历史主义的视野中看,其边界是模糊的。历史和文学同属一个符号系统,它们都要借助于具有想象性的语言来再现(过去或未来),因此,虚构是不可避免的。革命文学就是想象的中国革命史。革命文学的强烈的政治性其实就是其国家意识形态冲动的表征。革命文学中自始至终贯穿着无产阶级的国家学说,而且,从创立革命文学的动机来说,就是要通过文学来传达无产阶级的国家意识形态。更严格来说,现代革命文学就是在建构一种政治意识形态。

当代政治史家认为:"每一个时代的政府都通过特定的传输机制宣传自己的

〔1〕 汪民安主编:《文化研究关键词》,南京:江苏人民出版社,2007年版,第440页。
〔2〕【美】海登·怀特:《评新历史主义》,载张京媛主编:《新历史主义与文学批评》,北京:北京大学出版社,1997年版,第102页。
〔3〕【美】海登怀特《作为文学虚构的历史本文》,同上书,第177页。
〔4〕 张江、陆建德等:《文学不能"虚无"历史》,《人民日报》2014年1月17日。

政治理想，竭力使之成为国民的政治信念与自觉的政治追求。通过传输政治理想，使每一个国民认同管理者，认同所处社会的政治体制。”〔1〕显然，当代中国也需要通过政治理想的传输，以获得国民的认同。中国共产党的十七大报告指出：“要切实把社会主义核心价值体系融入国民教育和精神文明建设全过程。”中国共产党充分认识到国民教育和精神文明建设对于造就以社会主义核心价值观的作用，因为只有在国民教育和精神文明建设中，才能“促进全社会对核心价值体系的深度信服与自觉认同”。〔2〕所有的信仰，或者说意识形态，都针对的是主体。国家信仰也是如此，它的核心问题是人的意识的再生产。显然，阿尔都塞一方面指出了国家意识形态的实施的强制性，同时又指出，它所提供的是“完美的想象性关系”。〔3〕也就是说，它的强制性不是硬强制而是软强制，它是通过想象性关系来建构的。意识形态国家机器是“政治无意识所依附的真正的物质基础”，“是对个体进行体制化规训和合法化‘生产’的领地，是一套看似温和却弥漫着神秘暴力的社会调控工具”。〔4〕阿尔都塞“从劳动力再生产角度考察意识形态所起的特殊功用，将问题推向主体的自我建构，推向国家机器和社会机构的教化功能问题”。〔5〕国家信仰的建构只有通过信仰的方式，在民众的大脑中和生活中建构一种认同意识，才能使其心悦诚服。国家信仰作为一种现代民族国家的价值体系，主要还是诉诸民族国家成员的价值观和伦理观。它是通过其成员的信奉以达到对于现代民族国家的凝聚的。正是因为国家意识形态建构的必要性和国家意识形态建构的特殊性，作为与当代中国国家信仰有着历史文化渊源的“革命文学”才能发挥其符号的作用。

当代政治学者杜赞奇将中国社会特有的文化体系与权力、统治等抽象的概念联系起来进行研究，他认为：“象征符号之所以具有权威性，正是由于人们为控制这些象征和符号而不断地互相争斗。”〔6〕要实现对于国家信仰体系的深度信服和自觉认同，就必须借助于一整套的符号系统。

现代革命文学自始至终着眼于建构革命意识形态和革命信仰的符号系

〔1〕张荣明：《权力的谎言：中国传统的政治宗教》，杭州：浙江人民出版社，2000年版，第6页。

〔2〕邱钰斌：《价值认同理论考察及核心价值观教育启示》，《西南民族大学学报(人文社会科学版)》2009年第11期。

〔3〕【德】阿尔都塞：《意识形态与意识形态国家机器》，载陈越编：《哲学与政治：阿尔都塞读本》，长春：吉林人民出版社，2003年版，第352页。

〔4〕〔5〕汪民安主编《文化研究关键词》，南京：江苏人民出版社，2007年版，第440页。

〔6〕【美】杜赞奇：《文化、权力与国家：1900—1942年的华北农村》，王福明译，南京：江苏人民出版社，1996年版，第2页。

统,并且在同众多的不同的政治符号系统的争斗中,建构了自己权威性。胡也频的小说《光明在我们的前面》就非常形象地展现了这两种意识形态符号系统对于主体的争夺,以及马克思主义的符号系统最终树立权威并为主体所选择的过程。在这部小说中,在无政府主义(以梅作为象征)和共产主义(以刘希坚作为象征)之间,主人公白华是在两种信仰之间经过比较之后进行的选择,放弃了无政府主义而追随共产主义。这种讨论然后选择的模式,又被复制到“我们”和“敌人”之间,资产阶级和无产阶级之间,地主阶级和农民阶级之间,先进分子和落后分子之间,好人与坏人之间进行选择。这种胡也频式的叙述模式在革命文学中,曾被反复地复制,并将其复活到革命文化之中,成为一种仪式。仪式就是通过程式化的符号活动,以达到被主体吸纳。当然也通过这种仪式彰显信仰的力量和信仰的过程。放到大的社会历史背景之中,当时很多知识分子也有类似的经历。中国“五四”知识分子为什么在20年代末期普遍抛弃当时的个性主义,这也是从国家民族利益出发,将个人性主义与集体主义的社会主义相比较后的选择。这部小说形象展现了符号的力量以及两种符号对于主体的争夺。信仰的形成需要社会公众的普遍参与和公共讨论。中国现代革命和革命文学的社会主义信仰,之所以能够在现代时期成为主流的信仰,原因就在于它经历了现代知识阶层和普通民众的广泛的讨论,它是一种长期的甚至是激烈讨论后的共识,讨论后的选择。通过这种讨论然后作出选择的叙述模式,革命文学达到信仰建构和社会动员的目标。在这种符号系统中,广泛地采用传统的民间艺术形式承载革命内容。其他的,诸如史诗结构,豪迈的阳刚美学,以及人民伦理等,都以集中性叙述以建构革命意识形态符号系统的权威性,并借以排斥其他的符号系统。《剑桥中华人民共和国史》的作者认为,思想改造运动“更全面的目的是削弱所有背离中共式马列主义的思潮的影响”,以“力求扩大意识形态的一致性”。[1]

文学诉诸情感和叙事,而情感和叙述在国家意识形态建构中,主要的还是通过“熏陶”来达成认同感的塑造的。阿尔都塞说:“意识形态国家机器实施强制性,有多种国家机器,国家机器针对公共领域发挥作用;而意识形态国家机器针对公/私领域发挥作用。意识形态国家机器在于为个人和他的生存状态

---

〔1〕【美】麦克法夸尔、费正清主编:《剑桥中华人民共和国史(1949—1965)》,北京:中国社会科学出版社,1990年8月中文版,第89、92页。

提供一种完美的想象性关系。”〔1〕在意识形态争夺的过程中，能够提供想象性关系的，并同时能够对公/私领域都发挥作用的，只有文学艺术。而在这一方面，革命文学作为一种意识形态艺术，显然为当代国家信仰的建构提供了足够多的经验，也提供了合适的载体和方式，更为当代国家信仰的建构提供了切入的角度。

海登·怀特认为：“历史的语言虚构形式同文学上的语言虚构有许多相同的地方，它们与科学领域的叙述不同。”〔2〕“历史，无论是描写一个环境，分析一个历史进程，还是讲一个故事，它都是一种话语形式，都具有叙事性。作为叙事，历史与文学和神话一样都具有‘虚构性’，因此必须接受‘真实性’标准的检验，即赋予‘真实事件’以意义的能力。作为叙事，历史并不排除关于过去、人生和社会性质等问题的虚假意识和信仰，这是文学通过‘想象’向意识展示的内容，因此，历史和文学都不同程度地参与了对意识形态问题的‘想象的’解决。”〔3〕从文学自身来说，作为一种叙事，它也如所有的社会文化叙事一样，具有信仰建构的功能。从基督教的以《圣经》为中心的信仰体系的建构之经验，我们可以看到，一种信仰的建立，一是需要教条体系，一是需要表象（故事）体系。尽管表象，在西方马克思主义那里，经常既指教条也指故事，但在我看来，故事更是表象，而教条则诉诸逻辑的推理和观念的预设。二者缺一不可。教条体系无法说服人，只有在鲜活的故事之中，人才在虚构的幻想中，信服教条。《旧约》中的故事，不仅承载着信仰，也生产着信仰。革命文学虽然不是历史，但是，正如海登·怀特所说的它也“创造”〔4〕着历史。革命文学，不仅记载着中国革命的历史，承载着革命的意识形态，而且也生产着革命意识形态。同样，在建构当代国家信仰的时候，不但要讲述信仰的理论，更要讲述它的故事。马克思主义作为一种社会文化信仰，它是抽象的，理论的，它需要叙事才能使自己获得鲜活的经验和表象。毛泽东当年写的《纪念白求恩》《为人民服务》《愚公移山》等文章，就是一种信仰叙事。它从理论的层面建构了一种信仰的

---

〔1〕【德】阿尔都塞：《意识形态和意识形态国家机器》，载陈越编：《哲学与政治：阿尔杜塞读本》，长春：吉林人民出版社，2003 年版，第 358、352 页。

〔2〕【美】海登·怀特：《作为文学虚构的历史本文》，载张京媛主编：《新历史主义与文学批评》，北京：北京大学出版社，1997 年版，第 161 页。

〔3〕陈永国：《译者前言：海登·怀特的历史诗学》，载海登·怀特：《后现代历史叙事学》，陈永国、张万娟译，北京：中国社会科学出版社，2003 年版，第 10 页。

〔4〕【美】海登·怀特：《元史学：19 世纪欧洲的历史想象》，陈新译，南京：译林出版社，2004 年版，第 8 页。

传统。但是,不仅需要依靠现实的革命者的英雄事迹,同样更需要文学叙事。文学叙事通过对于信仰的承载,所讲述的故事可以更为鲜活也更为生动;而且它还具有政治论文更为广泛的阅读群体,更为平易的接受语境,更为感性的表象经验和审美体验。现代革命文学,大多为历史文学。它看似写虚、实在写实的手法,能够极大地影响受众对于历史的“正确”认知。这种文学叙事能够使信仰更加深入人心,并被重新讲述,并起到传播信仰和价值观念的作用。“文学在具体的历史关系中展开,文学通过生动的叙述形象地建构历史,文史同一,文史互证。”[1]文学具有建构历史的作用,在新历史主义的视野中,甚至具有文史互证的功能。革命文学对于中国革命的建构作用由此可见一斑。

革命文学,是一个表象系统。它自始至终属于“非推论性语言领域”。“非推论性语言领域一般主要指艺术、政治、宗教等意识形态领域。在这个领域始终潜在地暗藏一个形象象征,即居于主导统治地位的意念的形式,如阿尔都塞认为:研究意识形态就是研究一个系统的结构和作用,即那些家庭、法律、政治、劳动、通讯、文化和教育设施的组合与安排——因为这一切所表现出·种形式,统治阶级的意识形态在其中必须确实地得到实现。”[2]

当代国家信仰,作为一种政治信仰,它是从现实中虚化出来的。文学同样具有虚化信仰的功能。现代革命文学,就通过文学的形式,塑造了一个理想主义的梦幻社会。政治学家认为:政治信仰是政府“从现实政治中虚化出政治理想”,然后“又把政治理想设定为政治理性。”[3]文学是想象性的,革命文学不管它是怎样的现实主义,都具有想象性,它所表达的政治理想,其实更多的还是信仰层面上的政治理想。它为现实政治虚化为政治理想提供了最为便捷的也是最有效的方式。将革命历史中的历史人物和历史实在文学化,实际就是将其虚化,也就是将其理想化和信仰化。利用文学叙事,造就信仰是世界各大宗教也是现代社会各种政治理想通用的手段。运用文学化和审美化的手段虚化出的政治理想,就有力地避免了现实政治中可能受到的真实性的诘问;利用文学的想象特征,展示和演绎的政治理想,更具有充分发挥的空间;同时,利用文学的感染人的特性,就更能够使得信仰在润物细无声中、在感动中,为受体所接受,在故事和情感中造就读者的道德良知,最终造就了信仰的心理机

[1] 张江、陆建德等:《文学不能“虚无”历史》,《人民日报》2014年1月17日。
[2] 廖邦铭:《后概念》,《东方艺术》2011年第3期。
[3] 张荣明:《权力的谎言:中国传统的政治宗教》,杭州:浙江人民出版社,2000年版,第6页。

制。革命文学通过文学想象，为马克思主义信仰提供了体验、印证人生意义的场境，也为马克思主义信仰进入老百姓的生活领域提供了虚拟的场景。革命文学的经验是当代国家信仰这一价值体系的价值感召力形成的泉源。

阿尔都塞对意识形态国家机器的论述，不但让我们明白了国家信仰建构的重要性，也将有助于我们去解开日常生活和文化的秘密。当代国家信仰体系，既不同于传统的王朝国家的信仰体系，又与之存在着某种程度的同构性，也就是说，它们同为国家价值观念。当代国家信仰，它不同于强力国家机器，而是通过文化力的塑造，以达成对于整体国家民族的掌控。中国的左翼运动发生的时期，阿尔都塞的理论并未诞生，但是，中国的左翼文学理论家，就已经意识到了文学艺术的意识形态功能。他们主张对于文学的最大限度的意识形态的渗透，强化文学的教化功能和对于社会大众意识的掌握功能。在野时期是如此，掌握政权以后更是如此。所有的文学都可以通过符号在阅读中制造幻象，革命文学作为一种政治信仰的文学，它同样可以制造幻象，并通过幻象实现对于信仰的生产和对于读者群体的凝聚和控制。中国左翼文学在处理文学与信仰之间的关系中的一般手法，以及他们所建构的一般的处理模式，显然对于后世是具有借鉴意义的。

信仰的传播，与所有文化的传播的原理都是相同或相似的。信仰的传播，也有传播的途径和传播的针对性，以及最终的传播的有效性问题。文化的传播、信仰的传播都是一种符号的传播，而传播的向度和接受的主体选择决定了文化和信仰传播的有效性。

陶东风指出：“作为我国文化建设根本指导思想的社会主义核心价值体系应具备什么样的形态和特征，才能和大众文化形成良性关系，并得到大众发自内心的拥护，落实在自己的日常行动中?”他认为：“要做到这点，关键是实现两个转化，即从官方文化转化为主流文化或主导文化，再由主导文化转化为大众文化。当下文化研究的一个重要理论课题，就是寻找核心价值体系与大众文化之间的契合点和转化机制。”[1]在建构当代国家信仰的过程中，陶东风所说的契合点和转化机制，恰恰存在于中国现代革命文学之中。革命文学传达共产主义信仰和无产阶级理念，主要的就是其民族化和大众化的意识形态符号的生产和繁殖。

---

〔1〕 陶东风：《核心价值体系与大众文化的有机融合》，《文艺研究》2012 年第 4 期。

对于西方文学和价值观的向往，是“五四”新文学与革命文学传统的一部分。但是，中国现代文学（包括革命文学）在移植和学习西方文学、倾慕西方和苏联价值观的过程中，都最终走向了中国化。

中国现代革命文学经历了一个由欧化到中国化、由精英化到大众化的过程。“大众化”和“民族化”是两个相互关联的不同的概念。大众化阐述的是传播的日常化和民众化，而民族化阐述的是本土化。在中国文化语境中，大众化就是本土化和民族化。它不仅要求政治理论和文学艺术用中国话语来讲述，而且还要纳入民族经验、时代精神和底层民众的情感内容、话语形式。

中国现代共产主义革命理论和革命文学，最初都是作为精英意识形态而存在的。中国知识分子通过俄国的“十月革命”找到了先进的理论武器——马克思主义。“用无产阶级的宇宙观作为观察国家命运的工具，重新考虑自己的问题”。[1] 中国的马克思主义来自苏联经验，而中国的革命文学也主要来自苏联文学和欧美文学，它们最初的一套符号系统，并没有纳入中国社会实践，更没有纳入本土的话语经验，这套符号对于中国民众来说是陌生的。从传播学的角度来说，陌生即意味着传播的受阻。因此，毛泽东将马克思主义中国化，不但纳入中国社会实践来考虑问题，而且，使用一套中国话语来表达。同样，革命文学在经历一段时期的符号困惑以后，迅速走向本土化、民族化和大众化。革命文学的先驱瞿秋白等人，不遗余力地倡导和实践革命文艺的大众化。他不但要求中国文艺的创作融入底层人民的生活内容，而且要求创作融入底层人民的艺术经验。他要求用中国本土的底层人民的符号系统来传播马克思主义的社会历史革命理念，而且，他的更为深入的地方在于，瞿秋白和毛泽东的文艺大众化运动，打破知识话语，直接诉诸全民文艺运动，将革命的信仰直接传播到人民的日常生活中去，并使之最广泛地被接受。正如所有的信仰一样，只有深入人民之中才能成为一种民族信仰。革命文学大众化与马克思主义在中国的大众化是齐头并进的，也可以说是马克思主义大众化的一种形式。革命文学的大众化运动，为革命理念对于大众日常生活的渗透起到了至关重要的作用。

革命文学的大众化和民族化路径，也为当代国家信仰的建构提供了经验。只有中国化，文学才有生命力，这是由文学的文化土壤要求所决定的。虽然不

---

〔1〕 毛泽东：《论人民民主专政》，《毛泽东选集》第四卷，北京：人民出版社，1960年版，第1476页。

能说越是民族的就越是世界的，但是，信仰的传播和接受需要在本土的符号系统中才能实现。国家信仰的实现，依赖于文化土壤。中国民族的文化土壤，在启蒙主义的立场上是有着诸多的可批判之处的，但是，这样的土壤也是独特的。中国文学家只有扎根在中国文化的土壤里才能获得自己表现对象、话语，也才能自由顺畅地表达，也才能实现信仰符号的增殖；国家信仰也只有在民众中被普遍接受才能成为国家民族的信仰。对于个体来说，生命领悟与精神自觉离不开日常性的生活，精神领悟必然是生活和世界的精神化；同样，精神价值、生命意义也必须托身于自然态的日常生活之中。国家信仰只有成为人民的日常生活精神才能具有活力。

当代中国作家，尤其到了 80 年代前后，受到了外国文学尤其是西方文学思潮的影响，在叙述和价值认知上，欧化比较严重，特别是现代主义的先锋文学更是如此。这种欧化的文学话语，不但使之所讲述的中国故事缺少中国气息，使之丧失了读者群体，而且，也使之无法参与到当代中国民族信仰的建构进程之中。我并不是要强调文化的民族主义，而是在强调民族国家信仰，对于文学创作、传播甚至是存续都是性命攸关的。新时代文学艺术的价值观念已然发生变化，革命时代的大众化与当代商业语境的大众化有着巨大的差异。中国当代学者也意识到，文学“比抽象的历史叙述和理论化的历史规律阐释更具有吸引力、亲和力和感染力。可以毫不夸张地说，在普通大众层面，学校教育完成以后，更多的历史知识学习和历史观建构，相当程度上是通过各种历史题材的文艺作品来完成的。因此，文学的功能从来不是单一的，它既有审美、娱乐功能，也有教育、认识功能。尤其是一旦涉及历史题材，其教育教化功能更为直接和显著。”〔1〕

第四节 “革命文学”与当代国家信仰的伦理建构

革命文学以历史唯物主义的阶级论的人民伦理来构建中国社会各阶层、中国各民族、革命政党与宗教，以及集体与个体、物质追求与精神追求之间的

〔1〕 张江、陆建德等：《文学不能“虚无”历史》，《人民日报》2014 年 1 月 17 日。

关系。当代国家信仰在建构中同样涉及民族国家内部的民族关系、社会各阶层之间的关系，国家与宗教信仰的关系，个体与集体的关系，以及物质满足与精神追求的关系等方面的处理。革命文学的阶级、人民伦理，虽然其中阶级斗争理论已然退出历史舞台，但是，其经验依然可以为国家信仰处理上述各方面的关系伦理，提供经验借鉴。

一 “革命文学”阶级论民族共和叙事的当代启示

当代中国是一个多民族的民族国家，当代民族国家信仰的建构必须具有民族超越性。中国现代民族国家的国家信仰的建构中，一直面临着多民族的难题。在地缘文化上，当代世界大多数国家都是单一民族国家，所以也就不存在国家信仰的民族超越性难题。但是，中国民族众多，各民族文化风俗历史传统差异性较大，这就需要国家信仰的建构具有民族超越性。中国大清王朝的国家信仰虽然继承了中国传统的儒家哲学，但是，其中包含了很严重的民族压迫的成分。这也导致了其在统治了数百年之后，“排满”的民族革命的骤然兴起。辛亥革命以“反满”的民族革命为起点，但孙中山等人在革命成功以后，迅速调整战略，发动国民革命，提出“五族共和”，这也就跳出了狭隘的民族革命的国家信仰建构的陷阱，而建构起了具有民族超越性的国家信仰体系。但是，由于外敌的入侵和内部的军阀混战，多民族凝聚力的匮乏，导致民族分裂势力不断膨胀。因此，五族共和的民族国家信仰的建构名存实亡。超越民族的以“国民”信仰为主体的国家信仰体系是好的，但是在风雨飘摇中却失效了。但是，这种国民身份替代民族身份的国家信仰体系的建构的经验却是有益的。

国家信仰的建构必须具有民族共同认知。中国当代民族话语中的民族传统，主要是指汉族文化传统。而作为一个多民族的现代民族国家，其国家信仰需要具有超越性；也就是说，在中国当代，要建构一个国家信仰，就必须既要考虑到各少数民族的宗教信仰传统，又要考虑到主体民族的文化传统。即必须建构一种民族间的最大公约数。

革命文学在想象现代民族国家的各民族关系的时候，则以阶级论作为民族间的黏合剂。在五六十年代出现的《王昭君》（曹禺）、《文成公主》（田汉）、闻捷的诗作等一大批涉及民族关系的文学作品中，都将各少数民族与主体民族之间的关系纳入现代的阶级斗争的话语框架之中，在阶级的意义上将主体民族的下层人民与主体民族的劳动者，论定为同一阶层的“阶级兄弟”，并想象和建构它们之间共同的历史经验,[1]从而将各民族带入了现代文明以密切了它们之间的关系。[2]

中国现代革命文学的无产阶级斗争哲学,虽然不是最好的,但是,它却是超越民族的,既超越汉族也超越其他各民族的民族信仰。它在民族国家的意义上,以阶级斗争有效地凝聚了主体民族与少数民族间的关系,并建构了一种有效的关系伦理。这种阶级斗争的信仰,虽然有着巨大的历史局限性,但是它是中国近现代建构“五族共和”的信仰的一次实践。这种信仰在民族凝聚方面发挥了巨大的作用。有人说:“苏联的统一和完整,在很大程度上有赖于统一的共产主义意识形态的支撑。”[3]这句话虽然有其言过其实之处,但是也道出了某种事实。其实,对于中国也是如此,中国作为多民族的国家,超越民族的共产主义信仰,也有着民族黏合剂的作用,而革命文学传统又是这种黏合剂的重要的载体和制造者。

在当代国家信仰的建构中,在阶级斗争观念失效的当代,完全可以借鉴这种信仰的建构模式,利用共产主义和社会主义精神价值观念的超越性,以形成新的国家民族信仰机制,以替代失效的阶级斗争机制;以此突破狭隘民族主义的困扰,建构各民族认同的国家民族价值观,增强主体民族与各民族之间的关系凝聚力。

二 “革命文学”无神论世俗化叙事的当代启示

中国现代革命文学,汲取了新文化的科学思想。它在文学的叙述中,解构和反对封建迷信,张扬人在历史中的作用,并形成了唯物主义的历史叙述。世俗性的科学精神一直贯穿始终。鬼神信仰,无论是正统宗教的,还是乡土民间的,在它的叙述中都被纳入解构的对象。“封建迷信”是其继承“五四”新文化的科学精神后给予所有的有神论信仰的一个命名。其反鬼神信仰的唯物主义精神是彻底的,甚至是决绝的。阶级论的政治文化叙述是世俗性的。革命文学的无神论和世俗性叙述,是与中国儒家的世俗精神一脉相承的。这种世俗文化精神,在传统时代的政治中,表现为国家政治的世俗化。虽然传统儒家文

---

〔1〕 参见方维保:《天山牧歌与闻捷的国族价值观建构》,载陈国恩等主编:《2014年中国西部文学与地域文化国际高端论坛论文选》,广州:暨南大学出版社,2015年版。

〔2〕 参见方维保:《民族国家的整体愿望与文学创作的缝合想象——以话剧〈王昭君〉〈文成公主〉为中心》,《民族文学研究》2009年第3期。

〔3〕 孙越:《苏联1991》,《法制周末》2013年8月1日。

化也会承认神的存在，但是，它的直接的继承者只有天子——皇帝。也就是说，传统中国的国家政治是世俗化的，它与西方的政教合一的政体有着很大的区别。

革命文学的无神论的世俗国家想象，对当代以社会主义核心价值观为内涵的民族国家信仰的建构的启示在于：必须建构具有现代文明精神的世俗性和宗教超越性的信仰体系。

在当代世界许多单一信仰国家，国家信仰可能就是某种单一的宗教。所以也不存在国家信仰重建的问题。但是，对于中国这样的多民族多宗教信仰的国家，就面临着建构一个超越民族和宗教信仰的国家信仰的问题。中国的主体民族是汉族，它信奉的是儒教或者说儒家哲学；中国还有众多的穆斯林人口，它信奉的是伊斯兰教；还有藏族，它信奉的是藏传佛教；广大的中原地带，很多群众信奉的是汉传佛教，他们中既有汉族也有其他各民族。此外，近代以来还有基督教，以及各少数民族的其他宗教信仰。而中国传统王朝的“国教”是儒家哲学。从历史演变来看，历史最悠久、覆盖人口最广的主流信仰是儒教。这是一种独特的信仰系统，它与基督教、伊斯兰教和佛教等宗教信仰系统不同，它没有超越性的神灵的存在，它只崇信儒家伦理，即崇信天地君亲师，即祖宗崇拜和皇权崇拜。而且，儒教还是一种包容性的信仰，所以，儒释道融合于中国人的人格中，中国历史上也从来没有出现大规模的宗教冲突。这在信奉一神教的西方社会是难以想象的。而儒家哲学之所以到现在为止许多人并不承认其为“教”，原因就在于它没有超越性的神灵，而且它是世俗性的伦理体系。有的学者认为，中国人是没有信仰的。这其实是错误的。中国自古以来没有西方意义上的一神教信仰，但是中国人信仰儒教、道教、佛教，当今中国也有许多人信仰伊斯兰教、基督教，等等。中国人自古以来的主流信仰就是儒教。儒教不是“神学”，而是一种世俗道德学说。孔孟在儒道中，并没有为中国人树立一个天外来客，而是站在世俗社会的一角，对“君民”世界发出“醒世恒言”。

革命文学传统的启蒙主义精神、世俗精神，立足于现世的阶级关怀，并在当代的共和国初期建构了一个全民性的世俗性国家信仰。从现代文明的发展角度来说，它符合现代政治文明的世界潮流。在当代国家信仰建构中，继承革命历史和革命文学中的现代启蒙精神和世俗性价值，在上层建筑中建构民族国家层面上的超越性的世俗结构，而在民众的日常生活层面的，则可以分层处理，建构《宪法》范围内的宗教信仰自由。

三　“革命文学”阶级叙事对当代建构平等社会理想的启示

中国现代革命文学的价值伦理中的一个重要的方面，就是对社会平等权利的追求。这虽然是社会学领域的对于中国社会建构的想象，但正如我们所看到的，现代时期的革命文学诞生于阶级压迫严重、人权遭受践踏的时代，它作为一种政治文学，作为一种为无产阶级代言的文学，所展现的就是无产阶级争取平等人权的历史图景。

平等人权是一种由近代新兴资产阶级所建构起来的社会理想，马克思主义继承和发扬了人权学说，提倡阶级斗争，就是要在阶级斗争的基础上，为无产阶级争取平等的人权。同样，奠基于马克思主义基础之上的社会主义核心价值观，继承了“马克思主义的人权学说”，[1]同时开放地汲取了新兴资产阶级的人权经验。在对平等与人权这一现代价值观念的点上，现代时期的革命文学与当代社会主义核心价值观不但同源，而且是一脉相承。马克思主义是现代性的产物，它有着尊重民权、倡导民主和人道主义的价值构成。在当代国家信仰的构建中，应当吸纳马克思主义的这一现代性因素，建构一个平等民权的国家信仰。

革命文学作为中国无产阶级革命的文学，具有鲜明的阶级性。这种阶级性，为革命过程中唤醒整个受压迫阶级的权利意识，动员人民为争取自己的权利而斗争，甚至在特定的年代作为国家信仰，凝聚中华民族，都起到了巨大的作用。但是，当代国家信仰的建构，必须在中国人的心性结构中加入现代性因素。国家信仰必须考虑整个国家的每一个民族也要考虑到每一个公民，而不能只考虑一个社会阶层。因此，可以借鉴这一国家信仰得以建构的经验，借鉴其价值结构框架，而将每一个社会个体纳入考虑的范畴。明白人民是在特定历史时期所形成的意识形态，在新的历史时期必须扩张人民的内涵，将特定阶级的人民，扩张为“全体人民”。也就是“必须正确理解人民群众、人民利益的科学内涵。在现实生活中，有的人把党性和人民性对立起来，或者从某一级党组织、某一部分党员、某一个党员的意志来理解党性，或者从某一个阶层、某一部分群众、某一个具体人

---

〔1〕 参见苗贵山等：《马克思主义人权理论的当代建构及其在中国的运用》，北京：中国文史出版社，2014 年版。

的利益来理解人民性，这些理解都是片面的、错误的。我们要头脑清醒，保持警惕，坚持以全体人民整体、长远、根本利益为工作原则，大力宣传阐释马克思主义关于人民性、人民利益的科学概念、科学观点”。[1]

随着我国具有中国特色的社会主义建设的发展，商品经济的日趋发达，社会的阶层化也日趋严重。左翼革命传统中的“阶级斗争”社会学思维和文艺审美思维，在新时代又重新找到了它的社会价值基础。在当代社会和文学创作领域，甚至出现了“多数作家更愿意以不可调和的利益对抗和惨烈的阶层冲突来建构文学的审美世界”[2]的现象。中国革命的价值基础是阶级斗争，中国革命文学也有着阶级斗争的叙述传统。但是，现代革命文学的阶级斗争叙事，是基于当时社会的极大的不公，基于对于基本人权和民权的追求，阶级斗争叙述联系着一个平等社会理想。革命文学的阶级斗争，虽然已然失去了其时代基础，但是，它对于当代建构国家信仰来说是一个提醒，它警示当代需要调整社会关系，消除不平等现象，尊重底层阶级的权利。一个民族国家建立了以后，它需要社会内部的政治共识，所谓“和谐”，并不是要消除矛盾，而是要求在尊重社会各阶层权利的基础上求得“最大公约数”。从文学家的角度来看，当代中国社会的两极分化，这是新左翼叙事得以重新抬头的文化背景；但是，文学家（知识分子）作为民族国家的基石，从民族国家的整体利益出发，理应在创作中彰显和强化民族认同的共识力。“把握好国家价值观的建设与批判的张力关系。既然国家价值观是以中国传统文化、现代社会价值形态与社会主义道德实践作为思想资源，那么当代作家就理应站在时代的高度，检视、批判和反省这些价值形态的流弊或曾有的失误，同时对其中具有时代意义的普适性道德原理加以审美阐释，使其发挥帮助人们建立新的生活规范的重要作用。”[3]当代国家信仰的建构必须借鉴革命文学的历史经验，建构具有阶层超越性和全民覆盖性的国家信仰。

四 “革命文学”集体主义叙事对当代国家信仰建构个体与集体关系伦理的启示

现代革命文学无论是从其政治思想还是其文学叙事来看，都张扬了集体

---

〔1〕 王伟光：《牢牢掌握意识形态工作领导权管理权话语权——深入学习贯彻习近平同志在全国宣传思想工作会议上的重要讲话精神》，《人民日报》2013年10月8日。

〔2〕〔3〕 荆亚平、周保欣：《国家价值观与当代中国文学》，《社会科学战线》2011年第2期。

主义的精神，而反对资产阶级的个人主义，甚至反对革命中的个人英雄主义。它以庄严的历史完整性叙事，张扬集体主义的精神意志。这种集体主义的总体性叙事，正如我在前文所述，它是在民族灾难和阶级压迫的危机中形成的，也是中国共产革命斗争的需要。这种集体主义精神对于凝聚民族和整个劳动阶层都起到了巨大的作用。

当代中国社会个人主义泛滥，整个社会缺少集体主义精神，也就缺乏凝聚力。因此，革命文学的集体主义精神和集体意志，恰恰是建构当代国家信仰所需要的。我们需要将其阶级集体主义转换为民族国家的集体主义。国家信仰毕竟是一种集体主义的价值共识，公民个体在表达个人主义的同时也有责任和义务维护民族共识。而对于参与建构民族国家信仰的当代文学艺术，也应该意识到，文学不仅仅是私人的情感的表达，它也是一种公共产品。中国现代革命文学的阶级集体主义价值信念，虽然后来有过于僵化之嫌，但审视其所走过的那条由个人主义走向集体主义的道路，究其原因正是民族危机迫使他们不得不在宏大叙事之下重新审视和建构个人与民族国家的关系伦理的结果。

当代社会虽然不存在现代时期的民族存亡危机，但是国家信仰的宏大叙事却是不能缺席的。因为它是民族国家得以存在的基础。国家信仰作为一种隐秘的文化意识，时时存留于每一个公民个体尤其是参与国族信仰的作家的脑海之中，并在文学的叙述中呈现出来。这是文学想象中的爱国主义应有的题中之义。

同时，也必须反思阶级集体主义。作为一种集体主义叙事，它压抑个体甚至蔑视个体的权利，从而导致个体和个性的消失。因此，在当代国家信仰叙事的建构中，需要在新的时代里尊重个体的权利，在叙事中尊重个性想象，要将民族国家的集体叙事放到大背景里，作为民族国家的每一个个体的血液和道德伦理底线。

五 “革命文学”的精神性叙事对建构当代精神文明的启示

中国现代革命文学，是一种政治信仰文学。在它的叙事中，重视对于无产阶级及其先锋队的精神层面意义的张扬，反对和批判物欲横流的封建主义社会和资本主义社会。革命文学大多都有着形而上的精神追求，它所塑造的人物和所讲述的故事以及所抒发的情感，大多具有大公无私为人民献身的共产主义精神和道德理想主义精神。

革命文学的形而上的精神追求，对当代社会的消费主义和物质主义显然有着纠偏的作用。西方马克思主义者卢卡奇用"物化"来概括工业时代、消费主义时代的精神文化退化现象。卢卡奇认为："人们所面临的根本问题已不是马克思时代的由于具体劳动产品对人的异己统治而引发的经济和政治困境，而是越来越表现为技术、意识形态等普遍的文化力量而导致的文化历史困境。"[1]卢卡奇指出："商品结构的本质常常被人们所指出。它的基础在于，人与人之间的关系具有物的性质，并从而获得一种'虚幻的客观性'，一种看来是非常严格、合理的和包括一切的，以致掩盖了它的根本的性质——人与人之间的关系——的每一痕迹的自主性。"他指出："在这里，最重要的是因为这种情况，人自身的活动，他自己的劳动成了客观的，不以自己的意志为转移的某种东西，变成了依靠背离人的自律力而控制了人的某种东西。"[2]卢卡奇的"物化"理论继承了马克思的"异化"理论，但他将"物质"异化落实到技术理性对主体的负面效应上来。消费主义和物质主义文化，遮蔽人的生活意义，异化了当代文化的精神追求。中国当代社会的物质主义和消费主义文化，过度崇尚技术革命，技术已经成为遮蔽人生意义和扭曲人生价值的东西。与这种过度崇尚技术一脉相承的是消费主义文化的盛行。这种文化，崇尚物质占有，追求享乐主义，导致物欲横流。正因此，鲁迅早年就主张"掊物质而张灵敏"，[3]用精神之维救赎沉入物质主义深渊的当代人的灵魂。

消费主义当然带有马克思和卢卡奇所指出的对于人的物化作用，但其依然是一种信仰，它就是对于物质的信仰，用马克思的话来说就是商品拜物教。但是，它的信仰诉诸物质感官，是低级的信仰形式。消费主义的低级物质信仰，有人作为动物的合理性，正是认识到这一点，我们才要尊重低级信仰；但是，人作为高级智性动物，它在享受低级信仰的同时，也同时应该有高级的信仰——精神信仰。在《艺术哲学》中，丹纳根据"特征的从属原理"，划分出艺术理想价值的种类与等级，认为像民族意志、民族精神、民族的意志本能这些"不容易变化的特征具有比易变的时代特征更高级的价值。"[4]

---

〔1〕 单伟亮：《卢卡奇的物化理论和物化思想意识》，《法制与社会》2009年第17期。

〔2〕【匈牙利】卢卡奇：《历史和阶级意识》，徐崇温译，重庆：重庆出版社，1989年版，第83、96页。

〔3〕 鲁迅：《文化偏至论》，《鲁迅全集》第一卷，北京：人民文学出版社，2005年版，第47页。

〔4〕【法】丹纳：《艺术哲学》，傅雷译，合肥：安徽文艺出版社，1991年版，第469页。

人类文明的伟大之处就在于其依赖于物质文明的同时，更有着崇高的精神追求。当代国家信仰的建构，就是要在精神层面提升国人的文明水准。在革命文学中，如《霓虹灯下的哨兵》等影片中，都有着反物质主义和享乐主义的叙述，甚至有的文学艺术还存在着丑化物质的叙述，这种过度张扬精神作用的叙述，也是反马克思主义的。在新时代的商业语境中，过去的手段显然已经过时，我们一方面需要反对唯精神的形而上学，另一方面也要反对物质主义和享乐主义对于精神的蔑视。我们需要在不同的层次上来理解社会主义价值体系和国家信仰。显然，国家政治信仰作为一个民族国家的共同价值体系，它是宏观的；而消费主义则隶属于一般的物质层面的消费价值观念，国家信仰体系完全可以与一般的消费主义在不同的层面上各行其是并行不悖。现代革命文学从政治文化的维度，建构了具有理想主义色彩的红色乡土家园，并将之作为中国人民的精神家园，它虽然带有乌托邦性质，但是，它却可以作为当代国家信仰的重要参照物。我们需要汲取过去“革命文学”传统中的过度泛政治化的教训，“上帝的归上帝，恺撒的归恺撒”；但同时，也需要提升当代国人的信仰层级，用健康的文学艺术形式建构有价值有追求的现代文明精神。

革命大众文化是一种有信仰的文化，它有着明确的利益诉求，为建构当代社会主义文化有着借鉴意义。借鉴革命的大众文化，重建大众文化的价值基准，重建文化的信仰维度，以社会主义核心价值观为中心，建设一种有理想、有信仰、有追求，又有娱乐、有欢乐的当代的为老百姓喜闻乐见的大众文化形式。革命的大众文化，经过数十年的发展，也已经形成了自己的资源库和文化观念系统。它已然成为一种元叙事，为后来的文化的发展提供了资源。比如新世纪前后就出现了大量的“红色经典”的重拍热潮，大量的当年的红色经典文学作品，被改编成电影、电视剧，甚至是动漫。通过这些红色经典的重拍行为，不但丰富了今天的文化生活，而且也在很大程度上传播了“红色革命”的价值观念。它的价值无疑是其他的宣传活动所无法替代的。而且，革命文化以其特有的渗透力、穿透力，穿越历史时间，成为中国价值的符号，也为中国文化的域外传播做出了贡献。今天经常谈论文化软实力，也正是在这个意义上说的。文化向来都包含着价值观，红色革命文化同样如此。革命的大众文艺还有着延续民族文化传统的价值。借鉴革命的大众文艺形式，可以有力地提升民族文化的精神品位。

参考文献

论文

[1] 刘艳芬:《艺术价值结构新探》,《济南大学学报(社会科学版)》2005年第6期。

[2] 宋剑华:《论左翼文学运动的人文价值观》,《福建论坛(人文社会科学版)》2006年第1期。

[3] 翟振明:《论艺术的价值结构》,《哲学研究》2006年第1期。

[4] 童庆炳:《文艺批评要坚持社会主义核心价值观》,《文艺报》2008年1月5日。

[5] 马晖:《革命文学价值观初论》,《兰州大学学报》2004年第4期。

[6] 黄水源:《政治价值决定艺术价值:左翼文学的范型实践》,《山花(下半月)》2010年第5期。

[7] 马晖:《价值视野中的左翼文学》,《社科纵横》2006年第2期。

[8] 党圣元:《论文学价值评价标准及其方法论原则》,《小说评论》1997年第3期。

[9] 李泽厚:《关于主体性的补充说明》,《中国社会科学院研究生院学报》1985年第1期。

[10] 杜书瀛、张婷婷:《文学主体论的超越和局限》,《文艺研究》2001年第1期。

[11] 尤西林:《20世纪中国"文艺大众化"思潮的现代性嬗变》,《文学评论》2005年4期。

[12] 李新宇:《迷失的代价(上)——20世纪中国文艺大众化运动再思考》,《文艺争鸣》2001年第1期。

[13] 陶东风:《大众化与文化民族性的重建——社会理论视野中的58、59年新诗讨论》,《文艺研究》2002年3期。

[14] 李今:《苏联文艺政策、理论译介及其对中国左翼文学运动的影响》,《中国现代文学研究丛刊》2002年第1期。

[15] 单世联:《文化、政治与文化政治》,《天津社会科学》2006年第3期。

[16] 余虹:《现实的神话:革命现实主义及其政治意蕴》,《文化研究》第2辑,天津:天津社会科学出版社,2001年版。

[17] 宋剑华、戴莉:《传统与现代:论革命英雄传奇对民间英雄传奇的历史演绎》,《社会科学辑刊》2002年第4期。

[18] 余岱宗:《革命文学中的“崇高躯体”》,《文艺理论与批评》2002年第5期。

[19] 颜敏:《“文革”的历史叙述——论“样板戏”的文学剧本》,《荆州师范学院学报》2002年第4期。

[20] 王富仁:《三十年代左翼文学·东北作家群·端木蕻良(之一)》,《文艺争鸣》2003年第1期。

[21] 刘海波:《二十世纪中国左翼文论研究》,复旦大学博士论文,2003年。

[22] 南帆:《革命文学、知识分子与大众》,《文艺理论研究》2003年第1期。

[23] 王彬彬:《从瞿秋白到韦君宜:两代“革命知识分子”对“革命”的反思之一》,《文艺争鸣》2003年第1期。

[24] 杨洪承:《意识形态与“左联”的信仰系统构成论》,《福建论坛(人文社会科学版)》2006年第4期。

[25] 朱晓进:《政治文化语境与三十年代左翼文学批评》,《江苏社会科学》2006年第1期。

[26] 席扬:《“文学思潮”的“问题”与“意义”》,《文艺争鸣》2008年第9期。

[27] 程光炜:《左翼文学思潮与现代性》,《海南师范学院学报(社会科学版)》2002年第5期。

[28] 贾振勇:《中国马克思主义意识形态文学观的建构——以中国左翼文学运动时期为言说核心》,《山东理工大学学报(社会科学版)》2005年

第 5 期。

[29] 王笛:《大众文化研究与近代中国社会——对近年美国有关研究的述评》,《历史研究》1999 年第 5 期。

[30] 高瑞泉:《我们如何走进新世纪?——对“中国现代精神传统”的一个诠释》,《浙江社会科学》2000 年第 4 期。

[31] 白钢、林广华:《论政治的合法性原理》,《天津社会科学》2002 年第 4 期。

[32] 邱钰斌:《价值认同理论考察及核心价值观教育启示》,《西南民族大学学报(人文社会科学版)》2009 年第 11 期。

[33] 陶东风:《核心价值体系与大众文化的有机融合》,《文艺研究》2012 年第 4 期。

[34] 荆亚平、周保欣:《国家价值观与当代中国文学》,《社会科学战线》2011 年第 2 期。

[35] 赵毅衡:《无邪的虚伪:俗文学的亚文化式道德悖论》,香港《二十一世纪》1991 年 12 月。

[36] 杨小滨:《民间美学与极权话语——〈红旗歌谣〉及其他》,香港《二十一世纪》1998 年 8 月。

[37] 陈思和:《民间的浮沉:从抗战到文革文学史的一个解释》,《上海文学》1994 年第 1 期。

[38] 李新宇:《1958:“文艺大跃进”的战略》,《文艺理论研究》2000 年第 5 期。

[39] 董学文、凌玉建:《意识形态与早期中国现代文学理论》,《湖南师范大学社会科学学报》2008 年第 5 期。

[40] 魏朝勇:《革命、暴力与正义——蒋光慈文学世界中的政治想象》,《开放时代》2006 年第 1 期。

[41] 单伟亮:《卢卡奇的物化理论和物化思想意识》,《法制与社会》2009 年第 17 期。

[42] 赖大仁:《文学研究:终结还是再生?——米勒文学研究“终结论”解读》,《学习与探索》2005 年第 3 期。

[43] Gregor Benton. *Luxun, Leon Trotsky, and the Chinese Trotskyists*, *East Asia History*, June1994.

专著

[1] 唐逸:《幽谷的风》之《文化批评》,杭州:浙江大学出版社,2008年版。

[2]【奥】维特根斯坦:《逻辑哲学论》,郭英译,北京:商务印书馆,1993年版。

[3] 范明生:《古希腊罗马美学》,北京:北京师范大学出版社,2013年版。

[4]【美】刘禾:《跨语际实践:文学、民族文化与被译介的现代性(中国,1900—1937)》,宋伟杰等译,北京:生活·读书·新知三联书店,2002年版。

[5] 汪民安:《现代性》,桂林:广西师范大学出版社,2005年版。

[6] 程金城:《中国20世纪文学价值论》,兰州:甘肃人民美术出版社,2008年版。

[7] 姚文放:《现代文艺社会学》,北京:社会科学文献出版社,2007年版。

[8] 洪子诚:《问题与方法》,北京:生活·读书·新知三联书店,2002年版。

[9] 温儒敏:《中国现代文学批评史教程》,北京:北京大学出版社,1993年版。

[10] 贾振勇:《理性与革命:中国左翼文学的文化阐释》,北京:人民出版社,2009年版。

[11] 伍世昭:《中国20世纪文学理论批评价值取向研究》,北京:人民文学出版社,2009年版。

[12] 钱理群:《心灵的探寻》,上海:上海文艺出版社,1988年版。

[13] 赵园:《艰难的选择》,上海:上海文艺出版社,1986年版。

[14] 陈思和:《鸡鸣风雨》,上海:学林出版社,1994年版。

[15] 许子东:《为了忘却的集体记忆——50篇文革小说的解读》,北京:生活·读书·新知三联书店,2000年版。

[16] 黄子平:《"灰阑"中的叙述》,上海:上海文艺出版社,2001年版。

[17] 李今:《三四十年代苏俄汉译文学论》,北京:人民文学出版社,2006年版。

[18] 方长安:《选择·接受·转化——晚清至20世纪30年代初中国文学流变与日本文学关系》,武汉:武汉大学出版社,2003年版。

[19] 杨鼎川:《1967,狂乱的文学年代》,济南:山东教育出版社,1998

年版。

[20] 旷新年:《1928:革命文学》,济南:山东教育出版社,1998年版。

[21] 艾晓明:《中国左翼文艺思潮探源》,长沙:湖南文艺出版社,1991年版。

[22] 陈顺馨:《社会主义现实主义理论在中国的接受与转化》,合肥:安徽教育出版社,2000年版。

[23] 吴炫:《中国当代文学批判》,上海:学林出版社,2001年版。

[24] 唐弢主编:《中国现代文学史》,北京:人民文学出版社,1979年版。

[25] 席扬、吴文华:《20世纪中国文学思潮史论》,长春:时代文艺出版社,2001年版。

[26] 文池主编:《俄罗斯文化之旅》,北京:新世界出版社,2002年版。

[27] 洪子诚:《1956,百花时代》,济南:山东教育出版社,1998年版。

[28] 钱中文等:《自律与他律——中国现当代文学论争中的一些理论问题》,北京:北京大学出版社,2005年版。

[29] 刘锋杰:《中国现代六大批评家》,合肥:安徽文艺出版社,1995年版。

[30] 王庆生主编:《中国当代文学》,上海:上海文艺出版社,1989年版。

[31] 许志英、丁帆主编:《中国新时期小说主潮》,北京:人民文学出版社,2002年版。

[32] 孟繁华:《梦幻与宿命——中国当代文学的精神历程》,广州:广东人民出版社,1999年版。

[33] 何言宏:《中国书写——当代知识分子写作与现代性问题》,北京:中央编译出版社,2002年版。

[34] 朱晓进等:《非文学的世纪:20世纪中国文学与政治文化关系史论》,南京:南京师范大学出版社,2004年版。

[35] 唐弢:《晦庵书话》,北京:生活·读书·新知三联书店,1980年版。

[36] 曹聚仁:《文坛五十年》,上海:东方出版中心,1998年版。

[37] 李泽厚:《论康德黑格尔哲学》,上海:上海人民出版社,1981年版。

[38] 李泽厚:《中国现代思想史论》,天津:天津社会科学院出版社,2004年版。

[39] 刘小枫:《沉重的肉身》,上海:上海人民出版社,1999年版。

［40］陈晓明：《表意的焦虑——历史祛魅与当代文学变革》，北京：中央编译出版社，2002年版。

［41］林伟民：《中国左翼文学思潮》，上海：华东师范大学出版社，2005年版。

［42］王培元：《延安鲁艺风云录》，桂林：广西师范大学出版社，2004年版。

［43］袁盛勇：《历史的召唤：延安文学的复杂化形成》，北京：中国戏剧出版社，2007年版。

［44］敏泽、党圣元：《文学价值论》，北京：社会科学文献出版社，1997年版。

［45］茅盾：《茅盾论中国现代作家作品》，北京：北京大学出版社，1980年版。

［46］洪子诚：《作家姿态与自我意识》，北京：北京大学出版社，2010年版。

［47］【德】诺贝特·埃利亚斯：《文明的进程——文明的社会起源和心理起源的研究》，王佩莉译，北京：生活·读书·新知三联书店，1998年版。

［48］【苏联】巴赫金：《拉伯雷研究》，李兆林、夏忠宪等译，石家庄：河北教育出版社，1998年版。

［49］【法】丹纳：《艺术哲学》，傅雷译，合肥：安徽文艺出版社，1991年版。

［50］【匈牙利】卢卡奇：《历史和阶级意识》，徐崇温译，重庆：重庆出版社，1989年版。

［51］【美】杜赞奇：《文化、权力与国家：1900—1942年的华北农村》，王福明译，南京：江苏人民出版社，1996年版。

［52］【德】J.G.赫尔德：《论语言的起源》，姚小平译，北京：商务印书馆，1998年版。

［53］张京媛主编：《新历史主义与文学批评》，北京：北京大学出版社，1997年版。

［54］汪民安主编：《文化研究关键词》，南京：江苏人民出版社，2007年版。

［55］【德】伽达默尔：《真理与方法》（上卷），洪汉鼎译，上海：上海译文

出版社,1999 年版。

[56] 【美】爱德华·希尔斯:《论传统》,台湾:桂冠图书股份有限公司,1992 年版。

[57] 【美】海登·怀特:《元史学:19 世纪欧洲的历史想象》,陈新译,南京:译林出版社,2004 年版。

[58] 李世涛主编:《知识分子立场:激进与保守之间的动荡》,长春:时代文艺出版社,2000 年版。

[59] 【美】余英时:《中国思想传统的现代诠释》,南京:江苏人民出版社,1995 年版。

[60] 陈越编:《哲学与政治:阿尔都塞读本》,长春:吉林人民出版社,2003 年版。

[61] 【古希腊】亚里士多德:《亚里士多德全集》(第三卷),苗力田译,北京:中国人民大学出版社,1994 年版。

[62] 【德】康德:《实践理性批判》,邓晓芒译,北京:人民出版社,2003 年版。

[63] 【德】黑格尔:《美学》(第一卷),朱光潜译,北京:商务印书馆,1979 年版。

[64] 【美】安敏成:《现实主义的限制:革命时代的中国小说》,姜涛译,南京:江苏人民出版社,2001 年版。

[65] 【日】丸山升:《鲁迅·革命·历史——丸山升现代中国革命文学论集》,王俊文译,北京:北京大学出版社,2005 年版。

[66] 【美】华莱士·马丁:《当代叙事学》,伍晓明译,北京:北京大学出版社,1990 年版。

[67] 【法】西蒙·波伏娃:《第二性》,陶铁柱译,北京:中国书籍出版社,1999 年版。

[68] 【英】齐格蒙·鲍曼:《立法者与阐释者》,上海:上海人民出版社,2000 年版。

[69] 【德】马尔库塞:《审美之维》,李小兵译,北京:生活·读书·新知三联书店,1992 年版。

[70] 【德】Althusser. *Lenin and philosophy and other essays*, trans. by Ben Brewster, New York: Monthly Review Press, 1971.

[71]【法】雷蒙·阿隆:《知识分子的鸦片》,吕一民、顾杭译,南京:译林出版社,2005 年版。

[72]【美】汉娜·阿伦特:《论革命》,陈周旺译,南京:译林出版社,2007 年版。

[73]【英】彼得·卡尔佛特:《革命与反革命》,张长东等译,长春:吉林人民出版社,2005 年版。

[74]【法】Julien Benda. *The Betrayal of the Intellectuals* (*La Trahison Des Clercs*), Boston: The Beacon Press, 1955.

[75] Zhu Gang. *Twentieth Century Western Critical Theories*. Shanghai foreign language press, 2001.

[76]【美】弗兰克·梯利:《伦理学导论》,何意译,桂林:广西师范大学出版社,2001 年版。

[77]【美】韦勒克、沃伦:《文学理论》,刘象愚等译,北京:生活·读书·新知三联书店,1984 年版。

[78]【英】雷蒙德·查普曼:《语言学与文学:文学文体学导论》,王士跃等译,沈阳:春风文艺出版社,1988 年版。

[79]【美】杰罗姆·B.格里德尔:《知识分子与现代中国》,单正平译,天津:南开大学出版社,2002 年版。

[80]【美】麦克法夸尔、费正清主编:《剑桥中华人民共和国史(1949—1965)》,北京:中国社会科学出版社,1990 年版。

[81]【美】雷内·韦勒克:《批评的概念》,张今言译,北京:中国美术学院出版社,1999 年版。

[82]【美】弗雷德里克·詹姆逊:《快感:文化与政治》,王逢振等译,北京:中国社会科学出版社,1998 年版。

[83]【法】皮埃尔·布厄迪:《艺术的法则:文学场的生成与结构》,刘晖译,北京:中央编译出版社,2001 年版。

[84]【德】于尔根·哈贝马斯:《现代性的哲学话语》,曹卫东译,南京:译林出版社,2005 年版。

[85]【美】W.C.布斯:《小说修辞学》,华明等译,北京:北京大学出版社,1987 年版。

[86]【法】古斯塔夫·勒庞:《乌合之众——大众心理研究》,冯克利译,

桂林：广西师范大学出版社，2007 年版。

［87］【英】特伦斯·霍克斯：《结构主义和符号学》，瞿铁鹏译，上海：上海译文出版社，1997 年版。

［88］【俄】别林斯基：《别林斯基选集》，满涛译，上海：上海译文出版社，1979 年版。

［89］【苏联】卢那察尔斯基：《论文学》，蒋路译，北京：人民文学出版社，1978 年版。

［90］【苏联】列·托洛茨基：《文学与革命》，刘文飞等译，北京：外国文学出版社，1992 年版。

［91］【俄】高尔基：《论文学（续集）》，戈宝权等译，北京：人民文学出版社，1979 年版。

［92］【德】阿多诺：《美学理论》，王柯平译，成都：四川人民出版社，1998 年版。

［93］【英】丹尼·卡瓦拉罗：《文化理论关键词》，张卫东等译，南京：江苏人民出版社，2006 年版。

［94］【美】冯·贝塔朗菲：《一般系统论：基础、发展和运用》，林康义、魏洪森译，北京：清华大学出版社，1987 年版。

［95］张荣明：《权力的谎言：中国传统的政治宗教》，杭州：浙江人民出版社，2000 年版。

［96］吴亮等编：《民族文化派小说》，长春：时代文艺出版社，1989 年版。

［97］郑振铎：《插图本中国文学史》，北京：朴社，1932 年版。

［98］孔庆东：《超越雅俗——抗战时期的通俗小说》，北京：北京大学出版社，1998 年版。

［99］叶舒宪主编：《性别诗学》，北京：社会科学文献出版社，1999 年版。

［100］夏晓虹主编：《二十世纪中国小说理论资料》，北京：北京大学出版社，1997 年版。

［101］徐枕亚：《〈茜窗泪影〉·序》，《茜窗泪影》，国华书局，1914 年版。

［102］张京媛编：《新历史主义与文学批评》，北京：北京大学出版社，1993 年版。

［103］陶东风：《文体演变及其文化意味》，昆明：云南人民出版社，1995 年版。

[104] 康正果:《女权主义与文学》,北京:中国社会科学出版社,1994年版。

[105] 杨振声:《杨振声选集》,北京:人民文学出版社,1987年版。

[106] 郭沫若:《郭沫若全集(文学编)》,北京:人民文学出版社,1989—1992年版。

[107] 郑振铎:《郑振铎文集》,北京:人民文学出版社,1985年版。

[108] 成仿吾:《成仿吾文集》,济南:山东大学出版社,1985年版。

[109] 毛泽东:《毛泽东选集》,北京:人民出版社,1991年版。

[110] 胡风:《胡风全集》,武汉:湖北人民出版社,1999年版。

[111] 胡风:《胡风评论集(上、中、下)》,北京:人民文学出版社,1984年版。

[112] 田仲济:《田仲济文集》,南京:江苏文艺出版社,2007年版。

[113] 朱光潜:《西方美学史》,北京:商务印书馆,2006年版。

[114] 瞿秋白:《瞿秋白文集(文学编)》,北京:人民文学出版社,1998年版。

[115] 周扬:《周扬文集》,北京:人民文学出版社,1984年版。

[116] 冯雪峰:《雪峰文集》,北京:人民文学出版社,1981年版。

[117] 蒋光慈:《蒋光慈文集》,上海:上海文艺出版社,1988年版。

[118] 李健吾:《咀华集·咀华二集》,上海:复旦大学出版社,2005年版。

[119] 鲁迅:《鲁迅全集》,北京:人民文学出版社,1981年版。

[120] 鲁迅:《鲁迅全集》,鲁迅纪念馆编乙种本,北京:人民文学出版社,1973年版。

[121] 茅盾:《茅盾全集》,北京:人民文学出版社,1993年版。

[122] 茅盾:《夜读偶记》,天津:百花文艺出版社,1979年版。

[123] 郁达夫:《郁达夫文集》,广州:花城出版社,香港:三联书店,1983年版。

[124] 胡适:《胡适全集》,合肥:安徽教育出版社,2003年版。

[125] 丁玲:《丁玲文集》,长沙:湖南文艺出版社,1982—1984年版。

[126] 巴金:《巴金选集》,成都:四川人民出版社,1982年版。

[127] 闻捷:《闻捷诗选》,北京:人民文学出版社,1979年版。

[128] 郭小川:《郭小川诗选》,北京:人民文学出版社,1979年版。

[129] 贺敬之：《放歌集》，北京：人民文学出版社，1973 年版。

[130]《革命样板戏剧本汇编》(第一集)，北京：人民文学出版社，1974 年版。

[131] 欧阳山：《圣地》，北京：人民文学出版社，1983 年版。

[132] 欧阳山：《柳暗花明》，广州：花城出版社，1981 年版。

[133] 知侠：《铁道游击队》，上海：上海文艺出版社，1978 年版。

[134] 浩然：《西沙儿女——正气篇》，北京：人民出版社，1974 年版。

[135] 中国社会科学院文学研究所编：《左联回忆录(上、下)》，北京：中国社会科学出版社，1982 年版。

[136] 陈鸣树主编：《二十世纪中国文学大典(1897—1929、1930—1965)》，上海：上海教育出版社，1994 年版。

[137]《中国新文学大系 1927—1937 · 文学理论集一(上、下)》，上海：上海文艺出版社，1987 年版。

[138] 洪子诚主编：《1945—1999：中国当代文学史 · 史料选》，武汉：长江文艺出版社，2002 年版。

[139] 王运熙主编：《中国文论选(现代卷)》，南京：江苏文艺出版社，1996 年版。

[140]《延安文艺丛书 · 文艺理论卷》，长沙：湖南人民出版社，1984 年版。

[141] 北京大学、北京师范大学、北京师范学院中文系中国现代文学教研室主编：《文学运动史料选》(1—4 册)，上海：上海教育出版社，1979 年版。

[142]《中国抗日战争时期大后方文学书系 · 第二编 · 理论 · 论争》(第一集)，重庆：重庆出版社，1989 年版。

[143] 文振庭编：《文艺大众化问题讨论资料》，上海：上海文艺出版社，1987 年版。

[144] 张若英编：《中国新文学运动史资料》，民国二十三年四月光明书局出版，上海：上海书店，1982 年影印版。

[145] 袁良骏编：《丁玲研究资料》，天津：天津人民出版社，1982 年版。

[146] 伍蠡甫、胡经之主编：《西方文艺理论名著选编(上、中、下)》，北京：北京大学出版社，1986 年版。

[147]《关于人道主义和异化问题论文集》，北京：人民出版社，1984

年版。

［148］洪子诚、孟繁华主编：《当代文学关键词》，桂林：广西师范大学出版社，2002 年版。

［149］王晓明主编：《二十世纪中国文学史论》，上海：东方出版中心，1997 年版。

［150］王晓明主编：《批评空间的开创》，上海：东方出版中心，1998 年版。

后记

在长达20余年的左翼革命文学的研究中，2011年我主持申报了国家社科基金项目《现代"革命文学"价值结构研究》(项目编号11BZW124)。参与者有：杨四平、方岩、汪注。2017年10月课题成果通过了全国哲学社会科学规划办公室的鉴定结题，评审等级为"优秀"。

在完成此项目之前，我出版过专著《红色意义的生成：20世纪中国左翼文学研究》，并在杨洪承教授的指导下完成了博士学位论文《20世纪中国"革命文学"观念的主体性阐释》。对于中国现代"革命文学"，我最初比较倾向于洪子诚先生的提法，所以在《红色意义的生成》中，我使用了"左翼文学"这一概念，并将其运用于整个20世纪。但是，在做博士论文的过程中，我觉得"左翼文学"是一个特殊历史语境的产物，它有着显著的"统一战线"的意义。而1949年后的文学创作，虽然与20世纪30年代左翼文学和40年代延安文学有着一脉相承的关系，但是，当初的语境意义已经发生迁移。而纵观20世纪，能够将红色革命文学串联起来的概念，还就是20年代末期提出的"革命文学"。尽管这一概念，最初提出的时候，可能指涉辛亥革命(民族)文学，也可以指涉北伐时代的国民革命文学，但自始至终使用这一概念的，却是红色革命文学家。因此，在博士论文中，我就是改用了"革命文学"这一概念，而不是"左翼文学"。在《红色意义的生成》中，我当时误打误撞，着重论述了传统的叙述模式和道德伦理模式，在左翼革命文学中的嬗变，有着显著的结构主义或原型论述的痕迹；至于博士学位论文，则专注于四个方面的"观念"，来构筑我的论述模型。在这样的论述中，"观念"的角度当然有着文艺学的痕迹，但是，我是将理论上的观念与创作中的观念，混合着来提出的。至于本项目的设计之初，我就明确了从价值论的角度切入"革命文学"的研究。虽然说基本的论述模型与博士论文有相似之处,但切入角度是大为不同的。我认为,"革命文学"虽然经历不同的历史阶段,在文学史中的命名也有很大的差异,但是,自始至终存在着一个稳定的价值结构。价值,是从需要的立场来定义的。"革命文学"作为一种政治文学,其价值首先是政治信仰价值。这种价值虽然背离了审美中心主义的文学定义,但政治信仰文学却是一种文学史的真实存在。"革命文学"的审美价值,长期以来受到质疑,但是,不管怎么说,革命文学都是作为一种文学现象而存在的,我们无法将其从文学史中抹杀。同样,要是将革命文学现象作为文学来看待,就必须打破审美中心主义,在社会学的范畴里来审视其政治美学、社会美学。再有,革命文学的社会文化价值和伦理价值,也都是在打破审美中心主义的基础上,在价值论的前提下的论述。有关革命文学的价值,很早就有论述,但是关于"革命文学"的价值结构,我肯定是第一个提出,尤其是从整体结构的角度来讨论,是没有先例的。关于价值论,就"革命文学"来说,其价值既有其内部建构,又有外在评价。因此,我专门就"革命文学"所受到的质疑,如革命文学的文学价值和历史文化价值等,进行了论述,试图回答一些争议已久的问题。而对于革命文学来说,作为一种由历史延伸到当下的文学现象,我从革命文学的政治信仰价值的角度,结合意识形态构成作用,结合文学的历史塑造作用,论述它对于当下社会主义核心价值观的意义,以及国家意识形态建设中的意义。其中,我比较多地运用了新历史主义和西方马克思主义的一些基本理论和原理。

在本项目启动之前,已经在相关刊物上发表了一些研究文章,作为前期成果,主要有《人民、人民性与文学良知》(《文艺争鸣》2005 年第 6 期)、《资本运作时代的人民和人民性思考》(《文艺理论与批评》2005 年第 6 期)、《"革命文学"的人民伦理秩序与道德情感的形成》(《文史哲》2011 年第 2 期)、《普罗文学的建构焦虑与创作主体的再造》(《中国现代文学研究丛刊》2009 年第 5 期)等。感谢刘勇先生、贺立华先生、陈飞龙先生、毕光明先生以及朱竞先生的大力支持。

在完成项目的过程中,发表的论文有:《大众文艺与普罗价值主体确立的矛盾》(《中国现代文学研究丛刊》2013 年第 9 期)、《从泛称到特指:"革命"与"革命文学"的历史定位》(《天津社会科学》2014 年第 4 期)、《个性主义与集体主义价值观念的碰撞与调适》(《文艺争鸣》2015 年第 2 期)、《"革命文学"民族价值观与阶级价值观的整合》(《文史哲》2015 年第 3 期)、《"革命文学"的价值立场与路径选择》(《南京师大学报(哲社版)》2015 年第 5 期)、《群众文艺运动:“文艺大众化”的价值神话和高峰体验》(《现代中国文化与文学》2017 年第 20 卷)、《“右派”作家伤痕小说的“忠诚格式塔”》(《长江学术》2014 年第 1 期)、《〈海燕之歌〉〈鹰之歌〉的汉译与中国左翼政治寓言诗》(《文艺理论与批评》2016 年第 6 期,蔡静为第一作者)、《论左翼革命文学的历史整体性叙事及其价值内涵》(《玉林师范学院学报》2015 年第 10 期)等。应该感谢的编辑和朋友有:刘勇先生、时世平先生、刘培先生、方长安先生、陈思广先生、张涛先生、石涛先生,以及已经仙逝的从未谋面的陆林先生。这些发表的论文,有多篇为中国人民大学报刊复印资料《中国现代、当代文学研究》《文艺理论》全文转载,以及《新华文摘》《文艺报》摘编。感谢程光炜先生,以及提出宝贵意见的诸位先生。

要感谢的师长和同仁还有很多,恕我不再一一列出。

生如夏花,学术的夏天一定会到来,但也一定会过去。我深知,我所论述的,具有强烈的时代性。时代终将成为历史,历史也会走入历史的更深处。伟大的学者浮士德看到美景赢天时说:“你多美啊!请停留一下!”我却不同,只求我的研究获得“速朽”,如鲁迅先生在《野草》的序言里所说的那样。

方维保
2019 年于芜湖